旅に唄あり

復刻新版

岡本おさみ

山陰中央新報社

まえがき

作詞家・岡本おさみ――。1970年代のヒット曲「襟裳岬」「旅の宿」などの作詞家で、年配の方は歌詞とメロディーが懐かしく思い起こされることと思います。出身地は鳥取県米子《よなご》市ですが、作詞家という職業柄、表舞台には出ることが少ないため岡本さんを知る人は地元の山陰でもそう多くないかもしれません。

「襟裳岬」はシンガーソングライター吉田拓郎さんが作曲し、歌手・森進一さんの歌唱で74年に日本歌謡大賞、日本レコード大賞を受賞。「旅の宿」はオリコンチャート1位を記録し、作詞家としての地位を確たるものにしました。

拓郎さんとのコンビで「落陽」「祭りのあと」など数多くの名曲を世に送り出し、島根県の隠岐の島を舞台にした「都万の秋」も拓郎さんファンには人気です。「愛する人へ」などの楽曲をリリースしたシンガーソングライター南こうせつさんや高倉健さん、淡谷のり子さん、森山良子さんらビッグネームの俳優、歌手にも詞を提供されました。

岡本さんの〝ことば〟には、全共闘の世相を反映したような鋭さやメッセージ性が強く、旅や日常から生まれる意外性のあるドラマが透けます。吉田拓郎さんというカリスマのミュージシャンと化学反応を起こして、若者から圧倒的な支持を受けたのではないでしょうか。

本書は、70年代に北海道、青森、新潟、鹿児島、沖縄など全国を旅したエッセイで初版が八曜社から77年に発行されました。いわゆる〝放浪の作詞家〟です。岡本さんは、ことし生誕80年を迎えることから「作詞家・岡本おさみ」の功績を地元の新聞社として讃えようと、長男の岡本くにひこさんに「復刻版」の企画を持ちかけ、快諾を得ました。

岡本さんと生前交流していた弊社の社員が、岡本さんご自身の作品を解説するホームページを個人で運営し、島根県出雲市のフォークソング仲間が手弁当の講演会を開催。それぞれのコンテンツを盛り込み「新版」として編集しました。

各地を旅したメモを基に生まれた名曲の裏話や、旅で出会った人との人間模様、社会に対する思いが綴られています。わが国固有の領土「竹島」で漁をした隠岐の島の老人との会話は歴史確認にも貴重な資料です。

岡本さんご自身の著作物は多くないそうです。今となっては岡本さんに作品、人生哲学などについて聞くことはかないません。岡本さんはフォークソングの音楽文化を切り拓いた功労者のひとりで、本書が日本の音楽史をひもとく手掛かりになれば幸いです。
出版に当たり、監修をいただいた岡本くにひこさんをはじめ寄稿文を執筆いただいた南こうせつさん、音楽評論家・田家秀樹さん、米子市の長谷川泰二さん、そして携わっていただいたすべての方々に感謝申し上げます。

山陰中央新報社　代表取締役社長　松尾　倫男

index

やきとり

装幀・ブックデザイン
森脇佑太（パリティクラブ）

第一章

旅に唄あり

「第一章　旅に唄あり」は、「旅に唄あり」初版本（1977年9月25日発行、八曜社）を底本としました。

襟裳岬

四十九年、日本歌謡大賞の生放送で、きらびやかな服装にまじり、ジーパンで乱れ髪の男が作詞者と呼ばれ紹介されたのを記憶している方があるかもしれない。ほんの一瞬テレビにぼくが映った。

これには裏話がある。

十一月になってまもなく一通の封書が届いた。正確な文面は覚えていないが、「あなたの『襟裳岬』が歌謡大賞にノミネートされたので当日武道館においで下さい」といった内容だった。さらっと読むとごく事務的な文だけれど、あることに気づくと失礼な招待状に思えてきた。まだ賞が決定した訳じゃない。それなのに客席に居て、発表を待てという内容である。そういうことにも耐えるのが職業とするものへの宿命なのかもしれない。しかしテレビに限らずラジオでもコンテストと名のつくものは〝感動〟がお好きなようで、放送の仕事にたずさわり、その種のことをやってきたぼくには、ああまたやってるな、と腹だたしく思える。

眼のまえに肉をぶらさげ、犬を並べる。しかし肉は一匹にしか与えられない。

「こんな招待状は気にいらないね。」

一読して破き、クズ箱にぽいと捨てた。それを見て奥さんは、

「破らなくてもいいのに」と言った。

それで発表日がいつなのかも忘れていたけれど、なぜか奥さんは覚えていた。

「今日は発表日よ。テレビで生中継するわ」

朝刊を差し出した。

なんだか気になりだした。

朝、電話が鳴った。歌謡大賞事務局と名のる女性からで、

「今日は御出席になれますか」

「いえ、欠席します」

「そうですか」女性は事務的に答えて、あっさり電話を切った。

昼過ぎ、ぼくは旅のフイルムと現像タンクを紙袋に入れて、友人でカメラをいじっている奥村くんの暗室にでかけていった。

暗室で現像タンクをいじりながら雑談していると扉の向うで電話がきてると、声がした。電話の主はテレビ局を名乗った。偉い人らしい。「『襟裳岬』も最終候補に残ったのでぜひおいで下さい」偉い人は伝えてくれた。「ええ。でも今、仕事してますから」短いやりとりをして暗室に戻り煙草をふかしてると、また電話がきた。電話の主は森進一さんのディレクターで「冬の旅」「さらば友よ」などをてがけたH氏。二度ほど顔を合わせたことがある。

「森くんと昨夜会って話したんですがね。拓郎さんは沖縄でコンサート中だし、もし授賞ってことになれば、森くんの肉親は弟さんと妹さんでしょう。作詞作曲者もいないと淋しいものになるなあ。いえ、森くんとはもし授賞になれば岡本さんは来てくれるかな、と話してたんですよ」

「森さんのため、にはでかけたいです。しかし賞ってものは決定してから喜んでみたりす

るわけでしょう。まだ決ってもいないのに、のこのこでかけるのは、もの欲しそうでいやあな気がするんです」

「わかります。しかしもし授賞ってことになれば、千葉からでは生放送にまにあいません」

H氏の説得はさすがディレクターだけあって巧みだった。

「仕事中なんですか」

「ええ、急いでるんです」嘘をついてしまった。こんな風な嘘を過去にもついたことがあるような気がする。いくどかあるはずだが記憶が薄れている。ぼくに巣食っているやっかいな自意識がそうさせるのだけれど、いつまでたってもなおらない気がする。

また暗室に戻ってタンクをいじっていると、今度は奥さんから電話がきた。妙に慌てた様子だ。

「電話きたでしょう」

「うん」

「早く連絡しようと思ってダイヤル廻すんだけど話し中なの」

「ふたつ電話があったよ」

「そう……もう来たの……困ったわ」

「なぜ?」

「それがね。御主人は武道館にむかわれましたか、って言われるから、いえ、近くの友達のところに行ってますって言ったのよ」

「その通りだからいいじゃない」

「そこまではいいんだけれど、御主人はお仕事で行かれましたか、って言われたから、遊びに行ってます、って言っちゃったの」

武道館ではディレクターのH氏がむかえてくれた。八時をまわっていたからTVは本番にはいっていた。席に案内された。拓郎の代理である顔なじみの陣山くんが隣りに居た。やあ、と挨拶して座りこんでいたけれど、落ちつかない。歌謡曲のコンサートに初めてきたのだけれど、今までなじんできたコンサートと雰囲気がちがう。次々歌われるものも退屈きわまりないし、なぜこんなに空虚であるか考えてみることにした。まず服装。ぼくらのコンサートといえば客席もスタッフも楽屋も、長い髪とジーパン。つまり普段着が溢れていた。着飾りすぎて、席には歌を作るより歌を商売とする背広姿が並んでいた。ぼくらもうたをはじめた初心に較べれば汚れて、うたで食べていたけれど、それでもなにかが決定的にちがうのである。それは何なんだろう。

授賞です、決まりました。通知があって、陣山くんとぼくは袖に待機することになった。袖にいると司会者である高島忠夫さんが近づいて、岡本さんですか、と言った。はい、と言うと、「『襟裳岬』は好きでした。よかったですね」と丁寧に言われた。やさしい人なんだな、と思ったけれど、髙島さんの服装があまりきらびやかで拒否したい気持があったから、そのときどう答えたのか覚えていない。今度会ったときは気楽に、お茶でも飲みたいものだ。

授賞があって、そのショーは終った。森進一さんは嬉しそうで来てよかったと思った。陣山くんは用があるらしく帰ってしまい、ぼくは東京で飲むことも考えたけれど、ひとりで飲むのも何やら淋しいし、家に帰ることにした。武道館のまわりは人の群れでいっぱいだった。ぼくはトロフィーと賞状を持ってその人の群れにまじり帰っていった。人の群れにまじると、何だかほっとした。夜風が気持よかった。お客さんたちは誰ひとりぼくに気づくものはなかった。ぼくは客のひとりになった。
東京駅から津田沼へゆく電車にのりこんで、酔っ払いや、夕刊を読む人たちにもまれながら、北の岬のことをおもった。

カスペ型の道南端
の断崖。

さらに飛火模様に。
ごつい岩丈な巌巌がつづき。
ぐるりは泡波のあぶく。

草野心平の詩の一節である。襟裳岬は激しくうねり流動する岬だという印象を長い間持ち続けていた。しかしそれは詩人の心の躍動で、バスを下りて見まわした襟裳の印象はひどく淋しいものだった。老いた詩人は何歳でこの詩を書いたのだろう。青年のように骨太いことば。三十歳を少しまわったばかりのぼくはその精神のある場所のちがいにとまどった。土がむきだしになった道をのぼると左に白いホテルがあった。赤茶色と灰色にくすんだ風景の中でそのホテルだけが白くうきだし、まわりの暮しの色に溶けこまない。日暮れて冷たい風が吹きおろしてくる。ゆっくり歩いていくとペンキで花の名前を書いた民宿があった。それは素朴な日本の花の名で、おさなくてらいのない名の付け方がなぜか気にいったのだった。ガラス戸をあけると、それはあたりまえの暮しの始まる家の匂いがあった。普段着のおばさんが現われ、二階に案内された。ベニヤ板で区切った部屋が四つあった。三畳ほどの小さな部屋である。どうやら二階に建て増して、いくつかの部屋を区切って境界線を設けた程度のものらしい。部屋には先客の男が二人居た。つめこまれたな、と思ったけれど、そんな殺風景な部屋にほおりこまれるのは、よくあることなので、別に気にならない。わけのわからない憂鬱に神経をやられて北を流れて、わけもなく草野心平の詩を覚えていた、という理由だけで、襟裳岬に足が向いたのだから、そこに人がいようがいまいが、別に話したくない。ただ黙っていればよかったのだ。

おばさんが紙っ切れ一枚とボール・ペンを持って現われ差し出した。「これに住所と名前を書いて下さいな」小さな紙だった。これはひと部屋分の名前をしるす紙なのか、それとも小さな字で書いて隣室などとの連名をするのか。と少し考えた。部屋はみな満ぱいだから泊まり客は十人以上になる。とりあえず小さな字で書いておくと、おばさんがとりにきた。耳をすましていると隣室をノックする音がする。連名だったらしい。小さな字でしるしておいてよかった。

夕方になっておじさんが現われ、ふとんを敷きます、と言う。おねがいします、と応えて待っていると、おじさんは少しはなれた押入れから廊下づたいにふとんを運んでくる。その時初めて判ったのだが、おじさんは片腕だった。片手でふとんを持ち、片腕の脇にふとんをはさんで、廊下をひきずりながら運んでくる。こちらは遊びのような旅できてるわけだから、こういうのには弱い。

襟裳岬

日々の暮しはいやでも

という一行にはその時の印象が残っていて、自分がたどってきたことや、いろんな含みがあるけれど、その一行を思うと、片腕のないおじさんの姿がみえてくる。なぜ片腕を失くしたのか知らない。漁師だったが片腕を失くし陸《おか》にあがらざるを得なくなって、民宿をはじめたのかもしれない。本当のことは知らない、が知らなくていいと思う。

「襟裳岬」のことばの原型は以前に書いた「焚火」と言うことばをもちだしたものだった。

北の街ではもう
悲しみを暖炉で
燃やしはじめてるらしい
理由のわからないことで
悩んでいるうちに
老いぼれてしまうから
黙りとおした歳月を
ひろいあつめて
暖めあおう

君は二杯目だね
コーヒー・カップに
角砂糖ひとつ

捨ててきてしまった
わずらわしさを
くるくるかきまわして
通りすぎた夏の匂い
想い出して
恥かしいね

いつもテレビは、ね！
あまりにも他愛なくて
かえっておかしいね
いじけることだけが
生きることだと
飼いならしすぎたので
身構えなければ　なにも
できないなんて
臆病だね

寒い友だちが来たよ
えんりょはいらないから
暖まってゆきなよ

「焚火Ⅰ」

わずらわしさを
ひとまとめにくるんで
さあ急いでかきあつめなくちゃあ
人間くささって奴をかきあつめて
ひょいと裏返しにして炎にすてる
ふふしめしめこれでよい！
ふたりでほほえんで
手をあたためなくては

「焚火Ⅱ」

Tという男が電話をくれた。彼は「走れコータロー」という唄で一時期にぎやかだった、ソルティ・シュガーというグループの残党である。懐かしいが突然連絡があったのはそれなりの理由があった。現在はビクター・レコードに就職してディレクター稼業をやってると近況を述べ、ついては今度、森進一さんの曲を担当することになった、と言った。新人のディレクターに歌手ひとりひとりを担当させる、腕試しらしい。ぼくらはいくつかの約束事をした。歌詞についてはそちらの注文を一切出さないこと。いわゆる森進一らしい歌詞は書くつもりのないこと。曲がついて編曲まえの原型ができるまでは、こちらの勝手な作業にさせてもらうこと。その代り、できあがった作品は、気に入ればレコードにし、気に入らなければ没にして作業は打ち切る。

「思い切ったことをやってみたいんです」Tは言って、こちらも本気になった。

吉田拓郎から電話があって曲がついたけれど、いくつかことばを考えたい、と言った。曲との関係で、「二杯目だね」が「二杯目だよね」「角砂糖ひとつ」が「ひとつだったね」「わずらわしさを」が「わずらわしさだけを」にその場でらくに改められた。その方がメロディに素直に溶けこむ。

思い出して恥ずかしいね、がなんだかメロディをつけてみるとひっかかるんだが、と彼は言うのだった。過去の傷を思い出にするようなうしろめたさがあったけれど、この部分も、懐かしいね、と改めた。

「『いつもテレビは、ね！』のとこだけど、つまんなくないかい。ちっちゃいよ、こういうのは」と拓郎が言った。「ちっちゃいよ」という言葉でやられた、という気がした。そう言われれば、テレビが他愛ないなんてどうでもいいことじゃないか。

「それに森進一さんがうたうとなると変だぜ」と拓郎が言った。そりゃそうだなと笑ってしまった。どうしようか、ということになって、片腕のなかった、おじさんの姿が浮かんできた、日々の暮しはいやでも、の一行は電話で話しながら出てきた。「襟裳岬」に関しては、だから共同作業だったという気持が強い。ぼくはぼくなりに勝手にことばを吐いた。拓郎はそれに拓郎の文体で曲をつけた。森進一さんは森進一にひっぱって歌っている。それが気持がいい。これは三人の共同作品である。

「襟裳岬」が巷に流れたころ、顔を合わせたこともない評論家の人たちや、いろんな人が、このちっぽけな唄のことを書いてくれておもしろかった。「襟裳の春は何もない春です」

の一行にからんで「襟裳は昆布だってあるし魚も豊かである」と写真つきで書く記事もあった。ジョークであるものもあったが、まじめなものもあって笑ってしまった。北へ行って放送局勤務のMさんと会うと「襟裳に住む男から酔って長電話があってねえ。『襟裳に何もないとは何事だ。そんなことを言うから若いもんが街にでていってしまうんだ』ってからむんです。とっても気持のいい酔っぱらいなんですけどねえ」その時のことを思い出して話してくれた。

「それでどう答えましたか」

「作詞してる男を知ってるから今度会ったら、日本の将来のためにも、よく説教しときます」

「迷惑かけましたねえ」

たかが歌なのだが、かんちがいされている方のために自注すると、「襟裳の春は何もない春です」は「日々の暮しはいやでも」とつながっていて、また春がやってくるけれど、年が変って過ぎてゆくけれど、その先は何も変らないし、暮しなんて同じ繰り返しさ、という気持を述べたものだった。

和田誠さんの「日曜日は歌謡曲」という本を読むと「進一版はたいそう新鮮であるかわりに何のことやら訳がわからない。ま、森進一版『襟裳岬』はこの訳のわからないところが受けたのだろうとぼくは思うのですけれども」とあって、「いったい誰が」「悩んで」「老いぼれて」「身構えながら話して」「臆病」なのかなあ。とあるのです。

しかし、このことばは、とてもわかりやすい歌詞だと思っている。「悩んで」「老いぼれて」「身構えながら話して」「臆病」なのは、うたを吐いた本人以外ないじゃないですか。だって作詞した者が吐いたことばだもの。思うにうたってのは歌手に合わせて作るものだという古い考えがどこかにあって、そういう風に考えたりすると、このことばは、なるほどやっかいに思われるのかも知れない。だけれども、ぼくは自分の気持を書くのに精一杯で、歌手に合わせて書くほどの余裕がない。和田誠さんにはお会いしたことはないけれど、イラストも文もとても素敵で、愛読しているひとりであります。その和田誠さんにさえ、誤解された。だとすると、まるっきり訳のわからない人がまだまだ沢山いるんだなァ、と思え、お先真っ闇になる。歌のことばはやさしいほどいい、というのが、ぼくが心がけている第一のことで、活字の詩とうたの詩の境があるとしたら、そのことだろう。「襟裳岬」は自分のたどってきた暮しの気持を書いたけれど、森進一さんは自分のことのように思ったらしい。

ぼくのことばが、森進一さんの心境を代弁するような結果になったとしたら、それはうたの作業として最も嬉しい。

うた作りの過程は、そんな風にされるのが好きだ。ことばを書くものは、その時々の心境をノートにメモし、述べる。作曲者はそのノートから、まるで店先で立ち読みした人物のように気にいったことばに曲をつける。歌手は又、そのうたで、気にいったものだけをうたえばよい。みんながそんな作業に入ったら、すてきだ。

安次と爆弾

団結道場の雨戸を閉めたまま、ゴザを敷き、毛布をかぶって眠ったが、翌朝、爆音で眼が覚めた。

「派手にやってる」望月氏はメガネを磨いている。彼はカメラを職と志してる男で、伊江島に来て、二日目に阿波根昌鴻《あはごんしょうこう》さんのお宅で娘のヤス子さんから紹介され、以後奇妙なめぐり合わせで行動をともにしてきた。

道場前、石川清憲さんの雑貨店にでむき、アンパン二個買って腹ごしらえした。

「わたしら今は、誰が神で誰が悪魔かわかります」道場の番人で土地を守る会の闘士は、短いことばで朝の挨拶をされた。道場には伊江島土地を守る会の旗が風に巻かれひるがえっている。

「颯爽とはためいてる」

「背すじをのばしてらあ」

長身の望月氏とぼくは、清憲さんに灯台下への海沿いの道を教わり、キビ畑づたいに急いでいった。途中少し広い道にでると、米軍の赤い旗をつけた監視塔が見える。カメラを詰めた皮バックをかつぎ長髪でジーパンの二人づれ。本土からの取材だと判るから、うさん臭い眼で見られるのは決ってる。アメリカさんは取材が嫌いだということだった。

それにしてもこの射爆場あたりの爆音はひどい。真謝《まじゃ》部落の騒音は八十ホンから百ホン。農民たちは土の仕事に背を丸めている。キビの刈り入れまであと十日余。キビ畑がまもなくぼくらの姿を監視塔から隠してくれた。

「こんな状態がもう二十数年か。アメリカってのはひどいもんだぜ」

「まるで空襲だ」

それで二人は黙りこんでしまった。


山城安次青年狙撃事件を知ったのは七月十一日だった。その夏、初めて沖縄に来たぼくは、佐渡山豊の家に泊めてもらい朝方まで飲んだくれたりしていたが、暑さのやつに骨までこがされながら気が滅入っていた。やたら知識としてつめこんだ沖縄と、三十歳すぎまでいちども沖縄の土を踏まなかったヤマトンチューとしての意識が頭の中を占領していて、ふらふらと街を漂いながら、ただ風景の外側をまわりながら玄関をはいれずにいる旅人にすぎず、このまま、おめおめ帰れそうもない、といらだっている矢先だった。

七月十一日、沖縄タイムス朝刊、トップ「一〇日午後六時ごろ伊江村の射爆演習場で射爆演習を終えた米兵が同演習場に草刈りにきていた青年を車で追っかけて発砲、左手首を負傷させ、さらに車で人里離れたところへ放置するという悪質な事件が発生した。撃たれたのは同村字西江上一六二八、山城安次さん（二〇）……」

友人のオサムに電話すると、スナックをやってる親泊くんを紹介してくれ、彼の八万円のポンコツ車で海洋博工事の殺人ダンプにはさまれながら渡久地港から伊江島に渡った。生協、というマーケットの二階の宿でひと息入れていると、襖ひとつへだてた隣室で熱っぽい話し声がする。ウチナー弁《ぐち》なので時々会話がわからなくなるが、その夜ひらく狙撃事件抗議村民大会の進行と今後の闘争方法を、青年団の男たちが練っているのだった。申し訳ないがすっかり聴いてしまった。主催者に村当局がはいっていないのを知ったのはこの時で、村長は自民党支持、助役の息子は自衛隊員らしい。生協のレジで娘さんに村民大会の会場を尋ねると「それは村営相撲場ですが、外部の方の発言はお断わりします」と言われた。長髪でジーパンのぼくは過激派か、でなければ学生にみられたらしい。村民大会でひとりの娘さんから証言の録音を頼まれた。どこの馬の骨ともわからぬ者に録音を頼む。人手不足というより、あけっぴろげでびっくりした。手渡された小型のテープ・レコーダーをセットして演壇近くの土の上にあぐらをかき、録音係をつとめることになった。真謝のおばさんたちは、もう幾歳月も着ていたらしい着物のすそをからげ、ゴザを敷いて座りこんでいる。知念忠栄、千代さんの証言を聴いた。が山城安次青年は演壇に姿を見せなかった。


「あの村民大会のとき安次くんは会場にいたんですか」

「いました」

「被害者当人が演壇に立たないってのは迫力不足だよね。なぜ証言を？」

「させてもらえなかったんです」

「喜屋武真栄さんも来てたらしいけど」

「断わったらしいです」

「会場に人が少なかったな。てっきり島ぐるみの抗議大会で、みんなつめかけてると思ってたけどね」

「ぼくが新聞にでたんで『おい、スター』と呼んだ人もいるんですよ」

翌朝、録音テープをコピーさせてもらいに阿波根さんの家をたずねた。録音を依頼したのは娘のヤス子さんだった。阿波根さんの名前は「米軍と農民」という著書で知っていた。「録音が終ったら呼んで下さい」彼女はぼくひとり家に残して、どこかにでかけていってしまった。蟬しぐれが騒がしい。来客用の広間でテープがゆらゆら回転するのを見ながら、奇妙な静けさに襲われる。初めての客に身元も尋ねず、この貴重な証言テープをぼくにあずけ、家には誰も居ない。縁側にでてみた。濃い色彩の植物が茂る庭に、爆弾が庭石のように無造作に積んである。一トン爆弾、十キロ爆弾、オレンジ爆弾。そういえばこの島は、ざわつく砂糖キビ畑以外、演習のない日はおだやかに沈黙している。沖縄で最も激しい土地闘争の島だが、ビラ一枚、たて看板ひとつ、デモする人ひとり見ない。ビラを張ることは、まるで自然への汚点であり、声をあらだてることは長い歳月のなかで深い沈黙に凝結したようにさえ感じられる。

テープは友人の記者N氏に渡した。

事件から十八日後、第一次裁判権を放棄したかのようだったアメリカは、米軍司令官マクレインの横槍で、裁判権は日米合同委員会のあずかり。政治レベルのかけひきの道具にされ、もみ消されるけはいが濃くなった。犯人のキャロル・ロックは身柄も拘束されず、嘉手納空軍基地にいた。

山城青年が東京にやってきた。政府、外務省、アメリカ大使館などへの抗議である。夜、飲んだ。「じゃあ頑張って」「絶対ゆるしませんよ」握手して別れた。

日米合同委員会・刑事裁判分科委員会は、それから五カ月経っても何の結論もださなかった。

「こりゃあ、時間かせぎで、うやむやにするか、アメリカのいいなりになりそうですね」

とN記者に言うと、彼は、

「このままじゃ、やられる」と答えた。


その年の暮れ、伊江島に渡ると、安次は採石工場でダンプの運転手をやっていた。狙撃事件で彼は先々のみとおしがたたなくなっていた。県の募集に応じアメリカに肉牛の研修にゆく夢も手続きが無駄になった。


安次と射爆演習場にでかけた。正面ゲートから自動車でまっすぐ入る。演習中止の日、監視は島の男がやっている。「やあ」と声をかけ射爆場の標的幕にまっすぐ車をのりいれた。着弾地域は砂地で、落下した弾がのめりこむようになっている。標的の幕は三角形の布張りで中央に黒い円が描いてある。黒い日の丸ってとこだ。嘉手納空軍基地を発った、俗に怪鳥と呼ばれるファントムF４ジェット爆撃機が、海上で旋回し、サトウキビ畑をかすめながら、この幕めがけて爆弾を落とす。砂地にはいたるところに巨大な蟻地獄のような穴がある。

「これは十キロ爆弾ですよ」安次は手で砂をかきだした。砂をかくと黒いこわばった土になる。土は裂け、裂けめを覗きこむと奥に鉄らしいものがみえる。さらに裂けめを掘ると十キロ爆弾がつきささっていた。

「持ってみますか」

「そうしたいね」

安次の手からうけとるとずっしり重い。かかえこまないと手からすべり落ちそうで、腹にくっつけ腰でささえてもちあげる。爆弾の冷たい感触が腹につたわってくる。

「不発弾もあるのかい」

「いくらでもありますよ」

安次はふと思いついたように砂地をさがしはじめたが、やがて両手に一個づつ、長い筒のようなものをぶらさげてきた。

「これがジャンプ爆弾ですよ」

「これが爆弾？　生花の花瓶みたいだな」

それはオレンジ色の筒型で、ちょっと目には花瓶にでもなりそうなカラフルな色彩をしている。ジャンプ爆弾とか、オレンジ爆弾とか呼んでいて、話はN記者からきいていた。

「この爆弾は落ちてきて地面にふれるといちど斜にジャンプして破裂するんです」

「ジャングル用だってね。ベトナムでひんぱんにアメリカが使っているらしい」

発火に燐をつかっている。炎が皮膚にへばりつくと水にひたしても土にこすりつけても消えない。真謝一班、山城基さんの長男清吉くん（当時十一歳）の足元で爆発したことがある。左太股の皮膚がめくれ、燐の炎は肉をこがして燃えた。吸盤みたいにねちっこく、ハブみたいに獰猛に、炎がくらいついた。包帯でめくれた皮をくくり病院にかつぎこんだが、包帯をとき皮をめくると燃えあがって手がつけられなかった。

砂地を見わたすと、ジャンプ爆弾はいくらでもころがっていた。それだけがオレンジ色なので奇妙だ。

「こいつは軽くてブリキみたいだね」

「ブリキでしょうね」

「アメリカも軍事資金のやりくりに困ってるんだろうか。それとも軽くて大量にはこべるようにしたのかも知れない。しかしおもちゃみたいだな」

「それにジャングル用ってことですね」

「しかし、これは燐だけじゃないね。横っ腹にＭＫ一〇六と書いてある。腹に小さな穴がふたつあいている。細菌かガス爆弾というふうにも思えるけど、正体は不明らしいよ」

「調べるんですか」

「うん。燐をぬいたやつをさ、二つほど持ちかえることにするよ。飛行機の持ちこみはちょっとめんどうなことが起きるかもしれないね。船で持ってかえるよ」

「この真ん中の筒がとおっていると大丈夫なんです」

「するとこれは」ぼくがさしだすと、

「頭の部分に丸いブリキ板がついているから不発弾です」

射爆場は正面からまっすぐ歩くと、つきあたりは、そこから美しく蒼い海だ。

「明日よい風向きと天候なら、あそこで釣りましょう」安次が指差した。

「射爆場の海で？」

「そうです」


「静かだなあ。射爆演習がないと、いつでもこうして釣れるんだね」

「アメリカも正月なんでしょう」

「気狂いどももも春祝い」か、

「ほれ」

ひょいと軽くあわせて、安次はまた一尾釣りあげた。アジに似た二十センチ程の魚で、サンマの切り身を餌に、白波が岩礁で砕ける、その深場に投げると、ひと呼吸おいて、すかさずぐいとくる。よほど純情な魚とみえて、すれっからしな警戒心がない。それにおよそ予想がつかぬほど、群れているらしい。海面から二メートル下は魚の絨毯《じゅうたん》じゃないのかね。

「お父さんは立ち姿が釣り師だねえ」

ぼくと安次の釣る隣りの岩礁で、安次の父親が釣っている。この浅黒い肌のおやじさんは、無駄口を一切たたかない。岩礁に背すじをのばして立ち、釣る。初めて安次の家を訪ねた時もそうだった。

「まあ、上りなさい」「東京では安次がお世話になったそうで」これだけだが、その短い言葉ゆえにぼくは恐縮してしまうのだ。東京で何の世話をぼくはした？　多少の血の騒ぎに背中を押されて、安次の事件をしゃべり書いたぐらいのこと。アメリカ大使館と法務省への抗議に上京した彼と一晩飲んで語ったぐらいじゃなかったのかね。

「きた」と安次が腰を沈めて足場を確保した。竿が中央からひん曲る。リールが巻けない。足場が悪い。剛力の大物だ。一気に引き抜こうとするが軀が浮きそうに見える。安次は体勢をたてなおそうとした。それが悪かった。糸が緩んだ。大物はその隙《すき》をのがさず、岩の底へ逃げた。

「全然動かん」

「こうなりゃ持久戦さ」

CHERRY

安次は岩を釣りあげる心境らしい。

「大物は逃がしても、犯人のキャロル・ロック軍曹は逃がすわけにはいかん」

「アメリカはほんとに凶暴だ」と安次は竿を強引にひっぱり始めた。

潮はすっかり引いていた。二時間程前までは潮が満ちていたが、岸からぼくらは磯づたいに三百米は出ている。純粋で無垢で飛び込むと、そのまま透明に濾過されそうな海だ。

安次の家で釣りじたくを始めたとき、そのしかけを見せられ声がでなくなった。

「まさか、これで釣る？」人差し指をまげたような鉤だ。

「ウツボなどは二米ぐらいな奴がいてね」

「まるでニシキヘビじゃないか」

「そういう怪物みたいなやつはどんな銛《もり》だってタイヤみたいにはね返すんです」

暮れの休みで村役場から解放された兄貴の守松がぼそっと起きだして、

「一カ年程、東京で暮したことがあるんです。ハゼ釣りを見ました。竿の林で、三匹だけチビた鉛筆みたいなのが釣れると、釣れた、釣れたと喜んで、哀れでね」

「むこうじゃ大物は絵に描くしかないんだよ」


大物には糸を切られたが、二時間程で三十尾程釣った。

竿をたたみ帰りじたくを始めているると、

「おや？」　安次が岩のすき間を覗いた。

ウツボがいた。四十センチほどの奴だ。安次のおやじさんが残り餌をすばやく流れの上流にまく。この餌でウツボの動きをとめ、釣った魚をすばやく二枚におろして、針につける。カマ首を水面にもたげ、喰いつく。

この凶暴な海へビはカバ焼きにして夕食にたいらげた。こんなの食べたら、料理屋のウナギなんて、センベイみたいな味気なさだ。

釣った獲物はウツボを除いて、安次と阿波根さん宅に届けに行った。

「じゃあ写しますか」望月氏とぼくは望遠レンズをとりだし、キビ畑に入った。

「ぼくは農民の土地に入って写します。もし撃たれたら立派な抗議の文章を書いて下さいよ」

「別行動ですか。次は低空の機銃掃射でしょうから、流れ弾に気をつけて、二十ミリ砲なら一発であの世行きになりかねません。ではお元気で」

「お互いに」

ゆきずりの髭の友人はキビ畑に姿を消した。昼になった。アメリカも昼休みらしい。こちらもひと寝入りするか、やってくりゃあ百ホンの音で、また腸《はらわた》までひびくだろう。

ジープの音が近づいてきた。ここは立入禁止外二米。ジープが止まった。米兵数人が早口で話してる。狸寝入りでもしていよう。逃げることはありません、と阿波根氏がおっしゃっていた。ジープは去った。

逃げない、動かない、というのが真謝の人たちの姿勢だった。石の思想である。

爆音が空を裂きはじめた。まだ怪鳥の姿を確認できない。見えた。灯台上から海上、そしてキビ畑で低空になる。機銃掃射の飛行パターンだ。急降下、突然爆音が消え、戦闘爆撃機は重力で低空に落ちる。射的をかすめたとたん下腹から二十ミリ砲でめった撃つ。

場所を移動して、低空に入る真下のキビ畑に立って写した。

望月氏と二人キビ畑沿いに歩いて帰ると、向かいからきた八トントラックが急停車した。安次だった。

「作業現場に不発弾がでました。見ますか」

助手席にのりこむとこの巨大なトラックはまるで戦車のようだ。

不発弾は十本あった。細長い奴で、米軍の速射砲らしい。写真を撮って、そのまま阿波根さん宅に行った。

夜、清憲さんから連絡がきた。

「二人が灯台下に行ったまま道場にかえらない。米兵につかまったのではないか」

心配をかけてしまった。翌日あやまりに行った。

こうして、やっと沖縄の玄関に入れてもらい、生協上に宿をとって、少しずつだけれど、伊江島の、射爆場と隣りあわせの暮しを見ていた。仕事が終ると、安次は必ずやってきた。ぼくらは夕暮れになるといつも一緒だった。安次は地元の青年団の若者たちを紹介してくれた。大晦日の日没から始まった海辺での暁の大合唱。新春の日の出を見にその足でタッチューにのぼっていった。大晦日にはレコード大賞の発表があった。ぼくは暁の合唱にでかけるまえ、生協下の食堂をあけてもらい、テレビを観ていた。スイッチを押すと大賞の寸前だった。画面が鮮やかになってくると司会者がアップにうつり、「それではレコード大賞の発表…」と宣言をしかけていた。「襟裳岬」と決まったが待つ気持はなくて、それは数秒のうちにあっけなく決定していた。ぼくはそれを遠いものでもみるような気持でながめていた。何の感激もなかった。伊江島のこの緑と蒼い空と射爆場の風景からはあまりに遠い。着飾った歌手たちが並び、森進一さんが歌った。安次がやってきて「おめでとう」と言った。「どうも」と答えた。二人でジュースを飲んでいると、ゾウリの足音がした。阿波根昌鴻さんだった。このすてきな老人は二本のビールを持って現われ「ヤス子からききました。お祝いしましょう」ビールのセンをぬいてくれた。なんだか恥ずかしかった。あんな賞は虚栄のかたまりみたいな人種があらそうつまらぬものですよ、と言おうとしたが、素朴な老人に複雑怪奇な芸能の世界の話など何になるだろう。

「ありがとうございます」

阿波根老人と安次とぼくはカチリとガラスのコップをあわせた。


望月氏が東京に発って、ひとり残った。正月には真謝の子供たちの祝いに公民館にでかけて、子供たちの踊るカチャーシーを見たり、おばあさん達や主婦の踊りと唄。知念忠栄さんをたずねて、真謝での米軍の悪らつなやり口の証言を録音したりしていた。海で泳ぐ気にはなれなかった。海辺ではヤマトンチューらしい男とビキニの女の子が泳いでいた。

正月気分も抜けたころ安次が朝突然やってきた。仕事のまえに立ち寄って知らせに来てくれたのだった。アメリカがヘリコプターからの機銃掃射をはじめてる。安次のトラックに、青年団の女の子から借りた自転車を積みこんで、演習が丸みえになる灯台下にでかけた。灯台下からはファントムの落とす爆弾が着弾する砂の白煙りが見えるほどの近さになる。ファントムは海で旋回し、キビ畑に向い急降下してくる。二十ミリ砲の機銃掃射では、急降下しながら爆音がふっと消え、エンジンを停止し加速度だけで低空飛行しながらキビ畑をかすめる。ふあっと砂地あたりで浮き、機体を上昇姿勢にたてなおしざま機銃を撃つ。

「アメリカもどうやらうまくなったようですよ。まえは下手なのがいて、爆弾はどこに落ちるかわからない。機銃はどこに散るかわからない。恐しいですよ」

「落下傘訓練は、ひどかったらしいね」

「あれはひどいもんでしたよ。一〇〇〇米ぐらいはすぐ風で流されるでしょう。キビ畑の上に次から次に人間が落ちてくるんですからね。軍靴《くつ》で踏みつけてね。高圧線の近くにひっかかってぶらさがった兵隊がいました」

「ぶらぶらゆれる訳だ」

「それを早く降りた兵隊が見上げながら、からかってるんですよ」

「戦場だね」

「ぼくが小さい頃からずっとですよ。ぜんぜん良くなっていないんです」

トラックでキビ畑を抜け灯台下に近づいたけれど、機銃の音もヘリコプターの姿も見えない。午前中の演習は終ったらしい。前方に小型トラックが停っている。誰だろう？　というふうな顔をして安次が車を下り、ぼくは助手席で待っていると、こっちにこい、と手まねきする。薬莢《やっきょう》拾いの男たちが数人、農道にあぐらをかいている。何をやってんだろう？覗くと久しくやらないオイチョカブだった。思わず笑ってしまった。アメリカちゃんからの戦利品の薬莢賭けて博打とはね。なんて悠長で、なんて皮肉っぽい悪戯《あそび》なんだろう。こういうことが暮しなのだし、こういうのが皮肉なのである。そういえばぼくをたずねてきてこの島で唄を創ってゆきたいというN青年は幼年時代、棒の先にジャンプ爆弾の燐の炎をつけて遊んでいたという。めったなことでは消えっこない燐を棒先で燃やし、松明《たいまつ》のようにふりかざしながら子供たちが無邪気に遊んでいる。その当時、爆弾はどこの家の庭にもごろごろころがっていた。そんな悪戯が親にも叱られず、放課後の楽しみのひとつだったのが、射爆場ととなりあわせる、この真謝の暮しだったのだ。そしてそれは今も続いている。N青年のおじさんは野里竹松さんという農民で、この真謝の暮しを琉歌にたくして唄っていた。畑仕事にはいつも鉛筆と紙っ切れを持ってでかけ、爆音の下でひと文字づつ刻みこんだ。その自作の唄を阿波根さんの家のテープで聴かせてもらったとき、ぼくには一生こんなうたは創れないだろうと思った。背筋が寒くなり、感動した。淡々とした節まわしを繰りかえし聴くと、肉声のなかになにか温かいものがみえてくる。それらは深い悲しみとはげしい怒りを底流に、沈黙しかなかった農民が淡々と吐きはじめた告白が、琉歌の節で説かれてゆく。

そのひとつ、米軍に土地をうばわれ、幕舎のテントで餓死寸前になりながら暮したころの絶唱。

カバーぬしちゃ（下）うとぅてぃ（居って）波ぬくぃ（声）どぅ聴（ち）ちゅる あきよこの憐り ゆすぬ知ゆみ

（天幕の下にいて 波の声を聞いているこの口惜しさ 憐れさ よその人にはわからない）

ちゅむとぅ（一本）から三ばき 実ぬる真謝原《まじゃばる》ぬ芋（んむ）や アメリカぬ鋤よ起こち

（一本から籠に三杯実のる真謝原の芋を　アメリカが鋤き起こしてしまった）
親元祖（うやぐゎんす）からぬ馴れ住みぬ真謝や　あきよ火ぬ弾ぬ　焼ちゅら　とぅみば
（先祖から馴れ住んだ真謝を［アメリカの］火の弾が焼くだろうと思えば　ああくやしいことだ）
たとぅい火あぶりぬ憂き目ぬ見るともん　恋（くぃ）し真謝原や互（たげ）に守ら
（たとい火あぶりの憂き目にあっても、恋しい真謝原は互に守ろう）
口や花咲かち　胸内（むにうち）や　たくでぃ　悪魔アメリカや　情（なさき）知らん
（口は何とでも並べるけれど　胸の内は企んでいる　悪魔アメリカは　情けを知らない）
（『琉歌に託す坐り込みの心境』）
阿波根昌鴻著「米軍と農民―沖縄県伊江島―」より

阿波根さんの資料に、おびただしい数の写真がある。爆死した男の証拠。演習場にアメリカが投下した種々な爆弾。戦後の真謝の暮しなどの詳細を知ることができる。幕舎生活のころの写真のなかに、赤ん坊を背負った老婆の写真がある。黒い幕舎のまえで軀を左半身にしている。帯ひものようなもので赤ん坊を背負っている。赤ん坊はまっすぐこっちをむいている。この赤ん坊が安次で、「これで三代にわたり米軍から被害をうけた」と阿波根さんは当時の栄養失調、泥水を飲んだ生活を語るのだった。

「この男は？」薬莢拾いの男が安次に尋ねた。

「ヤマトンチュー」

「よろしく」ぼくも挨拶した。

安次はウチナー弁《ぐち》でぼくがあやしいもんでないことを説明すると、またトラックに乗り込み、砂利運びの労働にでかけていった。

男たちはカードをめくりながら、何やら早口で話している。空薬莢が音をたてながら、いったりきたりしている。薬莢は三百個もあるだろう。

「写真撮るのかい」と男が言う。

「ヘリコプターの機銃掃射はめずらしいんでね」

「いつでもやってるよ」

「今、アメリカ兵たちは飯を食ってるのかね」

「ああ、もうすぐ始まるよ」

「恐くないかい」

「アメリカに見つかったら逃げろ、撃たれるぞ」と言って男たちは笑った。

逃げることはありません、と阿波根さんに諭《さと》されていた。

老人は雑談するときも相手のまえにきちんとノートを広げ、相手の会話の要点をメモする。初めてこのメモをまえにしたときは言葉が恐かった。普段、日常会話を吐きすてる習慣にひたって、日常会話のことばとがめ、などしたこともない。話しことばの要点が記録されてゆくのは、腹の中の根っこをしっかりつかまれているようだったのだ。ここは真謝農民の土地なのだから逃げることはありませんと老人は言い、ヤス子さんは、米兵がジープにひとり乗ってるんなら恐くないけど、何人も乗ってると、集団心理で何をやられるかわからない、などと言った。彼女はジープに追いかけられ重傷を負ったことがあり、そのときのことを思い出して語っているのだろう。

「やるか」薬莢ひとにぎりがぼくのまえにほおり投げられた。こちらも嫌いじゃないから悪戯に加えてもらった。労働にでかけた安次と、射爆場のそばでオイチョカブをするやつ。いい気なもんだね、うたのことば書きなんて。こんな暇つぶしでだらしないんだ。薬莢は農道の雑草の上でかちかち音をたて、男たちのあいだをいったりきたりしている。

「アメリカだ」右隣りの男が叫び声をあげた。正面の男が薬莢をいれた袋をすばやくひきよせ中腰でかつぐのが見えた。ふりかえると、もう二、三米の近さにジープが急停止して、四、五人の銃をさげたアメリカ兵が何やら声をあげている。立ちあがっている兵隊がちらっと見えた。

とっさのことで兵隊の吐くことばはわからないが、その声と笑い声で、からかっているのがわかった。袋をかついだ男がキビ畑に駆けだし、右隣りの男は袋に手をのばそうとしたがとどかず、手ぶらのまま駆けだした。ぼくも逃げた。キビ畑にとびこむ瞬間ふりかえると、ジープに立ちあがった兵隊たちが、何やら大声でまくしたてながら叫んでいる。銃はかまえていないが、こちらを犬や猫を追いはらうようなけはいが背筋にまでつたわってきた。キビ畑に飛びこんで海岸に走った。なぜ逃げたんだろう。俺はなぜ逃げるんだろう。薬莢をまえにしていた、ということじゃなくて兵隊そのものが恐かったのだ。だが、とっさに逃げてしまったことが恥ずかしい。キビは雑木のように固く肩にあたる。

二分ほど走って座りこんだ。足音はない。ないけれどキビは風にゆれ、そのザワつく音にまじって、時々、ピシッというようなけはいがして、恐い。自転車とそれにのせておいたカメラが気になってくる。あの瞬間カメラまで走ってひったくり、もし米軍が追いかけてきて銃をかまえたなら、それを望遠で写すぐらいの冷静さがなくちゃあね。

キビはぼくの身の丈よりはるかに高く、視界はきかない。米軍がからかい半分に、ぼくらを捜してるかもしれない。そう思うと動けない気がした。もう少しここでじっと身を潜めていよう、と思った。

みんな雪の中

二月十六日から禁猟になる。孤独な銃は、皮の袋に収められ、引き金は、また来る季節まで男の人差し指のぬくもりに触れられることはない。銃はあまりに男らしいので、飾りものにされることで、さらに孤独になる。だから淋しさを知る男は銃を他人の眼に飾らない。

銃のもつあの冷たさに魅かれていた。

十五日、鉄砲の撃ちどめに、冬山に登るという知らせがあった。

善年さんの家をでると、大谷川上流に向かい右手はなだらかな裏山が続いている。大谷川は、さらに上流で馬追沢、大倉沢、ブナ沢となり、山下りの清流を大江の人たちの暮しに注ぎこんでいる。奥深く分け入るほど月輪熊の棲息地域になる。五月上旬から約一カ月、大江の人達は男も女も、ゼンマイ採りにブナ沢までものぼってゆく。

今は雪深く、誰もゆかない。熊は岩穴にもぐり冬眠している。

熊獲りは、熊の性格と弱点をつかんだ素人にはおそろしく危険に思える単純な方法である。月輪熊の冬眠する岩穴は、入口が熊の巨軀をやっとこさ通すせまいものだが、中は奥深く広い。その奥の間に、熊はブナの木の枝をへし折って巣を作る。だから入口周囲のブナ林がへし折れている岩穴を捜せば、熊がいる。

この巨大なおやじは押すことをしない。引くだけ。引いてもだめでも引く。これがアキレス腱になる。

ふたまたに分かれたＹ字型の木の束を二、三十本かついでゆく。巨大なおやじが奥の間で安眠をむさぼっているのを発見すると、Ｙ字の枝の一本槍を穴から差し込み、熊を軽く挑発する。おやじは吠え槍先にかみつき、ぐいぐい引き込む。Ｙの枝は穴にひっかかり、それ以上、さすがのおやじも内に引きこめなくなる。二の槍を差しこむ。引く。ふたまたの広がりが穴につかえ固定される。三の槍、四の槍、とおよそ十五本も差し込むと、枝衾《ぶすま》で穴がふさがれる。

男らしい男たちは、この策謀を恥じながら枝の隙間に銃口をのばし、巨大なおやじを仕留める。

「熊を発見すると恐いですか」

「全身がふるえるねえ」

「恐いんですね。やはり」

「嬉しいんだな」

「喜び？」

「こいつを仕留めなきゃならん。やっと発見したと思うと全身の血がいつもと違った方に流れてゆく」

巨大なおやじは毎年仕留められる。

だが今は雪深い。

熊獲りは春だ。

きょうは撃ちどめに、野兎を狙う。

先頭に善年さん。その背後に元折れ上下二連銃の冷たい重量を抱いた春の屋さん。男二人の軀の重さで均《なら》した樏《かんじき》の跡を、作詞家などという、およそひ弱で精神を活字と知識で汚された男がついてゆく。

山はなだらかな、のぼり。橅《ぶな》と楢《なら》の林と純白の雪。風がでてきた。

「歩幅を狭くしてやろう。都市《まち》ん人がフウフウになるから」

山男どもは、時々立ちどまりちらりとぼくを見る。それにしても冬山の雪ってやつは、なんて無言なやっかい野郎なんだろう。踏んでも蹴っても冷静に無言である。かつてぼくはこんなに孤独に自然から愛されたことがなかった。

夏山は健康な肢体で緑に跳ねた。

冬の海は粗雑にうねった。

春の原野はゆけどもゆけども新鮮だった。

秋の宿は昼寝をさそった。

春も夏も秋も、陽気か、でなければ色彩と饒舌だった。まして都市《まち》と人間は複雑怪奇で疲労の翳に顔をゆがめている。

人間に生まれることがすでに「悪い血筋」という奴さ。

ぼくはヨーロッパを去る。海の空気はぼくの肺を焼くだろう。僻地の気候はぼくの皮膚を鞣《なめ》すだろう。泳ぎ、草を噛みしだき、狩をし、とりわけ煙草をふかすこと。煮えたぎる金属のように強烈な酒を飲むこと、――あの懐かしい祖先のひとたちが焚火を囲んでしたように――とランボーはうたっていた。

実際都市にいると、金を儲けやすいという以外ロクなことがない。

吹雪いてきた。

先頭に立つ春の屋さんが道を定める。足を早め、元折れ上下二連銃をかかえた後姿は雑木林の中に見えなくなった。

風が山の腹を撫でるように、あおってくる。頬がちょんぎれそうに痛い。

こりゃあ猟になりそうにない。

ばあーんと散弾を撃つ音が響いた。

続いてもう一発。

善年さんが足を早める。

雑木林に、野兎の耳を持って、だらりとぶら下げた春の屋さんの姿が見えた。

可憐な動物が一羽死んだ。

まだ暖かいぬくもりのする軀だった。

山の頂きで先に来ていた三人の男と合流した。元折れ平二連銃の勘次郎さんとブローニング四連の六蔵さん。五蔵《ごんぞう》さんと善年さんはせこにまわることになった。撃ち手が屋根の稜線に待ち、せこが下から追いあげる。五人の男は広大な純白の雪っ原の黒い点となり、まだ姿を見せぬ、野兎を遠まきに囲うのである。

善年さんと五蔵さんは急な斜面を、ぶすぶす雪に腰までうまりながら下り、やがて姿を消した。屋根の稜線に沿い、六蔵さんが遠い山脈《やまなみ》を正面に立つ。二百米程はなれて、勘次郎さんが立つ。春の屋さんは山を下り、撃ち手とせこをかねる。

静かになった。

左右に眼を配り、白い、まっ白い雪の山肌に、動くものを待つ。

ぼくは勘次郎さんの背中を見る位置にいた。元折れ平二連の銃身が右に左にゆっくり動く。この人物は、頑強な肩と陽に焼けた顔。雪の白さに逆光するまぶしさに、眼を細めている。

タバコに火をつけようとするぼくに「シッ」と振りかえらずつぶやいた。

銃口がゆっくり右にまわった。右らしい、がまだ姿は確認できない。

ちらっと野兎が見えた。ブナの林にかくれる。

ちょこちょこっ、と野兎は出てきた。距離、およそ十五米先。撃つ。一発で仕留めた。兎は足を宙でわずかに動かしたようだが、やがて、物体になってしまった。

勘次郎さんがちらっとぼくを見る。肩の緊張がわずかにゆるむ。ちらっと見るその顔がとても正直だ。釣りにもこれがある。渓流深く、孤りで魚を待つ。釣れる。ちらっと人に見てもらいたくなる。この素朴な誘惑。

可憐な兎を撃ち殺す。銃は釣りとちがい、撃てば死ぬ。この一気に完結するゲームに男はみなあこがれている。人生はあまり完結しないのだ。今日眠ればいやでも明日になる。緊張と激しさと燃焼のあとには、退屈と妥協と燃えカスの日々が繰り返し続く。

撃つ、という単純さと明解さだけに喜べる男はすてきだ。冬の雪にとざされた村で、ただ撃つ一瞬だけを楽しむ。ドライヴとか家族旅行とか、ゴルフとかキャバレー。読書とか計算とか鑑賞。テレビとか映画とか放送。

飲み屋のカウンターにはいくつもの中傷と噂と愚痴が並び、

夕暮れの高速道路には、昨日の夢を冗談ですませた男と女が走り、都会の、ショーウインドウの前にはちゃらちゃらと若い男女が群れている。

ちょいと楽しく踊りゃ
お巡りがくる
東京ときたら　いつも
見張られてるんだ
ベイビィ　かんじんなのは
ベイビィ　今の暮しを捨てることさ

というたのことばを昨年、長谷川きよしに書いたけれど、今でも唄ってるだろうか。

群がる暮しに戻ってみても
慰安《なぐさめ》ばかりがすぎるだけ

と高倉健さんのために、旅に出るまえ、書いてきたが、気持よく唄ってもらえたろうか。しがない、およそ潔癖には遠い、怠惰な作詞家は、冬の山の中でさえ、仕事を思ってしまう。

ところで、この旅のきっかけを作ってくれたのは一本の電話だった。新潟の友人の女性が教えてくれた。

「先生ひとり生徒ひとりの冬期分校があります」

「雪は？」

「昨年は四米以上。二階がすっぽりふさがりました。バスも行きません。歩くことになるでしょう」

「これに決めたよ」

「いついらっしゃいます」

「そのうち連絡します」

新潟県南蒲原郡下田《しただ》村字大江
冬期分校は、その下田村の下に森町小学校、笠堀分校、大江冬期分校とつく。
先生は相場三男氏、生徒は吉田守くん。相場氏は法政大学卒で二十三歳。守くんは五年生ということだった。
大江は十一月末から翌四月の約半年間、冬眠の暮しにはいる。医者、郵便ポスト、ガス、水道、煙突、もちろん店も宿もない。十五の家と一軒二、三人の家族。新聞、郵便物等は、郵便さん、と呼ばれる男が、一軒一軒まわって届ける。郵便さんは郵便局員ではなく、大江の住民のひとりが選ばれる。村はそのまま家族なのである。歩いて四十分ほどの笠堀にタバコ屋が一軒だけある。ブルドーザーが除雪すれば車ではいれる。電話もある。獣たちは、月輪熊、カモシカ、狐、狸、青大将、マムシ、親指ほどもある蜂の群れ、アブは夏山をあるくと後から帯の如くついてくる。あらゆる山菜が豊富で、蛍などは、わざわざ見る人もなく、蚊の如く涌く。沢から注ぐ清流を家にひきこみ、その水のおいしさは、これこそ水そのもの、といえる純潔品である。

いろんな方の配慮で、大江にたどりつくと、善年さん（酒井公さん）の家の一員にさせてもらえたのである。

ぼくはただここで少しでも暮してみたかった。取材するという意欲はなく、あるのはただの好奇心で、夜がくれば物音ひとつしない雪の沈黙や、タバコに火をつけたマッチ一本捨てることが汚点《しみ》となる白さ。先生ひとり生徒ひとりとはすてきじゃないか。そんなたあいのないことに魅かれて、ここまで来てしまったのだった。

ずっと昔、鉱山だったころの暮しや。

十年前になくなった炭焼き生活の、汗びっしょりで、すすける首筋のこと。

国有林は、伐採や測量に山をのぼる男たち。

ブルドーザーがはいる五年ほど前までの、ひたすら雪道をゆくつらさ。

ひろのという草で手作りする簑の軽さ。

たとえば、

「ゼンマイ採りには、こぎ紋を着て、そのすそを尻たくりして前で結ぶ。すると両脇に袋ができる。これに採ったゼンマイをひとまず入れる。背にはテゴって荷網のカゴを背負い、地下足袋にアイゼン。男も女も青色のモンペをはいて、女はあねさまかぶり、男は鉢巻き。手には軍手。昼食のおにぎりもって、朝の三時には山に登り、じっと夜明けを待つ。ゼンマイは北向きの斜面《ひら》にある。危険なところで、片手で柴をつかみ、片手でゼンマイを折る。昼すぎ、三時には家にかえる」という短いメモにしても、実際の話では、

「あの斜面《ひら》のあたりには身の丈ほどの水芭蕉があってね」

「身の丈？　ほう」

「こぎ紋、着てみせましょうか」

「それはぜひ見たいです」

ゼンマイ採り衣装の、のどかなショーに笑いころげるうちに夜が更け、

「ゼンマイの料理方法はね」

「ぜひお聞きしたい」

詳細なメモをとるうちに次の日の夜は更け、手の腕ほどの氷柱《つらら》から落ちる水滴の音だけが、聞こえてくる。

御飯はゆったり咀嚼され、髭は念入りに剃られ、薪で焚かれた木造りの風呂では、鼻歌が創作されるのだった。

冬期分校にでかけてみると、相場先生と守くんは一対一、青年の人格の総てが少年の人格に伝わる。声をかければ、かならずひとりから返答のある教育だった。

木造二階建ての校舎。下は卓球台を置くとほぼいっぱいになり、二階が教室。石油ストーブのそばに机を置いてある。

窓の正面に雪山が見える。

「あの山は？」

「かぐらっ鼻」

「カモシカが現われるんだって」

「うん」

「今年は？」

「まだでないなあ。昨年は出たよ。二頭」

「先生、慣れましたか」

「だいぶ慣れました」

「不便はありませんか」

「別に、ただ」

「ただ――」

「雪崩れが恐くって」

「雪崩れに遭ったんですか」

「はい。来て一カ月ぐらい経ってから」

笠堀には先生三人生徒十八名の分校がある。守くんと先生は時々、そこまでゆく。夜に雪が降り続くと、ブルドーザーが除雪するまで車は通れない。歩いて四、五十分、通うことになる。途中「なだれ注意」の山がせりでている場所がある。大江に来て一カ月目、その場所で少し立ちどまった。

「このあたりは春になると万作の花が咲くんだよ」

「雪崩れの危険があるから立ち停らないで」

「大丈夫」

「さ、急いで」

少し踏み出してから雪崩れた。万作の花が咲くと見あげたその場所が小さな土砂くずれほどの雪崩で、道がうまるくらいのものらしかったが、

「その翌日また雪崩れたらしいんです」

「ほう。また」

「もう恐くって」

翌朝、笠堀分校のスキー大会の練習のため、相場先生と守くんは、その道に出て行く。吹雪いていた。白い犬の、愛称ノロがついてゆく。ぼくも写真を撮らせてもらう。

「ノロはついてくるのかい」

「いつもついてくるよ」

「途中まで」

「いや、笠堀まで。ぼくらが帰るまで待ってる」

守くんは身軽にひょいひょい駆けてゆく。

ノロも小さな足跡をつける。

「ノロは名前のわりに早いな」

「四つ足だもん」

なだれ注意の立看板。

「さあ雪崩れろ」

守くんは相場先生をおどしてみる。相場先生は急ぎ足になる。

「雪崩れたらおもしろいな」

「恐い恐い」

相場先生は相槌をうつ。それで微笑める。

「自然は不意をつくという唯一の欠点をのぞけば、あとは人間より心やさしい。雪って奴は生きてる。重くなったら雪崩れなきゃあ、便泌と同じだ」

と友人の山男が言ったことがある。

「雪崩、排便説という」

この話をふと思いだし、相場先生にしてみようかと思っているうちに危険道をすぎてしまった。物事はタイミングが大切である。機会を逸したら、しばらく偶然思い出すまで待つ方がいい。それに教師という人がぼくは苦手である。

「雪崩、排便説」とつっこんで、

「そうですか、そういう学説もありますか」などとうけられたら、いざ笑おうと待ちうけた頰の筋肉たちをどう宥《なだ》めてよいものか。

「酒は強いですか」

「飲みません」

「タバコは」

「それも」

「女は？」とこれは愚問なので聞かなかった。女は胸の内に秘めて省略し、代りに、

「スキーはできますか」

NHKのようになだらかなスロープになってしまった。答えはさらになだらかで、

「曲れるようになり楽しくなりました」

物静かな、清潔な人柄。

ぼくなどおよそ俗人である。なぜこんなにも俗な、あまりに俗なことに考えがいってしまうのか。幼年時代から現在までの汚れに汚れた浅い体験の断片をおもっていると、それらの原因はどうやら都市にたどりついてしまう。この雪山の分校から降りしきる雪を見て

いると、都市の子供たちがあまりに哀れで殺気だってるように思える。ラッシュ・アワーにもみくちゃにされ、大人の尻につぶされそうになる通学路。ひっくりかえると重傷を負いそうなコンクリートの校庭。大人のキャッチ・ボールに占領された遊園地や、排気ガスを吸った向日葵《ひまわり》。夜更けに椅子から飛び下りてはならない、団地の五階に住む、ぼくの息子など。知識と知恵と、分類と、礼儀と、護身術が異常に発達した子供なんて、みんな都市をとびだして、旅をさせちまえばいい。

「守くんのお父さんも以前、郵便屋さんをやってたんだって」

「うん」

「今は久兵衛さんがやってるんだってね」

「そう」

「あの人は、ほんとにゆかいな人だねえ」

「ふふ」と守くんは笑う。ちっちゃな村だ。みんな知ってるんだろう。

久兵衛さんのことを、子供は郵便さん、と呼ぶが、大人は、大江の郵政大臣、などと呼ぶ。飯よりラーメンが好物で、ラーメンより酒が大好物。唄は大々好物。トランペットを吹くような大声で、腹の底からうなりあげて唄う。内臓にバイブレーションがついたような、節まわしで、歌は四小節ごとに、長い声の競争のようにううーとひっぱられる。まるで声に拡声器がとりつけてあるみたいだ。なにしろ労働と雪の寒さで鍛えた声だ。吹雪の中にとどけと響く。そしてシビレるではないか。作詞も自らやる。

軽く飲んだ日、その自慢の喉をきかせてもらった。口はあくまで大きくひらき身をのりだし唄う。こちらは身をひいて聞く。

〽てまえ生まれは吹雪に暮うれえる
雪の越後は下田の生まあれえ
守門嵐《すもんあらし》に鍛えつつ、ああ
清き流れは五十嵐《いがらし》の
水で磨いた　男だてえ

てまえひとりで山河を駆けるう
いきな男よ　カモシカ野郎
やはず下しが今日も呼ぶ　ああ
渡る人生地味なれどう
意地と苦労が染みている

やんや、やんや。まあ一杯と差し出す酒をぐいとあおって久兵衛さん。

「いっしょに配達につれてって下さい」

というぼくの願いに、

「よし、明日朝、九時半に迎えにくる」

堅い男の約束をしたのである。

翌朝、善年さんのかあちゃん、アキさんが手のひらほどもある、おにぎりを用意して下さって、九時にはカメラのレンズの手入れもし、青いヤッケを着て、厚い靴下も履き、炬燵にあたっていた。待てども待てども久兵衛さんは現われない。

結局、男の約束は酒の酔いで、ふっとんでしまっていたらしい。約束がきれいにふっとぶ陽気な酒。じつに酒らしい。これでなくちゃあカモシカ野郎といえまい。

守くんが微笑んだ理由《わけ》がこれで判ってもらえただろうか。


久兵衛さんのすてきな唄を録音したテープを持ちかえり、長谷川きよしのコンサートにゲスト出演したとき流させてもらった。それは大江から帰って二年以上たった夏だったが、大いにウケたものだった。長谷川きよしは「これこそ演歌の原点」と微笑みながら言った。久兵衛さんの唄をきみにも聴かせてあげたい。

蜂屋さんに会った

彷徨《さまよ》い暮らす国を考えてみると、にっぽんはインドのへそほどもない。暮らす部屋からせいぜい五分か十分歩けばバスの停留所があり、バスは国電や市電に連絡し、国電は列車のレールにつながっている。寝床から博多までレールはつながり、新幹線は窓もあけず、まるで歯科医院の診察椅子に座っているうちに目的地に着いてしまう。インドのへそほどもないとは、さすらいの誕生さえ拒まれている、というほどの意味である。

いったり戻ったりしたところで
インドのへそほどもない
にっぽん
また旅にでたけれど
お決まり文句は吐かないつもり
こんなに遠くまできたとか
長い旅路の果てとか

野にもねむってみるけれど
インドのへそほどもない
にっぽん

また旅にでたけれど
今夜もふとんのぬくもりのなかだ
おまえとはなれて幾日か
長いひとり寝の夜更けに

遠くへ遠くへ歩いてみても
インドのへそほどもない
にっぽん
また旅にでたけれど
隣りを愛してしまったらしい
放浪《さすら》うふりなど　さらさらに
山河いつまで美しく

ぼくの旅はゆきずりの友人に車に乗せてもらう以外は、すべて列車である。こうしてぼくのさすらいは、精神や観念のなかでばかり広がりつつある。インドから帰った友人の話によれば、河で洗濯していると行き倒れの死体がぶあぶあ漂流し、旅人がその死体を焼いてほおむり、それはちょっとした気まぐれな作業だったというように立ち去ってゆく。

さすらいを唄う若者たちの群れがでたとき、ぼくの興味は、その人たちの日常だった。サラリーマンのKさんでさえ二年ごとに転勤になり、今は四つの方言を語り、日本中の方言を聴きとることができる。それに較べ、ぼくは山陰の方言と標準語と。

暮しごと移動する人物に会いたい。家族ごと転々とする暮しに。

鹿児島に行くことにして、診察椅子に乗った。

午前四時半。

知覧町、内村旅館前で車を待っていた。降り続いた長雨で空気は冷えきり、えらく寒い朝だ。町は寝ている。空は黒い。水銀灯が行儀よく左右に整列している。旅館前の精肉屋にだけ灯がついている。ガラス戸越しにジャリジャリ音がする、包丁を研《と》ぐ音らしい。遠くにライトが見える。来たか、と思うと長距離ダンプだ。地ひびきたてて疾走してゆく。

午前五時十三分。やっと来た。

「後の車に乗んなさい」

ライトバンのドアをあけると、なじみになった蜂屋さんの顔があった。年輩の入野盛重さん。睦子さんとその亭主、仲啓之さん。上野ミギさんと松久保久さんは前の車だ。ミギおばあさんは六十歳。ひょいと助手席に乗り込み、夜明けの鹿児島の街から、隼人、国分を抜け、仁田原まで採蜜にでかけるのである。

養蜂家、では背広である。

蜂屋さん、なら作業着になる。

「まだ天気がはっきりしませんね」

「朝が冷えとる」

などと降り続いた長雨に怨みつらみをのべるうち、二台の車は夜明けの町を走り抜けてゆく。

朝陽歯科

荷台には、養蜂器具が積んである。離蜜する遠心分離器。顔にかぶる網（覆面の布）。杉の枝の煙をふきつける噴煙器。蜂ブラシ。数本のやせた細い包丁。濾蜜しアミのついた箱。空き缶三十個。スコップ、ハンマー。そして朝食の弁当とミカン、リンゴ。魔法ビンに入れたお茶。これだけを積んで、いつもでかけるのである。

鹿児島、五島列島を旅の一歩に、鳥取、男鹿半島、下北半島、北海道。北へ北へとその年の花の咲きぐあいに沿ってのぼる、蜜の旅である。今朝はその旅の初め、今年最初の一番蜜を採りに、仁田原までゆく。車は国分の町から郊外に抜け、やがて山里への急な坂道をのぼりはじめた。

知覧町、浮辺の蜂屋さん、山下重徳さんに出会って四日経つ。ぼくの家《うち》に春になると山陰から白く結晶したよいれんげ蜜が送られてくる。この蜜を採った人物が末次氏という蜂屋さんで、末次氏と電話で話すうちに、二十年来の友人である山下さんの名前を知った。

とりあえず西鹿児島まで来て、山下さんに連絡してみる。いらっしゃいとの快い返事。「待ちあわせは西鹿児島駅前、路面電車停留所」ということで、道路のまんなかに立つこと しばし、車でひろってもらい、ここまで来てしまったのだった。

その夜から雨が降った。ナタネ梅雨である。

蜂屋さんには雨が大敵である。花は蜜をふかず、蜂は働かず、蜂屋稼業は雨がいちばんうらめしい。その憎《に》っくき雨が降り始めた。いなづまが光り、雨はびしょびしょからばしゃばしゃ、激しくなった。

暮しをたたいて、ざんざか降る、というやつである。

山下さんの二階に居候させてもらい、寝起きをともにしているのだが、雨のあがるのだけをじっと待っていると、気が滅入ってくる。傘を借り浮辺の町に出てみる。そこだけが異様に大きい四つ角がある。ほんの数十米歩くと田舎そのものの風景なのだが、道路が四方から大きく交わる部分だけが奇妙に人工的である。ペンキで道に横ジマの横断歩道。人通りはほとんどないのに、立看板が塔婆のように立っている。

事故多発地　スピードおとせ

スピード違反取締月間

ヘルメットをかぶろう

夕暮れまえ、高校生たちが自転車やオートバイでとおる。女の子もヘルメットをかぶり、バイクでとおる。車の奴がでかい顔《ツラ》でのさばり、人間は踏み散らされ始める、あの崩壊の前兆。人の匂いと自然の放つ色彩がやさしさだと、ツバひとつ吐いて砂利道にそれた。長い瓦屋根の軒下で雨やどりし、何することもないので、うたのことばを頭の中で並べたりこわしたりする。

歩いた道の長さだけらくに話せるようになった。

車にひきちぎられた懐かしい道たちよ。

雨足にほられた水たまりをとびこえる野良犬よ。

その日山下さんの家に来客があった。同業の新海さん夫婦で、北海道の紋別から蜜の暮しのスタートに鹿児島に来て、ちょいと立ち寄ったのである。この人物は野生の精悍な豹といった風貌である。ことばも腕まくりして、ます、という丁寧語も、断定的に打ちおろすようだ。奥さんも胸をはだけると似合いそうないい女で、似合いの野性夫婦である。

「紋別川、八ツ目鰻《うなぎ》獲りときたら、まったくたいしたもんです。川がところどころ堰止めてある。その堰止めた流れの巻きこんだ淵。ここに八ツ目鰻がおります。網ですくいますが、めんどうになると手でつかんでは陸に投げ、つかんでは陸に投げ」と話は進み「いや手袋するとつかめるんです」と短く声の調子がやわらかくなり「で、つかんでは投げて、ドラム缶に二本獲りました。

「へえー」心底驚くと、「料理がたいへんです」さりげなく奥さんがしめくくる。

「雁はいくらでもおります。二人であの日はたしか八十四羽獲りました。一発の散弾で、五羽落ちたです。ははは……」

紋別か、こりゃあ、いつか暮してみなければ、心おどってきた。

「鮭は獲れすぎてね。ちょっと散歩がてらにひっかけてくる」

ところで、こうした新鮮な驚きに魂が左右からフックやらストレートを打ちこまれている間はよいのだが、これが退屈なジャブやホールディングの多い会話になると、唇はぴったり閉ざしてしまい憂鬱に侵入をゆるしてしまう。こんな繰り返しの日々なのに、なんで生きてなきゃあならん。ああ今日も影だけが歩く。唄を聴くことも活字を読むことも、人と会うことも、飲み屋へ行くことも、総てがめんどうになり、どうにかしなければといらだつうちに、電話などであらぬことを口走ってしまう。

「××雑誌ですが、感想を……」

「何でしょうか」

「自民党の——」

「早くつぶれろ」

「共産党の資金力は」

「ぼくよりあるかな」

「美濃部――」

「会ったことありませんが――」

「石原慎太郎――」

「ケネディと同じ。大嫌い」

「岡本おさみ本人は？」

「そんなの存在してるんかなァ」

こんな調子。しかしおだやかな時より、こちらのほうがずっと正直である。ときみは思わないか。山下さんの家に居候させてもらい、二階の一部屋をそっくり与えてもらい、他人の親切にぼくは頭をたれ、そのちぢまる身で窓の外を見れば、まだ、いやないやな長い雨。ラジオは大雨洪水注意と報じ、憂鬱症がでてきそうだ。ゴロリとひとり横になり、天井ばかり見て、やることもなく、出る前に読んだミツバチに関する論文や自然科学書。立ち読みした子供用の雑誌やらの活字や挿絵を想い出すけど、それも頭を痛くするばかり。旅で回復しても、まだ細菌がしぶとく生き残り、それが分裂を起こし細胞から脳へ侵略するような、陰気な気分になってくる。頭蓋骨のスミをゾリゾリと削るような、痛く、首筋が鈍い。字を書くとき、その症状がある。だから、うたのことばは、屋外で作り、こうして少し長いものをうめている場合は、一日か、長くて二日、それも数時間で、短距離ランナーのように書きなぐり、さあ、終った。とひとまずほおりなげる。それだけに後でものすごく後悔し、編集部のN氏にゲラ刷りを見せてもらい、確かめぬと落ち着かない。字を書く商売はヤボで陰気だな。ただ旅をする商売はないだろうか。

こういうことを考えている時は、曇である。山下さんの二階でもその症状がややあり、「採蜜されるときは、知らせてもらえませんか。知覧の旅館で待っています」とひとまず浮辺を出た——。

ライトバンは、山のふところへと、まがりくねりながら、のぼってゆく。景色は一刻一刻こきざみに流れとんでゆく。れんげの段々畑が美しい。少し薄い紅色なのは、長雨で冷えたせいだろう。れんげは夜花びらを伏せて眠る、と盛重さんが教えてくれた。

西鹿児島で山下さんと会った午后、「花見」としゃれて、この段々畑を遥か下に見ながら車を走らしたとき「ああ、あの花には蜂がいる」とつぶやいた専門家のひと言にびっくりした。蜂どころか、花のひとつひとつもこの高さからは判別できない。それなのに「蜂がいると花の色がちがいます」「蜂にも気の荒いのと、やさしいのがいる。飼主の性格が伝わるんですよ。巣箱のとりあつかいひとつにしても、蜂の性格をつくってしまいます」

こんな会話をメモしてみた。

○蜂のいる花は紅をさしたように赤い。
○なぜか手と指は刺さない。
○刺されたら剣を抜いても、その臭いに群れてくる。
○髪、まゆ、まつげ、黒をきらうらしい。
○尻の重い（満腹）のが飛んでいる。

〇（長雨に）この気狂い雨め！

〇ミツバチはれんげなられんげだけ、ちゃんと通います。となりに違う花があってもその日その日で、硬い蜜、やわらかい蜜。いろいろです。

〇運と勘と天気。

〇私ら、まぜもんはありません。まぜてもうけようなんて。（以下略）

仁田原に着いた。覆面布をすっぽりかぶり、道具を運ぶ。巣箱は三十個程。そのまわりをミツバチがうおーんという音をたて飛んでいる。ひと箱に約三万匹。燻煙器でぶかぶか煙をふきつけ、蜂の気を鎮《しず》め、ふたをとり、また煙をふきつけ、巣箱から巣わくをゆっくりひきあげる。手袋はしていない。巣わくに群れたミツバチがぞろりと出てくる。ふり落とす。二回ほどゆするとあらかた落ちるが、残ったものはブラシで掃き落とす。蜜ぶたを包丁で切る。遠心分離器に入れる。分離器を、えいこらと手でまわす。蜜が底にたまる。蛇口をひねる。蜜がでる。空カンでうける。いっぱいになると蜜を濾す。これで製品となる、製品は野で生産される。

今日のミツバチは機嫌が悪い。れんげが蜜をふかない。空腹である。尻が軽いというやつだろう。やたら人間のまわりを飛びまわる。

「蜂が怒ってる。餓死させるつもりかと言っている」啓之さんが同情する。

「こんな少ないのに採るのか、食うのを残しとけと言ってる」盛重さんが相槌をうつ。

「今年は花がおくれてる。藤の花がまだひらくけはいがない。おくれてる」

蜜は多くない。多くはないが、野にでたときの常で、口先が軽くなる。

〽蜜とるのはたのしや
　蜂屋はおもしろや

盛重さんの鼻唄はことばが鼻からふぁーんとぬけるようなのどかさで、ミギおばあさんが「ああ楽《た》あのし」と合いの手をいれるものだから、雑談が歌いはじめるといった趣になる。ああ唄だな、と思う。ここにも自然に生まれ一刻で流れ消えてゆく唄がある。レコードなどに収めたり、改まったらとたんにつまらなくなる唄がある。睦子さんは笑いながら分離器のハンドルを、えいやと廻す。久さんは巣わくを運んでいる。巣箱はつぎつぎあけられ、ミツバチの群れはうあんうあんと飛びまわる。

ちょうど勤め人や学生が会社や学校に行く時刻、ひと仕事終って、養蜂器具を再び車に積み、移動する。隼人をとおって俵木山へ。高校生たちが自転車ですぎてゆく。

高校生たちが学校に着く頃、俵木山に着き、朝食の弁当をひらく。山道にくるま座になり弁当をひろげる。肥薩線が野から野をつなぐように走っている。このローカル線にまだ乗ったことがない。色あせた黄色のちっちゃな車両が、二回とおりすぎるのを見て、食べる。

「こんな道で食べます」と久さん。「ああおいし」とミギさん。

新聞、テレビ、教師、上役、机、コンクリート、等々に汚されずにすむ。高校生たちが教科書をひらき、教室にとじこめられる頃、こちらは、野の雑木林で立小便をする。会社の電話が鳴り始め、サラリーマンたちのお勤めが始まる頃、蜂屋さんたちは、山の中にいる。汚れていない。頭蓋骨をえぐる憂鬱も野に溶け、ぼくのなかには、さわやかな雨あがりの草木の匂いが漂う。でぼくは都市《まち》にいる恋人のことを思う。彼女は長いスカートを中

傷とSEX記事の凪にひるがえらせ、渋谷の町を歩いてるはずである。ほっそりした指で
長い黒髪をまき、コーヒーを飲むのが彼女の気どったしぐさである。
　彼女は駅の構内で立ちどまる
名物のオカリナを吹く青年がいる
彼女は横断歩道で青を待つ
公衆電話をかける人の背中が並んでいる
彼女は歩道を渡ってゆく
話しかける人は誰もいない
彼女はパルコにはいり、エスカレーターをのぼりショーウインドウを覗き、各国の誕生
　記念カードやクリスマス・カードを手にとってみる
贈る人は誰もいない
彼女はガラス張りの喫茶店で紅茶を飲む
ああ人が歩いてるわ、と思う
それからただ人の群れを見る。群れはただ群れになり、そろそろ……と腰をあげる

「あれぇ、また雨だァ」ミギさんが包丁の手を止め、曇った空を見上げた。すかさず重盛
さんの鼻歌がでた。
〽ぬれてゆこうよ、蜂屋さん
みなが笑ってひと時なごやかであったが、五分もするとどしゃ降りになった、蜜のうえ
に板をかぶせ、人間どもは濡れるにまかせ「仕事」を急いだ。髪がしっぽりぬれ、背中が

ベタつき、膝がジーパンとくっつき、まぶたにはいる水滴をぬぐい……。

あとはもう情緒もへったくれもない。

蜂屋さんたちは無言になる。すてきな仕事をしている顔付きになる。ぼくは無視される。

雨は興奮したように降りだした。

〽蜂屋にゃ雨が憎らしい

久見《くみ》に来たよ

老人は舟端に両膝をつき、軀を海面に屈《かが》めている。左手で箱メガネを支え、右手で巧みに櫂《かい》を操る。老人の足の裏はまるで草鞋《わらじ》そのままである。ひびわれ、その皮膚のわれめに潮風が幾歳月《としつき》も吹き、潮水がしみこみ、傷をふさいではまたひびわれた粗い足の裏。老人は幼年時代から冬の海にでるときも、裸足にぞうりばきで過ごしてきた。手も足も膨張したまま固まっている。

毛のはえたような舟である。板に乗っているほどの小ささである。凪《な》いだ海面を小舟はゆらゆら漂っている。舟は老人の手の中でころがされているようだ。

老人はふと櫂をはなし、鮑鉤《あわびかぎ》をひきよせる。おなご竹の先に鉤はくくりつけられてある。老人はふたたび箱メガネを覗き、腕をくっ、とひく。たぐり寄せる。鮑をひょいとはずし、舟の床にぽいっ、と落とす。

作詞家は微笑む。

老人が微笑む。ことばはいらない。

獲れたね、という微笑みである。

老人が三本ヤスを海面に差し入れる。栄螺《さざえ》だな。三本ヤスは栄螺の殻をはさんでいる。殻を刺すと傷ものになる。

栄螺をぽいと床に落とす。

そのコツンという音だけが異質な音である。あとは海面がゆれる気配と、作詞家が時々マッチを摩《す》る音がする。

作詞家は病んでいた。やや熱っぽい、脚の関節が痛む、だるい。旅に病む、というやつである。古い俳人は夢は枯れ野をかける、とうたっていた。谷川俊太郎さんは、夢は雑踏をめぐっている、と何かの一行に書いていたな。

この小さな漁村にきて、ふらふら歩きながらいくつかの断片の風景を見た。

旅人の習慣でまず遥かな風景を見る。久見は西に水平線が走る。右に久見岬、南の山は代《しろ》海岸に続き、南西にたて島、ローソク岩は港から見えない。

家は海に軀を寄せ、その軀を竹で囲っている。人が住んでいるのか、と思うほど道はがらん、としている。

雑貨屋が三軒ある。診療所がある。氏神様がある。老人がいるらしい。子供もいるらしい。青年に出会わない。

向いから老婆がゆるゆるとやってくる。両手に一本ずつ竹の杖をついて、毛糸の夕ビに草履ばき、頬と耳を手拭でおおい、ぽとぽとと歩いてくる。すれちがうと老婆はちらっと見て、深く腰を折って挨拶をし、またゆるゆると後姿が遠ざかってゆく。それを小さな幼年の犬が見ている。

夕暮れだな、できすぎてるくらいの夕暮れだな。

道端にしゃがみこむ
年老いたおじいを待つものは
暗い空　暗い旅路

先はいつも曲り角
夕闇はいつも後から
人を追いやるようにやってくる

南正人の旅と悲しみは深い。作詞家は、畏敬するロック・シンガーのことを想い出す。アメリカ放浪からかえり、どうしてるかな。作詞家は三十二歳になった。ひとつひとつわずらわしいものを捨ててきたら、命だけが残った、という風になりたいと思い詰めたことがある。佐藤栄作という男が訪米したあとでひとりの友人が自殺した。原宿の雑居ビルの上から身を投げた。その当時作詞家はD・Jの台本《ほん》を書いていた。放送局主催のコンサートで札幌に行っていた。かえってきて友人の死を知った。その後、食いつなぐにたりる二本の台本を残して、あとは番組から全部下りた。

あれからいろんなことがあった。

いろんな人が前を通りすぎ、いろんな人の前をとおり過ぎてきた。心おどることは長く続かなかったけれど、すぎてしまえばけっこう笑い話になれるらくな事柄もあった。そして今、足の向くままに隠岐の小さな漁村、久見に来ている。鮑獲り、カナギ専門で暮してきた、八幡伊三郎という八十二歳の老漁師の舟にのっている。

病んでいるが心は満たされている。

しずけさだけがある。


隠岐に来たのは、これで三度目。初めては一昨年の十月だった。駆け足だった。布施、飯美、中村、白島、重栖、福浦、長尾田、油井、那久、都万《つま》、加茂と海べりの小さな漁村をめぐった。佐々木家とか玉若酢命神社とかにも立ち寄ってはみたが好奇心が湧かなかった。

都万の保養センターというところに宿をとったことがある。客はひとりだった。夕暮れて、がらんとした食堂でひとり魚を食べていると、遥かな暗い海に、漁火《いさりび》が燃える。イカ釣りの季節だった。

イカ釣り舟がかえると
ちいさなおかみさんたちが
エプロン姿で防波堤を駆《か》けてくるよ
都万の朝は眠ったまま
むこうの浜じゃ
大きなイカが手ですくえるんだ

『都万の秋』というちいさなうたのことばを昨年スケッチした。都万は隠岐・西郷港からバスでトコトコでかけた小さな港で、防波堤のつけ根にプレハブの小屋が建っている。なぜか階下は理容室で板の階段を昇ると、漁協の詰め所になっている。二階の窓からは凪いだ海が地平線のように見える。

ここで働いているS子さんは漁協の男衆たちの潮に洗われた服のほころびを縫《ぬ》ったり、お茶をいれたりしていた。荷をつんだ船は一週間にいちどしか入港しないから、忙しいのはその日限りで、防波堤から遠い海をながめながら日々を過ごしているのだった。

時々大型船が入港して、男たちは船着場で働く素朴な娘とひととき煙草《たばこ》をふかし、防波堤で立ち話をするけれど、船は数時間後には出航してしまう。彼女はだから、よそから来る若い船乗りたちとはいつも立ち話で過ぎてきたのだった。

ぼくは海べりの保養センターに泊まった。さわがしい夏が通りすぎたあとの淋しさが、宿のあちこちにある。宿泊客はぼくひとりだから、他の部屋も廊下の電灯も、夜が更《ふ》けると消されてしまう。村の経営する建物らしく、夕方、食事の用意をしてくれた村の若いおかみさんも、ぼくが胃袋を満たすと家に帰ってしまい、宿直らしい老人がひとりきりになった。寒くなってトコトコ風呂場にでかけ、裸になってガラスの扉をあけると、浴槽に湯がなかった。

都万の朝、イカ釣り舟が帰ってくる午前五時過ぎ、防波堤にでかけていった。霧がたちこめている海をぽろんぽろんとのどかな音をたてながらイカ釣り舟が帰ってくる。その漁師のおかみさんだろう、エプロン姿に、ぞうりばきの女たちが笑いながらやってくる。

舟が着くと夫婦は防波堤でイカを洗う。皮と腸《はらわた》をむしり海に流す。でっぱりの岩に夫婦がちょこんとしゃがみこみ、イカの皮をむしりとっては波で洗う。おかみさんはひと夜ひとり寝ですごした淋しさで亭主に話しかけるけれど、徹夜の漁で疲れた男は黙ってイカを洗うのだった。

その時気がついたのだけれど、イカを洗う夫婦の足元の海に、数百匹の魚が群れていた。もう幾年もイカ釣り期の早朝、こうして皮と腸をむしる作業をくりかえしてきたので、魚たちは好物にありつこうと、群れてやってきているのだった。

小学生の少年が竹竿《たけざお》をかついでやってきた。おかみさんから皮をわけてもらい、それで釣り始めた。重い餌《えさ》で、沈めるとクロアイが、波の上に浮かせるとカワハギがおもしろいように食いついた。朝食のおかずにでもするのだろう。数匹釣ると、こと終れりというように少年はさっさと帰っていった。あの魚を食べて、それから学校にでかけるのだろう。

「おはようございます」

振りかえるとS子さんがいた。

「すごい魚の群れですね」

「この季節になるといつもですよ。釣ってみますか」

「おもしろそうだなあ」

彼女が駆け足でもってきてくれた竹の竿でおもりをおろすと、魚たちは群らがって食いつき、あまりあっけなく釣れるので、ぼくは釣ってては海にはなしながら、竿につたわる感触をたしかめると、竿をたたんだ。


その日、漁師さんにつれられ、岩場に釣りにでかけた。漁師たちは港が遠ざかると、吹き流しのような擬似餌《ぎじえ》をとりだし、太い道糸にとりつけると、それを舟の後尾から海にたらした。白い吹き流しは舟にひきずられながら、水面を踊っている。道糸を手首にくくりつけた素朴なトローリングだった。すぐにアタリがきた。大きなカツオだった。

「あの向うの浜に、こんなイカがうちあげられる」と老漁師が言った。老人は両手をいっぱいに広げている。一匹二十キロ以上もあるソデイカ、と地元の者が呼ぶそのイカは、握りこぶしほどの擬似鉤《ばり》をロープのような道糸にくくりつけ、浮子には石油カンを使う。海面で横だおしになった石油カンがぐらりと起きあがると、それがイカがからみついたアタリだ。二十キロものソデイカは、ひきずりあげると、モッコで二匹（というより二頭だが）ずつ、おかみさんたちがかついでゆくのだった。

防波堤には中型の白い船がいた。それはこんな小さな港には不似合いなきらびやかな色彩をしていた。昼ごろになって小さな舟がかえってきた。漁師に軽く挨拶して長身の男が釣り竿をかかえて下りた。太い竿とばかでかいリール。大物釣りをねらう釣り師らしかったが、その男が下り立つと、S子さんは慌《あわ》てて、いそいそ防波堤に駆けていった。

「あれは、あの船の船員で、一晩釣ると次の日出航する」と漁協のおやじさんは言うのだった。

「釣りキチガイでね。ものすごい大物を釣っちゃあみんなを驚かせる、とても漁師でもかなわない。あの男は生きたヤドカリのカラに鉤《はり》をつけて、岩場のポイントにヤドカリをおとして釣る」

ぼくは獲物《えもの》を見たくなり、防波堤にでかけていった。なるほど、七十センチはあるだろう、ばかでかい鯛《たい》を頭《かしら》に、数匹の鯛が眼をむいて網の中にいた。吹けばとぶような小物は釣っても捨てちまうらしかった。

S子さんはしきりに男に話しかけていたけれど、男は疲れきった軀で無愛想にうなずくばかりだった。一夜眠らず釣りとおした眼は疲労で鉛色に重たげだった。彼女はその男に、ほのかな慕情を寄せているらしい。

防波堤に彼がかえってきたのを見つけた漁師たちがあつまってきた。姿を見かけただけで漁師たちが寄ってくる。みな、男の腕には一目《いちもく》置いているらしい。男はS子さんには無

愛想だったけれど、漁師たちとは話がはずんでいた。老いた、よれよれの服を着た漁師がいて、男は老人に礼を言っていた。

「あの鳥のクチバシのような型をした岩の左側にほおりこむと、こいつがきました」と男は細《こま》かにポイントを説明していた。そのポイントは老人が男に教えたらしかった。寄せる波がその岩にあたって白波をあげてくだける。ポイントは岩礁《がんしょう》から三十メートルほどの距離にあって、正確にほおりこむには、ちょいとした腕がないと投げきれない。足場が悪いから、座ったまま竿の反動を生かして投げる。手首で竿をあやつるという感じだ。

老人はしきりに天候のことをぶつぶつ言っていた。天気が良すぎちゃあ釣りにはならん。風があって多少荒れりゃあ食いも荒々しく超大物がくる、というようなことを他の漁師たちも言うのだった。

男は、そうして漁師たちと話している間、また生気を取り戻していた。漁師たちと話してるあいだ、S子さんは覗くようにして男の顔を見ていた。だけれども男たちの話題にも空気にもはいってゆけず、彼女は男の横にいながら、はるかな客席から歌う男を見ているように、思いを寄せながら、一言も口をきけず見ているだけの娘のようだった。男はこの日の夕方にはまた発《た》ってしまうらしい。

「おじいさんはいくつまでイカ釣りにでるんですか」と男が老人に尋ねた。

「死ぬまでだな」と老人が答えた。

「酒やめんとばあさんの世話になるような病気になるよ」と別の漁師が言った。

「ヨイヨイになったら、海にはでれんけんのお」と別の男が言った。

「そうですか、死ぬまで海ですか。ぼくら、釣りにほおけて怠けもんですね」と男が言った。怠けもんですね——それは船乗りにはまれなその男の人柄がでた印象的なことばだった。そしてそれは、ぼくに対して、漁師が吐《は》いたことばのように聞こえたのだった。

ずっとあとになっても、その男の〝怠けもん〟という言葉だけが、ぼくの中に残った。それでぼくは小さなうたのスケッチに、そのことばをほおりこむことにした。

海のきげんをとってきた
都万のおかみさんたち
ひと荒れくりゃあひと年も老《ふ》けてきた
あすの朝は去ってしまおう
だってぼくは怠けものの渡り鳥だから

「それじゃあちょっと眠りますから」と男は漁師たちに言い、もう一度老人に礼を言うと、重い竿をかかえて、仮の宿である漁師の家に、その家のあるじと去っていった。

S子さんはそれを見送っていた。

ついていくにも、何も話しかけるきっかけもなかったし、男にはそういう雰囲気が軀中にあふれていた。いい男だったのだ。いつか、あの男と釣りにでかけたい。ある少年マンガ雑誌の『釣りキチ三平』に登場する、魚神《ぎょしん》という男に週一回、雑誌であうたび、ああ、あの男は、まるで、この漫画のモデルみたいだったな、といつか会って釣りにゆける日を、思い浮かべてみる。

西郷には必ず泊まる民宿がある。一昨年はその西尾さん夫婦には華やいだ団欒《らん》があった。裏戸をあけると西郷湾で、十歩まっすぐ歩くと海に落ちてしまう。海に板がせり出してある。ここから魚が一米《メートル》程の短い竿でいくらでも釣れる。

秋、朝食に山盛りのイカの刺身がでた。同宿の若者たちとたらふく食べたが、食べきれない。釣りの餌はそのイカ刺しである。

大阪から来たという男は、生まれて初めて釣りをし、いくらでも釣れるものだから、隠岐めぐりを一切やめ、宿泊した二日間、朝から夕方まで、そこで釣っていた。

ひょっこり大型漁船の船長が訪ねてきた。船員には、ちょっと用があるとでも断わって船長だけ陸《おか》に上り、なじみの西尾さんで一杯ひっかけにやってきたのである。

「大丈夫ですかのう。船員さんを船に残しといて酒など飲んでも」

西尾のおばさんは気にしている。船長はまあ一杯とコップで冷や酒を流しこみ、ふう、と息をついては、二杯三杯とまるで地球を飲みこむようにあおるのである。長い漁の疲労がアルコールに溶ける。またたくまに一本あけて、やっと腰がすわり、ややちびりちびり味わい始める。ここまでくると、どんな忠告も船長には通じない。「部下を残して上役が酒を飲んでていい訳がない」などという、文部省的道徳論は、鼻であしらわれる。だからこんな手にでる。

「船長さん。船が居ませんよ。行っちまったんじゃないですか」

船長は我にかえり、慌てて裏戸をあけ湾を見る。酔いしれた、うつろな眼で見る。

「あった！」

みなが笑って、宴はますます盛んになる。船長はもう船のことも船員のことも忘れてしまう。

こんな内臓が生々と笑う経験をいくつもさせてもらった。隠岐はよい。隠岐の暮しにはよい味があり、ぼくの足を向けてくれる。

しかし三度目の、この春は淋しさがあった。西尾のおじさんが二月に亡くなり、娘のみち子さんが嫁いだ。家はおばさんひとりになってしまった。電話番も、料理も、掃除も、洗濯も、買い出しも、接客も、ひとりでやらなければならない。おばさんは血圧が高いので疲れやすく、息切れがする。亡くなったぼくの母によく似た顔だち、話し好きで、若いもん好きで、親切である。

「今度はゆっくりおって下さいますかのう」

おばさんは話しかける。

「すみませんね。久見でひと仕事あるんです。帰りに立ち寄りますから」

西尾のおばさんの見送る腰の低い姿をおもいだす。

伊三郎さんは鮑鉤でまたひとつひっかけた。箱メガネで海底に眼をこらし、ひとつまたひとつその右手一本で獲ってきた。鮑は楕円形の中央、横に孔がある。老人はそれを眼、と呼んでいる。その眼の大きい方が頭、頭を左に上部が厚く下部の殻はやわらかい。そのやわらかい殻の中央部をひっかける。岩にやわらかく腹足でへばりついているやつを岩と殻のあいだにすばやく鉤をあて、くっとひいてひっかける。

「くっ、と早くかけることだのう」

と老人は教えてくれた。頭や尻の方をひっかけると貝と身が離れてしまうけんのう、とも言った。

「他にコツは？」ぼくの問いに、

「鮑が岩にくっつくまえにひっかけてあげてしまうことだけえの」

「どうしても頭や尻からかけなければならないときもあるでしょう」

「海の底はいろいろですけえ」

「そのどうしてものときは？」

「ひっかけたらゆっくりはがすことかの」

「ひっかけてからあげるコツは？」

「舟はふあふあ浮いたり沈んだりしてますの。ひっかけたら、さっと上げんと貝が浮いたらはなれて落ちてしまいますけえ」

「それだけですか」何かものたりない。伊三郎さんの家に泊まりこむまえに久見のある人物からきいてきているのだ。伊三郎さんはいちばんの漁師である。五つの時から海に出、鮑獲りではどんな人もかなわない。ああいう人を名人というのだろう。八十三歳で、眼が若いときほどきかないが、まだ伊三郎さんにかなう人はない。海の底の岩のひとつひとつさえ知ってるはずだ。

　何かもっと秘伝はないだろうか。

「それだけですか」と改めて問うてみる。

「それだけですがのう」

そうですか、しかし、先程の伊三郎さんの答えに含みのあることばがあった。「海の底はいろいろですけえ」

　どういろいろなんだろう。

「八尋《ひろ》から十尋もある大きな岩が並んでるところがありまして、そこにおります。大きい岩と大きい岩のあいだにこまかい岩がありますが、そこにはありませんの。小さい岩は波がシケると岩と岩の間で手マリつくようにくるくる廻るんでしょうな、シケのあとに行って見るとタワシかけたように海草がきれいに落ちてます。アカも落とすんです」

「波の力はそんなに強いですか」

「はあ、二畳ぐらいの岩をひっくりかえしますなあ」

「ふうん。で、これはあたりまえかも知れませんが、やはりきれいな海に鮑は住むんでしょうね」

「それがいちばんだけえ。これはきれいな海だな、と心が洗われるところに鮑はおるようでございます」

「ちょっと汚れたら」

「汚れたら汚れぬところに行ってしまいますけえ。これが鮑の気持なんでしょうの」

　鮑の気持か、しかし鮑のやつはきれいな海にいたいと願いながらその思いを愚かな人間たちに伝えられない。これがほんとの片想いってやつだな。

　伊三郎さんの家の客になってから、恥じてばかりいるのだ。老人は冬の海も裸足である。作詞家は厚い靴下に赤い皮のブーツを履いている。老人の指が見える。それに較べ作詞家は風にも雲にも雨にもさらされない細くきゃしゃな指である。老人の歯は純白である。こちらはタバコの吸いすぎで汚れている。老人は朝六時から夕暮れまで海の上に漂っている。こちらは怠け者《もん》である。老人の眼は海の中ばかり見て暮らしてきた。こちらはへどが出そうなものばかり見てきた。老人は生きているものを見てきた。こちらはビルもデスクも壁も電車もエスカレーターも、喫茶店も、みんな人工的なものばかり。

老人の眼はのぞきこむと、どこまでも、そのままどこまでも潜んでゆける。腹の底まで潜んでたどりついてもきれいだ。こちらは……もうそれはいい。うなだれてしまう。

「朝六時ごろから夕暮れまで、ずっとひとりで海の上にいるんですか。ただ鮑をとるだけで」愚問だが素直にきいてみよう。

「はい」

「退屈じゃありませんか」

「ちょっと眼をはなすと、そのちょっとのあいだに、何かが泳いでゆくかも知れませんけえのう」

「海が好きなんですねえ」

「軀の悪いときでも、海の底を見てるうちに頭の痛いのやら、だるいのやら、治ってしまいます。はい」

「喉は乾きませんか。ちょっとタバコを吸いたいとか」

「タバコは吸いません。水も飲みません」

「一滴もですか」

「はい」

「御飯は？」

「弁当を食いますのう」

「夏も水一滴飲まずですか」

「若いもんは酒ビンに水入れて、海に浮かして冷やして飲んだり、タバコをふかしていっぷくしたりしますがのう。そのとき海の中を何が泳いでとおるかわかりませんから」

「休みなし!?」

「はい。おかげさまで健康で働いておりますのう。ひ孫が二人東京で学校に行ってまして、そんなで働いてもおります。学校（大学）は高いことになりましたのう」

「そうですか……」ぼくは黙る。

「どうかしましたかの」

「いいお話をうかがいました」

ぼくの軀は病んでいた。しかし病む、ってことばを軽く使いすぎてたようだ。こんなよい老人に会えたのに、風邪だからと横になるわけにいかない。まして寝たりするわけにはいかない。それじゃあまりに情け無いではないか。

「風邪をひいたりしますか」

聞いてみる。聞きたい。

「風邪ですかの、さあ？」

「いつひかれました」

「さてえ」

「この五年のあいだには」

「さてえ」

「十年のあいだには」

「さてえ」

やめた。話題をかえよう。

「今はやらない、釣りがあったら教えて下さい」

「カワハギ釣りですの」

「教えて下さい」

「くらげがおりまして、これを餌にしました」

「面白そうですねえ」

「六尺から七尺ほどのクラゲで」

「七尺。でかいやつですね」

「糸の下に錘《おもり》をつけ、糸にクラゲをとおします。そうして舟から海に沈めますな」

「ははぁん」

「カワハギがクラゲを食べに寄ってきますな。それを釣りますな」

「クラゲの寄せ餌ですか。釣れましたか」

「二百から三百匹も釣りましたか。もうクラゲを見ませんの。沖に出ても見ませんな」

「この釣りは終りですか」

「久見にはクラゲがおりませんけえ」

「カナギで鮑獲ってて、最高はどれぐらいひっかけましたか」

「あれは竹島でとったときですな」

昭和十年。伊三郎さんは竹島に行っている。竹島でトドを獲り、トド油を収入にする為である。トド油は火傷に効くという話を西尾のおばさんから聞いたことがある。西郷に住むある人が広島で原爆に遭った。火傷で肌がただれている。効く薬がない。まわりのすすめでトド油を塗った。どんな効き目があったのか知らない。わかっていることはその人は現在五十歳余。元気で働いているという。

結果を早くききたい。期待して、

「で一日どのくらい獲りました」

「百貫でしたの」

百貫。文部省に管理されたぼくは換算してみる。三・七五キロ×一〇〇＝まさか！

「三百七十五キロですよ」

「そうなりますかのう」

「ひとつひとつ、あの鮑鉤でひっかけて、ひきあげて……」

「はい」

「日本一、いや世界一ですね」

「そうでしょうかな」

「世界一です」

「テレビ観てましたら、鮑獲りの名人という人をニュースで映してました。どれくらいとられるもんかと、その方の住まわれる県庁に便りを出したことがありましたの」

「返事は来ましたか」

「ちゃんと返信の切手を入れておきましたが、いくら待っても来ません」

「残念でしたね」

「ま、こちらはお願いしたわけですがの、気になりましてハガキを出しました」

「気になりましたか。おじいさんでも」

「そうしたら返事が来ました」

「よかったですね」

「よござんした」

「どうでしたか」

「一日、三十貫ということじゃったわえ」

「やっぱり。おじいさんが日本一でしたね」

「はは、そうなりますのう」

伊三郎さんにそんな昔の想い出を話してもらううちに、ぼくは久し振りでよく笑った。

柱時計がぼあーんぼあーんとゆったり鳴る。ひとつふたつと数える。八時だ。

「まだ八時ですか」

「おや、八時ですかの」

と老人はわざわざ振り向いて時計を見る。

それから古いアルバムを見せてもらい、鮑の切り身をコリッとかじるうちにまた夜が更けている。獲りたての鮑を水洗いしたその味。

口の中に塩っぽい香りがする。

久見の伊三郎さんと炬燵にあたって話してるのに、話がとぎれ、長い間《ま》があると、ふと都市のことをおもってしまう。海に来れば海ばかり迷うことなくおもえるように、いつになったらなれるものかな。

この村にきはじめの夕暮れは淋しすぎた。少し暮しの息づかいに触れて、その淋しさは薄らぎ、淋しさというただの風景の裏にある、暮しが見え始めた。まだこの村は玄関をはいったぐらいだけれど、また訪れることがあれば違う暮しが見えるだろう。

やっぱり暮しだな。うたのことばを書いてゆくにしても、やっぱり暮しだ。いろんな人に会い、いろんな事を見て来た。だがまだ何も書いてないような気がする。うたのことばでは、まだ何も書いてない。そのうち書くという意欲が湧くときがくるだろう。来なけりゃ来ないで、ただ暮すとしよう。

老人は舟端に両膝をつき、鮑をさがしている。もう何時間経ったろう。小舟はゆらゆらと漂い波まかせである。右手だけはたえず動いている。舟は老人の意のままに漂う。

老人はこの海に還《かえ》ってゆくだろう。

ぼくはまだ還るところがない。

老人は海について、誰よりも豊かに話す。

ぼくはまだ話すことばをさがしてる。

老人はふと顔を箱メガネからはなし、ふり向くと微笑んで、

「見ますかの」と腰をのばした。

箱メガネを借り、舟から上半身を乗りだして、おぼつかぬ手つきでメガネを支えた。軀を乗りだすと舟の揺れが伝わってきた。

そこに棲んでたのかい

四十九年十一月のある日、ＴＢＳラジオの第一スタジオで森進一さんと初めて会った。その前の年の十月に「襟裳岬」のレコーディングの連絡があったが、旅が優先するぼくの暮しで立ち合えなかった。その後、雑誌やテレビなどから初顔合わせの誘いがあったが腰があがらなかった。

この日、司会が小室等さんだったのと、九十分というワイドな時間をさいた企画で、ゆっくり話せそうな気分になって、前から会いたい人だったし、でかけていった。初対面ですか。へえ。そんなお決まりの短い挨拶があり「どうしてるんですか。また釣りでもやってるんでしょう」小室さんがぼくに言った。すると森さんは子供のような顔になって、「あれっ、ぼくも釣りが好きなんですよ」

彼は地方公演の暇をみつけて、海で釣り糸を垂らすらしい。あの顔が歩いてるだけで、ファンは黙っていないから、彼がひとりになれるのは海の上だけかもし知れない。しかしその時森さんはほんとうに嬉しそうな顔をしていて、気があいそうだった。

「森さんは海ですか、ぼくは山。渓流なんです」

小室さんは何かを髭で考えてる様子だったが「海釣りを好きな人と川釣りを好きな人、この好みの違いには何かありそうですね」含みのある巧いことを言った。

御岳山。三〇六三米の六合目（一九〇〇メートル）に濁河《にごりご》温泉がある。夏は登山客でにぎわう登山の拠点。御岳飛驒頂上まで徒歩三時間、剣ケ峰なら四時間半。老人、子供でも楽しめる。その温泉地帯から流れ始める沢の水は、三間山と法仙峰にはさまれた谷に流れこみ、濁河川となって、下島、落合の町に注ぎ、小坂川に合流している。快晴の日、濁河温泉の露天風呂で疲れた脚をさすっていると頂上から下りてきた登山客が、上じゃあ雪まじりの風ですよ。などと教えてくれる。露天風呂から谷を見ればガレ場から湯気がたちこめ、この沸き具合じゃあ五、六キロ下までは岩魚は棲んでないと頷くことができる。落合、下島の付近は連休ともなれば釣客があふれ、魚影は薄い。透明な水に大学生らしい女の子数人が小石を投げて遊んでいる。人気のあるところはその程度の、猫でもじゃれそうな川にみえる。だから濁河川で釣る場合、適当なところでバスを下りるしかない。五万分の一の地図を見る。追分付近で林道が二つに分かれ、一方が谷に沿いながら下っている。ここが谷に近そうだ。そう誰でも目標を定められる。

ひっきりなしに鳴くウグイスの声のなかを、腰までのゴム長靴で、えっちら下りると急な崖ばかりで、こんなガレ場を、と恐くなる。がもうしばらく下ってゆくと、はるかむこうの渓谷に一本の吊り橋が見える。これであそこまではつながる道である。安堵して熊笹の小道をトコトコ伝ってゆく。吊り橋にでる。その右をさらに川に沿ってゆく。ロープを張った石段があり、川に立つことができる。いちど通ってしまえば無邪気に散歩さえできる林道である。

渓相はいい。ここなら型のよい岩魚がきっと棲むと思いこめる。少し明るすぎないかという不安がかすめるが、いやきっといる。こう思いこむのが釣り人の常である。

川に沿って歩くとき、いつもこんな唄がでてくる。「川に沿って」南正人の唄である。腰のあたりがらくに横ゆれし、膝が軽快になる。封じられた精神がゆったりとときほぐされる、そんな旋律である。

川に沿って　どんどんと
遡ってみるんだ
川に沿ってどんどんと
遡ってみるんだ
楽しいことがあったからじゃない
悲しいことがあったからじゃない
ただただじっとしていられなかったんだ
（南正人・詞「川に沿って」）

この呼吸そのものが呼吸するような唄でさえ、竿をとりだし、仕掛けをつけ、餌をひっかけ、渓流に第一歩を踏み入れ、ゴムをとおして冷気が伝わってくると、忘れてしまう。唄もことばも邪魔である。かならずこの川には棲んでいるにちがいない。きっといる、だけになり、簡素に竿を振り、流す繰り返しになる。ホルスト・ガイヤーの奇書「馬鹿について」にこうある。

「簡素が複雑を蔵することを知れば、この世の愚行もただ一種類でないことがわかろう」

つまり深山わけいる馬鹿になればよい。

漫画家を喜ばせる愚行でなければ釣り人にはなれないのである。でなければ熱中――。

井伏鱒二と開高健氏の対談に、ベトナムでゴキブリを餌にナマズを釣る男の話がでてくる。戦火燃える町の川で釣り糸を垂れる男。ドンパチ爆弾が炸裂し、人は逃げまどい、不安に精神も肉体もそがれ、風土は血で錯乱している。そんな川でナマズを釣る男がいる。

——好きなんだねぇ

井伏氏がつぶやく。

「川ってのは何か幸せって感じがしますけどね……」小室さんの髭が動いた。
「そうかも知れない。遡ってゆくと、らくになってゆくから」とぼくは応えた。
「ああ、そうですねぇ」森さんも頷く。

森さんは海と渓流の水を想い浮かべ、彼の寡黙な唇はもっと多く語りたい様子だった。ぼくはぼくでとおってきた小さな漁村をおもいだし、そこで見た断片の風景や暮しの匂いを嗅ぎはじめていた。

こんな風景もあった。

男鹿半島、門前の船着場。あれは三月下旬だった。夕暮れ、漁に出た船を待つ幾人かの家族がいた。ふたりの老人は陸にひきあげられた船に腰かけ、かえってくる船を待って、水平線を見ている。もう陸にあがってしまった老漁師がふたり。水平線を見ながら何か話している。

その波打際にひとりの母親と五人の子供たちがいる。子供たちは母親のまわりに座りこんでいる。

ジャンケン・ポン！　いっせいに小さな手たちが並ぶ。母親は砂山を作り、その中央に一本の枝をたてる。ジャンケン・ポン！　勝った順に砂を手元にかき寄せる。枝が倒れそうだ。ああっと歓声。枝がゆっくり倒れる。

それだけである。それだけを繰り返している。衣服は貧しい。貧しいから美しい。一本の枝をみつめる顔も、ああっとくずれてゆく表情も。

「旅をして小さな漁村の風景をみてそこの暮しの匂いをかいでると、歩けば歩いただけ、にっぽんって森進一さんの声だなァと思うんです」とぼくが言った。どんな夕陽の美しい船着場にも、けっして歌わない夕陽が沈んでゆき、いつも暮しのシミをひとつひとつ拾いながら歩いてゆくような気がするのである。

「フォークやロックはなぜかお金に余裕のある人の唄のような気がします。演歌はドン底の人の唄のような…」と森進一さんは、彼にしてはめずらしく、つつましく発言した。

「もっと暮しのシミに近づきたいと思ってるんですが」というようなことを、ぼくも言った。小室さんの名司会もあって気持のよい対面だった。

岩魚は臆病で神経質な魚である。渓谷の源流に棲み、アユたちが華麗な肢体をくねらせ清流のすきまを縫うときも、源流の集落に隠棲する。残り雪に濁る雪代や、大木を裂く落雷、豪雨のあとの鉄砲水、高巻きを拒む滝のはげしさを好み、息をひそめる孤独な魚である。やつに会うには人間どもはいくつかの瀬を渡り岩場をのぼり、急流にすべりながら、おうかがいをたてねばならない。

泊駅からバスで小川温泉に出、徒走で越道峠。北又小屋から北又谷、恵振谷、漏斗谷で釣るつもりで越道峠までのぼった。が北又谷はむこう五年間禁漁と知らされた。そこで小川温泉の露天の岩風呂で一息いれると、富山に戻った。繁華街の中田書房で御岳山の五万分の一の地図を買い、喫茶店で新しい川を捜した。地図をながめるうちに、高山の裏で釣

ることが目的にかなうような気がしてきた。あの時代劇映画のセットのような作りものの町。作りもの文化の裏で釣ることが、祭りの裏の淋しさではないか。飛騨小坂駅から湯屋に宿をとり、大洞の源流と鹿山筋谷で釣った。霧まじりの雨が降り、岩魚釣りにはもってこいの天候である。しかし大洞では十五、六センチの小学生ばかり。鹿山筋谷はアマゴ混じりで意欲をそがれる。なあんだアマゴさんかい。さよならも言わず冷淡に川に放す。大きくなれよと激励する気にもなれず、ゴム長をひきずり小雨の渓谷を遡っていた。
　アワセた瞬間の、あの鈍い重さがない。〇・八号のハリスの先で紙っきれのようにひらひら踊るようでは、またか、と溜息ひとつ吐くばかりである。ぐいと淵や岩底に引きこむやつ、水面まで抜くと、ぐらりと軀を反転させ、くすんだ赤の斑点をくねらせる、あのコザのバー街の原色ペンキみたいなやつにおめにかかりたいのである。

ハンマーでももってこようか
とびきり剛健なやつをさ
ハンマーでももってこようか
モハメド・アリもおびえるやつをさ
岩魚のやつは岩んなか

とうとう岩ん中に棲んじまった
岩魚のやつはすねもんらしい
とうとう岩になったらしい

ハンマーでももってこようか
とびきり剛健なやつをさ
ハンマーでももってこようか
岩ん中から追いだそう

こんな愚痴を吐き、あるときは腰まで水につかって、じとじとの雨ん中を村へとかえっていった。雨の渓流は岩をひょいと飛び歩く、つま先の感触が味わえない。ベタ足スリ足、シノビ足。

正子《しょうご》という村はずれの廃屋で雨やどりすることにした。

どこかに棲んでいるはずだった。

どこかに棲んでいる。

祭の裏の淋しさの淵で、沢山の釣り人の誘惑にのらず、おれだけを待ってる奴が、きっといるはずである。誰かれえらばず会うんじゃなくて、会いたいから会うやつ。会えば意外なほど心やさしく、子供のように笑うやつ。そんな奴。

雨やどりの廃屋のやぶれ障子から光が射してきた。岐阜の五月は妙な天気である。降って晴れる。晴れて降る。

廃屋の玄関には「遺族の家」。そして四枚の「優良納税」の張り紙。天井はくずれ、裸電球がまだついたままであった。電球が割れていないのが、唯一の人の匂いである。

歌のメモ。

人の匂いをかいでごらんよ
裸電球の匂いをさ
人の匂いをかいでごらんよ
移民になっちまった
あの人たちのこと

川は淋しさの地平線
夕暮れは悲しみの境界線
川に夕暮れがまじわるとき
移民の隊列に入った
移民の家族になった

その翌日、鹿山筋谷でまたから振りした。

飛驒小坂の町で知り合った釣り好きのおじさんは、兵衛谷だねぇ、兵衛谷だねぇ、しかしあそこはロープで軀をくくらなければ渡れないよ、と教えてくれた。兵衛谷は濁河川の支流、地図ではすぐにもゆけそうだが、ロックの経験などないぼくは単独行をあきらめざるを得ない。でなきゃあ濁河川かね。

おじさんは、いくどか釣りのぼった経験があるらしい。それにわしの生まれ故郷、白川のあたりじゃ、大きなオモリつけて、大岩の中に流しこむ。ずうっと奥までな、大物がいるよ、一気に抜きあげるコツがむずかしいがね、などとその支流まで細かく説明してくれた。

濁河川、これに決めた。

バスの時刻を調べると、濁河温泉行は落合に九時すぎにくる。終点まで約二時間。今日は釣りにならない。御岳山でも見物しながら下見しようとバスに乗りこむと乗りあわせた見知らぬおじさんが、お兄さん、釣りなら追分あたりで下りて、最終バスにひろってもらえばよいと教えてくれた。運転手とも顔見知りらしく、おじさんはバスを急停止してくれた。こういう親切にはすぐノルのがぼくの癖で、じゃあ荷物は頼みます。ああいいよ、終点の旅館、御岳にあずけるから、そこに泊んなさい。なんだか嬉しくなって釣り道具だけもってバスを下りた。

山道にとり残された。谷へ下りていった。

しかけはヘラ鮒のように細くした。

竿四・五と三米のグラス。

道糸は短め。一号

ハリス〇・八号。ハリ、袖型十号。

オモリ、流れに沿ってかえる。

岩魚は渓相をみればだいたい棲み家が判る。だから三回流して先を急ぐことにする。最終バスまで五時間余りしかない。ビクはもっていない。ただ釣れればそれでよい。

ウグイスの鳴き声がにぎやかになった。

「なんか幸せって感じがね」

そんな声がした。

あのスタジオでのことを想い出した。


一時間ほど川を下って、いくどか棲んでいそうな渓相にめぐりあえたが、そのつど、から振りした。キジを栗虫にかえ、三匹ほどふさがけにした。岩魚にもアユのような縄張りがあると何かの本で読んだことがあって、その縄張りとは何なのか、まだ確かめられずにいた。それを確かめるのもおもしろかろうと、無造作に竿を振った。板おもりを一ミリほど切ってそのぶん重くした。川はゆるやかな階段状になっていて水はゆるやかに落ち込んでいる。落ち込みの左右にひとつづつ振り、巻き込みに振り、基本どおりいくつかの岩陰にそっと垂らした。次の落ち込みに流すと、あのゴソゴソ、モゾモゾのアタリがあった。それからふっと消えた。道糸をごくごくわずかに張りなおすと、まだモゾモゾがある。ゆっくり食わせてやってアワせた。

そいつは鈍重で、ゆったり抜くと、水面にモソっと姿を見せ、軀をくねらせた。

その重さで大きいやつとわかった。

「そこに棲んでたのかい」

風なんだよ

中標津に来たのはこれで三度目である。三年まえの夏、札幌をふらついていて、唄う獣医森田正治氏を知り、突然標津線、計根別《けねべつ》駅に下りたつと、長靴ばきで野性味あふれる、俳優の加藤武に似た男に迎えられた。二日後にほったて小屋のような青年会の事務所で数人の若者と会い、数日後、ものすごい砂利道を四十分走り、牧草茂る高台に案内された。見わたす限りの牧草地にぽつりとテントが張られ、電気関係の技師だという無口な男を紹介された。ここに電気を引きこみ、野外コンサートをやらかすんだと言う。あるのはただ高台と牧草と空だけ。とりあえず電柱をおったてます。無口な技師はスコップで穴を掘り始め、人手がたりない、電話するか、とつぶやいた。「電話までひいたんですか」と問うと「ふむ」まあ黙ってろ。自家用車に消えた。覗きこむとその車にはテレビ、ステレオ、無線電話等々が小さな放送局のように配備され、電話はハンドルの脇にはめこんである。小型発電機をトラックで運搬し、食料と水を持ちこみ、手掘りのトイレの穴を板で囲み、数十のテントを張り、おとなしい馬をつれてきた。寝袋にくるまってねむり、「裸馬」（作曲・長谷川きよし）が作れた。別れてから襟裳に寄って、民宿の片腕のおじさんと会え、そのあと苫小牧でばくち好きな老人と会って「落陽」といううたができた。「襟裳岬」を含めて三つもことばに曲がついたこともあって、夏になると中標津へ足が向くようになった。友人もふえた。牛飼いたちの暮しの玄関をやっと入れるようになった。

中標津町西竹で、この六月に幕田さんという牛飼いが離農した。入植して三十年。牛を売り、養老牛温泉にできた老人保養所「福寿園」の管理人になった。

幕田さんの家で少しの間でも自炊して寝起きしてみよう。森田氏と「福寿園」をたずねると快諾してもらえた。計根別駅から自転車をころがして二十分余り。道の両脇と牧草地に今年はタンポポが異常に咲き、いちめん黄色である。

幕田さんの家に着くと、牛の居ない牛舎、ただの風景になったサイロ、五右衛門風呂の釜を売り払った雨しのぎの風呂屋根。売れなかった50ccのオートバイ、乾草の山などが眼につく。玄関を入ると薪ストーブはすでにとり払われており、畳も北側の六畳を除いては、はぎとられてある。台所の棚に置き忘れたミルク缶と乳首があり、お孫さんでもいたのか？　と思うけれど、これは羊の子に哺乳したものである。

ぼくが荷を解いたのは幕田さんが離農して一週間あとだった。ガス、水道、電気は幸い停めてなかった。風呂は中標津まで自転車と汽車を乗りついでゆけばよい。

裏の広い牧草地はタンポポの黄色が続き、それら花々を踏んでゆくと、一筋の清流がある。岩魚、ヤマベの棲息する川で、たまに小型のニジマスが遡り、川に沿ってゆくとおびただしい数の岩燕がチッチッと岩から岩に飛翔している。さらに川を遡ると身の丈ほどのフキの群落に出会い、これ一本煮れば数人の胃袋を満たせそうだ。

入植当時、西竹地区は森林で、羆《ひぐま》と狐と蛇の巣であった。人がまず川沿いに暮しの住いを定めるように動物たちも水ある地に群れて住む。幕田さんは根のようにひきしまった筋肉の腕で巨大な鉈《なた》をふるい、樹を一本一本倒し、切り拓《ひら》いたらしい。

「家のまえに羆が座りこんだことがあって、こいつが立ち去ってくれない。仕方なく天井破って食い物買いに行ったこともあったなあ」

三十年程前に建て、その後建てなおしのほどこされなかった家でひとり寝起きすることにした。
飯と味噌汁を兼用する鍋ひとつ、食器類、自転車一台、石油ストーブ、寝袋、などを森田氏から借りた。音がないのは淋しかろう。ラジオも用意してくれた。いたれり尽くせり文化生活だねえ、と笑ったが、陽が沈み、空気が湿り、タンポポの花びらが身をふさいで色彩を失くし、星たちが輝きはじめると、ものすごく淋しい長い夜がきた。

一日が終り
夜が孤独を計りはじめる
ねつかれぬ夜
窓をたたくのはジプシーさんだね
窓をたたくのはジプシーさんだね
おりたたんだ膝をかかえて
寝袋に抱かれてると
ただもうきみが欲しい
うるさい人の匂いが欲しくなる
ずいぶんとなさけないことだが
だれか訪ねてくれたらいいのに

長いひとりの夜に、することもないので、今年の旅を思いながらいくつかのうたのことばのメモをしていた。

別海の乳牛の品評会にでかけ、牛飼いさんたちと野原でジンギスカンを食べたり、川を遡って釣ったりしていたある日、待っていた釣りの情報がはいった。

自他ともに認める釣りキチがいた。

その人物は牛の人工授精師で、栗沢氏と名乗った。レジャーとてないこの北の町でバクチもやらず川釣り一筋ときいた。

短い挨拶のあとで、北国の釣り師はいきなり話しだした。


「餌のイクラですけど、ウイスキーがいいんです」

（釣りキチにとっては何のことかと、胸さわぎのする核心に迫りそうな予感がするけれど、釣りに無関心な人には――）

「イクラとウイスキー？」

「腹からイクラを出して、その新鮮なままをニッカ・ウイスキーにいれます」

「サントリーでは」

「あれはいけません、糖分のあるニッカ。これです」

栗沢氏とはその日、野でビールを飲みながら、ジンギスカンを食べた。彼のふっくらした軀の血管のすみずみにはアルコールがしみているらしく、あぐらをかいて、おっとりと話は進んだ。道東の釣りに詳しい彼によれば、犬をつれたアイヌ人が川に沿って歩いていた。そこは釣り師がひと眼みれば岩魚が棲み、それも敏感で獰猛なやつがいそうな淵がいたるところにある。キャーン、鋭く犬が吠えた。振りかえると岩魚の口から悲しそうに手さぐりしている尻尾がひとときき見えた。

見事な角の鹿が一頭、森をぬけ水を飲みに現われた。鹿は瀬で気持よさそうに咽喉をうるおし、岩場から跳びうつろうとした。悲鳴はなくひと飲み、丸ごと川にひきずりこまれた。

——この怪魚は、幻の魚、イトウである。

釣り師が伝説を語るしぐさをぼくは愛している。栗沢氏は酔った軀をゆったり椅子にゆだね、はるかにとか、こんなにとかいう懐かしきものにつながる形容詞では、手はゆったり遠きものを愛《め》でるようにゆれる。それは老練な指揮者であり、金もうけ師や女を追いかけるあの油ぎったしぐさとは断じて世界がちがうのである。

「ここです」

車を下り、胴付きをつけ、少し雑木林を歩くと標津川にでた。中央から折れた橋がかかっている。幅四米程のその橋は中央の支え木が折れ、その重さに耐え切れず、膝を折ったように川に伏している。通行禁止なのだが、橋の上では三人の少年がリール竿を振っている。栗沢氏の話では超大物をひっかけ、キャアキャア大騒ぎしてる少年たちを見かけるとのことである。

ゴツゴツと太くて粗い手ざわりがした。一呼吸してあわせた。岩をひっかけたような、ものすごいひきがきた。橋の下の、岸からふたっ跳びほどのところでである。まさか！　その魚は橋の下にひっかかった流木の底にひきこもうとする。遊ばせられない。岸に寄せたい。強引にやっちまえ。その魚は水面を跳ね——。ビギッ。鈍い音がした。竿が折れたのである。それも穂先ではなく——。姿だけ見ることができた。ニジマスだった、と思う。

体長はわからない。グラス竿を胴からへし折ってくれた。

「残念だったねえ」

「慌てました」

「竿はたてたかね」

「未熟です」


うたのことばのメモがまとまった。

いくら汽車をのりついでも
国境を越えることはなかった
この国では旅をデパートで売っている
またひとつ祭りがつくられた
もし静かになりたいんなら
ぼくといっしょに行こう
おせっかいをするつもりはないが
きみはボスにさよならするんだ

ぼくはきみに惚れちまい
きみもぼくに惚れちまった
残るたのしみは寝るしかないが

愛もまた卑怯な目つきになれている
ぼんやり線路をかぞえてるのはやめな
きみの旅はまだ始まっていない

ただもうずっと遠くへいきたいと
思ったころはなかったかい
きみはいくつかの旅を話すけど
それは長距離電話ではなすように短い旅さ
いつでもおいで
ボスにさよならするんだ
気らくでいることはうしろめたいが
そんなのすぐに忘れるさ
もいちどきみと、よりをもどそうなんて
おもっちゃいない
ただもう　ここでいっしょにいたいだけ
だまってたって　生きてゆけるぜ
（いつでもおいで）

都市《まち》の机《デスク》では腕まくりのニュース屋が
またひとつ話題を書いた

裏通りの屋台では
気のいい酔っぱらいが喧嘩を売られた
夜が野垂れ死ぬと
ネオン稼業は儲らなくなるだろう
風なんだよ
こいつが俺を誘うんだ

川は淋しさの地平線さ
夕暮れは悲しみの境界線さ
川に夕暮れが交わるとき
ジプシーたちの隊列に入った
ジプシー達と家族になった

ミスター・ジプシーについていった
すべての天気予報は晴れだと
おしゃべりな予想屋が言った
すると決ってどしゃ降りになった

ミスター・ジプシーについていった
すべて世界は戦争だと

おしゃべりな評論家が言った
するときまってやさしい旅人と出会った
風なんだよ
こいつが俺を誘うんだ

農夫の土には戻れそうにない
漁師の海にも戻れそうもない
都市を離れ　海を曲がり
汽車を捨て　車を捨てた
何処へ行く理由もないが
とどまっている理由もない
足を地面におろしただけさ
風なんだよ
こいつが俺を誘うんだ

(風なんだよ)

寝袋にくるまってひとり寝ていると、ひとりの女のことをおもった。彼女は、ぼくの右の腕の中にいた。右の腕は痛んだり、ぬくもったりした。
彼女は昔、猫を飼っていた。雑種の親が生み捨てた猫で、軀を水で洗うと、手のなかにおさまってしまう幼年のころから、なついた。食事時になると、隣りに座って待った。外出からかえる足音がすると、窓からとびだし、扉がしまっていると玄関に座って待った。母親になり、お産をしたときも、彼女だけには立ち合いをねだった。そうして、その猫は幼年から老年まで、夜になると、寝床にもぐりこみ、彼女の右の腕を枕にしてねむった。彼女は猫がねむるのをたしかめてから、そのやわらかい毛の頭をそっとはずして、ねむりについた。

このねむりの習慣を、彼女はぼくの右の腕の中で話した。

こうしてひとり寝袋でねむっていると右の腕が淋しくなる。腕のつけねには、彼女の頭の丸みと髪の感触がある。それは風呂あがりの濡れた髪であったり、行為のあとの安らかな疲労の重さであったりした。

ぼくの腕は旅路の道さ
牛をすてた牛飼いが歩いてる
また行くのときみはいうけど
この手でオホーツクにふれたかったんだ
きみを裏切ろうとか捨てようとか
きみをきらいになったとか
そんなことじゃないんだ
腕をのばすと、こちらは雨さ
そちらもやっぱり雨かい

(「ぼくの足は旅路の道」という唄は、あとになって長谷川きよしくんが曲をつけてうたっ

ている。その曲創りの作業で大幅に書き改めた）

ぼくの足は旅路の道さ
ひとつ踏みだすごとに
牧童たちの弾く　バンジョーがうたうだす
ヘイヘイ　うまくやってけそうだよ
ヘイヘイ　この世もすてたもんじゃない
きみをきらいになったとか
きみからはなれていたいとか
ヘイヘイ　そんなことじゃない
ヘイヘイ　ただ歩いていたいだけ
足をのばすと　こちらは唄さ
そちらもやっぱり　うたってるかい

ぼくの腕は旅路の道さ
そっとだきしめるごとに
ジプシーたちの吹く笛の音がおどりだす
ヘイヘイ　このままでいいんだよ
ヘイヘイ　しばられたくないものさ
街に住めなくなったとか

街からはなれていたいとか
ヘイヘイ　そんなことじゃない
ヘイヘイ　ただ気らくでいたいだけ
腕をひろげると　こちらは雨さ
そちらもやっぱり　降っているかい

「オカモトさあーん」電話のむこうで少年の声がした。光進の牛飼い、島崎さんに連絡をとると、六歳になった少年が代ってでてきた。「早くおいでえー」島崎さんの息子で二十歳になる親友が車で迎えに来てくれた。十カ月振りに少年と会える。青年は、その前日、寝袋をもって泊まりに来てくれた。彼はうたをうたいたくて、昨日までは他人《ひと》のうたをうたって楽しんでいたが、やっぱり土地のうたを作ったら、などと話し、彼の作った「別海の大地」といううたをきいたりした。酪農をやってゆくうえでの青年たちの運動や、みんなで作っている広大な公園の話のこともきいた。

その夕方、乳をしぼる写真などを撮ったあとで、島崎さんから開拓当時の話をきいた。

十九歳で男ばかり十人でこの土地に来た。森林だった。仮りの宿を作った。冬、仮りの宿に並んでねむり、朝目覚めると、軀に雪が積もっていた。これが開拓の出発だった……。

「お産のときがね……」

「陣痛が起こってからですねえ」

「馬車で産婆さんをむかえに行きましたがね。朝、陣痛がひどくなり、これはいつ生まれるかわからない。馬で駆ければ早いんだが産婆さんをのせるわけにゆかん。で馬車で行きました。トコトコね」

「気はせるけれど」

「早く走れない」

「産婆さんをのせて帰りつくと、お昼すぎててねえ」

「ははは……」

「そういうこともあったなあ」

「運がよかったですね」

「そうだわねえ」


こんな話を長く長く聞いたのだが、ここでは沢山紹介できなくて残念だ。ぼくが家を借りている幕田さんも想い出の豊かな人で、

「あの五右衛門風呂のまえは？」

「ドラムカンに入ってたね。雨が降ると傘をさしてさあ」

「真冬も」

「はい」

こういう話は、ここではあたりまえの暮しだったのだが、そういう人たちから見ても変わった暮しをする人物がいる。

島崎青年の車にのせてもらい、その人たちのせめて玄関の前に立ちたいとでかけてみた。

ひとりの人物は今にもつぶれそうな小屋に住んでいる牛飼いの老人で、道路に石油カンをぶらさげた棒があり、それが郵便受けなのだと言う。石油カンからしばらく牧草地を入った所にその小屋はある。「まだ顔を見たことがないんだよ」島崎青年は奇異なものを見るような眼をして指差した。その小屋を覗いたことがある人のつかの間の観察によれば、木戸をあけると万年床が敷かれ、手のとどくところに水道の蛇口があるという。そして時々村の会合に姿を現わしては、鋭い質問をあびせ、その問いはこの土地からすれば極めて革新的な含みを持っているらしい。

もうひとりの人物は仙人、と呼ばれる牛飼いの老人で、その人物は島崎青年のおじいさんと親友であった。島崎のおじいさんは、亡くなられたが、書と川柳とカメラに親しむ風流人で、牛飼いは全く手をつけず、それら肉体労働は息子たちにまかせた変わり者であった。古い古い数台のカメラとそれらで写された写真。荒縄をぶったぎりほぐした手製の筆で書かれた多くの書、などを見せてもらったが、ここではおじいさん——井上吐月氏の労作を紹介しておこう。

わが身さえわがものならぬこの世にて　わがものとするもののあるべき

世のなかをまたぐら越しにのぞいたら　はたらきゃ損するうそつきゃ得する

（いろは川柳のうちのいくつか）

忍耐は時おりのんきとまちがわれ
流転してこの世で欲にまたまよい
レントゲンおせじ上手のはら見たい
ねてくらす楽じゃなかった病みあがり
こんにゃくは裏はないけど骨もない
夢は夢さめたこの世が真の夢
ひとりものふんどしだけは洗たくし
閑古鳥北へ北への行き詰まり

その老人の家はサイロを改造したものだった。サイロをほぼ中央あたりからたてにわり、屋根をとり、ふたをする。玄関のまわりは大きなビニールでおおい、ビニールの片隅をくぐって家に入るよう作られてある。その隣りには老人が以前住んでいたという手造りの家が、支柱がくずれ横にひろがり、今にも倒れそうに建っていた。水道はない。手こぎの井戸である。電話もない。ひとり住いである。

「おじいさんは病気でね、ひとり住いだから、今は標茶の病院にいると思うんだけど、もうよくなって帰ってるのかなあ」

島崎青年はサイロの家をビニールごしに覗き、なんか居るようなけはいもするな、といくどか声をかけたけれど返答はなかった。ビニールでおおわれた玄関先には小さな小さな畑が耕してあり、紫色の、名も知らぬ花が咲いている。温かそうだね、と青年に云うと、老人らしくきれいに整頓されてますね、などと応えるのだった。青年は手こぎのポンプをギイギイ漕ぎ、よくでるな、うんと頷いた。それ以上何も注釈をつけなかったけれど、彼は安堵したにちがいない、この原野に愛すべき老人が住む。電話も水道もない。水が出なくなったら老人は長く親しんだこの土地を離れなければならない。

手造りの倒れかかった家の壁にはランプと鉈がぶらさがっている。

「この中で鶏を飼ってたんだが手ばなしたのかなあ」

鶏は一羽もいなかった。

「牛はどうしたんだろう」

老人には会えなかったけれど、またひとつ旅が広がったような気がする。老人が病院からかえったら、このサイロの家で少しでも暮してみたいもんだ。そうしてふとこんなことを思ってみた。

あの隠岐、久見で鮑獲りに生きてきた、八幡伊三郎さんと、開拓の北の原野に入り、牛飼い一筋できた老人と、海と陸のすてきな老人が顔を合わせ、思い出話をする夜を作ってあげたいもんだ。そしてぼくは沖縄から持ちかえった泡盛を、この海と土に生きた、祖先そのもののような男たちに、貝の盃でついでやるんだ。

生きる意味を問えば問うほど傷つき、また傷つけてしまう。

人生ってのはさ、想い出を語りあうしかないんじゃないだろうか。

母のいた風景

地面に鉄カブトを置き、そいつめがけておしっこをとばして遊んだことがある。朝顔の蕾みたいな、おちんちんは、長く我慢していると親指ほどの銃身になり、おしっこは勢いよくとびだすとゆるやかな弧を描いて落ちていった。鉄カブトはどこの家にもひとつやふたつころがっていた。はじめは鉄カブトをとり囲みいっせいにためて遊んでいたが、次第にその距離を競うようになった。

苔の生えた石垣の露地の行きどまりは、ブリキの屋根が張りだし薄暗かった。鉄カブトはそのブリキ屋根の軒下の石垣のくずれた穴に隠していた。顔ぶれがそろうと、棒の先でひっかけては、愚かなものを捨てるように地面にほおり足の先でつついて位置をきめた。

その時刻になると、悪童たちはその〝競技場〟にやってきた。みな、ゆっくりとやってきた。ためているものが漏れないためである。ひきつった顔は大人のような表情だった。じゃんけんで順番を決め、勝った順にとばした。じゃんけんで負けた子たちのなかには、漏らしてもすむようにおちんちんをだしたままで順番を待つものもいた。その悪戯はぼくらの仲間だけの秘密だったが、

「女の子にもできいだあか」

とMちゃんが言って、ぼくらはその時笑ったが、それはぼくが初めて知った笑いだった。そしてそれ以後、女の子を見ると、なにか恥ずかしい気持になった。

この悪戯は、その露地に住む人にみつかりやめさせられた。だが母はなぜかそのときぼ

くを怒らなかった。ずっと後になって、なぜ怒らなかったか、というような話になったとき、「鉄カブトには怨みがああけん」と言い、借家の裏庭に掘られた防空壕でぼくを抱き、B29にふるえた暮しなどを細かく話してくれた。

その悪戯の〝競技場〟に十六年振りに行ってみると、いくつかの新建材の家をのぞけばほとんどかわりなかった。

ぼくはあたりを見わたし、おしっこをしようとしたが、できなかった。

おちんちんを、黒のふんどしでかくし、悪童たちは、川に筏《いかだ》をうかべた。あちこちの畑の塀の丸太をひきぬいて荒縄でしばった。長い棒でドロに竿さし、川をさかのぼると鉄橋下にでる。山陰線の蒸気機関車がとおりすぎ、おり支度の乗客の幾人かはデッキに腰をおろし、手を振った。悪童たちは麦わら帽子をふってそれにこたえたが、ぼくは蒸気機関車にみとれていた。通過すると土手にあがりレールに耳をおしあて、とおざかる響きをきくのがなによりの楽しみだった。

中学一年になっても筏ははなさなかった。筏に乗って登校するのが夢で、そいつを実行し、学校にたどりつけなかったり、筏が転覆して、焚火をたき制服を乾かしたこともある。

学校へは商店の並ぶ道を歩いていけたが、ぼくは川の土手づたいに登校した。土手には葉のまわりが剃刀のようにそげた草が茂り、それは幼い膝あたりまで背をのばしていた。半ズボンの脚で蹴散らしながら駆けてゆくと、まだやわらかい皮膚にはいく筋もの傷が走り、そこから新鮮な血が白い運動靴にまで垂れていた。

鉄橋にはよく蒸気機関車にひっぱられた黒い貨車が停まっていた。貨車は長く長くつながっていた。米子駅にはいる鈍行や急行の客車の通過するのを、長い貨車はレールの上にじゅずつなぎになって待っていた。機関車は白い蒸気をふう、ふうと吐きながら呼吸をととのえていた。

太った機関士がカーキ色の帽子をぬぎ、汚れた手ぬぐいで頭の汗をぬぐっているのを見かけた。ぼくが近づくと「学校に遅れるで」と声をかけてくれ、貨車の下をくぐってとおるようすすめてくれた。貨車の下は鉄の錆びる匂いがした。

授業が終るのがいつも待ち遠しかった。ぼくは川の魚たちのこと、鮒、ハヤ、鰻、鯰《なまず》などをおもっていた。鯰は石垣の底の穴に右手をさしこむと、ぬるっとした感触がある。鯰を指先でこちら向きにさせ、鰓《えら》をさがす。鰓には鋭利な骨がとおっていて、それに人差し指と中指をひっかけぬきだすやり方だった。棲みつく穴はきまっていたので、早い者勝ちだった。

夕暮れに鉄橋沿いに線路の枕木をゆくと、月見草が咲いていた。花びらはやわらかくて折って持ちかえると、花はうるおいを失い首をまげてしまっていた。

この通学路を歩いてみた。川に真新しい杭が建ててあるところがあって、旧加茂川とある。そこはぼくがよく川遊びをしたところで、小さなコンクリートの用水路が川の上を渡っていた。川はおどろくほどちいさかった。国道九号線がつっぱしるようになり、人はみな、そこを車でとおるようになったらしい。川岸は雑草が茂り、だれもとおるものはなかった。鉄橋に立つと、そこには廃線行きどまりになったレールもあり、枕木をたどると、レールは土の上で終り、その先に雑草があった。レールは赤く錆びていたが、片側だけ白く磨いたように光っていた。そこは長い歳月、蒸気機関車の車輪がレールをひっかきながら進ん

だ跡だった。しゃがみこみ、レールに耳をおしあてると、いつまで待っても音は近づいて来ず、夏の虫の騒ぐ声がうるさかった。

なぜだろう。死んだ母のことをおもいだしてきた。

夕方だったか夜だったか、その税務署員の顔はおぼえていない。ポマードでぺったり髪をおさえ、紺色の背広にネクタイをしめ、先のとがった靴をはいている男だった。

その男の左脚におふくろはしがみついていた、蹴られて唇がきれ、血が顎にまで流れ、髪はざんばらだった。何か白いものの記憶があるからエプロンをしていたのかもしれない。

「カサハラさん、カサハラさん」とたしかに名を呼び、左脚に泣きすがっていた。

糀町二丁目七番地。三つ角の右二軒目の下駄屋がぼくの生まれた家で、その店先だったから町内の人たちが集まった。カサハラという税務署員は振りきろうとしておふくろをひきずった。酒の匂いがした。

それから何年経って倒産したのか確かめたことはない。その借家の玄関の部屋と店先は、富士商店という人たちが店開きし、ぼくら家族は奥の部屋と二階に追いやられ、便所は富士商店の従業員と共同になった。母は生協で働き、制服を着るようになった。ぼくはときどきそこにでかけては母と出前のソバなど食べるようになった。

だから生まれてから二十六までは銭湯にかよった。糀町のころは歩いて五分ほどの柳の木のあるまがり角のひとつてまえに、その銭湯はあった。東京に来てからは西高井戸で、歩いて二十分かかった。母が上京してぼくと二人アパートで暮すようになって、「お風呂が近いといいだけどなア」と言っていた。団地に申し込んでいたのは母だった。「あそこに入居できたら一生お風呂がある」というのが口癖で、抽選日の翌日の新聞を抽選番号と照らしあわせては「またはずれたわあ」と淋しそうな顔をするのだった。

結婚する、ということになると、お嫁さんのために家をどうするか、と母のほうが気に病むようになったが、幸い結婚する半年前に今の団地に当選した。「これで生まれて初めて風呂屋に行かなくてもすむけん。だけどお嫁さんが来たら、わたしはいつか近くのアパートに越すけん、また風呂屋がよいだなあ」と母は言った。そして、しばらくすると上京して来た父とアパート住まいをするようになった。

道笑町二丁目に踏切りがある。

遮断機はなかなかあがってくれなくて、地下道をくぐると向う側に出る。レールは二十二本。渡るのに一分かかる。中学時代、レールの本数などは知らなかったが、母とその踏切りをいくどか渡ったことがある。遮断機がゆるゆるあがると、自転車のペダルをいっせいに踏み、乳母車や、自家用車やトラックなどがいっせいにレールを渡ってゆく。

渡りはじめると半ばで遮断機が下りるのが見え、みな足早になる。ぼくは渡りきり、遮断機のひらひらとしたブリキを身をかがめてくぐり、ふり返ると、白と赤の旗を持った詰め所の職員が慌ててレールにむかい駆けてゆく。母が中央あたりでうずくまっている姿が見えた。母は抱きかかえられるようにして、こちらに来た。ぼくはそれをぼんやり見ていた。母は蒼い顔をし、こめかみからひたいに、みみずばれのような血管が浮いてるのがみえた。大きな荒い息をしていた。しばらくうずくまると、やがて呼吸をととのえたようで、ぼくらは、道笑町をぬけ家へ帰っていったが、「もう坂は歩けんようになったわ」と母はつぶやいた。そしてそれからぼくは母と歩くとき、半歩遅れてついてゆくよう心がけたけれど、そう気を配るようになって、母の心臓がひどく弱くなってることがわかった。まるで両手をついて軀をひきずりあげる、そんなのろのろとした動きだった。

その踏切りをおもいだし、自転車で行ってみると遮断機はそのままそっくりあった。お願いをして、職員の方と話をすることができ、詰所まえの椅子に座って、遮断機をみていた。

「牛がうごかんようになったことがあって」

「ははは」

「牛ってのは、いつも真ん中ぐらいまでくるとな、線路みて恐くなるらしいだけん。あのときもみんな棒をもって駆けつけて牛の尻をひっぱたいたわいな。気が気でないだけん。汽車は来うしなァ」と、この踏切り勤め十六年の太田新太さんは言うのだった。早朝、五時まえに訪ねたとき、陽が詰所のまえに立つと左から昇り、朝焼け空の正面に大山が見えた。踏切りをいちばんに渡ってゆくのは、新聞配達と牛乳配達の人たちだった。それらの人たちは気らくに声をかけてゆくのだった。

「みんな知り合いだけん。踏切りと汽車好きな子がいてな。毎日ここに来ては何時間も見とう。この間も『おじさん』って声かける人がいて思い出したわい、昔はちっちゃな子供だったのにおおきくなって、見ちがえたわ、言ってな」

などという話を聞いて、ぼくは写真を撮っていた。米子に行くたびに、これからこの踏切りに立ち寄って、写真を撮ろうと思い始めている。春夏秋冬、遮断機をくぐりぬける人や、詰所の人たちをとおして、何か小さな記録が撮れるかも知れない。

「旅の宿」という唄がヒットして、ぼくは人前におしだされるかっこうになったけれど、母はその唄を創る少し前に死んだ。だから母は作詞をするぼくをほとんど知らない。

死んだ母の軀をベッド・シーツですっぽりくるんだ。ぼくと兄はタクシーで団地まで母をはこんだ。兄は母の両腕の脇から手をさしいれ、ぼくが両脚をかかえた。シーツがめくれ、母の顔がみえる。五階までかかえてのぼっていった。まだ首の骨のやわらかい母の顔は兄の胸のあたりで顎をひいてぼくをみているように思われた。白毛まじりの髪は枯れた松葉のように赤茶け、梳《す》くと櫛の目があまるほどの細さだった。まゆはうっすらあいて、ひと足階段をのぼるたびに、母の顔はゆらっ、と揺れた。「こんな重い軀をもちあげてもらって重かろうねぇ。ほんとうに悪いねえ」といっているようでもあり、「ああらくだねえ、らくだねえ」と微笑んでいるようにもみえた。

母を柩にねかせ、人が死んだあとのあわただしさが去ると、ぼくは母の柩のとなりにふとんを敷いてねむることにした。柩の小さな窓を左右にひらくと母の顔が見える。首のあたりまで花にうもれていて、その花の色つやは、まだ生きていたけれど、母の顔は土色だった。柩をあけひたいに手のひらをおしあてると鉛をほほにあてたように冷たい。手は指を固くくんで、そのままはなれなかった。

その前に吉田拓郎くんは父を亡くした。母の死後少しして「おきざりにした悲しみは」を書き、ほぼ同じ頃に「祭りのあと」を書いた。

祭のあとの淋しさは
死んだ女にくれてやろ
祭のあとの淋しさは
死んだ男にくれてやろ

死んだ母の柩を霊柩車に置き、うしろの扉《ドアー》から長兄、次兄、そしてぼく。三人の兄弟が並んで座った。車は八千代市の街を抜けていった。こうして霊柩車のなかに座り、街ゆく人を見ていると、人々はみなこちらを見て噂してるように思われた。
「おそい桜」という、うたのことばのメモをとったけれど、まだうたの型にはなっていなくて、今改めて読み返してみた。

母が焼けてしまうまでのあいだ
火葬場のまわりを歩いた
妻は歩きはじめたばかりの子供の手をつなぎ
これが桜よ、などと教えている
おそい桜がいちどに散り
くすんだ煙突から
煙が風にもち去られてゆく
あれは母を焼く煙だろう

たばこを一本吸って母の骨を待つ
老いた父もじゅずを手首にまいた指で
たばこに火をつける
おもて通りから、かきね越しに
笑い声がきこえる
あれは迎えのタクシーの運転手らしい

母が焼けてから、あたらしい箸で白い粉でまぶしたような骨をつまんで壺にいれた。ぽろぽろこわれやすい細い骨だった。白い箱に壺をおさめ、手のひらにのせると熱が伝わってきた。うたのことばを書いて、桜井久美さんが曲をつけうたってくれた。墓に参って、久しぶりにその唄をおもいだした。

こんな壺におさめられて
おふくろさんきゅうくつだろう
白木の箱は軽すぎるね
骨の熱が伝わってくる
やりきれないけど
行くところなし
青森あたりじゃ祭りらしい
にぎやかなほど淋しさが

人の前じゃ泣けないから
いやいやどうも笑ってみるさ
死んだ国ではどうして眠る
背中丸めた壺のかたちで
のびそこねたまま
ちぢんじゃったね
青森あたりじゃ祭りらしい
ひとつ踊れば淋しさが
（壺）

山陰にきてから毎朝五時半ごろに起き、近くの海のテトラ・ポットで鱚《キス》といいのはという魚を釣っていた。盆になり、母の墓に参り、母の好んでいた花を差した。あのとき、歩きはじめたばかりの息子はもうすぐ小学校に入学する。娘のさちは、おばあちゃんを知らない。

祭のあと

新宿の飲み屋が並ぶ路地のひとつに、そのスナックがあった。店と店とが肩をいからしている間にはさまるようにして階段が覗いている。歩幅が狭く前のめりに落ちてしまいそうな階段を、踵《かかと》で支えるようにして地底に下りると、白いペンキでぬりたくった扉がある。肩で押すと、一日中陽の射さない小さな空間があった。新宿繁華街の人の群れとネオン稼業。まぶしさから闇にもぐりこむような、饒舌から沈黙につき落とされるような、そんな空間に酒をひっかけたくてよく通った。
殺気だった魂はジャック・ナイフのように飢えていた。

とてもすてきだ　きみ
暗闇をさがそう
でなけりゃ安いベッドで
そしてキスして遊ぼう
それから　あれも
からっ風がふいてゆく
からっ風が吹いてゆく
ただじゃすまない男と女

つかのまの夢だ　きみは
強く抱いてはなさないで
それでもまだとどかない
とどいてはくれない
もいちど抱いて
　からっ風が吹いてゆく
　からっ風が吹いてゆく
　ひとつにゃなれない男と女
　　　　（からっ風のブルース）

　このうたのことばにその頃の殺気だった野良犬の吠える心情がある。拓郎が曲をつけ、うたったのは数年も経ってからだが、村岡健のサックスが疾風のように心臓の荒野を駆けぬけてゆき、女のスキャットが引き裂かれた悲鳴のようにからむ。
　ぼくはどこの党にも学生運動にも加わらなかった。なぜ加わらなかったんだろう。それはお定まりのアジと群れのせいだ。ワレワレワァ、と声を合わせて叫べない。叫ぶという激しい行為。群れて同じ言葉を吐くという行為が精神の内部にない。群れて行動するなら、一匹で動く方が性格に合っている。いつも一匹でいたし、いつも孤りでいたような気がする。衝動のままデモの中でもみくちゃにされ、わけのわからぬことを叫んだ日々もある。「この野郎、ちくしょう」催涙ガスで眼をやられ機動隊とお巡りを憎んだ。デモの列の最前線におしだされ、機動隊の楯が顔と腹にぶつかり蹴られなぐられた。だから今も機動隊だけは憎んでいる。もみくちゃになってスナックに逃げこみ、そこで一夜を明かし、デモの集まったふりだしの広場に戻ると、角材や新聞やビラ、くぼんだ眼球にガスが残っていて、犯された瞳には、なにもかも憎しみに写った。

ぼくは駆け出しの放送屋だった。有楽町にあるラジオ局で歌番組の構成をやって飯を食っていた。田舎からおふくろが出てきて、西荻のアパートで暮していた。台本《ほん》の短い文はアパートでひねることもあったが、たいていは放送局の忙しく人がゆきかう制作局の机《デスク》で、2Bの鉛筆を削りながら、ジョークや四季折々のことなどをこじつけながら書きとばしていた。ディスク・ジョッキーの構成はふた種類ある。ひとつはナレーターの個性にまかせたフリー・トーク。ひとつは一字一句書いて読ませるもので、出演者が忙しい場合は書きものになる。家庭の主婦向けに暮しの体操の台本を書いたこともある。「いつも身体を動かしているといっても、人間ってのは同じ筋肉や同じ関節しか動かしていないものなんです。肩だって上にもちあげることはめったにありません。肩は錆びついてしまってるんですね。だから今朝は一分間だけ肩の錆びを落としてやりましょう。肩をあげて、はい下ろして。その調子！　あげて、下げて！」

およそ、こんな調子のものを毎日書き捨てていた。ジョークの才能などないものだから、ぼくの台本はきゅうくつで、しゃべり屋さん達に不評だった。本番で出演者がなめらかに話し、笑いのひとつもこぼれてディレクター氏が微笑めば、ひとつこなしたことになる。それが放送稼業というものだが、ぼくの台本はギクシャクしてこなれが悪い。それでも飯を食うために、笑えもしないコントをひねる日々を続けていた。

デモでよれよれになった軀を深夜のスナックで仮眠させ、気がつくとまだ台本を書いていない。録音はその夜だ。慌てて放送局にでかけてゆくと、山手線のホームで眩暈と吐き気をもよおし、柱にとっつかまっていると、風を巻きこみながら電車がホームにはいり、軀は倒れそうになるのだった。あの頃は空なんて見たこともなかった。空は汚れた鉛色で、心は読み捨てられた新聞紙みたいだった。制作局にはまだ誰もきていなくて、電話も鳴らない。昼頃までやっつけの台本をこなして夜の録音までのひまつぶしは、日比谷公園のベンチか、有楽町駅、派出所前の映画館だった。深夜に録音があるというのに台本を書いていないこともよくあった。そんな時は複写の青い紙からボールペンで直接書いてまにあわせる。なにを書くか、などというより、まにあうかまにあわぬかで首のつながる稼業だから台本屋と印刷屋を兼業するわけだ。この頃から、締切りまぎわにならないと何も始めない悪い習慣が身についてしまった。ぎりぎりになりゃあどうにかやれるさ。放送稼業の水を泳いできた者には、そんな癖がこびりついているのではないだろうか。夕方までならアルバイトの女性が数人複写係をはたしてくれ、放送屋たちのなぐり書きの乱れ文字を楷書で読みやすいものにしてくれたけれど、つまらぬ原稿を渡して、それを一字一句なぞられるのだと思うと、恥ずかしくて、ついぶっきら棒に手渡してしまうのだった。

代々木公園から流れてきたデモの列が国会議事堂で過熱して、機動隊と憎みあった。頭上をコンクリートの大きなかけらがうなりをあげながらとび、機動隊は女子学生の髪をひっつかんでひきずりまわし、シャツをひっぺがし、ひきずりまわし、横っ腹を軍靴のような靴先で蹴りまくった。過激で野性に戻った人間たちは弱くやさしいものたちをまきこみながら憎悪だけが充満した。ぼくはぽかんとデモの後列でそれを見ていた。機動隊は制服でないものと見れば追いかけ警棒でなぐりかかった。前線にいると野性であった精神が後にいると醒めていた。憎しみあっても前線に居座りつづけるのがよいのか、冷静であるために身をずらすのがよいのか、三十歳を越した今でもまるで判らない。

人間と人間が殺しあってらあ。

醒めてしまった視線には、そんな風に見え、それから恐怖が襲ってきた。気がつくとデモの渦からはなれ、野次馬たちのなかに抜けでてしまっていた。それは奇妙な瞬間で、野次馬たちはタバコをふかし雑談しながら見ている。そこに戻ってしまったんだというしろめたさ。だけれども気持をたてなおすには放心してしまって、足はただそこから離れてゆく。

こんな殺しあいはもういやだ。と吐きすてるけれど、それは逃げてゆく自分の弁護にちがいない。

酒を飲もう。新宿に流れた。

肩で扉を押し陽の射さない暗闇に下りてゆくと、その女の子が歌っていた。煙草のけむりが薄暗いライトにけむっている。カウンターでは酔っぱらいのサラリーマン氏達が噂と愚痴をグラスに溶かし、髪の毛の長い男やジーンズの女の子たちが背中を丸めて椅子に座りこみ、コーヒーを飲んでいたりした。

その女の子はギターを抱いて、ぽつんと一本、天井から落ちてきた光の輪の中で歌っていた。声は霧がかかったようで、マイクが安物のせいか肉声は固くしぼりとられている。

彼女のデリケートな歌のふくらみはマイクの粗雑さにさえぎられてしまっていた。グラスの音や男たちの笑い声、氷の音、椅子をずらす音などが濁流のように部屋にあふれ、彼女の歌はほとんど聴こえない。ぼくはカウンターをはなれ、女の子のまえに座り、くたびれた精神をなげだして聴いていた。

暗い唄だった。陽が一日中射さないので、息苦しくなって窓をあけると、その窓の向うにも汚れた空があり、空の遥かな彼方にもぽっかりと闇が落し穴のように口をひろげている。どこまでもどこまでも暗い空のような唄だった。彼女はちっとも正面を見ない。背中を丸め、ゆっくり指でギターを弾きながら歌っていた。巧くないギターだ。細い弦になるとほとんど響かない。低音部だけがベース音のように単調に繰り返しつぶやいて、そいつは汚れた空気をおそるおそる吸いこむ呼吸のようだ。

拍手した。拍手したのはぼくだけだったので彼女はびっくりしたように顔をあげ微笑んだ。タバコを吸ったことのない女の、きれいな歯。

彼女はマイクに向ってぽつりと話し始めた。アパート暮しをしていて、猫を飼いたいけれど管理人にみつかると住まわせてもらえなくなるから、とか。ひとりで眠っていると深夜の救急車のサイレンでさえ、なんだか身近に誰かが住んでいる実感に思えて、嬉しくなる、といった身の辺りの話だった。

ぼくは群れからはなれ、新宿にかようようになった。その頃の気持を、あとになってうたのことばにしている。

祭のあとの淋しさが

いやでもやってくるのなら
祭のあとの淋しさは
たとえば女でまぎらわし
もう帰ろう　もう帰ってしまおう
寝静まった街を抜けて

人を恕むも恥かしく
人をほめるも恥かしく
なんのために憎むのか
なんの恕みで憎むのか
もう眠ろう　もう眠ってしまおう
臥待月《ふしまち》のでるまでは

徹夜が続いた。三、四時間仮眠しては放送局にでかけ台本を書きなぐり、録音につきあっていた。「祭りのあと」をまとめたのは数年もたってからで、その頃は歌詞など書いてる時間なんてなかった。飲み屋の皿をたたいて飲んだくれてはホームのベンチに横たわり、酒は弱かったから、いつでも吐いた。うたというものではなかったけれど即興でうたった。旋律は確か「東京流れ者」だった。そいつをくずして歌う。
　右をみたら人ばかり
左をみても人ばかり

花の東京人だらけ
暮しに追われ何処へ行く
なんにも怒らぬ人ばかり
酒を飲んだら酒びたり
あゝ　おいらもひとりの酔っぱらい

右をみたら右がいる
左をみても左いる
花の東京、党だらけ
群れを組んで何処へ行く
ひとりにゃなれない人ばかり
酒を飲んだら酒びたり
あゝ　おいらもひとりの酔っぱらい

しばらく彼女の歌をきけなかった。放送局の秒にふりまわされる忙しさ。冗談と音の洪水。流行歌と早口とムード音楽とタレントのスケジュールにふりまわされる日々。三階のロビーにある喫茶ルームのソファに軀をまかせ眼をとじると、素朴な彼女の唄が聴こえてくるのだった。不器用で幼く、心の中のいちばん深く悲しいところに手のひらをおくような温かさ。

日々を慰安が吹き荒れて[注1]
帰ってゆける場所がない
日々を慰安が吹きぬけて
死んでしまうに早すぎる
もう笑おう　もう笑ってしまおう
昨日の夢は冗談だったんだと

別に死んじまっても、ひとりものの俺にはどうってことない、とやけっぱちだったんだけれど、あまりに早すぎらあ、という気持がそれをひきとめていた。彼女のうただけが慰めで、そういった溜り場や、慰めがあれば、人はけっこう日々を過ごしてゆけるものらしい。

「放送で歌ってみたいな」彼女がつぶやいた。喫茶店でぼくらは話すようになった。

「放送なんてくだらないさ。やってる本人が言うんだからさ」

「夢なの、電波にのるなんて」

「ボロっきれみたいにすりきれちまうよ」

「でもいろんな人に聴いてもらえるんでしょ」

彼女は少しずつ陽気なブルースも歌いはじめた。監禁されていた魂に光が射して、太陽の恩恵に微笑むように丸い背筋をのばすようになった。胸いっぱい闇の空気を吸いこんで吐きだす唄は部屋のすみずみまでとどくようになり、ギターはかき弾《な》らされた。男たちは飲む手を休め耳を傾けるようになった。

[注1] 426ページへ

スナックは、はやりだした。

なじみの男客や若者たちが増えはじめた。ぼくがでかけると彼女は話したそうだったが、彼女に興味を持つ男たちは増え、特定の男と話すことは遠慮するのが店への礼儀というやつだから遠慮していた。ステージの回数はふえ深夜になるほど店はにぎわった。リクエストをせがむ客もいた。ブルースはまだ英語のままだった。暗い運命を背負ったニグロが、肉体労働のはての仲間の死や祝い、絶望と喜びがいりまじった唄を、彼女はうたっていたけれど、客が流行《はやり》うたをリクエストするようになると、一つ二つ、そんなものも冗談でやってしまうようになった。彼女のアパートの階段をのぼったことがある。それは新宿から近い中央線のとある駅で、夜に働く女たちの多い安アパートだった。「男の人に部屋を見せるのは初めて」と彼女は言った。ぼくを扉の外に待たせ、慌てて散らかしたものをかたずけたらしい。

「女の人ってきちっと整頓してるわよね。だから私は女として失格。でもいつもこんなふうだって思わないでね」

窓枠に腰かけアパートの連なった露地を見下していた。なぜ窓枠に腰かけてしまうのだろう。若いひとり住いの女性のアパートを訪ねるとさっさと窓をあけ、腰をおろす習性が長くぼくの中にあった。それはぼくら兄弟がすべて男で、長い間、若い女の部屋に入る機会などなかったからだろう。視覚にも臭覚にも慣れないきらびやかさと甘ずっぱさがあって、それが息苦しくさせ、窓をあけると、気楽さをとりもどせる。そんな習性は、ひとりの女と暮しはじめるまでとれなかった。

日暮れまでぼくらはその部屋に居た。

彼女はいくつかのうたをギターをつまびいてうたってくれた。

「寒いわ」と彼女が言った。

窓は開いたまま、陽は沈みかかり深まってゆく秋の冷たい風が小さな部屋をひやして吹いていた。

窓を閉めると沈黙がきた。狭い部屋に座りこんだ男と女は何もすることがなかった。彼女はいくつかのうたのレパートリーをうたい尽くしていたし、テレビはなかった。

「ほら」

「私の指は太くて恥ずかしいわ。あなたの指はほっそりしてきれいね」と彼女は言った。

彼女は手のひらをぼくのまえに差し出した。ぼくも差し出して、手のひらをあわせた。

「あなたの方が女性みたいにきれいよ」

「しかし骨っぽい」

「そうね」

少しのあいだ、ぼくらはあわせたままの手のひらを見ていた。指先に血液の流れてゆくけはいがした。


「彼女に変な男がついちまってね。彼女をさかんに誘うんだよ」

店のマスターが相談をもちかけてきた。ひとつの季節が通りすぎ、ぼくは、その当時噂になり始めたフォークソングというものの番組にとり組み始めていた。学生たちがまだ英語のままで歌っているコンサートを捜しては、はしごして観てまわった。それはぼくが一生やってゆく仕事、あるいは歌運動といったものになりそうな予感がした。番組創りに活気がでてきた。

変な男とは、流行歌のプロダクションらしい。

「で彼女は？」

「それがさ。彼女食えないだろう。月給とって歌ってゆけるってんで、店をやめたいっていいだしてるのさ」

「彼女の気持ちにまかせればいいんじゃないですか」

「そんなつれないこといわないでよ。頼むから、彼女にやめられちゃあ困るんだ」

その言い方は商売をする言いまわしだった。だから相談にのる気をなくしてしまった。


まもなく彼女は店をやめた。

ぼくも店から遠ざかるようになった。彼女はプロダクションに所属して、レッスンをうけてるらしいとの噂だった。そのうちラジオに出演し、名の売れた流行歌の作詞作曲家のうたでデビューした。

新宿のレコード店で彼女のカラー写真の宣伝ポスターを見たことがある。長いドレスを着て、うつむきかげんの顔で、微笑んでいる。それは街ゆく人の群れにむかっていた。

ぼくはレコードを買おうと思い捜した。

そのシングル・レコードはおびただしい歌謡曲のなかにあった。買うのをやめた。

テレビで彼女を見たことがある。

司会者の、お決まりの新人紹介があり、ステージに色とりどりのライトがつくと、長いドレスではなく、短いスカートから白い足が駆け、ほほえみ、大げさな振り付けで歌った。

テレビをきった。
なんだかむしょうに腹だたしく、むしょうにわびしかった。
うたをひとつ書いた。

「好もしからざる女」だったきみの
監禁された歌をきいていると
酒さえもいらないと思ったものさ
もういちどきみがぼくの
退屈さを盗んでくれるなら
すべての女と縁を切ってもいい

そうさ　きみの居たころの
この部屋の扉は
いつだって夜に向ってひらかれて
マネキンさえ踊る陽気なブルースを歌ってたよ
君が去ったあとは
君が去ったあとは
てんではっぴいになれないんだよ

「飼われた女」になったきみは

おあいそ笑いの人形でしかない
けっこうテレビが似合うようになったね
もう帰ってこなくてもいいよ
どんな餌がきみを誘惑しちまったのか
あやつっている男はどんな奴なんだろうか

きみのいないこの部屋のステージで
きのうから厚い化粧の女が
味噌汁みたいな恋唄をうたい始めてるよ
昔の仲間は寄りつかなくなったよ

君が去ったあとは
君が去ったあとは
てんではっぴいになれないんだよ
(君去りし後)

ずっと後で吉田拓郎が作曲して歌ってくれた。村岡健さんたちの管がはいり、好きなうただ。

つま恋の野外コンサート。深夜の湿りだした芝生で聴いたことがある。それは六万人の群れた陽気な若者たちの肉体にむかって射撃され、若者たちは夜明け近い解放区で踊りまくり叫びつづけた。あの暗い想い出が、こうして野で若者たちをつかのまの、うたの旅路に運んでゆく。ぼくはぼんやりと芝生に立ってタバコをふかしながら、踊り狂うさまを見ていた。肩車をくんだ青年や夢路をたどる少女や抱き合う男と女。とおりすぎた若さや懐かしさ。肉体の叫び。それは闘う姿勢ではなかったけれど、ぶつかりあう若い喜びがあった。

ぼくはそれを見ながら「祭のあと」の最後の行をおもいだしていた。

祭のあとの淋しさは
死んだ男にくれてやろ
祭のあとの淋しさは
死んだ女にくれてやろ
もう怨むまい　もう怨むのはよそう
今宵の酒に酔いしれて

また赤い皮のブーツをはいた

また赤い皮のブーツをはいた。

津軽半島をぶらついてみることにして、ブーツをだしてみると、踵《かかと》にうった鉄鋲が錆びていた。東京は残暑で裸足でまにあうほどだったのでブーツをはくと、足のまわりが蒸せかえった。しかし津軽は寒いことがわかっていた。

しばらくの辛抱さ。

特急で盛岡まで来た。かつて同じ同人詩誌の仲間である友人のM子さんと会って「明日は発つつもり」と話すと、「八幡宮の祭りが今日から三日間にぎわう」と教えられて、一日延ばすことにした。

翌朝、M子さんとでかけた。中津川にかかる橋を渡るあたりで太鼓と囃子声がきこえ、血が騒ぎだした。繁華街のどまん中を流れる中津川では鮎を釣る人の姿があった。ふだん着のまま気軽に竿をふっている。こういうところで鮎が釣れるとはね。なんだか嬉しくなって土手を下り、見ていた。紺屋町などで祭り衣装の子供たちの写真を撮ったりしながら、八幡宮界隈の露地にもぐりこんで、片隅の暮しを見ていた。夕方、古い詩の仲間のOさん宅にうかがって、雑談をするうちに夜が更けていった。

翌朝、青森に発った。津軽線にゆられ、瀬辺地あたりの光景がよくて、写真を撮りに下りたくなったけれど、それは帰りにするようにいましめて、北にのぼった。

また竜飛にやってきた。一年七カ月振り。あの時は、四月、季節はずれの春の雪が降ったが、今度は小雨がしょぼついている。郵便局前の終点でバスを下り、奥谷旅館に泊まることにした。

前に来たときは海沿いのいちばん奥の部屋でくつろいだ。今度はその隣りの部屋に荷をおろした。初めて訪れた春はA新聞関係のH氏、カメラマンのS氏と三人で、青函トンネル工事の取材で来た。廊下をへだてた部屋にひとり旅の美しい女性が泊まっていて、彼女とくつろいで話し、それが縁で彼女はぼくの子供に、童話の本をくれたりしたけれど、今は結婚してどこでどんな男と暮しているのか知らない。また竜飛へ行ったよ、と言って連絡してあげれば喜んで話をききたがるだろうけれど、この文をどこかで読んでくれれば、会うこともないような気もする。

あの春は、まったく雪が多かった。長旅は初めてのKくんと寝台車で上野を発ち、翌朝目覚めると花巻だった。明治以来の大雪とニュースはつげていた。雪まみれになりながら遠野や大沢温泉、蟹場へと足をのばした。大沢温泉の露天風呂は粉雪が踊り狂うなかで、ふるえながら雪見をしたし、蟹場じゃあ四米の雪ん中を、夜、ころがるようにして宿にたどりついたりした。Kくんと秋田で別れ、ぼくはひとり竜飛にきて、H氏とS氏を待ちながら、彼女と話すようになった。

ぼくら三人は道路公団事務所でトンネル工事の説明をきき、トンネルの中にはいることになった。着替え室で待っていると、灰色の作業服とヘルメットと一枚の紙っ切れがとどけられた。トンネルの中は温度二十七から三十度。湿度は七〇%以上だときかされていて、裸に作業着をひっかけた。紙っ切れは許可証で「もし何か事故があっても責任は負いません」というようなことが印刷してある。

岩穴をくぐると、いきなりそこから暗い斜坑が地底におりていた。中央にトロッコのとおるレールが二本。左右に人ひとり通れるぐらいの鉄板が斜に下っている。鉄板は裏から穴があき、その穴あけのさいにおしだされた鉄がひっかかり、すべり止めになる。長靴のゴムは、なるほどうまくすべり止めになるのだった。足を早めると、膝はガクガク、勢いがついて足をすべらしたら、そのまま地底にころがり落ちそうだ。慣れればどうってことないだろうが、初体験は恐い。

その夜、いく人かの工夫が宿に訪ねてきてくれた。穴の中で掘っている人たちに会いたくてここまで来たのだから、こちらの頼みに快く応じてもらえて嬉しかった。

佐々木毅三さんは七戸出身、坂班の号令補だった。男一人、女二人のおやじ。号令補はヘルメットに横線が一本とおる。この一本で日給が一〇〇円あがるんだと笑ってみせた。

ヘルメットに横線一本

一本つきゃあ一〇〇円あがる

という行をリフにした工夫のエレジーを佐々木さんのために書きたいが、まだまとめられないでいる。

七年前、失業保険で気らくに食っていると、公団に知人のある兄貴に竜飛はいいところだ、とつれてこられた。来てみるとちっちゃな漁村と海ばかりでなんにもない。うんざりしていると、面接だけうけてみろ、と言われた。面接にでかけてゆくと、すぐ働いてくれという。せっかくここまで来たんだから、まあ働いてみるかとトンネルのなかにはいった。そうするうちに大阪の奥さんから荷が送られてきた。しかし俺はこんなところで働く気なんてない。半年間は荷をとかず暮した。当時給料は日に一〇二〇円。給料はそのまま大阪

2700
47-03

にもちかえり、女房に中身をみせると一文も渡さずにそのまま持ちかえった。現在（昭和四十九年）三七四〇円。残業手当て四五〇〇円。一日五〇〇〇円にはなる。春に調整金、六月ボーナス、九月薪炭金、十二月ボーナスがでる。その春夏秋冬のまとまった金をもらったらやめよう。春がすぎると夏のを、夏すぎれば秋のを、と思ってるうちに、もう七年経ってしまったよ、などと佐々木さんは言うのだった。趣味は酒。これしかない。一升ビンをたてて飲む。竜飛に来た当時は車で三厩《みんまや》あたりまで飲みに行った。しこたま酔っぱらって車をとばす。十五の洞穴をくぐり海岸沿いにふっとばす無茶もやった。まるで自殺行為である。魚釣りにいかないかと誘われたことがある。友人と舟ででたが釣りになどは全く興味がない。釣り竿を垂らしたまま一升ビンでひたすら飲んでいた。飲みながら、時々竿をあげると大物が釣れていた。釣りというやつはああいうふうにのんびりやるもんだ、などといってはぼくらを笑わせた。

工事が始まった当時、兎狩りがはやった。雪の岬のうえに兎を追いあげる。男たちは岬のすそからいただきの一点に向かって、雪に腰までうずめながら、追いあげるのである。寒いので一升ビンの首にひもをつけ、弓のように背にかついだ。しばらく追っては寒さしのぎにラッパ飲みしながら軀を温めてのぼってゆく。しかし体力の消耗で酔いがいちどにまわる。兎をみつけたころにはみな酔っぱらってしまった。

「あれ、あれ！　と指差すんだが、軀が言うことききかへんのや。それを知ってんのか、兎のやつときたら二、三歩駆けちゃあ後をふりかえるんだよ」

「なめられちまってんですね」

「後ふりかえるだけならいいよ。兎のやつときたら、こっちをじっと見て、それからニタアッと笑うんだなァ」

この話をテレビ局がききつけ、ドキュメンタリー番組を創ったことがある。青函トンネルで働く工夫たちと兎狩り。なかなかヒューマンでテレビ局らしい企画ではないか。しかし本番の日、ついに兎は一羽も現われなかった。そこでテレビ局は、兎狩りの劇的シーンを全国に放映するため、青森から兎を運んできて、〝感動〟を作った。兎は放たれた。しかしこの兎たちはいつも檻の中で飼い慣らされ、野ですばやく走ることを知らなかった。全国への放映ではだから静かに歩いてゆく兎がクローズアップで流された。

「あのときも兎のやつはニタァッと笑ったよなァ」佐々木さんは身ぶり手ぶりで再現してくれたものだ。

佐々木さんからきいて初めて知ったのだが、ぼくらがトンネルにはいった二日前、残留火薬が爆発して工夫のAさんは顔じゅう血だるまになった。またある工夫はトロッコに押しつぶされ全身の骨がタコのようにくだけて即死した。それらの事故は新聞記事にもテレビのニュースにもなっていない。事故が起こると回覧が坑内にまわる。地表にでて、ニュースになることはない。

「水が大量にでたらどうなりますか」

「ふつうの人はおぼれて死ぬ、と思うだろうがね」

「逃げられますか」

「もし坑内にあふれるほどでたら全員死ぬだろうね」

「おぼれますか」

「感電死だね」

「感電、ですか？」

「トンネルにゃあ高圧線がはりめぐらされてる。あれが危険なんだよ」

奥谷旅館で軽く一杯飲みながら、佐々木さんが話してくれた、そんなことばを思い出した。佐々木さんと会えた旅のあとで、「竜飛崎」といううたのことばをまとめ、拓郎がうたった。

六月の春がいちどに花ひらくこの岬には
秋にあじさい咲くという
また来てしまった　しょせん帰りゆくこの旅なのに
あゝまだ津軽は吹雪です
凍え死ぬこともないな　ぼくの旅
竜飛崎よ　どてっ腹をぶちぬかれちゃったね

丸太でかこった家族が軀寄せるこの漁村には
寒く灯がついている
やさしい夕暮れ　にぎわいうすい船着場には
あゝもう野良犬が住みついた
ドロ運びのおばさん　お達者で
竜飛崎よ　どてっ腹をぶちぬかれちゃったね

海峡越えて鉄打つ響き渡る室蘭の夜
赤い火の粉がふりそそぐ
道ひとつ決まらぬ生まれついてのろくでなしには
あゝ悲しみでさえも海の汚点《しみ》か
すぎてゆくばかりだな　ぼくの旅
竜飛崎よ　どてっ腹をぶちぬかれちゃったね

かつての監視所のまえに立つと津軽海峡からの東風が、岬の背をはいながら、あおってくる。しゃがみこまないと軽いぼくの軀は吹きとばされそうだ。燈台のコンクリートの壁で風をよけていると、中年の燈台監視員のおじさんに声をかけられた。

「よく吹きますねえ」

「いや今日は十六米。三十米も吹かなきゃあ、ここでは吹くとはいわないよ」

こんな調子でその燈台守りが転々としてきた、燈台での暮しなどをきいた。女房子供を置いての自炊暮しは切なかろう、いつもいつも海ばかり見て動けない日課は退屈だろう、などと思ったけれど、そういう本音は吐けなくて、大変ですねえ、と、もうひとつの実感で話していた。

見下すと、赤や水色の屋根がふえているのに気がついた。バスは燈台の足元までのぼるコースに変っていた。

奥谷旅館の白い犬はまだ元気でいた。

いくつか旅館がふえていた。

食堂はもっとふえていた。

アジサイはまだちらほら咲いていた。

行商の洋服屋さんが奥谷旅館の一部屋で店びらきしていた。おそうざい屋のライトバンが流行歌をスピーカーで流しながらやってくる、この夕方の風景はあのときと同じだった。


津軽線の小さな無人駅づたいに歩くことにした。汽車がとまると車掌さんが慌ててホームに下り、下車する客の切符をうけとり、また乗りこむと発車する。

中沢、では川島旅館で泊まった。隣の部屋に富山の薬売りのおじいさんが泊まっていた。国道沿いで大型車がとおると、二階がゆれる。そういう宿だったけれど苦にならなかった。おばさんは親切で、それだけで、眠らせてもらえば充分よい気持になれた。

防災堤には鷗が水平線をみつめるようにして群れて立っていた。その長い列を望遠レンズで覗くと、鷗たちが、きりりと口元を結び、隊列をくみながら、合図を待ってるようで、ふきだしてしまった。

うたのことば書きや歌手なんて、しょせんただつまらぬ人間だった。

こうして旅していることは、それがたとえば心臓が破れそうな長い道だったとしても、しょせん〝遊び〟だった。谷川俊太郎さんに「鳥羽3」という本音ばかりの詩がある。

粗朶《そだ》拾う老婆の見ているのは砂

ホテルの窓から私の見ているのは水平線
餓えながら生きてきた人よ
私を拷問するがいい

私はいつも満腹して生きてきて
今もげっぷしている
私はせめて憎しみに価《あたい》したい
老婆よ　私の言葉があなたに何になる
もう何も償《つぐな》おうとは思わない
私を縊《くび》るのはあなたの手にある
あなたの見ない水平線だ

かすかにクレメンティのソナチネが聞こえる
誰も私に語りかけない
なんという深い寛《くつろ》ぎ

青森からバスに乗り、蔦温泉に寄ってみることにした。五年ほどまえに、ぼくの奥さんと二人できたことがある。奥入瀬ってのはどんなとこか、やっぱりいちどとおってみましょう、と彼女が誘い、ぼくらはバスにゆられたのだけれど、小さな滝のひとつひとつにも、いわくありげな解説があって、

「なんだか箱庭の解説みたいねえ」彼女がうまいことを言って、奥入瀬を歩く気がしなくなり、そのまま蔦温泉まで行ってしまった。蔦温泉は十和田湖の騒がしさから、身を隠した宿が一軒だけあって、ちょっと高かったけれど、いっしょに暮しはじめたばかりだったし、ぜいたくをしたのだった。部屋は長い階段をのぼったところにあって、通されると火鉢しかない。十月末でふるえた。窓をあけても陽の光が樹にさえぎられてとどかない。年配の物腰のやわらかい女中さんに尋ねると、部屋の電灯は、電力不足で夜までつけないのだと言われた。火鉢の炭火に向かいあって両手を温めたけれど身震いがとまらない。まだ夕方だったけれど蒲団を敷いてもらった。長風呂を浴びて、ふたり蒲団にはいり、ぼくは酒を飲み、彼女は浴衣の襟を合わせ、軀をよせて黙っていた。

「あ、月よ」

窓の樹のあいだの枝にひっかかるようにして月が光っていた。ぼくがほおづえをつくと、彼女もほおづえをついた。四つの肘をならべながら月を見ていた。月は半円で、寒い光だった。中学校時代の理科の天文の教科書をおもいだしながら、あれは、上弦だったかな、下弦だったかなと思っていた。

彼女は中学校時代からひまがあると星を見るのがいちばんの楽しみだった。家の外にゴザを持ちだし、仰向けにねっころがって流星をかぞえながら、流れてゆく位置を、白い宇宙の地図に赤鉛筆で書いていた。だから結婚したときに彼女の荷のなかに「天文ガイド」という雑誌と、沢山の星に関する本、そして天体望遠鏡がはいっていて、彼女のそういう楽しみを知らないぼくは驚いたものだった。

「東京は全然つまらないけど、空が汚れてるからつまらないのつまらない、だわ」

結婚早々の第一声が、それだった。「でも千葉でよかった。ここは少し空があるものね。東京には出たくないわ」その一言そのままに、彼女は東京にはでなかった。いっしょに暮して六年。彼女が上京して六年。新宿も渋谷も銀座も有楽町も、なんにもわからない。東京駅と上野駅だけは旅の駅だからなんとか行ける。だからぼくらの会話はこんな具合になる。

「今日どこで仕事」

「長谷川きよしくんの事務所にちょっと立ち寄るよ」

「どこにあるの」

「六本木」

「六本木？　話にはきくけど、にぎやかなとこだってね」

「ああ、そうだよ」

獅子座の流星群が流れるという日、彼女はそういうことには、まるで縁のなかったぼくをひっぱって、犬吠埼にでかけた。海から吹きつける強風で寒い。「窓からみようや、寒いからさ」いやな顔をすると、彼女は、

「今夜は流れ星のほんとうの見方を教えてあげるわ」と言い、汚れるけど寒いから、すみませんねえ、内緒でもちだしますよ、などと毛布をこっそり屋外にもちだした。大きなビニールを草に敷き、仰向けになって空を見なさい、と言う。ぶるぶるふるえながら教えにしたがうと「ほらこうしてると風は軀の上のほうを吹きすぎてゆくから寒くない」と自分も毛布の中にはいってきた。立ってると寒いし、立ったまま空を見てちゃあ、首がまがるものね、と笑った。ぼくも何だかおかしくて笑ったけれど、彼女はいつだってまじめに言っ

ていたのだった。

ずっと後になって、蔦温泉での夜をおもいだし「旅の宿」という唄を作った。唄がレコードになると、それを聴いた彼女が、「上弦の月だって、わかったのね。月のことだってわかるじゃない」と言うので、

「いや上弦の月だったっけ？　ってわからないまま書いたんだ」と応えると、「下弦じゃなくてよかったわ」

「下弦じゃことばの響きもよくないからさ」

「あのね、あの季節のあの時刻には、下弦の月ってでないのよ」

蔦温泉に五年振りに来て、七つの沼をめぐっていった。誰もいなくて、沼のまわりに、あちこちの方向から下りてゆくと魚が水面で身をくねらせるのが見える。岩魚じゃないから、鱒の仲間だろう。水は浅いので、ルアーを数人が振れば、野性のものは数日でいなくなるだろう。いつもの釣りの眼になった。

そういえば、こちらで読んだ新聞に「百六センチのイトウ」を釣った男の写真が出ていた。場所は風蓮川だった。イトウにとりつかれた男たち、イトウに狂った釣り師たちを訪ねて歩いたらさぞ満たされる旅になるだろう。

レコードのように廻っている

今年の秋は夏を追っぱらうのが早い。ひと雨くると、夜はひえこんでいった。ぼくは幾日も雀荘で眠った。隣りには徹マンの男たちが寝ていた。意識朦朧として夜明けの町に出、がらんとした商店街の舗道をふらついていると、出勤してゆく月給とりの人たちが急いでいた。駅の階段めがけて走ってゆく女性がハイヒールのかかとをはさませてころんだ。ぼくはそれを見てた。何かうしろめたいような気分だったけれどぼくは見ているだけだった。

雀荘にくる男たちはどこで働いているのかわからなかった。毎日のように顔を合わせるけれど、そういうことは尋ねたことがなかった。知識とか夢とかいうものとは別のところに彼らは住んでいた。

てめえ、とか、やろう、とか言う言葉が麻雀卓の白いシーツの上に吐きだされ、小さなその部屋は男たちの殺気でいっぱいになった。

喫茶店のテレビはオリンピックの中継を流していた。ＮＨＫのアナウンサーが、日本、日本、と吠えていて、それは戦争の中継のようでイヤだった。

田中角栄が逮捕された日、街はその噂で騒がしかった。雀荘ではその日も丸四日、打ち続けている男たちがいた

高級官僚がビルからとんで自殺した。

その日も男たちは徹マンで忙しかった。

死んでも地獄から戻ってきて、やあ、とおどけそうな男たちばかりだった。

雨が降って冷えこんだ夕暮れ、ぼくはゴムゾウリをひっかけ、水たまりにジーパンをぬらしながら、友部正人のレコードを買いにいった。

二カ月ほどまえのやはり雨の日、中野公会堂で彼の唄を聴いた。そのまえに聴いたのは彼がアメリカからかえってまもなくのコンサートだった。二年振りで聴いたことになる。

その頃友部正人はひとりの女といっしょだった。ぼくもひとりの女のことを思っていた。


「岡本さんと旅に出たいって言う女性がいるんだけれど、一度会ってやってくれる」

ある雑誌の編集長が言った。「めんどうくさいですね」と答えると、「まあ、そう言わずに会うだけ会ってやってよ」と彼は言うのだった。

編集長をまじえ、夕食を有楽町のレストランで食った。編集長が一度小さな雑誌のモデルに使ったという彼女は、きれいな長い髪をしていた。彼女はぜひ旅にゆきたいと語った。そうして札幌でのぼくの連絡先をメモし、飛行機で強引に追いかけてきた。

夕暮れになった。夜汽車で道東にたつと言うと彼女は、もちろん行きたいの、と言って切符を買ってきた。それで初めて女づれの旅になった。釧路行きの夜汽車は急行だった。その長い夜汽車で、ぼくらはぽつりぽつり話した。

仕事は、ある著名な文筆家の秘書をやっているらしかった。しかし、それはどうでもよかった。気ままな旅がなにか今までとは違ったふんいきを帯びて、そのぶん旅は窮屈なものになった。仕事の忙しさから解放され、疲れたのだろう。彼女はぼくの肩に頭をもたせかけて眠った。

夜は長くなった。

釧路から標津線に乗りかえる。夏にはいった道東は緑が美しい。ぼくは友人の獣医をたずねることにした。彼女と同じ宿に寝るのは旅をいっそう窮屈にするだけだから、酪農家とのつきあいが深い獣医の家に泊めてもらうことにしたのだった。

バッグをおろして近くの川におりていった。ぼくは北への旅にはいつもそうであるように、小さな十二本つなぎの渓流竿をとり出して、釣った。少年のニジマスとヤマメがいくつか釣れた。その釣りの帰り、ぼくらは子犬を見つけた。親犬はどこにも見あたらず、子犬は彼女の腕の中で甘えた。

何の草だろう。ひざほどもあるやわらかい草の茂る場所に出た。周囲にはいくらかの白樺があり、その中を小さな川が流れている。ヤマメがすばやく泳ぎ過ぎるのが見える。ぼくらは草原に腰をおろし、歩き疲れた軀をやすめた。

歩き疲れては夜空と陸との
すきまにもぐりこんで
草にうもれては寝たのです
ところかまわずねたのです

沖縄の詩人バクさんはそう歌っていて、その詩に高田渡くんが曲をつけて歌っていた。草に疲れた軀を横たえると、いつだってその歌が出てくる。そいつを歌っていると、重い暮しから逃げ出して、疲れきった自分の歌の荷物をおろすように思える。

ぼくは少し眠った。気づくと彼女も隣りに頭を並べて、空を見ていた。

「なぜ旅についてきたんだい」と、尋ねると、

「うん、何もかもから解放されたかった。いい思い出をつくりたいの」と彼女は言った。

当幌の無人駅を抜けて、ぼくらは線路沿いに歩いた。木造のすすけた小屋があり、そこに三人の線路工夫たちが休んでいた。人なつっこい彼女は工夫たちと友人になった。ぼくは線路わきにある、奇妙な乗り物を見つけた。そいつはオートバイのようなハンドルがついたトロッコだ。保線をやるのに駅から駅まで走る乗り物で、線路の上を時速四〇キロぐらいで走れる、と言う。工夫のおやじさんはぼくらを乗せてくれた。運転は簡単だった。次の列車がくるまで、まだ一時間半はあるから、乗るといい、などと工夫たちは言い、ぼくらは線路の上をその奇妙な乗り物で行ったり戻ったりした。どんなに走っても線路の上からはずれない。それは繰り返すだけの旅みたいだった。

ぼくらは、しばらく道東にいた。


渋谷駅からしばらく歩いたところに、貨物列車の見える小さな公園がある。

ぼくらは旅から戻って再び会い、夕暮れのベンチで、通り過ぎる貨物列車を見ていた。あの貨物列車に飛び乗って二人で、どこまでも旅立ってしまえばいいような気がした。妻も子もあるぼくと、ひとり者の彼女。そのころのことをずっとあとになって歌にしている。

ぼくは旅を抱いて眠るようになった
きみは淋しさと話すようになった

いつも見送ってばかりいたって言って
手を振るんだね
旅立ちをさみしくさせるんだね
また冬だよ
もう一年たつね
思い出にしてしまえるさ

ぼくは旅立ってゆき、彼女は日常のコンクリートの中の仕事に戻っていった。「結婚しなさい、って母が言うの」と突然彼女が言った。相手はアメリカにいる、よいところの男らしい。

「勝手にするがいいさ」とぼくは言った。せいいっぱい生きて、せいいっぱいどこにでも出てゆけばよかったけれど、もし彼女がぼくに惚れてるとしても、ぼくは彼女にしてやれるものは何もない。見送ってやれるだけだ。その夜、ぼくらは彼女のアパートで、抱き合った。そして彼女は泣いた。

数日して、ぼくらは上野駅近くの小さな古い店にきていた。ぼくは彼女に柘植《つげ》の櫛《くし》を買おうと思い、久しぶりで会ったのだった。若い職人は彼女のととのった顔と長い髪を見て、「あなたは日本人の髪をしてます」と言った。ぼくもそう思っていたのだ。黒く長い髪には柘植の櫛が似合う。

そして彼女はぼくの前から消えた。アパートに電話すると、「そのかたは引っ越されました」と中年のおばさんの声がした。

「思い出にしてしまえるさ」という歌は次のようにつづいている。

早く結婚してくれると気がらくさって言うと
それっきりきみは話さないようになった
いつかぼくでない他の男と
暮しはじめるんだね
寝床をあたためあうんだね
また冬だよ
もう一年たつね
思い出にしてしまえるさ

南こうせつくんが歌ってくれて、ぼくはその歌を武道館の一万人の若者の中にまじって聞いた。彼女のことを思い出した。あのつかの間の数カ月が、彼女にとってはきっと開放だったんだろう。

一年半たった。この暮れに、一通の手紙がアメリカのデンバーから届いた。

〝楽しいクリスマスと、よいお正月をお迎えください〟とあり、短い近況が添えてあった。結婚し、女の子が生まれたらしい。

遠い国から届いた一年半ぶりの手紙は、ぼくをなつかしさでいっぱいにした。それでひとつ歌を書きたくなっている。彼女の暮しは見えないけれど、手紙によれば、いっしょになった男の仕事の関係だろう、アメリカを転々としているらしい。まるで子づれの旅人みたいな女が、遠い日本をおもっている歌を書き始めている。それができたらテープに入れて、ぼくは彼女に初めてのアメリカ行きの手紙を書くつもりだ。それはきっと三カ月ほどあとになるだろう。恋にしたって仕事にしたって暮しにしたって、せいいっぱい生きて燃え尽きて死んでしまえばよかった。せいいっぱいを持ちつづけることはむずかしく、また繰り返しに戻る暮しが待っている。だからひとときでも燃えればそれが思い出になった。彼女にも、もっと思い出がふえればいい。そしてそれは暮しの思い出でなければいい。こんな苦しい暮し、なんて聞きたくもない。それより、こんなすてきな恋のほうが、じんとくるのだ。

夢は馬券よりも軽かった
夢はマージャンより単純になった
ぼくのなかを歳月がとおりすぎていった

東京駅の新幹線ホームで友部正人と顔を合わせたことがある。ぼくは御岳山に岩魚釣りにでかけるため、リュックをかついでいた。列車は決めてなくて、とりあえず乗ろうとホームをふらふらしていると、彼と顔があった。

「汽車決めてる?」

「いや」

「じゃいっしょにゆこうか」

ぼくらはこだま号にのりこんで、並んで座った。何も話すことがなかった。

「何処へ」と彼が言った。

「岩魚釣り」

「川。日本中の川を束ねてもちあるきたいな」と彼が言った。

「そう、ぼくは川が見えると、足をひたしたくなったり、魚を釣りたかったり」

「あの女《ひと》は」彼が尋ねた。

「あの女はアメリカに行ったと思う」

「送別会した？」

「いや」

「すればいいのに。お酒飲みにいってあげたよ」

それでアメリカの写真見合いの男と一緒になったかも知れない女《ひと》のことを想い出していた。

女のひとに会えば燃えたかった。だけれどもうどうにもなりはしなかった。

唄を書くと少し名が売れたので金になる。それで書く気が薄らいでしまった。

すっからかんになって、裸のままほっつきあるいて死んでいけばいい。だけどそいつもできなかった。

ぼくは雀荘に居りびたるようになった。

雀荘のテレビが流行歌を流していた。新人を紹介するコーナーになってミニ・スカートの女の子が踊りながら歌っていた。丸顔のショート・カットで九州出身だと司会者は紹介していた。

ぼくは座ぶとんを折りまげ枕にして、ぼんやりそれを見ていた。その顔に見覚えがあった。美容院でつくったらしく、やぼったさがとられていたけれど、その娘の写真をずっと前に見たことがある。

『襟裳岬』に賞をくれる人がいて、しばらくは、会ったこともない流行歌の人たちから電話があった。みんな断わって知らんふりでいたけれど、以前世話になったひとから連絡があって、ぼくは仕方なく六本木の喫茶店で、その男と、その男の上役にあたる、某レコード会社の部長と会うことになった。

挨拶が終ると、部長は二、三枚の写真をとりだして、「この娘です」と言った。それは上京してきたばかりの女の子がいくつかのポーズをとり宣伝用のブロマイドに収められていた。跳びあがってるのや、しゃがみこんでるのや、種々だった。それはみな笑顔で、写真から男心をくすぐるように作られてあった。

「この娘のイメージは、日本の情感をうたっていくことだと思うんです。ほんとうの日本のうたをですね。作りもんじゃない」

「そうですか」

「小柳ルミ子とはまた別の意味でですね、日本のうたをうたっていける娘ですよ」

「はい」

テレビから跳びだすようなポーズで女の子がうたっていた。

「岡本さん、ずいぶん熱心だね。こういう娘が趣味なのかい」と雀鬼がいった。

「どれどれ」と別の雀鬼が覗いた。

「おいしそう。食べごろやな」

「青いつぼみをむしりとり。ロン！」

「アイタ。いくらや」

手をまえであわせ、膝を折るようなポーズで、その新人歌手の女の子のうたが終り、テレビの画面はまた次の歌手に移った。

流行歌の世界にいる人たちと接触はなかったけれど、フォークとかロックとかは何のことやら判らぬ雀鬼たちは、ぼくがそういう芸能世界の人とつながっていると思っているらしかった。

「何億って金をちょろまかす奴がいるらしいねえ。あんたもそんなことやってるとちゃうか」

もちろん冗談だが、彼らのひとりがそんなことを言った。

「そういう金がはいったら住居付きの雀荘でもおったてて、提供しますよ」

「そうか。ベッド付きの雀荘か。ええなあ」

流行歌の世界といえば、いちどだけ、その種の作曲家と歌を作ったことがある。高倉健さんのうたを作った時で、健さんに惚れているぼくはプロデューサーA氏の紹介でそのSという作曲家と歌を作ることになった。ふたつうたのことばができて渡すと、まもなくS氏の自宅に来てくれ、と言う。多忙なS氏はぼくのことばをピアノの前におき、その場で作曲してゆくのだった。その間、こんなふうではとか言いながら作ってゆくので、なんだかことばが、いじりまわされてゆくような恥ずかしさでいっぱいになった。

もう二度とああいうことはやりたくなかった。

友部正人のレコード「どうして旅に出なかったんだ」に針をおろした。ギターが鳴った。それは羽根を生やしはじめた幼い鳥がさえずっているような音で、びっくりした。

こんなふうに軽く、彼も音になじんでいったのかも知れなかった。

ジャケットには谷川俊太郎さんが文章を書いていた。

神田共立講堂での長谷川きよしのコンサートで谷川さんと隣りあわせの席に座ったことがある。あれは金子光晴という詩人が亡くなって、そう日の経ってない頃だった。

「友部さんに会われますか」

「この間会いました」

「元気でしょうか」

「ええ」

それからしばらくして、「みんなバックをつけますね」と谷川さんが言った。ぼくは何と言えばいいのか。

「友部正人さんもエレキを入れてます」と谷川さんはつぶやいた。

そういうことにはとっくの昔に染まっていて、腰まで、首まで泥まみれのぼくは何と答えればいいのか。

せめてまじめになってよい仕事をすればいいのだろうか。

どうして旅に出なかったんだ　ぼうや
あんなに行きたがっていたじゃないか

と友部正人はうたっていた。

　こうして唄が三十センチの円盤のなかに収められるのは不思議なことだった。その日の声の質とその日の気分が日記のように記録されて、誰の場合もそうだろうけれど、一年余りもあとで聴くと、恥ずかしさがいっぱいある。スタジオで録音されたものは、そういう音の質になるので、音創りの流行が終ってしまうと、その部分から音は腐っていく。

　自分の創った唄が巷から流れてくるのを聴くとき、どんな気持になりますか、ときかれることがある。それはああ流れてるな、というような気分に近い。ぼくの場合レコーディングにはほとんど立ち合わないし、どんな曲がついたのかもずっと後になってからだから、レコーディングに立ち合う人とはまた別の気持が沸くのかも知れない。吉田拓郎くんとの場合、うたのことばは郵便で送るか、電話で渡す、という作業をくりかえしてきた。彼のほうは気にいったものを、そのときの気持で作ってきた。彼は年に一度ぐらいしかコンサートをやらないし、レコードもその程度だから、うたのことばを渡して一年振りぐらいで曲がつくことがめずらしくない。

　吉田拓郎は作品についてはちゃんとやる男だから、曲をつけたときは必ず彼が、でなければユイ音楽工房の陣山くんか渋谷くんから連絡がはいる。ぼくは約束ごとはきっちり守らないけれど、彼はそういうことに対してはきちっとしている。それが男どうしの、作品を作る者どうしの礼儀であると、厳格に守っているので、ルーズなぼくは彼のそういう態度に、まじめにやらにゃあ、と思うことがしばしばだけれど、時がたつと、またふっと忘れてしまう。

だから曲のついたうたを聴くのは、コンサートかレコードということになり、会場の席に客として座って、初めて自分のうたのことばと対面することになる。初めてきくときはやはり緊張する。その緊張が好きだから、彼のコンサートは残らず見てきた。そしてことばを書いている者の、これも礼儀として、一年たつごとの彼の変化もきっちり見ておきたい。だから楽しんでいる客にまじって、ぼくだけは観察者の眼になる。

数年前に二、三度吉田拓郎のLP創りのスタジオにでむいたことがあった。彼のレコーディングは、にぎやかで楽しく、ディレクター氏やミュージシャンとリラックスして、乗りながら音を創ってゆく。彼の気分が晴れないときは、スタジオに、そんな雰囲気が沈澱していて、ブスっとした重いものになるし、ノってるときは、にぎやかで楽しい。彼ぐらい、その時期の気分がまともにLPに現われるミュージシャンはめずらしい。

ぼくは、もうずっと以前に書いた歌詞、それはもう暗記してるほどまえに書いたものが作られてゆくのをソファーに座って見ている。だけれども作詞者は何もすることがない。ああ歌ったり、楽器が弾けたら、なんていいだろう、と思う。

音創りは半日かかる。その間、まだ音が創られていくばかりで、うたはまだない。空オケ、と呼ばれる演奏で丸一日かかり、うたうのはまた後日、ということが多い。

その後日、またソファーに座って、吉田拓郎がうたってゆくのを見ている。彼は二、三度軽くうたい、それから、だいたい一発で決めてしまう。

それで終わりだ。

うたっている人やミュージシャンは、また別の感情だろう。作詞者というのは奇妙な立場にある。個人的な気分で書いたうたのことばが、また別のところで営んでいる人の肉声を通じてうたわれる。

そのうたはレコーディングされ、ぼくのところにテープが届くこともある。そのテープをくりかえし聴き、レコードが発売されるのは、それから二カ月後だ。くりかえし聴いた場合は、もうすっかり慣れたころ、巷に流れはじめることになる。こちらは次のうたのことを考え始めてるころ、まえのうたが巷に流れ、ときには、そのうたのことでインタビューをうけたり、ラジオで話させられたり、こうして文を書くこともある。

うたのことばを書いてから、数カ月たってから、巷で耳にする自分のうたもあるから、それは奇妙に懐かしいけれど、素直には、ああ、流れてるな、というところだ。

あるうたをうたっている男は、ことばを書くのは、それっきりだからラクだよ、というようなことを言った。同じうたを繰りかえしうたっていると、ふっと、何をうたっているのか判らなくなることがあるらしい。それはその時の気持の持ち方にもよるらしいが、気がつくと習慣のようにことばをなぞっている繰りかえしに気づくらしい。

客はもう彼の中に居ない。そこがステージであることも忘れている。椅子に座り、もういく度もうたった、うたをうたっているだけの自分に気づくというのだった。

ふっと自分がそこに居るのが判らなくなる。そして歌詞さえ忘れてしまい、あわててノートを見るというのだった。

「淋しいというのともちがうんだな。こんなことをくりかえし、いつまで、ぶつぶつうたってるのかなという心境さ」と彼は言った。

そんな気分のときはノラなくて、あとのうたも何の感情もこめられない。ああうたって終って、それで終りさという気分だ。

音楽雑誌が送られてきて、ペラペラひろって見ていると、いろんなレコードが出ていた。それらのレコードへの解説や批評。そして創った側の感想めいたもの。だけれどもどの音楽雑誌もうたいだすようなものはなかった。考え方があふれていて、そこには へ理屈やこじつけや、ほめことばや中傷や、いちゃもんがあふれていた。

雑誌はいつまで待ってもうたい出さなかった。

ぼくは早く牌にさわりたいと思った。

ぼくの麻雀の先生である、なじみの雀荘のおやじさんが天和をあがって、そういう話になっていた。だけれどもおやじさんは、それほど嬉しそうでもなかった。長い麻雀人生には、こんなこともあるという顔だった。それより徹夜続きで眠いよ、といった顔だ。

おやじさんは立派な家を持っているのに、ほとんど雀荘で寝ていた。若い雀鬼相手に丸三日打つこともたびたびだった。

ぼくはその男たちの住む空気になじみ、親しんでいった。「落陽」という唄より、もっと軽い奴。もっともっとイキな奴。風来坊の、風と共にやってきて、スッテンテンになっても口笛吹いてる、さすらう男の唄をいつか書きたいと思っている。

高校野球の中継があり、男たちとそれを見ている。先頭打者がヒットで一塁に出た。

「ああ、イーシャンテンやな」

バントで二塁へ。

「うまいぞ、それリーチや」

次の打者が二塁横にゴロのヒット。

「やった。間リャンソウ、一発ツモ！」

高校生たちが応援していた、汗まみれの黒い制服やバトン・ガールの女の子。狂喜する学生たちや、旗を振る地元のおかみさんたち。だけど、もう二度と、あの応援席に座って無邪気に騒ぐことはないだろう。

どうして旅に出なかったんだ　ぼうや
あんなに行きたがっていたじゃないか
どうして旅に出なかったんだ　ぼうや
行っても行かなくてもおんなじだと思ったのかい

と友部正人は歌っていた。それは新鮮な、きれいなものにあふれていて、ぼくを旅に誘った。

その少し前に電話があって、兄貴がテレビの主題歌でもやらんか、といってきた。兄貴というのは岡本克己[注2]、で、そちらのほうの脚本を書いていた。「杏っ子」を毎日三十分、二カ月やる、ということだった。

兄と組むのは初めてだったので、何だかおもしろく、いくつかの話のあとで、自由ヶ丘にある撮影現場にでかけた。そこで主演する池部良さんと、佐野厚子さんを紹介された。

［注 2］385 ページへ

佐野さんは、なぜか、ぼくのうたのことばを聴いていて、レコードをたくさん持っているらしかった。ぼくらはコーヒーを飲んだ。

撮影現場は柿の木坂にあり、その主人公の家は坂の上にあった。坂の上には立派な住宅が並んでいたが、坂の下には子供たちが道路で遊んでいる、あたりまえの暮しがあった。

その日、帰りの山手線の中でちっちゃなうたのことばを作った。

なだらかな坂道を
子供らが駆けてゆく
あんなにも無邪気なころが
あったような気がする
遠い昔　笑いころげ　泣きじゃくり
会ったり別れたりの夕暮れに
生きたぶんだけ魂が病んでゆくのを見てきた
歳月は忘れてゆくために
あるのだろうか

だから私
もう愛してしまうだろう
だから私
この坂をのぼってゆくだろう

このちいさいうたを、女の人にうたってもらうことになり、女性のＬＰをいくつか聴いた。その作業で、大橋純子さんを知った。うたは彼女の若さがそのままでているイキのいいものになった。病んでなくてのびのびとうたっている。佐藤健さんが作曲してくれた。

キッド・ブラザースに会った

もう二カ月以上も旅にでていないので、脚の関節にはカビさえ生えてくるような気がする。背筋ものびてくれないし都市《まち》にいると無邪気に笑うこともなくて、舗道を歩いていると車の群れが汚れた風を切るので、その引き裂くような殺気が肌をかすめて恐くなり、いつまでも立ちどまっていたくなったりするのだった。

晴れた日の昼下り、絵画館まえに撮影用の車で運ばれてきた。髪の毛ひとにぎりぐらいの自然があって、枯れ葉が土をおおっている。ほんの少しの自然だが、ここには空気があって、ぼんやり撮影を見ていた。秋田明大の演ずる、タカマサという男がラグビー・ボールを手の上でもてあそびながら舗道の向こうからゆっくり歩いてくる。ぽいとボールを投げあげたり、肩をふわりと沈めて駆けてみたり、微笑んだりしているので彼はそのままどこまでも駆けてしまいたいのかも知れなかった。

人はなぜ歩くんだろう？　旅にでていると、そんなことをふと思うことがあった。短いうたのことばをひとつ吐いた。

命あるものは樹から落ちた
人だけは落ちてしまえないので
くりかえし　また

くりかえし
ねむったり起きたりしてる
命あるものは樹から落ちた

撮影中のカメラマン氏だけは切りとる絵作りの姿勢だったけれど、東由多加も肩の筋肉をほぐして、神経をすりへらすような、脳のすみをガリガリ削るような表情はなかった。「やあ」と声をかけてもよさそうな顔をしていた。

秋田さんはラグビー・ボールを手のひらでころがしながら歩いてきた。

ジュンという女の子を演じる坪田直子さんは樹にもたれて見ている。彼女は心の中の淋しい床《ゆか》に頬をくっつけてるような表情をしていた。十九歳ときいていたけれど、こつんと床に足音がするると、ビクッとするようなところがあった。

この映画のなかでは彼女がいくつかのうたをうたい、ぼくがその言葉を書くということになっていた。彼女のうたをレコードで二曲とセリフをひとつ聴いた。一年半ほどうたのメモはとっていたけれど、それを作品にはしなかった。旅先の駅の待合室でメモした一行や、海があれて数時間待たされた青函連絡船の深夜の待ち合い場所。離農の家でのひとり暮しでのおそろしく静かな夜にメモしたものなどで、とりだしてみると旅の匂いがした。

このメモを少しまとめてみよう。そう思って秋から久し振りでうたのことばらしいものにしていた。樹が茶色っぽく芽吹く匂いや、吹雪が荒れる不気味さや、三日も四日も誰にも会えなかった、北の水平線が見える場所や、ファントム戦闘爆撃機が襲ってくる、あの真謝の暮しで書いたメモをとりだし、まとめかけていたぼくは、彼女のうたをきいて、正直に言えば頭をかかえてしまった。

困ったことになった。

彼女のうたは、ショーウインドウから求めたかわいい服に身をくるんで、都市の舗道を散歩している少女、という感じがした。

これが第一印象だった。ぼくが旅で会ってきた人は裸足のまま着のみ着のまま、地面に足を下ろしてる人ばかりだったので、びっくりしてしまったのだった。キッド・ブラザースと初めて出会って、もう一カ月近くたつのにあの旅のメモはいっさい使えないので、まだ一行も書けなかった。

またうたを〝作って〟しまうのかな。撮影されたラッシュやキッド・ブラザースの人達とのなにげない暮しが知りたくて、バッグに着替えと歯ブラシとカメラを入れて、溜池にある彼らの共同生活場、とでもいえる家にでかけていった。秋田明大とはここで顔をあわせ、同じ部屋にふとんをふたつ並べて寝ることになった。ここには東由多加と、役者の峰さん夫婦と四才になるハナユキくん。役者の国谷さんと久生さんと梶さん姉妹、制作の高野さんやスタッフの男たちが、着のみ着のまま、疲れきった眼で、不眠の軀で足をこたつにつっこんだまままことんと眠った。電話は鳴りっぱなしで、深夜の救急外科病院のような殺気だった忙しさだった。

それを見ていて、うたのことばを書かせてもらう気持になった。

撮影で疲れたのか、秋田さんは、いつも先に眠っていた。ぼくは今のところ映画の空気になじみたくて、ここに居候させてもらっているので、疲労はなく、夜はとても長かった。いつものように、ふとんにはいって軀があたたまるのを待っていた。昼、窓をあけると、高速道路がまぢかに見える。高速道路は上下に交叉して、その上をカブト虫のような車の群れが走り抜けていた。ねむりにはいるまえ、エンジンをふかす音が続き、部屋は少し揺れた。

「雪だよお」という声がした。それはなめらかな調子で、闇のなかに遠くからきこえるような気がした。

「雪だ、雪だよお」また声がした。秋田さんの寝言だった。

雨が降って、撮影隊は原宿にでかけていった。まぶしく飾られた洋服屋の店内でフイルムが廻っていた。

色とりどりの服のぶらさげられたなかにタカマサとジュンが立っていた。少しはなれてぼくはそれを見ていた。ジュンの右手がゆっくり動いてタカマサの髪をなぜる。通りすがりの人が立ち止まって見ている。なんだか不思議な気持で、ぼくはそれを見ていた。とてもまぶしい。

秋田さんはまっすぐ前をきっちりむいて、立っていた。それが何だか奇妙に面白い。こんな風に男と女が都市の中でつきあってる気持ってのは、やはり少しずつ、ずれていくものなんだろうか。

ジュンの役は作詞をしている、という設定になっていて、彼女がレコーディング・スタジオをたずねるというカットがある。長谷川きよしくんに連絡して、ここで歌ってもらうことにした。「裸馬」をほおりこむことで、そこだけでも旅の匂いをほおりこみたかったけれど、ぼくはずっと前に別れてしまったひとりの女《ひと》のことを思いだしていた。旅からかえって、ぼくらは渋谷や新宿、それから彼女のゆきつけのコーヒー店で会ったけれど、ぼくは話すことがなくなり、彼女もまた奥さんのいるぼくを気づかって、離れていった。

旅にでれば、そのまま地平線を越えて消えてしまえばよかったし、惚れた女と出会ったら、そのままどこかに行ってしまえばよかった。だけどいつまでたっても地平線は地平線のままだったし、男と女は慣れれば繰り返しにすぎなかった。繰り返すなら、少しでも変ってゆく、ひとり旅の方が気がらくだった。


東由多加と雑談していて、旅の話になると、ふたりの会話はちぐはぐになって、なんだかおかしくなってしまう。彼は旅にでるとき時間をつぶせるだけの本を持ちこんで列車にのり、目的地にむかうまで活字を読み続けるらしい。ぼくはまっ先に窓の外を見て、川で釣ってる人がいたりすると、今度はこの駅で下車してやろう、と思ったりする。旅先のホテルなり宿につくと、彼は飲みに出る以外は部屋にとじこもり、夜更けとともに飲みにでかけるらしい。ぼくは何となく外を歩いてみたくなり、疲れるとコーヒー店にはいってゆく。酒はやめてしまった。

溜池の、その家の一室で炬燵《こたつ》にあちこちから足をにょきにょき差しこみながら、ラッシュ・フイルムを観ている。雨のガード下に秋田さんが立っている。向うから娼婦役の悠木千帆さんが腰で歩いてくる。音声はまだない。金の節約、ということでフイルムは白黒。そのせいか、雨はびしょびしょ、うっとおしい感じにみえる。セリフがまだないので、ぼくは勝手に自分でセリフを作ってそれを見ている。

新宿らしい夜の街のカットになる。歌舞伎町らしい。もう三、四年ぐらい歌舞伎町に足を踏みこんだことはないので、何だか懐かしい気がする。

ある店のショーウインドウの陰に秋田さんがひょいと隠れる。「おや」という顔で悠木さんが振りむき、あちこち捜している。素朴で、無邪気な、好きなシーンだ。また同じシーンの繰り返しになる。撮りなおしらしい。秋田さんがショーウインドウの前にさしかかる。今度は隠れない。「おや？」と思って観ていると、こわばった彼の表情が子供みたいにくずれて頭をかいている。悠木さんも大きな腰をゆらっとさせて、顔をくしゃくしゃにして笑っている。「まちがえちゃった」とでもいいたそうな顔で秋田さんが笑っている。この笑顔がいちばん素朴であたりまえだけれど、もちろん映画ではカットされる運命にある。

船着場から離れた、海辺をジュンが突然駆けだす。タカマサのふと気付いた表情がのぞいて、後を追う。浅い海辺を駆けてゆく。タカマサが追いついて後から抱きしめる。タカマサは激しく粗雑なので、それがとても新鮮にみえる。唇がはなれて、彼女は一瞬とらえがたい表情をする。悲しいような、とまどったような、わびしいような。

数日経って、撮りなおすということになったらしい。同じシーンをラッシュで見る。駆けてゆき、キス・シーンまではアングルが変ったという以外あまり変らない。キス・シーンのあとタカマサとジュンの表情が前と少し違う。彼女は笑っている。わびしいような、こわれてしまいそうな表情はもうなくて、唇が離れたあとで、彼の右の胸に顔を寄せ、一瞬だけれど笑っている。

このシーンのあとで、うたをひとつ彼女のうたで入れることになっている。そのことを考えると、二つの表情が見えかくれする。どちらの表情でうたを書こうか。

くたびれた娼婦役、悠木さんとタカマサは雨のしょぼしょぼ降るガード下で知り合い、あるショーウインドウで無邪気にたわむれ、とあるスナックで水割りを飲みながら、話す、という風にシーンはつながってゆく。「ここでひとつ唄が欲しい」と東由多加の注文がある。それで長谷川きよしくんと一曲創った。

おなじみの裏町のスナックで
氷がカチリと溶けると
男たちはやっと笑いはじめるだろう
女たちは待ち続ける夜を迎えるだろう
君はいつも昼の光にたち
ぼくはいつも夜のカウンターに腰かけていた
だから二人がつかのまに話しあえるのは
ほんの偶然というやつさ
君は長い夜に疲れ
ぼくは長い光に疲れてきたので
長かった旅路の果てから
ぼくは戻ってきたけど

男たちは酒を夜に流しこみ
女たちはもう姿を見せなかった
君はいつも街の角に立ち
ぼくはいつも風に背中をおされていた
だから二人がつかのまに話しあえるのは
ほんの偶然というやつさ
君は長い旅に憧れ
ぼくは長い旅に疲れてきたので

（ひとりの女に）

絵画館あたりの風景でラグビーボールをもってあそぶタカマサ。廃墟の屋根からとびおりるタカマサ、そして日大闘争のフイルムがセピア色でだぶり、タカマサと秋田明大が重なる。ここで唄をひとつ。安保時代の青春に傷ついた男の回想のうたを入れることになった。

この生涯でいちばん燃えつきたときたちよ
かえりたくて淋しいロープに頭をしばりつけられる
黒ずんだ象が中庭で足をひきずっている
時がすぎてゆく　時がすぎてゆく
風はやんでしまった

何処へゆけと言うのか

この生涯でいちばん燃えさせた友たちよ
思いだして怒りのロープをつなぎとめようとする
黒ずんだ象が墓石に腰をおろしている
時がすぎてゆく　時がすぎてゆく
風は死んでしまった
何処へゆけと言うのか

（黒ずんだ象）


溜池に泊まりにきているぼくに、奥さんから連絡があって、おばあさんが、あぶないらしい。危篤になって、命はひと吹きで消えるところまで来たらしいのだった。虫が知らせたのだろう、バッグを下げて、家にかえると「今日の夕方六時四十七分に亡くなったの」と彼女は言った。「すぐ帰るといい」と言うと「明日帰るわ」と、きれいな顔をしていた。ぼくが家に帰ってゆく時刻に死の知らせをうけて、ぼくが電車にゆられているとき、彼女は泣けるだけ泣いたのだろう。長距離ランナーが走り続けたあと、汗もふかないで、ぶっ倒れ、汗がひいたあとのような顔をしていた。

「おばあちゃんは奇跡の人だったからね」

「うん」

「消えちゃったのさ」

「そうね」

いくどか危い時があって、そのつど彼女は荷物をまとめると、七時間あまりかけて、山陰にかえってゆき、おばあさんの心臓は、またぬくもりを取り戻して、静かに命を保ち、彼女は嬉しそうに、ぼくのところに戻ってきたのだった。

子供たちが、さんざん騒いで眠ったあとで、ぼくらは食卓を前にして、しばらく、おばあさんの話をした。彼女は帰る荷物をまとめていた。上の男の子が「幼稚園を絶対休まないんだ」と泣きじゃくり、それで、ぼくは息子と二人で、少しの間暮すことにした。

ふとんにはいると、いつものように彼女はぼくの右の腕に頭を置いて、じっとしていた。どちらも死んでいった人のことを思っていて、何も言えなかった。とつぜん彼女は泣きだして、それから涙がぼろぼろ流れてきたようだった。頭を抱くと、右手をぼくの胸に置いて、彼女は咽喉をひきつらせて泣いた。

坪田さんの演じるジュンのうたことばは、まだ一行もかけなくて、ぼくはほんとうに困ってしまい、溜池に連絡をとると、深夜になって坪田さんが電話をくれて少し話した。

雨が降って、男の子を幼稚園につれていった。傘をさしてると車が危険なので、雨の日だけは親がつれていくということになってるらしかった。まわりは主婦ばかりのなかにいると、男のぼくは、今、人生を欠席しているように思えてきた。

撮影のない日、秋田さんも、ひまをもてあましてしまうのだろうか。彼はゴロリと横になって、手まくらをしていた。カメラマンのつごうで撮影のない日、炬燵で話している。

「秋田さんは『網走番外地』って唄なんか好きだそうですね」

「え、まあ」

「それで他にどんな唄が好きですか」

「アイ・ジョージの唄にジョニーっていう」あれは何って題だったかな。しばらく考えて、

「あ、『硝子のジョニー』でしたっけ」

「そうそう、それなんか、好きです。はい」というような唄の話になっている。

「坪田さんはどんなうたをうたうといいと思いますか」

「そうですねえ」と彼はほんとに長く沈黙して、

「あ、そう、きれいな唄じゃないのがいいんじゃないでしょうか」

「ぼくもそんな気もするんですが、実は大変迷っていて、お手あげなんです」

「そう、きれいなのじゃないのがいいと思いますよ」

「たとえば、なにか、どんな歌とか」

彼はまたしばらく考えていた。

「あの、『よいとまけの唄』なんていいんじゃあないでしょうか。ええ、よいとまけ、ですよ」

炬燵にいたスタッフの男の子たちは思わず笑った。ぼくは突然思いもよらなかった方向からつつかれたような気がした。「よいとまけの唄」そうかあ、そういう考えもあったんだな。なんだか少しすっきりした。

またラッシュ・フイルムを観ている。

秋田さんとジュンが調布の飛行場にきている。音声はないのだけれど、こんなすてきな自家用機があるのに、それに触れても、なかを二人が覗き込む、という動作はない。だから二人はあまり楽しくない話をしているのだとわかる。飛行場はただの風景で、なんだか、いつまでも翔べない二人がいる。

乾し草の上でねむってしまおう
風の渡るけはいだけきいていよう
そうしてるうちに君はぼくを
ぼくはきみをあきらめて
誰かに誘われてしまうだろう

わずらわしいな
恋よ唄よ
話したりうたったりも
そうぞうしさじゃないか
北の原野じゃ冬越す馬たちが
吹雪を蹴散らして駆けてるだろう

よかったよ

きみと会えて
いつ去ってくれてもいいよ
もう会えたのだから

あのはるかな地平線
越えられないんだ
また道が続くだけさ

よかったよ
きみと会えて
いつ去ってくれてもいいよ
もう会えたのだから
翔びそこねてしまうのかな
また翔びそこねてしまうのかな

ミスター・ジプシー誘っとくれ
ミスター・ジプシー誘っとくれ
ねえ、お願いだ
ミスター・ジプシー誘っとくれ

このことばの最初のメモは次のようになっている。

翔びそこねてしまったな
鳥よ光たちよ
また陽がくれてゆくね

あるスポーツ新聞の記事のみだしに「俺の十年どこいった」という一行があった。笑ったけれど、ほろにがい味がした。読んでからかなり日が経つのにまだそのみだしを覚えている。その一行をしめくくりに、流れ唄をかいてみた。

流れ流れてあほう鳥
命を何に燃やすやら
食べてゆくのは人の常
生きた分だけ汚れていって
酒におぼれてちどり足
俺の十年どこいった

いやだいやだとあほう鳥
まわりは怖い人ばかり
オホーツクでもながめていたい

ひとりにゃなれない　ひとりもの
いいさ今夜も又酒さ
俺の十年どこいった

このメモはあとになって、秋田明大がレコードを出すことになり、加藤登紀子さんの曲がついた。ことばは改めて型にした。

流れ流れてあほう鳥
命を何に燃やすやら
日々の暮しを繰り返し
生きたぶんだけ汚れていけば
酒におぼれて千鳥足
俺の十年どこいった

惚れられ惚れてあほう鳥
やさしく抱いた細い肩
一緒になったらかごの鳥
未練はないさ　はぐれ鳥
あばよ　さらばよ女たち
俺の十年どこいった

ふらりふらふらあほう鳥
野垂れ死ねない淋しさに
なじみの路地にもぐりこみ
乱れ啖呵《たんか》を吐きだせば
夢かうつつか流し唄
俺の十年どこいった

いやだいやだとあほう鳥
まわりにゃ恐い人ばかり
オホーツクでもながめていたい
ひとりにゃなれない独りもの
いいさ明日は旅じたく
俺の十年どこいった

風街ろまん

　ある珈琲店の外の見える窓ぎわの席にふたりの男が座っている。

「こういう風に外の見えるところが好きなんですよ。これも一種の胎内願望なんだろうね」

　少し年配の男が言うと、

「ぼくの書く歌詞でもそうなんです。ガラス越しに見えた街景とか、列車の窓から見た田舎とか、風景と自分の間に何か境界線を引いていないと安心できないような気がするんです」と若い方がこたえた。

　二人が会って話したら、このような会話になるのではないかと想像するのだが、年配の方は、詩人の渡辺武信氏であり、若い方が松本隆。元はっぴいえんどのドラマーで、うたのことばを書いている男だ。

　松本隆に限らず、ぼくらは喫茶店にはいると、なぜか窓ぎわの席に座り、そのわずかに切り取られた空間から、ガラス越しに行きかう人を見る習慣が身についているのに気づく。ガラス越しに見る風景は、行きかう人のなにげない歩行としぐさであったり、向かいのビルに働くサラリーマンであったり、女の子のきれいにのびた脚であったり、さまざまだが、その繰り返し動くものにわずかにやすらぎを覚えるとはいえ、それらはもう見慣れた、ありふれた風景であり、色彩も匂いも動きさえ静止し、死んだ風景としかうつらないことがほとんどだ。

松本隆は東京生まれである。

「アスファルトがめくれて土が見えると、そこにぼくの幼年時代が見えてくる」と彼は言う。

山陰の田舎で十八歳まで育ったぼくと、松本隆。都市と田舎の違いで幼年時代をすごした二人が話したことがある。

岡本 ある新聞に「風街ろまん」について書いたんだけれど、都会でのみ育った人の幼年時代ってのが田舎育ちのぼくには見えないわけです。田舎っていうと、いやな習慣とかがあるから、もっと素朴に、たとえば自然、と言ってみますけど、幼年時代を田舎ですごし街に出た人はある時期、自然に向かって逃げる。都会で過ごした人は、あるなつかしさにひたる、と大きく分けてみたんだけれども、ぼくの場合、自然とかいうものは、十八歳までであるから、かなり強烈な体験としてあるわけですね。そしてその田舎は、風景としてではなくて、暮しとしてあるんです。はっぴいえんどのレコードを聴いて思ったのは、田舎をとらえてゆく場合、旅行者のあるいは風景としてとらえている。ぼくが田舎に帰るというのは、暮すということであるわけですね。田舎で暮せるという安心感があるんです。だから、もし風景としてとらえても松本くんのような静止した風景にはならないんじゃないかとも思ったんです。はっぴいえんどの場合は、田舎を見てゆくという感じに近いと思えるんですね。

松本 ぼくの場合、田舎に関しては、そこでは絶対に暮せない、はいってゆけない、はいってゆけないってのは、田舎の方がぼくらを拒否しているし、ぼくらも田舎を拒否してるところでいくつか詞を書いてます。

岡本　たとえば。

松本　「夏なんです」とか、ですね。そしてぼくの場合、実は岡本さんの幼年期の体験に近いものもあって、というのはうちのおやじとおふくろに田舎があるんです。おふくろの田舎ってのは群馬県の小さな温泉町なんです。で、夏になると、そんなところでひと夏を過ごしてたんです。だから夏の記憶ってのは、どういうわけか、山の中で、春、秋、冬の記憶ってのは東京なんですね。「夏なんです」のなかにあるんだけれど、今、そこに行ったとしても、やっぱりだめなんですよね。拒否されてるような気がしてね。そこもすでに東京化して来てしまったし、歓楽街のようなのが、ひどく俗悪になって来たし、その当時は遊び場で、旅館の中に勝手にはいって行って、客の来てない部屋にはいったりも出来たんです。お風呂も好きな時に好きな風呂にはいりに行ったりしてね。当時の遊び友達ってのが十人近くいるんですが、今はその人たちも、そこには全然いなくなってしまったんです。そこはもう歓楽温泉町になってしまってるから、そのへんが田舎に対して、こちらが拒否したり、あちらも拒否してるように思えるんです。

岡本　ぼくが「夏なんです」を聴いて感じたのは、ぼくの田舎から、さらに三十分余り行ったところにある、島根県安来市に今もあるお寺を思い出したんです。松並木がずっと続いてるところに、静かなお寺があって、真夏に行ったときに人はだれもいなくて、蟬の鳴き声だけがあって、ジリジリと暑いんだけれども、妙に静かすぎてね。しかしそのそばに川があるとすれば、ぼくの場合、、その川で遊んでしまうし、動いているものを書くだろうと思うんです。松本くんの場合、そこに立ってる、見てるという詞だから、ぼくとはっきりちがうんだなと思ったのです。

松本　「風街ろまん」というＬＰは全体がトータルなイメージとして、時の螺旋《らせん》階段を駆けのぼりながら、幼年時代の記憶ってのを、振りかえるんじゃなくて、先に進んで行ったらそこに戻ってしまったというところで創ってしまったんです。「風をあつめて」ってのは都市の中での夏であり、「夏なんです」ってのは田舎の中での夏なんですね。だから田舎の白い畔《あぜ》道で、奴らがビー玉はじいてる、の奴らってのは、おそらく自分自身で、幼年時代は自分自身が田舎にはいりこめていて、許容されていたのに、それを見ているのは現在旅行者としての自分でしかない。だいたいそんなような意識で書いたんですけれどもね。もうひとつは「静止した風景」ってのは、岡本さんが、はっぴいえんどのソング・ブックに書かれた、その通りですが、三面あるんですね。三面ってのは、三面とも場所が違って、状態も違ってるんだけれども、ぼくが描きたかったのは、三枚の絵で、美術館の中で絵の前をとおりすぎてゆくように、とおりすぎながら、それをストップ・モーションでとらえてゆくというやり方ですね。「日傘くるくる／ぼくはたいくつ」っていうのはとおりすぎる。自分がまわってるような感じですね。さっきの松の並木の寺のシーンとしてるような静止した状態ですね。自分はやはり心は乱れてると思うんですけれどね。

岡本　松本くん自身の位置はすると……。

松本　動きますね。

岡本　ぼくの中に巣食ってる日々の暮しの慰安ってのは、その動くってことにつきまとうものなんですけどもね。ぼくの場合田舎への興味は、働いてる人ですね。長谷川きよしと知り合ってから、ぼくの中に変化が起きたと思うんだけれど、見えない人を前にして、ことばを彼のために書くという立場にいると、何を書いていいのか、はじめわからないいんですね。そのわからないという状態がもう数年続いているんだけれども、結局風景ではなく、比喩ではなく、ってことですね。日常会話は別として改まって書くとなると、やはり風景ではなく、ですよね。だから彼との話の中ではごく自然に話しながら、気を配らず話しながら、会話として、風景ではなく……になりきれない。ぼくはずいぶんらくに彼と作業にはいれるんだけれど、まだまだですね。しかしそのことは、ぼくの中でいろんな分裂をたえず起こしていて、今だにうたことばから一切風景を取り切れればと、こだわってます。その点で、見てる立場であっても、そこで働いてる暮してる人のほうから生のことばを吐きださせるというやり方ですね。しかし、それがどこまで長谷川くんの中で存在感を持っているのか、という確認には、遠いわけですね。今度「森が燃えている」という新曲を彼と創るんだけれども、それはまあ、思い切って風景であるわけです。抽象化されたね。しかし風景を書いても風景ではなくと考えてるわけで、そこで松本くんとぼくは正反対のことを考えてるんでしょうね。しかし比喩ではなくってのはとてもつらくて、削ってゆくとなにもなくなるんです。彼がたとえば少し楽しくなれた状態の時に、すばやく「たのしいのも／まんざらすてたもんじゃない」ってリフを持つことばを書くとかね。だから彼のことばへの可能性は「直情的」であること、それだと思っていますね。つまり人間の吐きだす、直情的な吐きことばに彼への可能性をみつけようと、ぼくは思ってるんですけど、まだはたせていません。直情的なことばってのは、一方ではすぐ前に限界があるようにも思えるし、大きい可能性があるようでもあるし、だからぼくはもっと親身になって、彼のうたことばをさぐらなけりゃあいけないんですけどもね。

松本　まるっきり反対ですね。ぼくは吐き捨てをどんどん切り捨ててきたし、音ってのは自分の内側にあって、そういうものを絵にしたかった。歌ってのは歌手がいて観客がいて、伝える人がいて、聴く人がいる。それが歌のいちばんの可能性であるわけだけれども、そういうことをちょっと書いてみようかな、という気が一枚目の「はっぴいえんど」を創ったあとでしました。で誰かから誰かに伝える、というんじゃなくて、誰かと誰かをそのまくるんじゃうような、人間と人間のまわりを風景がとりまいているような、その中に人間関係がすっぽりはまりこんでいる。ぼくに限っていえば、そういう表現の方が、人間関係のみをとり出すよりも、もっと遠いところまで行けるんじゃないか、ただ、それだけなんですけれどもね。そしてもうひとつは、ロック・ビートっていうのにのせて、直情的にゆくと、まるっきりあるがままになってしまう。意味だけってことにね。行間が欲しいわけです。そのへんを音をからませながら、出してみたかったし、「風街ろまん」ってレコードはそれは創れたと思うんです。レコード一枚以上の付録が結果的には創り得たんじゃないか、と思うんです。

岡本　一枚目の「ゆでめん」はその直情の部分と半々でしょう。

松本　ええ、半々ですね。迷ってるっていうかね。

岡本　「春よ来い」「いらいら」なんかが、そうですね。作品としては「かくれんぼ」がいちばんよかったと思うんですが。

松本　ぼくもそう思ってます。

岡本　「かくれんぼ」のような感じの延長でＬＰが一枚できたら、いいでしょうね。

松本　「かくれんぼ」は馬子唄みたいだっていわれました（笑）。

岡本　へえ、誰から（笑）。

松本　あの当時、ちょうど結婚する前で、かなり入り乱れていて、迷うことが多くて、あの詞を創ったんですけれど。

岡本　ええ、あれは正直に感じが出ている詞ですよね。ぽつんとほおりこまれた「嘘が一《ひと》片《ひら》なんて生の語彙などにね。

松本　結局「嘘が一片」といっても仕方がないんですよね。

岡本　あの一言に何かドキッとするものを感じましたけども。

松本　あのなかで書けたのは「雪景色は外なのです。なかでふたりは隠れん坊」のところです。結局愛ってのは自我がふたつあって、その間の緊張関係なり、ゆるしあうみたいなところがあって、ゆるしあうことしかないんじゃないか、ゆるしあえるには共通した風景の中にいることがいちばんゆるしあえる。もうひとつは自我を抱擁するもっと大きな力の存在があって、それが存在しないと、むきだしの自我と自我とが喧嘩になるしかないんです。

岡本　松本くんの男と女、夫婦っていうのはとても緊張してるんですね。ぼくの場合、ぼくらの場合といってもいいけれど、九年くらいつき合って、会ってたのは三カ月ほどってことなんです。結婚までにね（笑）。それも相手は山陰にいて、ぼくは東京という距離の中にいたから、ある共通した風景、ひとつの陽溜りとか、ひとつの場所とかに座りながら育ったものじゃない。むこうはむこうで僻地の先生をやり、ぼくの生活とちがったところで、何かを広げてたし、ぼくはぼくなりであったし。だから確認とかってのはいつでもある距離があった。それはいいことじゃないかと思う。愛するから会わない方がいいようにね。少し暮らしたり少しつきあえばお互いに何もかも見えてしまうからね。愛ってのは確認しあい始めると、こわれ始めてる。だからそういういやなものが見え始めると、お互いにいちど落としてくるし、落とすにはいろいろあるだろうけれど、ぼくらは少し離れてみる、かな。男でもそうじゃないかな、仕事でも、いやになったらとにかく一度離れる。それでもくっついてるってのは、あきらめ、だな。離れるってことはいいことですよ。また戻れるために離れるってのかな。

松本　ぼくらやっぱり原体験がないんですね。体験がないんならとりあえず風景でもみつけてやろう。

岡本　言ってしまうと軽くなるけど。

松本　わりあい真剣に考えていて、幼年時代の記憶ってのはふとよみがえることがありますよね。ある場面だけがぽっとよみがえって、それがとても印象的である、というふうにね。そいういうものは、のんべんだらりと生活している中で一条の光のようで、それをつかまえたいな、と思うんです。で、よくわからないんですけど、目の前に光が落ちるってのは頭で考えながら作ってるんじゃなくて、遠いところにあるものが見えるような気がするし、それが自分の心の中のいちばん深いところじゃないか、って気もするんです。そのへんを音とことばと結びつけながら作りたかった。

岡本　そのあと、そのみえてくるところは。

松本　今のところないんですよね。はっぴいえんどで共通していた、共鳴する部分ってのは「春よ来い」とかあのあたりはすごく共鳴できる部分だったんですけどもね。

岡本　ぼくはそのことについて、確か「ある貧しさゆえ」とかつて書いたけど（笑）、貧しさゆえってのは、あるひとつの空間のなかに、みんながいられたってことなんでしょうけれども。

松本　グループってのはひとつの空間で、すごく強いものがあるから、破綻してゆくときには逆に作用して、すごい力で反発しあうんです。なんでもないことでね。

岡本　そういう破綻ってのが起こるのは、思考より日常からだと思うんですよ。一日一日ってのは平凡なようで、やっぱり何もなくすぎてるわけじゃなくって、たとえばある人が結婚する、なんていうあたりまえのささいなことから何か変わってゆく。

松本　エピソードって奴に弱いですよね（笑）。噂で、あいつがなにをやったってきくと、もうそんなことする奴とは（笑）。あいつが何をしたっていうと、その程度の奴なのかって言うね。

岡本　ぼくは考えるって緊張状態ってのは、ひじょうにもろいと思います。

松本　持続しなきゃあならんかな、とも思うんです。一瞬光が落ちてあとは闇でも、また光が落ちるのを待っていればね。落ちるまでじっと見つめてる。夕暮れの風景などじっと見続けていて、ほんの一瞬ですよね、きれいだなって思うのは、そういうことってのはひとつの快楽だと思うんですよね。待ってるのも快楽だし、その瞬間を楽しむのも快楽だし、その残像も快楽だと思うんですよね。そういうことを最近感じてるんですけれども。

岡本　松本くんの場合、音化するところまでつきあいたいから、すると音を出してくれるグループも作らなきゃいかんし、また作ってしまうと、そこで崩壊してしまうってこともあるだろうし、キツイな。またＬＰ一枚でそこも終わるんじゃないかな（笑）。

松本　しんどいけれど、一度しかない人生だから、お金もうけただけじゃ済まない部分があるから仕方ない。

岡本　松本くんの場合、愛なら愛のとらえ方にしても、精神的ですよね。

松本　ぼくは男女の愛ってのは、キリストの愛と同じだと思うんです。ぼくはキリスト教徒ではないけれど、イエスというか、あの人が好きなんですね。

岡本　困ったな。ぼくは宗教的なのはぜんぜんだめなんです。

松本　自我じゃなくって、自我をつつむようなものが欲しいんです。宗教だったらいちばん幸せになれるんだろうけれども、宗教じゃあないんですよね。つつみこんでくれるからといって自我は捨てられないわけですよ。

岡本　祈り、なのかな。

松本　いろんな宗派があって、その時代時代で変わって来てるんだけども、屈折してるし、道徳や儀式や偶像と結びついた感じもあって、そんなところはやはり耐えられないけど、あの時代に生きた、神と人間がちょうど交錯したようなところに立っていた人間っての は、やっぱりあの人だったと思うんです。だから愛情があるんですね、その人は。愛情がある宗教ってのはそのへんで共感するし、そういうものと男女の愛ってのは実は同じ次元にあるんじゃないかなと。

岡本　うーん。ぼくはきっと松本くんに比べ生臭いんだろうね（笑）。

松本　だからどんどん生臭さを切っちゃう。きれいなものが好きなんです。イルミネーションというか。だから最近ソウルをきいてるんですけどもね。今のソウルってのは一昔前とは別に、まったくきれいになってるでしょう。ぼくは、一九六七〜六八年、リズム&ブルースですごして、そのつぎカントリーをやって、ウエストコーストのロックとかをとおってきたんですけど、掘り下げていけばカントリーとかブルーグラスとかに行っちゃうわけですね。それは耐えられないところがあって、やっぱりおかしいんですよね。今ここでブルーグラスをやるとね。

岡本　ええ、それは松本くんの中にある、田舎へ対する拒否反応と似てる、体質的なものじゃないかと思う。

松本　憧れとして田舎をみつめるってのは、わかるんですけどね。疑問があったわけですよ。入りこめなかったし、そういう反動ってのは、逆にいちばん都会的ですしね。ピカピカきれいに磨かれたようなジェラルミンとか、そのへんにね。やっぱり都市に執着してるのかな、岡本さんが山陰に執着するように。

岡本　山陰って湿気の多い街なんですよね。山陰《やまかげ》だからね。夏はいやなんですよ。しかしそれ以外は好きだから、いやな夏だけは北海道がいい（笑）。

松本　ぜいたくなんですね（笑）。

岡本　だから今いる千葉と山陰と北海道ってふうに考えてみると、東京ってものはぼくの中からいつのまにか、すっぽり抜けてしまった。東京っていちど外に出てから見ると耐えられなくなる。

松本　耐えられないんですけどね。離れられないわけです。

岡本　それは離れたとき、他に帰るところがないからなんでしょうね。いろんな女に惚れたあとで、みんな終わったあとで、帰ってゆくのは本妻だった、というふうにさ（笑）。

松本　本妻はないんです（笑）。

岡本　そこなんでしょうね。田舎の本妻があるか、ないかって奴でね。

松本　やっぱり自分の生まれた場所がないってのは、これほど不安なことはなくって、ぼくの場合道路になってるんですよね。そして今は如月音楽事務所ができている（笑）。
岡本　そりゃ奇縁だ（笑）。
松本　マンションですからね。ひじょうにいやですね。いったりすると（笑）。
岡本　畳に対してはどうですか、体質的に。
松本　違和感はないんですけどもね、うまいつくりだな（笑）と思ったり、狭い場所をいちばんうまく使えるな、って。昔の人は頭がいい（笑）。椅子がいらなくて、座ぶとんがあればよくって、座ぶとんはかさねればいい。ふとんも押入れからひっぱり出して敷く。片づければなにもなくなる。
岡本　ぼくの場合、あそこに洋間のある家ができたっていうと、珍しくてね（笑）。新築の家ができるたびに、洋間のある家がまわりでふえてゆくのを物珍しげに見て来た記憶がある。ぼくは畳に座ると落ち着くけれど。
松本　ぼくは腰がいたくなります（笑）。

「襟裳岬」にはどこか田舎の匂いがする、という人がいた。そうかも知れない。松本隆との対談を読みかえしてみるとうなづけるのである。

街のはずれの背のびした路地を
散歩してたら
汚点だらけの靄ごしに

起きぬけの露面電車が
海を渡るのが見えたんです
それでぼくも
風をあつめて風をあつめて
蒼空を翔けたいんです
蒼空を

（「風をあつめて」詞・松本隆）

松本隆から年賀状がきた。横浜に引っ越したとあり、短い文が添えてあった。「これでやっと東京への旅行者になれました」

窓から十和田湖を見ていた

高倉健さんと初めて唄を作ったのは昨年だった。青山の小さな喫茶店で会い、話してると気持がよくて「はぐれ旅」という唄を作った。思ったより売れなかった。そのあとまたすぐプロデューサーのA氏から話があったけれど、延してもらった。延し延して数カ月経ってしまった。健さんは「君よ憤怒の河を渉れ」が終ると「八甲田山」という二年がかりの映画にはいって、十和田湖畔の宿に撮影隊といっしょにいるんだと、A氏は教えてくれた。「一緒に行きましょう。同じ宿で唄を作りましょう」ぼくはA氏の若々しい情熱にいつも押されっぱなしで、好きな人物だったし、十和田湖畔にでかけてみることにした。都市の中にしばらくいたので、雪景色の中にいれば、それだけでよかった。

十和田湖畔、和井内の「和井内ホテル401号室」隣りの402号室が健さん、403号室は監督の森谷司郎氏。A氏がそうしたのか、健さんの隣りの部屋で寝泊まりすることになった。

十和田湖畔で雪見して、夕方から流し唄のひとつでも書いてやろう。久しぶりの旅で心ははずんでいたけれど、A氏はちらっちらっと、ぼくを鎖でつないでいった。一月いっぱいに空オケぐらいは録りたい。最低五つは作ってくださいよ。

十和田湖畔でのロケに、ホテルの息子さんが運転する車でA氏とでかけていった。風はなくて、粉雪がふあふあと舞っていた。ロケ隊は風を待っていた。湖から吹き渡る風で雪が小さな白いつぶてになって頬をうつ。そんな天候がふさわしいのだが、風は気まぐれでちっとも吹雪いてくれない。役者さんたちは雑談していたが、寒さで足ぶみしている者もいる。

こんな雪の中に一日中いたんじゃあ、たまんないだろうな。歩いてるんならまだしもじっと風待ちなんて、いちばん寒い。

やっと一カット撮れて、健さんは小休止らしく撮影隊のロケ・バスにやってきた。

「大変ですね」

「この監督はねばるね」

「待ち続けですか」

「ここにくるまえ、黒石でね、山腹から人家がみえるシーンがあって、そこを撮ることになった。台本じゃあその場所なんだね。ところが、電柱が一本はいる。カメラをちょっと横にふれれば電柱ははいらない訳だけど、『あの電柱を隠そう』だ。樹を切ってきて隠したけど、ねばるね」

「ふーん」

「岩木山から朝の光がさしこんでくる平野を行進してゆくシーンがあった。冬だから朝の光がさしてくっきり岩木山がみえるってことはごく珍しいらしい。地元の人がそう言ってたけど、三日ねばってとうとう撮れた」

「頑張りますね」

「とにかくねばるよ。こちらもやる気が湧いてくるね」

バスにいる健さんに連絡があった。夜に雪壕のシーンを撮るという連絡だった。

「夜の雪壕か」

「これは寒そうですね」

「雪壕か」

宿の窓から雪壕を作っている人たちが見える。兵隊役で頑張ってる地元青年団の男たちが作業をしている。夕方六時ごろになって、雪壕ができ、健さんも雪の中で待機している。

すっかりなじみになった、宿の娘さんが食事をもってきてくれて、ぼくは胃をふくらませることにした。

「健さん、夕御飯を食べてないんですよ。どうしてでしょうねえ」

「そうですか、今日も食べてないんですか」

「食べると眠くなるんでしょうか」

「いやこの寒さですからね。本当は食べたいんでしょうね」

「変ですね」

娘さんは気づいていなかったかも知れないけれど、健さんは誰にも言わず、夕食をおくらせたにちがいなかった。雪壕のシーンでは「眠ったら死ぬぞ」という台詞がある程、兵隊は寒さに耐えているはずだ。それが健康な表情が少しでも、のぞいたらおかしい。それには軀ごと飢えさせて撮影するのが役者の務めだと思って、食事をぬいてるにちがいない。

雪壕シーンは三カット撮るのに十一時半ごろまでかかったらしい。監督もまた人の肉体が寒さにこわばるのを待っていたのにちがいなかった。なるほどねばってる。

気楽に湖畔でも歩こうと思っていたぼくは、何かそういう気になっていた自分がいやに

「八甲田山」©1977 橋本プロダクション・東宝・シナノ企画

なってきて、それから外にでるのをやめてしまった。朝から一日中部屋にとじこもって、こちらもやるだけやってみよう。

十和田湖は、片づくまでこのホテルの窓から見ていよう。


健さんと、撮影休止の日、宿の食堂でコーヒーを飲んでいると、さわという地元の娘で兵隊の案内役をする、秋吉久美子さんが着いたと連絡があり、秋吉さんが初対面の健さんに挨拶に来た。親切で、ざっくばらんな健さんはこの雪の撮影に初めて加わる秋吉さんに、ぽつりぽつりと「寒いからそういう寒さをしのぐ準備してた方がいい」というようなことをくつろぎながら話している。

ぼくの方は徹夜を続けて、くたびれてるから、ほとんど黙ってる。だけども秋吉さんがうたを歌ったという噂はきいていたから、

「秋吉さん、うたをうたってるそうですね」

「うたってる、っていうんじゃなくてLP作ったの」

「そうですか」

「面白かったわ。勝手なことをやらせてもらって。A面は『星の流れに』とか『しゃぼん玉』とかを入れたの」

「ああ、そうか。そういう内容なんですね」

「B面は私の詩に曲をつけてくれて、バックは、あんぜんバンドって知ってますか」

「うん。すごくいいね」

「ゆったりとして、バックがいいって噂もあるけど」と彼女は笑った。はっきりしていて、

気持がいい。

「一枚目ってのがいちばんいい時なのかな。ぼくも初めはうれしかったな。一年ぐらいたつと、だんだん、無邪気になれなくなってくるな」

「無邪気じゃいけませんか」

「すまなくなってくるのかな」

「そうかなあ」

と彼女はさっぱりして、やや勝気なので、こちらが徹夜でくたびれてなけりゃあ気があうところだ。

「子供がいると、子供のために、って、ぼくぐらいの歳になると、はげみになるんだろうねえ」と健さん。

なぜか、そんな話に発展してきた。

「私はいやだわ。子供にとってみれば負担になるわ」と秋吉さんは言う。

「小学生とかね。そういう幼い子供がいたら、その子のこと考えるな。五歳とか六歳とかね」とぼく。

「それでも負担になるわ」

と秋吉さんは言う。親が子供に何かするのは子供にとっては負担であると彼女は言っていて、それは判るけれど、幼い子でさえ、負担に思うだろうか。でもまあ、それはよいことにして、また雑談している。

この宿に来て健さんをそばから見ていると、健さんが子供好きなのがよくわかる。二歳になる男の子と五歳になる女の子が和井内さんの若夫婦にいて、健さんになついている。

撮影が終ると酒が好きな監督の森谷さんはロビーでキャストやスタッフと酒を飲んでたりする。酒も麻雀も碁もやらない健さんは、この正月から煙草もやめてしまい、帳場にくつろいで、和井内さんや二人の息子さんと話している。この宿がすっかり気に入ってしまってるらしい。いろんな宿に泊まったけれど、ぼくもこの宿がむしょうに良くて、家族の人と気らくに話している。

「この宿はほんとに家族的でいいな、こういうのがいちばん好きだ」と健さん。撮影隊の人たちもこの宿にはぞっこん惚れこんでる様子だ。働きもので、ほんとうに気持のいい宿なんだ。健さんは頭にタオルをくるりと巻いて、おいしそうにコーヒーを飲みながら家族の人と話している。

こんなうたはどうだろう。

子を持つ男がかえってゆく家には
とびついてくる無邪気な声がある
たまには独りになってみたいよ
酒を飲みながら　あいつが言った
そのくせ　まんざらじゃない顔さ
かわいいからな　と俺は言ったが
さすらい者のこの胸に
さすらい者のこの胸に
じんとしみるよ

じんとしみるよ　人恋し秋

妻ある男がかえってゆく家には
熱燗《あつかん》さしだす細い指がある
古い畳さ　とりかえそこねたよ
酔いしれながら　あいつが言った
そのくせ　いまでも惚れてる顔さ
だいじにしろよ　と俺は言ったが
さすらい者のこの胸に
さすらい者のこの胸に
じんとしみるよ
じんとしみるよ　人恋し秋

家族ある男がかえってゆく家には
日々の暮しをほぐすやすらぎがある
お荷物しょって坂をのぼるのさ
ふらつく足で　あいつが言った
そのくせ　なかなか達者な足さ
肩をかすよ　と俺は言ったが

さすらい者のこの胸に
さすらい者のこの胸に
じんとしみるよ
じんとしみるよ　人恋し秋
（人を恋ふる唄）

それから、まえから作りたかった、やさしい北海道のかぞえ唄。

ひとつ旅にでて　ひとり寝る夜は
淋しい男をおもってる　網走あたりでよお
ふたりゆきずりに　声かけあったなら
過ぎゆく時を語ろうか　夕張あたりでよお
みっつ岬なら　ノサップ北の果て
命かけて泳ごうか　おまえも男なら
よっつ嫁入りの　娘は恥ずかしや
うらみ残すな　恋仇き　サロマの夕暮れよお

いつついつの日か　おれも死ぬんだと
枯れたトド松　なでている　尾岱沼でよお
むっつ無邪気なよお　乳飲み子泣いている
急行夜汽車でねつかれぬ　根室線でよお
ななつ涙ぐむ　女の肩抱いて
駆けおちなんぞもしてみたい　択捉（エトロフ）までもよお
（北のかぞえ唄）

やっつ、とここのつ、とお、がまだできないまま、加藤登紀子さんが曲をつけてくれないかな、と思い連絡すると、彼女は、気にいってくれた様子だった。

大湯温泉に行きたくなって、一泊ででかけてきた。大湯は和井内からなら、ほんの一時間たらず。数年前に、奥さんといっしょにきたことがある。晩秋だった。千葉旅館という宿に泊まり、村のまんなかを流れる川沿いに歩き、小さな山のすそをのぼり切るとリンゴ園があって、熟れたリンゴがいくつも落ちていた。
「食べたいわ」と彼女が言った。
「食べちまおうか」とぼくも言った。

「木についてるんじゃなくて落ちてるものなら、ひとつふたつはいいよなあ」などとぼくらは無邪気な悪戯心が湧いて、リンゴ園を歩きながら、リンゴをかじった。

大湯にはいくつかの無料の共同浴場がある。共同浴場はめずらしくないけれど、無料というのはめずらしい。それだけ湯の豊かな温泉地で、浴場のまえには湧き湯の洗濯場があって、おかみさんたちが、天びんに汚れものを入れたバケツをぶらさげ、あちこちの道から姿を見せ、世間話をしながら洗濯している。少し写真を撮らせてもらい、それから共同浴場で朝風呂にはいった。泊まっていた岡部荘の部屋の係のおばさんは「毎朝、あの風呂にはいり、それから、この家ではいり、夕方また浴場ではいるんですよお」とうれしそうに言うのだった。浴場には杖をついた老人や主婦、仕事のとちゅう車で立ち寄った男たちなどで朝早くからにぎわっていた。

雪国の女性は、肌が美しい。時々流行の化粧をしている人や、赤いマニキュアなどしてる女性を見ると、ドキッとしてしまう。伊江島の、阿波根さんの娘ヤス子さんは言っていたな。

「お化粧ってのは、わざわざお金払って、顔に汚れものをぬってるみたいさ」

やたらに電話が多い。外出しないものだから毎日のように電話をうけることになった。いくつかのうたの依頼があって、クラウン・レコードのＳ氏から電話が来た。

二年程前に書いた「私の詩《うた》」というのと「ねがい」という詞が南こうせつくんの手に渡り、曲がついた。三月のＬＰに収めたいといっていた。「私の詩」のなかにこんなふうな行がある。

さよならだけが人生よと
ひとり旅立てば
なんて激しい激しいこの雨
私の詩よ
日々の暮しの慰めとなれ
旅ゆく人の
慰めとなれ

三年ほどまえ旅にでることと、うたなんてしょせん慰安にもなりゃしない、と思ってたころのものだった。気になることがひとつあった。

コノサカヅキヲ受ケテクレ
ドウゾナミナミツガセテオクレ
ハナニアラシノタトエモアルゾ
「サヨナラ」ダケガ人生ダ
（「勧酒」于武陵・作）

という詩がある。訳は井伏鱒二氏である。だから、井伏氏の訳の一行を借りたということを明記したいと以前から思っていた。S氏はわざわざ井伏氏に直接電話してくれたのだった。

結果は良い返事をもらえなかったらしい。

「困りましたね」とS氏。

「『さよならだけが人生さ』これがあの頃は好きで、いつもこれだこれだ、って思ってましたからねえ。この一行で旅にでたようなもんですからねえ。しかし仕方ないですね」

それから考えたけれど、それしかないと思ってるのに変えられるわけがない。「さよならだけが人生さ」あの頃の心境はこれしかなかったんだ。だからお借りしたことが、みえのほうが、かえってはっきりしていいや。ことあるごとに機会をみつけ、借りもののことばであることを言ってゆるしていただこう。

そう思って、
さすらうだけが人生ならば
としたのだった。

「似すぎていませんか」とS氏は言った。

「いえ、似てるほうがかえって、私は借りましたと言ってるようで気分がいいんです。でないと、短い時間であのころの気分をまげちまうことになりますから。それより恥をかく方がましです」

「そうですか。じゃあ『さすらうだけが人生ならば』これにします。ところで電話のそばに、こうせつくんがいますので代ります」

「やあ」

「岡本さん。どこにいるんや。元気!?」

「まじめにやってるよ」

「山に家を建てたからおいで。岡本さんはヘラ鮒、ぼくはハヤ釣り、雪がとけて温かくなったらおいで」

「ハヤも釣りたいな」

「いっしょに釣りたいねえ」

「きっと行くよ」

「ああ、待ってるよ、泊まりにおいで」

陽気なこうせつくんの声がびんびん届いて、ぼくはなんだか楽しくなり、気分転換に翌日は、かんじきをぶらさげ、休屋のあたりまで、吹雪のなかを散歩にでかけた。

休屋は一軒だけ店びらきしたみやげもの屋兼食堂があって、そこであま酒を飲んでまた歩いていった。人っこひとりいない観光地は吹雪いている。郵便配達夫がバイクでまわってる他は人の姿がなかった。

坑夫の住む町

夕張の炭住街に居る。

ハモニカ長屋の午前六時。

昨夜のうちにまたひとしきり雪が降って、薄く積もっている。石炭色の家屋を白さがうるおしていて寒いが気持ち良い。北炭生くんと坑夫である北炭くんの父親金蔵さん。三人が長靴で雪を踏んでゆくと、長屋のあちこちから坑夫たちがやってくる。黒いフードのついたジャンパーを着て、両手をポケットにつっこみ、すれちがうと軽く挨拶してゆく。長い坂の両側に家屋が並び、男たちはその坂道にひとりずつ数を増して、商店のある坂下の大通りに下ってゆく。一番坑にはいる男たちは通りの詰め所から、専用バスででかけるのだった。行列してバスを待っていると、ぼくと北炭くんだけが長髪にジーパンで衣服にも肉体にも労働の臭いがない。

バスに乗りこむと坑夫たちは年のいった男たちばかりで浅黒く、黙りこんでいる。そんなバスに揺られて坑道にはいる事務所につれられてきた。


坑夫たちがくつろぐ待合所の柱に電熱器がとりつけられている。ゼンマイのように鉄線がくるくるまわってるもので、ネジ式の黒いものをひねると、赤く点火する。坑夫たちは地底にマッチや煙草をもちこめない。木の長椅子で人車(トロッコ)を待つ男たちにまざって見ていると、男たちは美味しそうに電熱器で火をつけ、たてつづけに二、三本吸うのだった。七、八時間地底で煙草を吸わないでいると、気を紛らわすものはなにが残るだろう。竜飛の青函トンネル工事で地底を歩いたときはこれ程じゃなかった。竜飛の地底には坑夫の休憩所がいくつかあり、そこでは巨大な洗濯機が廻り、作業着を洗っていたし、茶を飲み、煙草が吸えた。

頬の筋肉がへこみ、胸にまで吸いこんで吐く。ぼくはまだこんなふうに暮しに迫られたひと時のやすらぎとして煙草を吸ったことがないような気がする。

鉄の重い扉をあけて、鉄の階段をのぼるとそこから地底に下りる人車乗り場があった。

「あと十二、三分もすればあがってくる」

ぼくらが人車の昇るのを観ることをゆるしてくれた係の男が教えてくれ、人車乗り場で、地底につながる穴を見ていた。坑道は急な坂で、二本のレールがその暗い穴に下りている。ゴオーっと突然、動力の回転する音が響く。とレールの中央にある鉄線が人車をひきあげ始めた。鉄線はわずか数センチの太さで、それが坑夫の乗った人車をひきあげる。これが命綱って奴なんだろうな。

「おやじが事故にあったとき、ぼくは沖縄に居たんです。大きな事故で、おやじは肋骨を三本折ったんです。その時の傷が裸になると生々しいんですよ。ぼくは沖縄でふらふらしていて、家に連絡もとらなかったものだから、捜索願いを出そうかと、家の者たちは話したらしいです」

北炭くんは当時をおもいだすように話し、地底につながる坑道を見ていた。こんな暮しもあるんだ、とぼくは淡白に思っていたけれど、彼は別の感情で地底に続く暗い坑道を見ていたにちがいない。

人車が昇ってきた。頭にライトをつけた男たちが駆けだした。鉄の扉に向って駆けてゆく。顔は石炭色に染まり、ぬぐっていない男たちは眼光だけが鋭く光っている。男たちはぼくらを押し倒すような勢いで駆けてゆく。

なぜ走るのだろう。

入れ替わり一番坑にはいる男たちが、ゆっくりと人車に乗りこんでゆく。みんな無言で、ぼくらをちらっと見、乗り込んでゆく。北炭くんの父親金蔵さんが息子のそばに近づいた。

「ゆっくり見てゆけや」

息子は地底に下りる人車に乗り込むおやじの後姿を見送りながら声をかけた。

「いってらっしゃい」

父親は振りむいてちょっと右手をあげて微笑んだ。息子は悲しいような感動してるような顔で手を振った。

「なぜ人車から下りたとき坑夫の男さんたちは走るんでしょうね」

その夜、酒の宴があった。炭坑の暮しの話をききたいというぼくの依頼を北炭くんの母親が親切に連絡してくれて、金蔵さんの幼い頃からの友人で坑夫である一の関さん夫婦がやってきて、いっしょに飲んだ。すすめられてぼくも少し飲んだが、久しぶりで飲む酒に酔いしれて、だらしないことだが先に眠りについてしまった。事故の話や暮しのことなど、もっと詳しくきこうと思いながら酔ってしまう。

「なぜ坑夫さんは走るんでしょうね」

「早く家にかえりたいんでしょう」

「煙草も吸いたいでしょうしね」

「早く風呂にとびこみたいんです。早く早く家にかえってくつろぎたいんですよ」

夕張、南部から列車とバスをのりつぎ美唄に来て、宿をとった。北炭くんが生まれ育った炭住地にでかけるため、駅前からタクシーに乗った。炭住地への道路は舗装で広く、山への観光道路といった立派なものだった。郊外に抜けると風景が黒ずんできた。

「ここに四万人もの家族が暮してたんです。離山するときは千人余りでした」

日暮れだった。吹雪いている。

錆びた鉄骨がむきだしになった人の骨のようにそびえる建物をとおりすぎると、商店があった、と思われる風景を見た。諸橋商店、近藤商店、佐藤商店、の看板をかけた鉄筋コンクリートの建物が並んでいる、人は誰もいない。コンクリートはガイ骨のようにひび割れている。夕陽がそこに射していた。窓ガラスはみな割れている。風は部屋の中に吹きつけているらしかった。

立ちどまっていればよかった。が、いつまでもそこに立ったままでいることはできない。旅に出ると、いつもそんな思いに駆られる。佐藤商店のコンクリート壁はひび割れていて、そこに山を捨てた人たちの深い淋しさと怒りが覗いていた。とおりすぎてしまうことは、それがどんな悲しみであっても持続できない。旅人はだからとおりすぎるだけ、いつでもらくをしている。

立坑にはいる鉄骨が白い雪に、そこだけ黒ずんで立っている。

「昔住んでいた炭住地《やま》に行ってみたくないさ」北炭くんの母親は言っていた。腐った木造の家屋、錆びた鉄骨。雪が溶けると雑草が茂り野良犬が住みつくという。

「悲しすぎてね。行きたくないよ」

そんなところを好んで歩いてゆくぼくはどういう立場にいることになるのだろう。

「あ、一四一四だあ」

北炭くんが声をあげた。見ると胴体を布でおおわれた小型蒸気機関車がいる。石炭を積んで走ったもので機関車のいるところだけレールが短く残っている。そこだけ行くも戻るもできない人生のようにレールが残してある。

「炭坑《やま》を下りた男たちはどこに行くんだろう。また次の炭坑に入ったきみのおやじさんのような人は別にして」

「散り散りですけどね。もう若くないですからね、再就職はむづかしいですよ。夜警をやるとか……」

円盤型の新築の建物が見える。コンクリートのアパートにしても、商店にしても、雪につぶされそうだが、円盤の、その建物だけは新しい設計で創られたらしく、そこだけ時代が若がえったように思える風景だ。

「あれは体育館ですよ」

「まぶしいぐらい新しいね」

「建てたばかりです。建ったと思ったら突然閉山になりましたからね」

吹雪いて風の音が鳴っているけれど、そのひきちぎる風の流れにのって、歌が流れてきた。どこか屋外に巨《おお》きなスピーカーがあって、そこからこの山に向って流しているらしい。唄はポップ調の流行歌で少女の声だが、歌っている女の子の名前はわからない。葬式が終り、静かで淋しい沈黙のような炭坑に、突然超ミニ・スカートで、ひらひら衣装の女がやってきて、えくぼに人差し指をあてながら腰を振り、踊るさまが見えかくれしてくる。

「いやだねえ、あの唄は」

「腹立たしいですね」

「どこかの商店がありったけの音で、店のあり場所を宣伝してるのかね」

「スキー場ですよ。ほら」

白い山の中腹に、ひとりふたり、赤と青のスキーヤーの姿が見えた。

「スキー場かあ、ふうん、スキー場にしてしまうのか」

「腹がたちますよ」

「うん」

炭坑の事務所だった古い建物はスキーヤーたちの休憩所になっていた。


「ズリ（ボタ山）が燃えてます」

北炭くんが指差した。

夕張のズリは雪をかぶって、雪山のようだったが、なるほど、閉山したはずのこの山にひとつだけ黒いズリがあり、いただきのあたりに灰色の煙がゆらいでいる。煙は鉛色の雪が溶けはじめたようにみえ、そのまま空を燃やしている。寒い風景の、そこだけが暖かい。

「燃えてるね」

「燃えてますね」

「変だな、なぜ燃えてるんだろう」

坑夫の住む町

「人がいるんですよ。あの山にはまだ二人いるんです。ひとりで石炭を掘ってる男、そして、もうひとりは茸を作ってるそうです」

万字炭山があと数カ月で閉山になる。新聞がそう伝えていた。闘争集会がひらかれるという日曜日の朝、ぼくらは小さな列車に乗って万字炭山に来た。駅員さんにたずねると宿はなく、最近、奥万字温泉とかいう宿ができたらしい。そこに荷を下した。閉山通告のでた炭坑だから殺気だち、赤い旗が立ち並び、ビラがはりつけられ、デモ隊がねっていると想像していた。美唄での閉山通告のころ高校生だった北炭くんはその当時の殺気だった空気をおぼえていて、熱っぽく汽車の中で語ってくれた。

万字炭山駅を下りて炭住街にのぼってゆくと静けさばかりで、彼も勝手がちがった様子だった。

「静かですね」

「静かだね。淋しすぎるよ」

炭住街のはじまる三叉路の脇に石造りの古びた家屋があり、軒下に犬がいる。隣りに屋根の低い、横につぶしたような雑貨屋があった。ガラスには種々《さまざま》な商品の広告がはりつけられ、玄関先に大企業の顔が覗いてる、といった感じだ。こういう雑貨屋は田舎にゆくほどよくみかける。ワッペンひとつ、スターの写真一枚、張ることが文化を手に入れたような喜びと錯覚してしまうのだろう。

男鹿半島、門前の船着場で、貧しいみなりの少女と話したことがあった。カメラをぶらさげているぼくに、「これ、写して」と言った。

Aという女優のブロマイドで、左肩から右脚にかけて折り目がついている。

「お友達がやったの」

うらやましがって少女の友達が折ったらしい。複写して欲しい、と少女は見知らぬ旅の者にすがったのだろう。

「腹がへったね。食堂なんてないかな」

「さあ……」

パンかカップ・ヌードルでもかきこむことにして、その雑貨屋にはいった。カップ・ヌードルを食べたい、と言うぼくらに、雑貨屋の女主人は「まあ、お上りなさい」と石油ストーブの燃えた部屋からすすめてくれた。部屋にはツガイらしい十姉妹《じゅうしまつ》がいて、ストーブの上でふきだす熱湯の音と鳥の鳴く声だけがしていた。大正時代に店をひらいた、万字では最も古い店だった。

「ここも閉山らしいですね」

「はあ、終りです」

「今日は住民集会がひらかれるそうですが、静かですね」

「はい。最近は男さんたちも気持を失くしてしまいましたからね。適当に働いて、あとは寝てれば月給もらえる」

閉山、の時の流れが近づいてくるのを感じながら、どうにもならなくて追いつめられた気持のバネが切れると、寝てるだけ、の男もでてくるのだろう。

ハモニカ長屋沿いに歩く。軒に薪が吊るしてある。

「これが炭坑街の習慣なんです。ほら、あの屋根のむこうの軒に自転車が吊るしてあるでしょう」

「ほんとだ」

「炭坑街では冬のあいだ、ああして軒に自転車を吊るんです」

自転車をおろすと春、なのだろう。

九州では梅が散り、関東でも桜前線の訪れをテレビは伝えていたけれど、ここはまだ真冬だった。卒業式帰りらしい生徒や母親たちとたびたびすれちがった。和服に黒い羽織りをひっかけた晴れがましい雰囲気が、すれちがうひととき匂ったけれど、とおりすぎると寒い風だけが吹いていた。

ハモニカ長屋から小学生らしい少年が、幼い二つぐらいの少女の手をひいてでてきた。綿入れの着物は紅色で、滑りそうになる少女の手をとっている。

ハモニカ長屋が暮れてゆくよ
ハモニカ長屋が暮れてゆくよ
紅色の綿入れ着た少女の手をひいて
紅色の綿入れ着た少女の手をひいて
少年が買物にでかけてゆくよ

一番坑《がた》の男たちは家路をたどるころだろうか
一番坑の男たちは家路をたどるころだろうか
病いの母親が咳こんでいる
病いの母親が咳こんでいる

ハモニカ長屋が暮れてゆくよ
ハモニカ長屋が暮れてゆくよ
学校がえりの紺色のセーラー服が
学校がえりの黒い制服たちが
笑いながら歩いてゆくよ

ねえ　きみたちもこの町捨てるのかい
ねえ　きみたちもこの町捨てるのかい

ハモニカ長屋が暮れてゆくよ
ハモニカ長屋が暮れてゆくよ
根雪とけない三月に
根雪とけない三月に

ねえ　きみたちもこの町捨てるのかい
ねえ　きみたちもこの町捨てるのかい
またくる春に
またくる春に

（ハモニカ長屋の夕暮れ）

炭坑《やま》の男が飲む酒の味
炭坑の男が飲む酒の味
都市《まち》のものにはわかるまい

炭坑を下りたら何処へゆく
炭坑を下りたら何処へゆく
ズリ山捨てて何処へゆく
あいつも都市に去ってゆく
あいつも都市に去ってゆく
おいらはまだまだ炭坑ぐらし

最後のひと掘り俺が掘る
最後のひと掘り俺が掘る
いまさら陸《おか》には戻れない

去りゆく男と飲む酒の味
去りゆく男と飲む酒の味
酔って唄って別れ酒

（別れ酒）

「中学の頃でした。大きな地震がありました。ちょうど授業中だったんですけど、立っておれないぐらいの強震で、その時生徒たちはみな泣きだして、家に駆けてかえったことがあります」

「坑内で働くおやじさんのこと……」

「そうです。全員死んだろう、と思って。でもなぜか坑内にいた男たちは地震を知らなかったそうです」

「ふうん。そんあこともあるんだな、それにしてもよかった」

「今頃、なぜかおやじのことをおもうんです」

「うたをうたうなんて気楽な稼業、だから、そう思うんじゃないかな」

「ええ」

「きっとね」

「おやじもたまにかえると、待ってくれてるようです。それがわかるんです。うれしそうな様子がね」

「炭坑の高校生たちはみなどこに行ってしまったんだろう」

「散り散りです。札幌や東京や」

「美唄には?」

「ほとんど居ません。就職がね、炭坑《やま》育ちってことで差別されるんです。銀行とかなどではね。そんなことはないと思われるでしょうけど、あるんですよ」

そんな話を北炭くんとしていた。それはバスの中であったり、万字線の列車の中であったり、宿のふとんにねっころがってたり、炭住街の共同浴場であったりした。

「あのおじいさんは昔炭坑夫だったんですよ」

共同浴場で、湯にひたりながら北炭くんが言う。蒸気がたちこめた浴槽にその男がいる。胸からの肩の骨格が盛りあがり、そこにいくぶんおとろえた筋肉がついているけれど、腕まわりも太く、老人とは思えない。浴槽では小学生らしい男の子たちが五人、はしゃぎながらもぐりをやっている。ひとりの少年は浅黒い肌で河童のようだ。いっせいにもぐると、白いお尻がお湯にぷかりと浮き、ばたばたと足くびで湯をたたいて、もぐる。

そのぷかりと浮かぶ白いお尻が可愛い。ぶあ、と息をはきだして少年が浮かび、慌てて顔をぶるると手でぬぐう。それをいくども繰りかえし、そのたびに浴槽は水しぶきでいっぱいだ。

老人は黙ってそれを見ている。微笑んでいるようにも見えるけど、やわらかく笑わないので、それが炭坑の男のたくましさを感じさせる。

「今はもう炭坑《やま》にはいっていないらしいんですが……」

「炭坑には定年ってあるんですか」

「五十五歳でしょう」

「北炭くんのお父さんは」

「今、たしか五十三、です」

「もうすぐ定年だね」

「そうですね」

「定年後は？」

「さあ、どうするんでしょう。母たちは札幌に住んでのんびりやりたいらしいけれど、おやじは炭坑《やま》が好きですから……。それに札幌に建てたばかりの家の借金も残ってるし、炭坑の男は閉山してほおりだされると、再就職はむずかしいんですよ。だけどおやじより、現在四十歳ぐらいの人たちのほうがもっとたいへんでしょうね。もし閉山になると、子供たちがちょうど就職前だったり、大学進学だったりするでしょう……」

「そうだね……」

「だから第二の人生ってのをやりなおさなければいけないんですよね」

夕食どきに、北炭くんの母親が話している
「遊んだり飲んだりしてるんだろう。酒をあまり飲んじゃだめだよ」

北炭くんは台所に立って「俺がやるよ」などとひとり言を言いながら、着くまえにぼくと生協の魚屋で買ったルイベを巧みに切っている。上京して食えぬころ、アルバイトに板前をやっていたことがあり、なれた手つきで母親の手伝いをしている。

「そのうち稼いでやるからさ」

北炭くんは吐きすてるように言った。

落陽

　その老人は小さな雑貨屋を経営しているのだが、いくどか倒産した。今はなんとか小金がたまり、余生だけは食いつなげそうだ。奥さんは亡くなり、子供たちは大きくなってもう家に寄りつかない。孤りで飯を炊き、洗濯し、そして唯一の道楽だったヘラ鮒釣りに古ぼけた自転車をこぎながらやってくるのだった。

　鹿島川の支流、高崎川はタナゴ釣りでにぎわうが、その上流、鹿島川とまじわるあたりで、秋から冬にかけて中型のヘラが数多くでる。水面には木片がゆっくり流れているが底ではかなりの速さで流れている。冬、鮒は身をかたくして鈍く動かないが、ここは流れで水温があがっているのか、回遊しているようだ。川巾は狭い。六、七米だろう。が、川辺りには高い土手があり、秋から吹きはじめる荒い風を防いでくれる。鹿島の本流や印旛沼の水路などに風が吹くと、ここに逃げてきて中型をあげて楽しんでいたが、丁寧に釣り座をかえて釣るうちに、魚の濃いことがわかった。流れがあるので、おもりべた、で食い上がるのを待つ。ポイントよりやや上流から浮子を流すと、トップの長いそれはゆっくり起きあがり、おもりが底につくと、流れに傾むきながら停止する。ヨセのバラケを繰りかえしうちこみ、モゾッと軽いけはいがみえるころ、老人は自転車をえっちら踏みながらやってくる。

　足音をたてぬよう老人は土手を下りてきて、並んで釣る。そうしてぼそぼそと話しながら昼を少しまわるころまで一緒に居る。

向こう岸を女学生たちが駆けてゆく。体育の授業なのだろう。紺やオレンジ色のスポーツ・シャツを着て、上流から声をかけながら走ってくる。ショート・パンツからすらりと伸びた長い脚が、眼の上のあたりを駆けぬけてゆくのがまぶしい。

女の子というのはどうして、あんなに軀が重たそうなんだろう。足の早い娘たちが駆けぬけたあとで、あえぎあえぎ、遅い娘たちがやってくる。意志だけは前進するように胸をまえにだし、お尻は後に、アヒルのようなかっこうで、顔をまっ赤にして駆けてゆく。

ぼんやり釣りながら見ている。それは決ってそろそろ竿を納める時刻で、アタリも遠のいているので、寒さでこわばった肩をほぐしながら見ている。

「若いってのはいいねぇ」と老人が言う。

「ぼくなどはまだ若いのに釣りなどしてていいんでしょうかね」

「いや、好きなことは仕方ないですよ」

釣れる時刻をすぎると、釣り談議になる。まあ近況報告といったところだ。印旛沼周辺にはいくつか鮒の濃いポイントがある。新川は大和田駅から歩いて二十分ほど、鯉が多い。中央水路ではいちど冬に橋の下で尺上を二十六枚あげたことがあるが、年がかわるごとに不調になった。沼の浅瀬はやはり春の釣り場だろう。たとえば、あるポイントは身の丈ほどのヨシが茂っている。鎌でヨシを切り、釣り座をひらく。竿はごく短いもの。ハリスは一本で十センチほどの短かさにする。鎌ではらったヨシが残っているので、ハリは二、三十本用意する。水深は約三十センチ。ヨシの根に垂らす。アタリがきたら一気に引き抜く。そのためには穂先の固いほうがよく、胴調子のやわらかいものだと大型は竿のしなった分だけ根のまわりで抵抗し、からんでしまう。ヨシのなくなるあたりから急なかけあがりになっていて、鮒は急に浅瀬にあがってくるので水面にそのけはいがわかる。ヘラが集まると、そのけはいで鯉があつまってくる。ヨシの浅場は鮒をおしのける鯉の動きでさわがしくなる。ヘラは鯉に席をゆずり深場に逃げてしまう。鯉は力がめっぽう強い。釣れてもヨシにからむ。だから釣り座はふたつひらいて鯉が来たらとなりの釣り座に移るようにする。

野鯉を釣りたいがまだ作戦中だ。餌には「センキュウ」という薬品がよいとの噂がある。酒のカスを加えるのもよいとされる。市売品のネリ餌は誰でも手にはいる。だからそれに何を加えてネルかが釣り師の苦労するところだ。

北海道の釣り師栗沢さんは、蜂蜜がよいといっていた。サツマイモ（生のもの）に浅く切りこみをいれ、その切りこみに、蜂蜜をたっぷりたらし、強い紙でくるむ。（紙は印刷インクの匂いがにじむものはいけない）熱湯でゆがき、ふけたらとりだしてエサ大に切る。餌に香水をふる、という説もあるが、ためしたことがない。なににしてもやっかいで、うたのことばを作るよりやっかいだ。

「北海道なんてのは釣れるかね」と老人が尋ねる。

「ええ、川釣りじゃあ、日本でいちばんの大物が、日本でいちばん沢山釣れるとこですよ」

栗沢さんにつれて歩いてもらった標津川など道東での釣りの想い出を話すと、老人は「もっと若かったらなあ」と深い溜息をつくのだった。

北海道はいつも東に足が向く。釣り好きの老人は平凡な人生をやがて終えようとしているけれど、平凡も波瀾もくたばるときの気持や、老いぼれたときの気持に、そう差はないのかも知れない。ちっぽけな、汚れた水をながめていると、透明だった北の川を懐かしくおもいだす。そしてこうして釣り好きの老人と話していると、今、思いだすだけで懐かしくなる、ある老人とのめぐり会いがおもいだされるのだった。

襟裳から苫小牧に出て、何だか列車に乗るのもあきたし、時刻表をみてると、フェリーが仙台まで出てるらしい。フェリーに乗ることを決めて、苫小牧をぶらつくことにした。

苫小牧駅まえの通りをまっすぐ。商店街をふらつき、本屋に何げなく入ると、立ち読みしているフーテン風な老人が眼についた。こぎれいな本屋で店の者は迷惑そうだ。客だって近づかないようにしている。何を読んでいるのか？　近づいてみると、政治評論のやっかいな雑誌で、それをひびわれた黒い指でめくりながら眼をくっつけるようにしてひろい読みしている。東京でなら、この種の男はみかけるけれど、苫小牧なので好奇心でいっぱいになった。老人は本屋をでると、ふらふら商店街をあるき、小さな公園のベンチに横になった。ぼくも座った。そして少しずつ話すようになった。

酒飲み屋の並ぶ、裏通りをくぐって、暗闇に足を踏みだすと、裸電球が灯《つ》いた電柱をめあてに歩き、その一軒家につれてこられた。一見してカタギさんが足を踏みいれるところじゃない。

「あんたは黙って見てりゃいい」と老人はぽつんとつぶやき、ぼくを二階につれていってくれた。

チンチロリン、はもう始まっていた。チンチロリン、とは一種のサイコロ博打である。三個のサイコロを、コップに入れて振り、伏せる。出た目三つのうち二個が同じ数である場合、残りひとつの目で勝負する。たとえば、二、二、六なら六が勝負。ゾロ目、といっても三個とも同じ数の目なら、最も強いところはトランプと同じで、役もあるけれどここでは書かない。

部屋は殺気でいっぱいだった。

太った中年の男はパンツいっちょうであぐらをかき、汗の匂いをまきちらしている。ひとりは飲み屋の、若だんな、といった風で、右肩に傷がある。ただひとりワイシャツのネクタイをゆるめた眼鏡の男は顎がながくて気合いというものがなく、化粧品のセールスマン風だ。こういう場に足を染める感じじゃないが、神経質な眉で、博打に病んでしまうタイプだ。〇〇鉄鋼のタオルを首にまいた男は、負けるたびに、そのタオルで首をしめ、「ああ死ぬ、死ぬ」と叫ぶ。

老人は、そういう場所を一度見てみたいというぼくを気づかってか、壁によりかかってタバコを吸っている。

あと三人ほど若者が居て、気合いはあるが金はなさそうで、負けが込むと、財布をはたいて帰っていった。

「おじいさんは入らんのですか」とたずねると、その声が聞こえたらしく、中年男が、にやっと笑って「じいさん、金を払ってからにしなよ」と言い、「自殺でもされちゃあたまらん」などと誰かが言い、皆が笑った。

「若いもんが死なしてもくれん」などとじいさんはつぶやいたが、男たちの冗談を気にした様子もなく微笑している。余生をかけても払いきれないほどの借金があるらしい。

その夜は、博打あけのその部屋で、じいさんとゴロ寝した。翌朝覚めて、寝タバコをふ

かしていると老人が眼をさました。それで寝っころがって天井を見ている老人と、伏せて座ぶとんの枕にひじをたてたぼくとの奇妙な話ということになった。いろいろたずねてみたい好奇心に駆られていた。ここで別れたら、もう一生会えないかも知れないと思えたからだ。素人のアナウンサーといった質問になったことが恥ずかしいが、そのときは仙台行きフェリーの時刻が気になりはじめていて気がせいていたのだった。

「今、どうして食べてるんですか」

「ルンペンですよ」

「どんなきっかけでルンペンになられました。昔の職は？」

「あんたは文章を書いていらっしゃいますが、私も昔はそういうことを志しておりました」

「小説、ですか」

「昔の話ですからね。評論ですよ」

「どんな評論ですか」

「それはもう捨てましたから。アカだと言われて追われました」

「戦争中ですね」

「息子は戦争で殺されましたよ」

「お名前をうかがっていませんが」

「名などありません。評論家をめざしたころもありましたが、書く気持を失くしましたから」

「御家族は？」

「忘れましたよ」

「結婚は」

「しました」

「奥さんは」

「逃げてしまいました」

「ルンペン生活は書かれなくなってからですか」

「絶望、っていうんですか、そういう時期もあったようですが、ルンペンの生活はいちばんいいですよ」

「戦争に協力したくないからですね」

「それも昔のことです」

「今でも本は読まれますか」

「本屋で立ち読みしますが、臭くてきらわれますから、ほとんど本屋にもゆきません」

「ルンペン生活からみて、どんな印象をもたれますか」

「みなさん生活が豊かで、幸せそうです」

「そんなふうにみえるわけですか」

「食べることには不満のない生活を送っている人の文ですよ」

およそ、こんなふうなやりとりだったと思う。老人は名の出た人ではないけれど無名のまま意志を通してきたらしいのだ。文のひとつも世に出ないまま日本を流れ歩いて、店の人に嫌われながら、今もどこかの飲み屋のすみの方で、冷や酒をちびちびやってるような気もする。借金にしばられていたけれど、しばられても金はないのだから命さえなくさなければ博打場からたたき出されることがあっても、失うものは何もないのだ。

「これもってゆきますか」

老人は少年のような顔をして、古いサイコロを二個ぼくにくれた。

「二個ですか、これじゃあチンチロリンは、できませんね」

「あなたは博打で勝てる柄じゃありません。だから二個にしました」

「やるな、ってことですね」

「そうです」

「御親切に」

「サイコロだけはやらないほうがいいですよ。帰りの船から海に捨てなさい」

「そうします」

しぼったばかりの夕陽の赤が
水平線からもれている
苫小牧発、仙台行フェリー
あのじいさんときたら
わざわざ見送ってくれたよ
おまけにテープをひろってね
女の子みたいにさ
みやげにもらったサイコロふたつ
手の中で振ればまたふりだしに

戻る旅に陽が沈んでゆく

女や酒よりサイコロ好きで
フーテン暮しのあのじいさん
あんたこそが正直者さ
この国ときたら賭けるものなどないさ
だからこうして漂うだけ
みやげにもらったサイコロふたつ
手の中で振ればまたふりだしに
戻る旅に陽が沈んでゆく

サイコロころがしあり金なくし
すってんてんのあのじいさん
どこかで会おう生きていてくれ
ろくでなしの男たち身をもちくずしちまった
男の話をきかせてよ
サイコロころがして
みやげにもらったサイコロふたつ
手の中で振ればまたふりだしに
戻る旅に陽が沈んでゆく

（落陽）

フーテン暮しの男では、もうひとり気にしている人がいる。その男は国電津田沼駅に住みついている。まだ話したことはないけれど、津田沼駅をとおりすぎるたびに何か気になる。苫小牧で会った老人のことが強烈な印象なので気になるのかも知れない。

徹夜マージャンがあけて、午前五時。タクシーをひろうまえに夜明けの写真を撮りたくて、「あの辺三筒《ペンサンピン》にはうまくやられたなあ。四筒、五筒と落として、一、二、三の三色ねらい。四筒がドラだけにうまくやられた」などと頭の中で印象に残ったパイの並びを思い出しながら、歩道橋を渡ってゆくと、手ぼうきを持って歩道橋を掃除している人がいる。駅の人も大変だなあ、すごく熱心だなあ。こんな夜明けに駅舎ではないのに掃除とはねえ、と思って、見ると津田沼駅に住みついている、あのフーテン暮しのおじさんだった。

また、雨の日の夜明け（というとロマンチックだが実はこれも徹夜マージャンあけで遊びがえりである）タクシーに乗ろうと、おじさんのいつも座っている前を通りかかると、おじさんは壁に寄りかかって眠っていた。

また、夜明けにタクシー乗り場にでかけると、始発電車待ちの運転手さん達は、タクシーのなかで眠っている。ドアー・ウインドウをたたいて起こすのも安眠妨害のような気がする。昨日は徹夜で運転してつかのまの仮眠をむさぼっているのかもしれない。始発電車が来るまでのんびり待ってようか、などと思っていると、フーテンのおじさんがぼくを見つけた。「眠ってるのかな」おじさんは車のなかを覗き込み、運転手さんが眠っているのを見つけると「お客さんだよ」ウインドウをこぶしでコツコツ軽くたたいて、起こしてくれた。

「どうも」礼を言うと、おじさんは黙ってまた定住の小さな椅子にゆっくり腰をおろした。バタンとドアーが自動で閉まった。おじさんは眼を閉じて、もうぼくを見てはいなかった。

気づくと釣り糸は水に垂らしたままで老人とぼくは釣るより話に夢中になっていたらしい。

「しばらくみかけないと思ったら、あんたはそんなに長い旅にでてなすったんか。その博打うちのおじさんに較べたら私なんかは平凡な人生だったって気がしますね」

老人は思いなおしたようにネリ餌をつけて軽く竿を振った。白い餌はゆっくり水に落ちていく。で、ぼくも竿を振りなおし、竿かけに置くと煙草に火をつけた。そうして幾歳月あとに老いた自分を想像しながら、おそらく自分は自転車をこぎながら、好きな釣り場で浮子を見つめているだろうと思った。

智ちゃんのブルース

最終電車の中でできいた笑い声
酒の臭いでくるまった仕事の疲れが落ちていた
今じゃぼくも横目でみられているはずだ
冷たい二月の風は
ホームを吹いていた

智ちゃんは歌っていた。働き疲れたやさしい男が、溜息をつきながら休息のなかで淋しさを味わうように歌っていた。ギターがゆっくり鳴って、それが静けさに響く時計の音のようで、ぼくの好きな唄になった。

初めて彼と旅にでたのは東北だった。ぼくらは二等寝台の上下にもぐりこんで上野を発った。翌朝は雪の中にいた。後になって知ったけれど、地元の老人は、明治以来の大雪だ、などとおおげさな表現をしてくれた。花巻から遠野に出て、雪の中を歩いていった。花巻温泉郷にでて、泊まった宿は露天風呂があった。物好きなぼくらは、雪のちらつく露天風呂にはいった。風呂のとなりには川が流れていて、みるからにつめたそうだ。あそこにあたたまった軀でどぶんととびこんだら死ぬだろうな、などという話をしながら首まで湯につかって動かないでいた。夕暮れ、田沢湖駅からバスにのって、蟹場という山の湯にのぼっていった。雪崩れてバスが停まり、いつになったら着けるか、などという。それでも運転手はのんびりしたもので、バスもどうやらこうやら走っていった。道路の両側はバスよりも高い雪の壁があり、くねくね曲りながら、すっかり陽の暮れた山をのぼっていった。乗客は次々と途中の停留所で下り、終点の蟹場に着くと客はぼくら二人だけだった。「宿はどこですか」運転手にたずねると「あの灯のついてるとこだ」と教えてくれた。ぼくらを雪の中に残してバスは引き返していった。

宿の灯は雪の中にぼんやり光っていた。あたりは暗闇で何も見えない。懐中電灯をもってこなかったことをくやみながら、灯へ向かって歩いていった。踏みならして固くなった雪のみちは、見えなかったから、ぼくらは腰まで雪まみれになった。

泊まり客はぼくらだけだった。

寒さで水道は断水していた。風呂はわきっぱなしで手をふれると火傷しそうだ。それでも炬燵で軀が温まると、どうやら軀をひたせた。軀をゆらすと熱くて、ぼくらは顔を見合わせて我慢していた。それがおかしかった。

温泉にひたることはほんとに久しぶりだという彼はおもしろがって、翌朝、ぼくが目覚めるまえにひと風呂浴びてきたという。「物好きだねえ、風邪ひくぞ」と言うと「若いですからね」などと言った。

その頃、彼は、ぼくの住んでいた団地のとなりの駅、大和田の家で暮していた。あるデパートに勤務したころで、食堂で働きながら白い制服を着ていた。大和田の家は代々の建物で、お盆の墓参りのあとでは親せきの者たちがくつろぐ習慣があった。それがどういう理由なのか、詳しいことは知らないが、父親の仕事のことでその家を手ばなすことになった。

「家族で食事してると、不動産屋の人が買い手をつれて見にくるんです。庭から部屋を覗きこんでね。買う人にはこちらの事情なんかわからないけれど、どかどか踏み込まれたぼくらはほんとうにイヤでしたね。長い間住み慣れた家が人手にわたってしまうってのは淋しいものです」

そして智ちゃん一家は八千代台駅近くのアパートに越してきた。

「ぼくの駅と同じ駅になって近くなったね」

「ああそうですね」

そんな冗談を言ったけれど、そんな風にしか他に言いようがなかったのだ。大和田には住めないし、といって他の町に出るには、あまりにこの町になじんでいたからだろう。

金網の外がつつまれてゆく
まっかな夕焼けの笑いで
細い路地に射す私の唄は
屋上の夕焼けなのさ

智ちゃんは歌っていた。「屋上の夕焼け」という題がついていた。アパートは学生塾の二階にあって、駅に近い商店の並ぶ町の裏にあった。おふくろさんはまあるい顔で、笑いながらぼくを迎えてくれた。白いエプロンをして、おかあちゃん、ということばで呼ぶとぴったりする人だ。死んだぼくのおふくろも、どんなきれいな服を着てもエプロンをしていたものだった。他人の家にでかけるので、めずらしくめかしこんでいても、外出するまでエプロンをつけていた。

「エプロンつけると台無しだよ」

「これつけんと、どげしても落ち着かんだがん」どうしても落ち着かない、という意味だけど、郷里の米子弁丸出しで言うのだった。ぼくの家は下駄屋だったけれど倒産し、大きな借金をかかえ、母は生活協同組合とか、パチンコ屋に働いた。まだ幼かったぼくはパチンコ屋の騒音のなかで母と一緒にいた記憶がある。学校から帰ると母は居なくて、友達と遊び夕暮れになるとみな家に帰ってゆき、ぼくはパチンコ屋に行ったのだった。だからパチンコ屋の扉を押すとき懐かしさがある。今はもうパチンコのうしろにいて、ブザーを押すと上から顔を覗かせるようではなくなったけれど、パチンコのバネをはじくとき、その台のうしろには、台から台に走りまわっている母がいるような気がするのだった。

昨日が終ってしまったから
話はもうそれっきり
ただ今はうなずくだけ
通りすぎてゆくだけ
このままがいいんじゃないよ
ぼくは歩いているからね
だからきいてごらんよ

娘のことばづかいをね
笑いがあれば　笑いがあれば

と智ちゃんは歌っていた。「笑いがあれば」という唄で、その歌詞に、家を捨てた彼の家族の暮しがみえていた。ぼくもそんな疲れはてた家族のなかに長く居たから、体験してきたものは違っていても想像できた。そうして智ちゃんの唄は、アパートに越すようになって歌詞に暮しの匂いがするようになり、味がでるようになった。彼がぼくを訪ねてきたのはたしか高校三年生のころだった。高田渡やシバや岩井宏が好きで、ぼくのレコードをかかえるようにしてもって帰っていった。だけれども、その頃のうたのことばは、

君を追って夜汽車にのって
北国へと足を向け

といったものだった。「屋上の夕焼け」で彼は、うたっていくことがただギターを弾いてうまくうたうことじゃないことをつかんだらしかった。人の前でうたったり、うたうことでお金をもらい、それで飯を食うわけじゃない彼のうたは、アパートに越したことで身のまわりを丁寧にうたってみることに気づいたらしかった。不幸せはいつだって人をきたえてゆくものだ。

津田沼駅前のなじみの喫茶店のマスターは裸のままで生きてるような武骨な男で、智

ちゃんもぼくも気にいっていた。何だってやっちまえばできる、というのがマスターの主義で電気工事屋がもたついていると、自分で配線しちまうし、家一軒ぐらいは建てるほど大工仕事にも慣れている。朝早く起きて市場で魚を仕入れ、夜おそくまで働いていた。鉄砲の腕はなかなかだし、麻雀の腕はプロ。それに金のことでなりそこねたけれど下手な医者など及ばぬほど医者の心得もあるのだった。歯の一本ぐらい、医者の手を借りなくても自分でひっこぬくし、外科医なんか、かなわぬほど、そのほうの心得もある。

智ちゃんはデパートの勤めが終ると、夜には、その喫茶店を手伝いながら働いていたけれど、何か決心したらしく、とうとうデパートを辞め、その喫茶店で働くようになった。デパートに勤務していても先々は見えていた。自分も店をやれるような男になりたい、と思ったのかも知れない。

そして髭をはやすようになった。

灯りが消えた町の中を
ながめるぼくの顔は
にがすぎる煙草をくわえた
年老いたやせ男
今じゃぼくも横目でみられているはずだ
冷たい二月の風はホームを吹いていた

あみ棚に向かって呟く

しわがれた声に
ふりむく耳をかすのは
週刊誌片手の赤い顔
今じゃぼくも横目でみられているはずだ
冷たい二月の風はホームを吹いていた
扉があくたびに降りてゆく
重い足音をさせて
家では静かな部屋が待ってるだろう
今じゃぼくも静かな部屋に戻っていくんだ
冷たい二月の風はホームを吹いていた

（二月の風）

今じゃぼくも横目でみられているはずだ

という一行に月給とりの満員電車からぬけてきた智ちゃんの気持が素直にでている好きな一行だ。気らくにもなれたろうけれど、彼はそういうふうに感じているのだろう。

風来坊のぼくは月給とりの本当の淋しさはわからないけれど、ぼくだってそういう唄を書いてみたくなることがある。淋しさには何か音がありそうな気がする。働く者の淋しさの音。

酔いしれて街をあるけば

酔いしれて街をあるけば
あんたと俺
おんなじさ　淋しい気分

ほとほと働き
ほとほと疲れ
ほとほと夢見て
ほとほと暮せば
ああ　ほとほと夜の風が
ああ　ほとほと吹き抜ける

酔いしれて家路たどれば
酔いしれて家路たどれば
あんたと俺
おんなじさ　淋しい気分

ほとほと泣き
ほとほと笑い
ほとほと稼いで

ほとほと生きれば
ああ　ほとほと夜の雨が
ああ　ほとほと身にしみる

Cレコードの S氏から連絡があったので、雀友である彼に渡すと、山田パンダくんが曲をつけた。そのレコーディングができてきいてみると、古くからの友人吉川忠英くんが編曲していた。やわらかいギターは彼のもので、そのまわりをつつむスチール・ギターは村上律さんらしい。気持のいい仕上がりで言葉を生かしてもらえた。最近スチール・ギターが好きになっている。そういう曲にいくつか出会えたからかも知れない。たとえば、キーボーという男の「登りゆく坂道」で駒沢さんが弾いているスチール。ずっとまえでは『小坂忠ライヴ』で、やはり駒沢さんが弾いているいくつかのもの。智ちゃんも、そのやわらかい音が好きらしく、「ぼくもあんな人たちといちど精いっぱい歌ってみたいですね」などと言うのだった。それでぼくは彼のレコードのことを考え始めている。レコードを出すことが目的じゃなくて、彼が好きなミュージシャン達といちどだけプレイできたらうれしかろう、という気分である。

久しぶりで智ちゃんと鮒を釣りにいった。佐倉という駅から近い高崎川で、この川は小さな川に似合わず深く、鹿島川にそそいでいる。野で大釣りをしたことのない智ちゃんの竿にその日はなぜか鮒が寄り、彼はうれしそうに次から次に半月にしなる竿をあげていった。

彼がアパートに越して二年目の秋になっていた。

子供たちのはしゃぐ声は
寝ている僕の足元にうずを巻く
窓のすきまからは午後の陽射しがさしてくる
窓から見える景色は
水たまりの多い有料駐車場
遠くからは八百屋の威勢のいい声が流れてくる
この部屋の臭いにも
ずいぶんと慣れた
そうさ　もう二度目の秋を迎えたんだもの

蛇口をひねる音は
乾いた床の上を冷たくはってゆく
洗いものをすませたお袋の溜息も
耳になじんできた

この部屋の臭いにも
ずいぶんと慣れた
そうさ　もう二度目の秋を迎えたんだもの

（二度目の秋）


「こうして釣るのもずいぶん久しぶりだねえ」

「ほんとですよ。陽が強くて気持いいですね」

「智ちゃんはがっちりポイントをつかんだようだね」

「ええ、ほんの三十センチほどのポイントなんですけどね。ここが急に深くなってるんです。ゆっくり流して、この深みにくるとアタリがあるんです」

智ちゃんはまた竿をひきしぼって中型のヘラをあげた。

「これで七枚目かね」

「そうです。それぐらいですね」

「この調子じゃあ、今日はけっこうゆくんじゃないかな」

「大漁になりそうですよ」

「また旅にでたいねえ」

「隠岐は楽しかったですね」


朝から夜まで喫茶店のカウンターにいる彼は旅のことを考えてるらしかった。

ぼくらは隠岐の島、島前の摩天崖をのぼったことがある。そこをのぼるのは、ぼくは二度目だった。いちどは船で出て、そこから摩天崖を越えた。小雨で風が強く、霧がたちこめて先が見えぬほどだった。ぼくは船で知りあった女学生と二人、霧の中をあるいていった。魔天崖の絶壁は垂直に空を切りとっていた。野には牛が放たれていた。真冬この絶壁に立つと日本海の荒海がうちつけるらしい。

「またどこかにゆこうかね」

「ゆきたいですね」

だけれども店のカウンターの中をまかせられている彼は、店に追われ、休日といえば日曜日だけだったので、そう気楽に旅にでれるわけがなかった。

ホームに夕陽が落ちる頃
あふれた人波の中に
今日ひとり旅立つ友の姿を見送った

暮しなんてそんな簡単に
抜け出せるものじゃないんだ
もし気が向いたならぼくのぶんまで
さまよっておくれ

ぼくはここでいつもの夕陽を眺め
はるか遠いおまえさんを
おもいだしているからね

ぼくもそう　ひとりっきりなら
あてのない旅へ
ふらりと汚れた靴をはいて
出かけてみたいもんだよ

いつも笑顔で居てくれと
おまえさんが言ってくれた
あのことばぼくは
忘れやしないからね
（旅立つ友へ）

千葉にやってきて、ぼくも、もう七年たった。町のこともわかってきたし、いろいろな人たちにもなじんできた。そろそろこちらで小さなコンサートをやり始めようかと思う。いつもコンサートをみたり作ったりするだけじゃあ客みたいだから、そろそろ楽器でもはじめようかとも思ってみる。

「なあ、智ちゃん。バンジョーの練習でもはじめようかと思うんだが……」

「それはいいですね」

「こっちにおしえてくれる人がいるかな」

「いくらでもいますよ。やりましょうよ、いっしょに」

田舎道　春の陽ざし
ぼくはちょっと町まで
今日は選挙の投票日とかで
散歩がてらにぶらりと
みんな春だ　みんな春だ
ぼくの風も　通りすぎた

（春が来た）

——なんていう、のんびりした、ひなたぼっこのような唄も智ちゃんのレパートリーのなかにある。こんな陽気な、のどかな唄にゃあ、バンジョーの、あの木の幹をたたくような、馬のひづめのような音がにあうだろう。

で、とりあえず、ぼくはバンジョーを買うことにした。

鉄兵のブルース

「やっぱり鉄兵のほうがいいとぼくは思うけどねえ」と言うと、知覧の蜂屋さんから送られてきた新茶を飲みながら、

「鉄兵さんのほうが親しみがあるわ」何も知らぬぼくの奥さんはいうのだった。ある漫画雑誌に「おれは鉄兵」というのがあって、そいつがブームらしい。「釣りキチ三平」を見ながら、パラパラめくるからこちらは知ってるけれど、漫画本も週刊誌もひらいたことのない奥さんはご存知ないから、素朴にそう思ったままを言っているのだった。

数カ月まえに鉄兵からハガキが来て、改名します、ときた。それによると児島惺（せい）としたとあり、惺についての意味が書かれてあった。どうでもいいことだけれど名前をいじくるより鉄兵のほうがいい。

本名は伊藤明夫と言う。どこかできいたことのある名だ。泉谷しげるの元マネージャー。広島フォーク村、村長だった。彼はそれを知って、何やら名をかえる気になったらしい。それもこれもどうでもいいことだ。

街灯がうつしだしたのは
肩まで重くなった男の姿
影はしおれてうつむいて
夜はそれでも冷たく暗く

ねむれないのは誰のせい
夜がささやき続けてる
陸《おか》を枕に空にくるまり
はじけとぶよなぬくもりだ

闇を引き裂く長距離トラックの
うねり声が大地を響かせ
遠くの町で誰かが呼んでるよ
切なくうたうよ　ホーボーの唄
（ホーボーの唄）

鉄兵が初めて来たのは、ぼくが旅にでていたときだ。「若いジーンズの男の人が会いたいって来たわ。女の人といっしょで、その女の人は恥ずかしそうにうしろにいて姿をよく見なかったけれど」と奥さんが言った。しばらくして連絡があってぼくらは会った。そのころの彼が書いていたうたのことばは記憶にない。彼はうたについて話しかけたけれど、ぼくのようなものが答えるほどのものは何もなくて、片桐ユズル訳「ボブ・ディラン全詩集」を紹介した。それ以外に何も言うことなんてなかった。

腐った林檎の実が堕ちた日に

ぼくはあの雪国を飛びだしたんだ
いらだつこの胸を押し殺し
ポケットの中にはしぼみかけた夢
初めて見たこの都市には
背中ばかりの疲れきった
男たちが胡座《あぐら》かいて　すわりこむ

ひとつひとつ駅を過ぎてゆくたびに
新しい世界が拓けてゆくんだ
ネオン・サインは鈍く輝き
アルコールがむやみに吐き棄てられる
殺気だった眼を持つ男たち
妙に媚びてしまった女たち
男と女の間にはさまれ　すわりこむ

男は手に手に新聞を持ち
疼きはじめた　腕を鳴りしずめ
女は決まってハンド・バッグをかかえ
髪の手入れを忘れはしなかった
物足りないのはそぶりだけさ

とどまる所は誰もが知っている
さしさわりのないようにと　すわりこむ
想い出したくもないあの夜は長い
ささやく占い師は今日もはずれた
古い唄と傷ついた体に
きざまれてゆくぼくの羅針盤
道はいくつにも拡がって見えた
赤錆びてめくれあがったトタン屋根
かくれる所をみつけだし　すわりこむ

（腐った林檎の実が堕ちた日に）

パチンコの台に向かって、バネをはじく。鉄兵もなかなか手つきがいい。「豚の仕事が忙しいから帰って手つだってくれって言うんです」と鉄兵が言う。彼の長野の田舎ではそういうのが仕事らしい。いちど行きたいと思いながら、一緒に旅もせぬままぼくらは街をふらついて、パチンコの台に向かっているのだった。

「新宿の住みごこちはどう？」と尋ねる。

「そりゃあ前よりは」と彼が言う。

その前は中央線の線路沿いに居た。電車が通るたびに部屋が揺れたり、自殺した女の人を偶然目撃したり、けっこう変ったことがあって、それなりに毎日がかわってましたからね、と彼は言うのだった。昼間は部屋で唄を作っていた。夜は居酒屋で働いていた。

安い酒場できょうも孤り
たわむれの時を過す
気まずい想いはイヤだからと
逃げ道を探す
（中略）
堕ちてゆくのが怖いから
孤りはぐれて生きてきた
うまくやってゆく方法もあったが
媚びてみせるのはいやだった
やさぐれ男の呟きに
行く末のはかなさを見た
その夜はやけに寒くって
なかなか寝つかれず
（呟《つぶや》き）

ぼくが暮しに流され殺気も怒りもまるめてしまい、流行歌の依頼から逃げたり断わったり喧嘩したりしているうちに、もう三年たってしまった。その間に鉄兵は自分のことばを呟きはじめていた。
またある日たくさんの歌詞をもって鉄兵はぼくの家にやってきた。深刻そうな表情で、いつもの冗談を言う雰囲気じゃない。子供たちがさわぐ団地の部屋を逃げだして、なじみの喫茶店にでかけたけれど、そこにもぼくの友人たちが居て、何のかんのと話すことになってしまったので、もうすっかり我が家のようになった雀荘に行った。畳が敷いてあり、徹夜疲れの雀鬼たちが仮眠するため毛布も幾枚か置いてある。三人麻雀を一卓やってるだけだった。ぼくらはそれをなんとなく風景のように見ながら話した。

「どこか歌える場所が欲しいんです」

「ライブ・ハウスなんか歌わせてくれないのかな」

「ぼくは、そういう店を企画してる人と交際が今まで少なかったでしょう。自分のうたを作るのに精一杯でしたから。だけど、人の前で歌っていないと、なにか気がめいるんです。部屋のなかで、唄を創ったり気のすむまで歌ったり、そういうのは落ちこんでゆくんです。そろそろ……」

「ライブ・ハウスはさかんになってきてるようだけど」

「でも店ってのは、名のでている人達を呼びますからね。新しい人が歌える場ってのは少ないんですよ」

ああそうなんだ、と思う。ひとつの目的で始めた店をそのまま緊張の中で続けてゆくのはむずかしい。店は噂になり、広がり、やがて、客の質はかわい娘ちゃんの色を帯びてくる。でなくても同じことを繰りかえせば、どこか変ったことをと考えるようになり、その迷いの分だけ、緊張はほぐれ、色あいを変えてゆく。あるいは経営にゆきづまると、客を呼べる人に出演を依頼するようになり、そういう店になってしまうのだった。

「こんなうたを書いたんです」と鉄兵はノートを広げた。

東京色したこの街を
疲れた男たちが駆け巡る
錆た匂いをしみつけて
ラッシュ・アワーから吐き出される

買い物かごのなかに
今夜の幸わせをつめこんで
家路をたどりゆく女たち
羞じらいさえ忘れた女たち

日暮れりゃ街の男たち
吐き棄て場所がなくなって
夕暮れりゃ街の男たち
うろつきはじめるよ

子供ははやくおやすみなさい
おとなしく家へかえりなさい
与太者と呼ばれるあいつらの

笑顔ほどすてきなものはない
日暮れりゃ街の男たち
吐き棄て場所がなくなって
夕暮れりゃ街の男たち
うろつきはじめるよ

「好きだな、このことばは」とぼくは言った。

日暮れりゃ街の男たち、という一行が好きになった。なんだかすっと心のなかにはいってくる。自然に、どんな旋律でもいい、勝手にメロディをつけてくちずさみたくなる。

〽日暮れりゃ街の男たち
うろつきはじめるよ

「あれはどんな麻雀ですか？」と鉄兵が言った。彼も嫌いじゃないから、それまでに二度ほど軽く打ったことがある。一回あがるごとに千円札がゆきかう麻雀に鉄兵は興味を覚えたらしい。

「あれは三マンで、萬子は偶数をすべて抜きとってやる。奇数の萬子と北はすべてドラとして加算されるのさ」

なじみの雀鬼たちがいつもの鼻歌まじり、だけれども内心は殺気をみなぎらせて打っている。二色しかパイを使わないからテンパイが早い。ダブリーはまれだが、四、五巡目には誰かがイーシャンテン。待ちが悪い形でリーチをかけぬだけだ。六巡をすぎるとまあ、三人ともテンパイと見て気が抜けない。一翻しばり。ドラは十五枚目をめくり、電車と呼ばれるリンシャンから、抜いた萬子と北の分だけツモって補う。ルールはなんでもあり。場はいつも東。すってんてんになってギブ・アップするか、疲労でくたばるまでやる。丸三日なんてザラだ。こいつをやって四マンをやると配牌とツモの悪さにうんざりさせられる。リーチがかかると、ロン牌を押えながら、ドンドン出張ってゆく。すごいスピードと勝負カンで、出張っていく喧嘩マージャンだ。

リーチ一発、中ツモ、国士。なんてゆうはなれ技がこいつでは夢じゃない。天和だってもちろんある。大三元は意外に出ない。ひとつ翻牌を鳴くと、相手の手の中で翻牌が対子になるまえに切ってでる。安くても回数をあがったほうが現金がころがりこむ。役満を一回やるより、三回ツモあがりしたほうがはるかに金になる。

左打ちの無念流、と呼ばれるシゲさんが、ダブリーを宣言して、パタッと手をふせ、煙草に火をつけた。

鉄兵がまた次のページをめくった。

きれいごと並べたところで
夜更けにゃ逃げゆく運命《さだめ》さ
愚痴をこぼす相手さえも
見つからなくなった　今宵は

都落ち

はぐらかされたり踏みつけられたり
痛かったことばかりが目に浮かぶ
あんないい娘だったによ
棄てなきゃならぬ　今宵は
都落ち

時は流れてゆくと人はいう
いやいやそれじゃ駄目なんだ
いつだって流れてゆく
この俺さ

さびしいだなんて呟いたところで
明日は放浪う運命さ
殺られるものは殺られてしまえ
奪えるうちに奪いとれ　今宵は
都落ち

（都落ち）

三マンの金は電車の数に金額をかける。電車が二十あれば二百円として四千円。ツモれば両者からもらえる。電車の少ないリーチは馬鹿にされる。三つや四つの電車じゃあ、せいぜい千円にしかならないからで、たとえ、その時リャンシャンテンだとしても、電車の多い者は、危険牌をびしびし切ってでる。

シゲさんの電車は四つだった。これじゃあ甘く見られる。早くつもらないと逆にやられてしまう。早リーに悪型というけれど、覗いてみるとチートイツの東単騎だった。東は対面のおやじさんが二枚押えている。こいつはあがれそうにない。そう思っているとシゲさんの切った二索が闇テンのサカさんに打ちこんだ。ピンフの軽い手だが、電車は七つ。千四百円ということになる。

扉があいて、ふらりとササさんがはいってきた。この男は東京では職についていたがいまは無職。麻雀で食っている。空いてる席につく。おやじさんがメンホンをツモって、シゲさんが抜け、ササさんが加わる。

六巡目と七巡目でパタパタとおやじさんとサカさんにリーチがかかった。おやじさんの待ちは一、四、七ピンの三面。時間の問題だがこいつがツモれない。チートイツで逃げていたササさんの手が暗刻になり、三暗刻になった。そこで四ピンをひいてきた。五五四となる。四ピンを切れば四暗刻のテンパイ。だけれども何のためらいもなく五ピンを切る。サカさんの待ちは字牌と二ピンのシャンポン。これは押えられてるから永遠にあがれない。

「ロン！」ササさんが牌を倒した。

影におびえている
夜に引き摺りまわされる
遠吠えしている長すぎる夜
逃げ出す場所もない

うろつき廻っている
飲んだくれてる裏街を
疲れてるんならねむっちまいなよ
あいつらの溜り場で

道なき道を
のたうちまわる
駆け出してゆく　ならず者

街を駆け抜ける
夜更けのやり切れぬたわむれだ
ひそんでいる奴を探し出せ
寝静まった裏街で

暗がりを求めて

真夜中いっきに突っ走れ
ヘッドライトが映し出してる
青ざめたあいつらを

道なき道を
のたうちまわる
駆け出してゆく　ならず者

（ならず者の唄）


「この詞には瀬戸口修くんが曲をつけてくれました」

「彼とはうまくゆきそうかい」

ちょいと知りあいだったので、ぼくがなかだちして紹介したのだった。

「このあいだ瀬戸口くんと話したんですが、彼も以前はオートバイに乗って、いわゆる暴走族だったらしいです」

「あの、おとなしい男がね」

「実はぼくもそうだったんです。それでね、こんなうたを作りました」

謎につつまれた街を抜けると
不気味な海賊船が浮かびあがる
陸に駆け上るは　水夫の群れ

先頭切って走るのが　うわさのＪａｃｋだ
荒れ狂っている　海が騒ぐ
マストによじのぼればすべてが見える
今夜はイカしたあの娘の誕生日
めかしこんだＪａｃｋの胸は踊る

さあおいでよ　みなさんがた
ひと晩だけの夢をあげよう

呪われている海が呟く
おとぎ噺の主人公　得意顔
ボートを漕ぐ腕に　力がこもる
暗闇のなかＪａｃｋの横顔が浮かぶ

踊りはじめた海は駆け巡る
イカしたあの娘がスカートひるがえす
顔をそむけりゃＪａｃｋのムチがとぶ
水夫の宴は果てしなく続く

さあさおいでよ　みなさんがた
ひと晩だけの夢をあげよう
（与太者Ｊａｃｋ）

鉄兵のレコードをどこかで出してくれぬかと思う。うたのことばは好きなものができてきた。そうこうするうちにぼくの雀友どもが次々に姿を現わした。

「やるだろうな」というような、嬉しそうな顔をしている。誰とでもどこでも相手をしてゆくのが、修行中のぼくの主義だから、何もいわなくてももちろんさ。

「岡本さんは作詞家らしいけど、早く売れるようになるといいねえ」

などとシゲさんが言う。風来坊雀鬼たちはマージャンの唄を作れなどと言うのだった。

「『ちょんぼのブルース』なんてどうですかね」

「あはは、おやじみたいだ」

「何をこの野郎」五十歳を越したおやじさんは、丸三日目になると、さすがに眠くなり夢の中で牌をにぎる。この間なんぞは十七枚で打ってるのに気づかなかった、と彼はひやかして笑うのだった。そんなことは三十数年に一度だけのチョンボだが、いちどやったらひやかしの種になる。

「鉄兵やるかい？」

「ええ」

そのまえにもうひとつ、彼のうた。

日がな一日　ブルースと暮す
変わりばえのしない風景が
ぼくのすべてなのだから
今は溶けこむしかないのだろう

たとえ暮れゆく　この街の
眺めの重さに気づいたとしても
引き返せるものじゃなく
今は溶けこむしかないのだろう

街にはうたが
うたが歩いてる
こごえそうな顔をして
ぼくのうしろの影　踏みながら

アカネ色の空　駆け足の夜
焦げついてしまった　きみとぼく
溜息もれる　二人だから
今は溶けこむしかないのだろう

街にはうたが
うたが歩いてる
こごえそうな顔をして
ぼくのうしろの影　踏みながら

日がな一日　ブルースと暮す
変わりばえのしない　風景画
（ブルース）

ぼくらは卓に向かった。今夜の相手は学生塾の先生と、料理屋の息子。先生は食いタンの小林とぼくは呼ぶ。多少強引にヘッドを変えて食いタンで逃げる。大勝ちはないが、最近めったに負けない。料理屋の息子は、まだチョロイ。手にほれる分だけ勝負に甘い。この雀荘でまた眠ることになるだろう。


ちかごろのぼくはくすぶっている。手がいいと、闇テンにぶちこむのだ。

こいつがいちばん大負けする。

牌をもってくると、一九字牌が六つあった。

国士はねらえない。字牌を大事にしてゆくか、しょっぱなから流しにかけるか。闇テンに気をつけて中の牌から切ってでる。しょっぱなから下りる準備とはね、ついてないや。

しらふは淋し、酔えばせつなくて

ジープに揺られて、屋久杉ランドの奥にやってきた。安房をすぎしばらく行くと、やがて林道にはいり、ジープはその悪路に横に揺れたり上下に車体をはねあげる。観光客の訪れる観賞コースを左に折れた。ここからは営林署の許可証をもらった者だけが入山を許される。カメラマンの岩永さんは、この島に来てからのばしはじめた不精髭がほどよい長さになってきて、似合っている。助手の前橋くんもそれをまねているけれど、鼻の下は無毛で唇の両脇にかけて、ちぢれっ毛がたれているので、モンゴルの少年といった感じだ。

運転している映画制作の本田さんは礼儀正しい、小学校の教師といった青年だけれど、ハンドルを切る腕は、どうして荒々しい。

杉の樹海が光をさえぎるので、冷気が肌寒い。なだらかな坂の林道を、ジープで千三百メートルぐらいまで一気に登った。

十六ミリカメラをおろして、伐採跡を撮影することになった。山腹の片側が頂からすそまで、伐採されている。杉は巨大で、その切り株の跡が生々しく、山の腹にいくつも槍をつきさした傷跡のようにみえる。頂から流れる雨水は小枝をみちづれにして濁流になり、山すそに小枝や切株や根のよどみができている。

男五人両手をつないだぐらいの切り株があり、それを中央にカメラが廻った。カメラは年輪を克明に写しながら、ゆっくり移動して伐採跡をなぞり、遥かな緑の樹海と蒼空につきぬけて、終った。

それから撮影隊は、また別の、もっと巨大な切り株を捜しに、山に登ってゆく。

屋久島で、映画を撮っている人達がいる、と教えてくれたのは、日本青年団協議会の佐々木さんだった。安次の狙撃事件で知り合い、新幹線公害で彼の地震のようにゆれるアパートに泊めてもらい、そこからことあるごとに出会っては話してきたけれど、佐々木さんはいつだって、行動が先だつ男らしかった。

「これからデモに行くんでね」出勤するような気らくさで、赤い旗をまるめて持つと彼は笑いながら座り込みにでかける男だった。米作りの農家の青年が自殺したこと、水俣にひとり調査する若い女性がいること、熊本のダム建設に反対する若者たちがいること。さまざまな行動する男や女のことを、彼は語ってくれる。そのひとりひとりに会いにでかけたいと、ぼくは思うのだった。

パンフレット

「屋久杉原生林の保護を訴える　カラー十六ミリ・記録映画『屋久島からの報告』

企画・制作・屋久島の自然を記録する会」

スタッフ

制作　横田与去　松野孝典　脚本　横田与去

監督　久保田義久　撮影　岩永勝敏

制作協力　プロダクション未来

どんな男たちがやってくるのだろう。

腰をあげたくなって、汽車をのりつぎ、西鹿児島から船でやってきたのだった。

屋久島高校　大山勇作先生、役所青年団長　寺田春男くん
港の荷物発送所勤務　備（そない）くん。

佐々木さんは、着いたらたずねるよう三人の男の名前を書いたメモをわたしてくれた。撮影隊が自炊している家の主は浜崎くんといった。備くんと出会い、この家までつれてこられたけれど、撮影隊はまだ帰っていなくて、ひとり待つことになった。

夕暮れ、浜崎青年が帰ってきた。彼はシマ模様のパジャマを着て、二階でステレオをガンガン鳴らした。歌は小柳ルミ子のライヴや、田端義夫の「十九の春」だったりした。

二階のコンクリートのベランダから海が見える。日暮れの海は凪いでいる。南の海はやはりよかった。海辺の町を歩いてきて、その海の色と人の表情には親密な関係があるように思われる。

軽い挨拶代りの話をしていると、碁盤や花札にまじって麻雀パイが眼にとまった。彼はそのほうも好きそうなので、

「この島ではどんなルールですか」

いきなり切りだすと、

「なんでもありだが、振りテンありでやることもある」

「そうすると、一索がでれば一気通貫で、四索がでればピンフだけってときに四索がでて安心して一索をすかさずふると」

「ロンだ！」

「ほほお、恐しいですね」

「もっとおもしろいのは、親が一度あがると、いちどに五本場、なんてのもある。五回連

荘すると二十五本場ってことになるなあ。親で闇テンタンピンをあがれば親満以上ってことだ」

「おもしろそうですね」

「いつだったか八十五本場ってのがあったなあ。親マンになってから二十回も親マンをあがり続けたことになるなあ。みんなダブルハコどころじゃないで」

「レートは」

「まあピンのゴットウかな」

「ざっと計算して親マン二十回ってことは二十四万点のピン……」

「それを一晩やった」

「いちどお手合わせ願いたいですね」

呼吸ピッタリで、この島の門をくぐったとたん気にいってしまい、撮影隊としばらくいることになったのだけれど、撮影隊はやはり連日マジメにカメラを廻し、とても麻雀などやれる雰囲気ではなかった。

屋久杉の伐採跡や野イチゴの撮影をする岩永さんたちとつきあいながら、杉の樹海からもれてくる光で実ってゆく野イチゴを、果実が大好物なぼくはたらふく食べていた。撮影がひと区切りつくと昼食になり、枯木を集め、石のカマドでお茶をわかし、男の手でにぎられたにぎりめしをぱくつきながら、缶詰をあけた。夕暮れ。帰りがてらに立ち寄った公衆浴場でひと風呂浴びた。番人の老人は風呂場の隣りに家があり、その家には「浴場番人……」と看板がかけてある。村の人たちがあちこちからやってきては、その屋根をかぶせたばかりのような銭湯にはいりにくるのだった。

「宮之浦岳の撮影では死ぬおもいでした」

またある夜、自然を記録する会の一員でもある木下先生の夕食に招かれて、その時のおもいで話になった。

「冬の撮影もきつかでしたが、冬など問題にならんかった」

「全身雨でびしょぬれで軀中の体温がなくなったようでね。歯がガタガタふるえるし、重い荷をかついで、前日寝てないところに暴風雨。テントの中で着替えしてひと息いれたとたん両サイドのポールが二本折れる。またぬれた服を着て暴風雨のそとに出てテントを修理する。補修して着替えたとたん、まんなかのポールがポキリ」

「尾根を渡るときも、風の方向が追い風でね。尾根の幅がせいぜい一メートルぐらいでしょう。重いリュックを背おってるのに軀がふあっと浮くんだ。岩に両手で抱きついて、風がとだえると、それゆけ！　数メートル進んでまた次の岩に抱きつく」

そんな撮影隊の応援にのぼっていったのが岩下先生と木下先生だった。

「あのとき、木下先生の三才になる娘さんがハシカでした。三日間高熱で、生死の間にいられたらしいんですが、今だからお話しますけど、撮影隊も気になって、山の応援にのぼられたんです」

岩下先生はそんなふうに打ち明け話をしはじめた。

木下先生はそれにテレて、

「あの時何の酒を持ってゆくかでちょっと迷いました。サントリーにするか、ニッカにするか。考えたすえ、アルコールであれば何でもかまうまい」

「はは、それでニッカと焼酎十四本。十四本ってのはちょうど四本ずつ三列に並べ脇に二本入れるとうまいぐあいにはいるわけです」

「この酒は歓迎の具合によって渡そう。あまり歓迎されなかったら持ってかえってやろうと思ってた」

　そんな冗談になった。

「あの酒はほんとに軀が温まりましたよ」

　岩永さんが当時をおもいだしている。

「岩永さんに会って焼酎もってきたって言ったら、にこっとしたものね」

「あれはほんとに命の水でした」

「あの焼酎ひと晩で全部飲んだですよ」

「ほお、十四本ひと晩でしたか」

「ニッカは？」

「ニッカもです」

「暴風といえば、岩下さんが登れば山が荒れるという噂があって」

「二度とも大荒れだったんで反論できません」

「あの時も、もっと荒れましたな」

「片側が石の壁のようになってる登山道なんですが、流れこんでくる雨水で石の壁が滝になってるんです」

「流れこむ雨で山が洪水になってる」

「浅いところで膝まで深みにはまると腰までドロ水があるわけです」

「その洪水の山を二往復しましたな」

「二度目はお尻に庖丁を刺した生徒をかかえながら」

「ところで岩永さん、あの時の撮影は」

「視界が全然ききません。覗いても何も見えんのです。片目で外をみながら、かたちだけ覗きまして。うまく写ってるといいんだが」

「うまく写ってなかったら、岩永さんひとり、嵐の日にまた登ってもらいましょうや」

また笑いになって、焼酎も空になっていった。それから岩永さんは、ちょっと、と席をたち東京の現像所に電話した。けっこういける絵らしい、と報告があって、座はいっそうはなやいだものになった。


ジープは安房、尾之間、平内をひとっ走りして栗生に抜けてゆく。海沿いの視界が正面で突然ひらけると遠浅の白砂の浜と小さな村の家屋が、まぶしいぐらい新鮮にとびこんでくる。蒼に緑色の絵の具をとかしたような独特の南の海の色と白い砂。

「この海辺にも海亀が卵を生みにあがってきます」

本田さんが後をふりむいて言った。

「光をあてるとよく写るんですが、光をあてると海亀は卵を生まないわけです。それで苦労しました。ライトをあてたんじゃあウソになりますからね」

「薄明りでその姿が判る。そのぐらいじゃないとウソになるわけです。ぼくらは科学映画を作ってるわけじゃないから、自然をそのままに撮りたい」

車一台とおりぬけるほど根がせりあがったガジュマルの樹をちらっと見て、栗生の小学校まえの橋を渡り、野鳥を捜しながら大川の滝に向かった。

「セキレイが滝といっしょに写せるだろうか」

というのがこの日の目的だった。

白煙をあげてなだれ落ちる滝つぼ近い岩にセキレイがとまっている。

──なんとなく素朴な発想になるではないか。

ところがセキレイはなかなか姿を現わしてくれない。これが自然の記録のツライところだ。

「セキレイやーい」

捜してみるけれど、滝の音が激しい。セキレイの鳴き声もきこえない。岩にねそべってじっと待つことになった。待ち続けることが自然撮影の第一歩なのだった。

「おれは気が短いからな」

岩永さんは自己分析しはじめた。あきらめてちょっと油断すると、その短い油断に思わぬチャンスがころがっている。もう十五年も撮影してる岩永さんにはチャンスを逃した想い出がたくさんあるのだろう。

この日、セキレイは姿を見せなかった。滝の風景を収めると、チップ工場にでかけた。

トラックに山積みされた杉が工場の広場で下ろされる。杉はトラックの二倍は積まれていて、ころがり落とすとき、杉はなだれて後部に落ちてゆくが、なだれる瞬間、後に全重量がかかり、トラックの前車輪が三十度あまりも浮きあがる。前のめりになる不安げな運転手の顔が見えた。こうした広場でならよいけれど、もし林道からわずかでも後輪がはずれたら、地盤がゆるんだら、トラックは後輪からまっさかさまに谷底に落下するだろう。そういう運転をする男がひょいと下りてきた。手ぬぐいで軽く手のひらをぬぐい、もう何事もなかったような顔をしている。前輪が浮きあがることぐらい日常茶飯事なのだろう。

山積みされた木材は二人の男の手かぎで小さな山に分けられ、それをカブト虫のツノのようなブルドーザーがツノではさみ、ベルトにのせる。ベルトで移動する杉は回転する電気ノコで切断されてゆく。

臨時でやとわれているらしい主婦たちが杉を持ちあげている。

夕暮れ。撮影するには光が淡すぎる時刻。湯泊に近く平内のはずれにある露天風呂で汗を流すことになった。

この露天風呂は海から湧きだしている。波打ちぎわの巨《おお》きな岩をくりぬいた湯舟で、干潮のときだけ入浴できる。満潮時は湯舟は海に沈んでしまうのだ。

幸い干潮時だった。老いた男と老婆がのんびり軀をほぐしている。波はそこまで打ち寄せていて、湯舟近くの岩の上から、少年が三人釣り糸をたれていた。

湯舟は三つあって、ひとつは熱く、ひとつはぬるい。潮の満ち干きで温泉の温度がちがう。

「ここはよかとこです」老人が話しかける。

「この島では宮之浦岳に雪がつもっているのに、村にはハイビスカスが咲き、こうして海の風呂にはいれる……」

南の島に雪が降るってやつなんだな。

夜になって二度、潮がひくらしい。

月を見ながら打ち寄せる波の音をきき、ゆったり軀をのばす風情はかくべつらしい。

少年の竿に何かが食らいついた。


さかんに岩にたたきつけているから、魚ではないらしい。小さな海ヘビだった。

「海ヘビですね」

「おおきいのがいるよ」老人は両手の親指と人差し指で胴まわりをつくってみせた。

「魚は釣れますか」

「あぁすぐその裏のほうにいい釣り場がある。いくらでも釣れる……」

少年が小さな魚を釣った。

こうしてのんびりしているのがニッポンらしい情趣だった。飾られた洋風なものをとり去り、ありのままの自然の恵みに身をゆだねて見まわすと、それはけっして豊かではない人たちの暮しのシミがみえてくる。


手紙。

「こんにちわ、アイルランドは雨にぬれた羊や、のんきな馬の親子、ジプシーたちのほろ馬車の移動、ヒステリックなめんどりが車道を歩いていて、まるで動物園みたいです。あごひげで、ギネス中毒のフィドルひきのモービンや、ロールス・ロイスをのりまわす、ポニー・テールの金持ちのおじさんと仲良くなり、ガタゴト道を、黄色い機械をつんだトラックとロールス・ロイスとジプシーの幌馬車がつらなって走っています。アイリッシュ・ハープや民族楽器で、トラディショナルな音楽を楽しみながら、古いお城に泊まったり、高原で海のみえる、白いペンキの板張りのペンションで屋根裏生活をおくったり、夜の十二時ごろやっと日が暮れて、夕焼けを見て寝たりしています……。二十六日にネス湖のネッシーにあって帰ります」

鼻ペチャの娘より

こんな可愛い手紙が来てる。鼻ペチャの娘は、坪田直子さんで、あるテレビ局の取材で飛んでいった。羽田をたつとき、ぼくは宿敵たちと麻雀を打っていた。迎えるぐらいはしてあげたいけれど、その頃ぼくは北海道に行ってしまう。ノサップ岬の毛ガニ（花咲ガニ）漁の漁師さんに知り合いができそうなので、そこで短い日、すごしてみようと思っている。外国の風景をまだ見たことがない。
小さなニッポンの暮しの匂いや、暮しのシミにばかりなじんできたような気がする。

いつまで歩いてくつもりだい
小さな国のもっと小さなところまで
たどりついてもまた戻ってしまう
おいら　風来坊

人の暮しのはじまるとこで
おいらの暮しはおわるのさ

そういったのはボブ・ディランだった
淋しいな　風来坊

いくらあるき続けたって
生きてるうちはまた朝になる
なんだか繰り返してるばかりだな
またゆくのかい　風来坊

暮してゆく巣は作ったけれどさ
からめとられるのが恐くなる
巣くったからこそ旅に立つ
わびしいな　風来坊

酒に飲まれて乱れて眠る
めざめりゃとなりにねる女《ひと》もない
なんだか遠い昔のようだ
おもいだすなよ　風来坊

おもいでひとつふやしていった
この先いくつふやすのか

悔んでみるのは後のこと
しゃらくさいな　風来坊

旅に出る気はさらさらに
独りぼっちはもう捨てた
いつだって一人だった気がするだけさ
いいさ今夜もまた酒さ
軀に悪いぜ　風来坊

（風来坊）

ふらふらとやってきた。そう、いつだって風のように生きてきたような気がする。露天風呂に首までつかっていると、こんなふうに自分だけいい気持ちになって、人との約束も守ってこなかった気がする。多くの友達を失くしたような気もするし、かかわりすぎなくて、気らくだったような気もする。

ジープに乗って、ホロをすっかりとりはずし、ほこりをたてながら宿にかえってゆくと、移動して移りゆく風景をながめていることが、自分自身の心の中の風景に似ているように思えてくる。

岩永さんは現在もひとりもんらしい。そのことにふれると、

「あんまりふらふらしてると、女房に逃げられるよ。わしなんか女房は海の向こうに行ってる」

アメリカらしい。

「もう子供は顔も覚えてないのかな。英語に慣れると日本語を忘れてしまうんじゃないかな。日本語話せなくて、これがおやじだって言ったって習慣もちがいすぎるしね。日本語教えてるのかな」

という別れらしい。

それでその夜、飲みに行ったスナックで、ぼくは親愛なる岩永さんのために、酔って歌った。

一人の女をだめにした
一人の男の日暮れどき
煙草つけてもすぐ消える
後姿のやぶれ唄
日本せまいぞ　ラリパッパ
タンナタラリヤ　ラリパッパ

ひとりで暮せばだめになる
別れりゃなおさらだめになる
星があわないせいなのか
広い夜空に流れ唄
日本せまいぞ　ラリパッパ
タンナタラリヤ　ラリパッパ

（能吉利人詞『心中日本』）

酔いしれた岩永さんは眼をとじて、酒の海にただようように聴いてくれたのだった。酔いどれの岩永さんに会えただけでもこの島に来てよかったと思う。ひとりものの彼は、新宿に住んでいる。撮影の旅にでかけぬときは、新宿花のゴールデン街に闇とともにまぎれこみ、倒れるまで飲む。それにあまり語らないけれど、田村光昭といったプロの雀士と打っているらしい。


「ゴールデン街ですか。秋田明大は来ますか」

「明大？　みかけないな。最近はあまり来てないんじゃないかね」

「どうしてるのかな」

「知りあい？」

「ちょっと」

流れ流れてあほう鳥
命をなんに燃やすやら
日々の暮しをくりかえし
生きた分だけ汚れていけば
酒におぼれて千鳥足
俺の十年どこいった

秋田明大にそんな歌を贈り、レコーディングしたけれど、ラジオでもテレビでも有線でも、いちども聴いたことがない。明大は酔いしれたときくちずさんでいるだろうか。一カ月程知りあって、短い間だが同じ屋根の下で暮した。時が過ぎればつながる理由はなくなり、ただその時に創った唄だけが残った。

ふらりふらふら　あほう鳥
野垂れ死ねない淋しさに
なじみの路地にもぐりこみ
乱れ啖呵を吐きだせば
夢かうつつか流し唄
俺の十年どこいった

怠けものでペンほどの重さしか持たなかったぼくはくずれた流し唄を吐いてみるしかなかったが、秋田明大は心境をこんな文で述べている。

自分の中の何者かが、また、あの深い海に帰れという。
真暗闇の広い海を一人で力つきるまで泳ぎ、いつのまにか深い海の藻屑となっている自分、死体など、太陽の光などとどかないところにいる自分、地球と同化するしかない一個の物体。
毎夜、毎夜、アルコールの助けによってしか生きることができなかった僕、噛みしめるように一杯のウイスキーを三十分も一時間もかけて飲んでいた僕。

露地の塀を蹴飛ばし、その塀の反応によって僕を確かめ、ネオンのまぶしさに悲しい思いをし、手が血だらけになるまで塀をなぐりつけるしかなかった僕。

そのような時、口ずさむ唄は、砂の唄。

今の僕の夢は、僕にまつわりつく不幸をけちらして、灰色の海を歩くこと……。


明大は何処に行くのだろう。

会って別れることと、生きて死ぬだけの、その間で怒ったり悩んだり笑ったりしているのが人間だとしたら。切ないや。

ゴールデン街でいちどだけ明大と飲んだことがある。二軒目のカウンターで、

「無邪気であるしか素直になれないのかな」

と、確かぼくが言うと、

「無邪気、恐いことです」

と彼がつぶやいた。

それからぼくらは話すことがなくなり、黙って飲むと、酔いしれた軀をふらつかせ、夜の街にでたけれど、かんじんなことは何ひとつ話さなかったような気もする。

しかしなぜか旅先で、明大の笑顔をおもいだすことがあるのだ。

ウニャさんの笛を聴いたあとで

その笛は両手をひろげたほどの長さで、尺八のような形をしている。ウニャ・ラモスさんはゆったり笛をもち、唇からかすかに風の唄が流れた。はるかな地平線から吹きつけてくる風は、黄色い砂塵を巻きながら溢れてくる。どんなテーマで創られた曲か知らないけれど、それは人の暮しのいちばん悲しいところ、叫ぶことや怒ることさえ圧迫された民族が、くつろぎのひととき、ふと回想する、溜息のようだ。

ウニャ・ラモスの演奏会を聴いて数日後、ぼくとH氏は溜池あたりでタクシーをひろい、車の洪水のようなビル街を走っていた。H氏はウニャさんと昨年知り合い、それが縁で日本公演でのプロデュースをした人で、親友である。あの日のコンサートはほんとうにすばらしかったですよ、と礼を言うつもりが長年のつきあいで冗談になり、ウニャさんの住んでいるフランスの田舎に行ってみたいですね、と話している。H氏の話によると、ウニャさんの田舎では手造りのパチンコで鳥が獲れたりするらしい。そんなのんびりした暮しのことを想っているけれど、車は渋滞して鉛色の重い空が街をつつんでいる。

「『コンドルは飛んで行く』を演奏しなかったでしょう」

「それをお聞きしようと思ってたんです。日本では『灰色の瞳』よりおなじみの曲なのに聴けませんでしたからね」

「あの曲の作曲はL、ということになっていますが、もとは田舎の無名のグループのあいだで創られたらしいんです。あの曲がヒットして作曲者は誰か、ということになりましてね」Ｌと無名のグループとの間で裁判にまでなったらしい。

「ははん、有名ということで裁判もＬに勝たせたふしがあるんですね」

「そこまでは判りませんが、むこうの人達はＬの行為を怒ってるらしい。無名グループの作品だということを知る人が多かったんですね。国の恥だ、とまで言う人もいて。それでウニャさんも、あの曲は演奏できないといって結局日本では一度も演奏しなかったんです」

「私は、私の音楽を聞いてくださる皆さんに、誇り高い静かな田舎者である我が民族が厳しい支配にもかかわらず、自らの伝統と個性、そして音楽を守り続けた民族のメッセージをおくります。高原の美しさを歌う貧しい人民にとっては、男の厳しい労働、インディアン女の足音、太陽、水、恋、山、そして貧しささえもが日々の音楽なのです。たとえアンデスの高原で、フランスの田舎で、あるいはセーヌ川の川岸で、そしてニューヨークや東京に向かう飛行機の中で作曲しても、私のインスピレーションは常に私の祖先達です。祖先が私に伝えてくれた音楽を愛するからこそ、私はトウーリスティックなフォルクローレは演奏しません。このことは感受性の豊かな人であれば容易に理解してくれることと思います。私の祖先達のために、私はこのシンプルな葦の笛ケーナを通じて、私の心の奥底にあるもの、私の音楽を皆さんにささげます」

　その日の演奏会の模様を収録したレコードにウニャ・ラモスは、こんなメッセージを寄せている。

車は警視庁前を右に曲った。堀沿いにゆっくり走る。

「チャランガをたたいてたマルセロ・クロンって青年、彼はほんとに陽気でね」

「紹介されて、手をあげた、あの青年ですね」

「彼はチリから亡命してきたんですが、そんなことがあって無国籍なんです。法務省が入国にあたってクレームをつけましてね。絶対入国させないっていうんです。まあ、ウニャさんの演奏者ということで身元もはっきりしてるし、ぼくが身元引受人になって入国まではこぎつけられたんですが、手続きのとき、法務省は『無国籍』で登録しろという。ところがマルセロくんは、ぼくの国はチリだといって、ゆずらないんです。彼らの祖国に対する情はとっても深いんですよ」

「そうですか。ぼくなんか、国をおもう、なんて気持はまったくないし、そういうのは危険に思えるから、今や無国籍、風来坊といった気分ですよ」

「彼の国での音楽への弾圧はきびしくて、彼の友人で舌を切られた男もいます」

「牢に入れられるってことはもちろん……」

「たくさんあるんです」


H氏とぼくは、七月にひらくちょっと変わったコンサートの準備にはいっていた。それは、放送を禁止されている唄、レコード倫理委員会が指定した要注意歌謡曲といった、いわば闇にほうむられた唄ばかりを披露するコンサートだった。マルセロ・クロンくんの祖国のような肉体的弾圧ではないけれど、ぼくらの住んでいるこのちっぽけな国の、うたのことばへの自主規制は、ほんとうにひどい状態になってきている。

ウニャさんの笛を聴いたあとで

「ファニー・カンパニーの唄の歌詞で、腰をふりふり、さあノッてゆこう、ってとこがあって、これが気にいらないっていうんですね」

「さあ、ノッてゆこう、だけならかまわないが、それが腰をふりふりと重なると審査基準5、情事を露骨に、あるいは扇情的に表現しているもの。肉体関係を連想させるおそれのあるもの。にひっかかるっていうんですねえ」

「山下成司くんの唄『盲目になりたい』ですけれど、プレス入りしてからレコ倫から連絡がありましてね。これはどう読むか、って言うんです。メクラ、ですと応えたらモウモクに代えればレコードにしてよろしい、って言うんですよ」

「佐渡山豊くんの『ROUTE24』って唄ですけれど」

「これはコザ事件の唄ですね」

「ええ。二連目に、暫くはただ家の中でウロウロしていたけれど／そのうちにたまらなくなって外にとび出したんだよ／この際誰かの車をパクッて返せばいいと思ってとび出した僕はこの中の町をブーラブラ、ってのがありますが、この、パクッて、ってのがよくないっていうんです。それで、車を借りてあとで返せば、ってふうになおしましたが……」

「ふうん。苦労してますねえ」

「中山ラビさんの『たいへんだあ！』って唄に、たき火またげば、すそこがす／誰か水をくれないか／ママの嫌いなドン百姓／パパの嫌いな姉さんかぶり（中略）夕日　背中の橋の上／橋が落ちたら土左衛門／誰か竹ざおささないか／ママの嫌いなノッペラボー／パパの嫌いなコエカツギ……、これはドン百姓とコエカツギがいかんということになりました……」

「西岡恭蔵くんの唄で、高速道路を時速百四十キロでぶっとばせって一行があってね。それが道路交通法に違反すると……」（笑）

「鷹魚剛、ファースト・アルバム〝蛇行都市〟に『気狂い女のために』ってタイトルがあってね、それもダメ。『あんたが欲しい』って曲じゃ、椅子に坐ったせむしの少女の……ってところが禁止」

レコード会社やレコード制作の男たちと会い、そんな声をメモしてまわりながら、なんだか馬鹿馬鹿しいような恐しい気持になってくるのだった。

沖縄で居候させてもらった佐渡山豊くんの家で、佐渡山くんの姉さんが四歳になる我が子と琉球のわらべ唄をうたって遊んでいたのをおもいだした。母親がひとこと歌うと、子供がそれをなぞって歌う。

ハア
日本の

乃木さんが
ガイセンス
すずめ
目白
ロシヤ
ヤバンコク
クロポトキン
キンノタマ
負けたらいけないジャンジャンジャンボー
棒に当たれば犬殺し
シベリア鉄道長ければ
ばあさん年は八十二
人形抱いておもしろく
くされかぼちゃの音がした
　テケテン

作者不詳で『あしび唄ぐぁ』というこのわらべ唄も、最近になって放送禁止にさせられた。

またある日、新宿のKという喫茶店で久し振りに三橋一夫さんと会った。

「そういうコンサートだと、友川かずきくんですね。秋田の春歌を方言そのままで歌うんですけれどいろいろわかるわけでしょう。女の子たちが、おおらかに笑ってますよ」

「そうですか。コンサートを見なかったものですから不勉強でした。友川さんにもすぐ連絡をとってみましょうか」

「花柳幻舟に『残曽根崎心中』というLPがあって、廓唄をあつめてあるんです。これがなかなか味があります。吉田日出子の『雨がしょぼしょぼ』ってのもありましたねえ」

「何ですか？　その『雨がしょぼしょぼ』ってのは」

「ネリカン・ブルースの替え唄ですけどね。これもなかなかいい」

「女性がいないと殺伐としますから、ぜひ出演してもらいましょう」

「ところで中川五郎くんですけど、二週間のつかのまの平和でした」

「○君から聴きました。検事ときたら、上告したそうですね。これはどうも意地というか体面を保つというか、五郎くんたちにまけたんで上告してやれ、という裏心が感じられますね」

「これからが本番です。最高裁がいちばん悪いのですからね」

「ああそうですね。いちばん上までもってって、そこでつぶしちゃえ、といった形が習慣になってるように見えます」

「今度つかの間の無罪を下した裁判長は、なかなか人間味のある人でしてね。休日などはベレー帽かぶって街にでかけるそうですよ。詩人か画家にみえるといいます。傷害事件などにはえらくきびしい判決を下しますが、かつて高校生の政治活動を認める判決を下したりしてね。私共の歌がどういうものか聴いてもらいたいといって、フォーク・ジャンボリーの六枚組のＬＰを裁判長に届けたんですが、裁判長は公舎にステレオを持ち込んでそのＬ

Pを全部聴いてくれた……」

「熱心ですねえ」

「聴く耳をひらいてくれる人でした。これから高裁になるわけですが、五郎くんは金がないでしょう。裁判ってやつはもし負けるようなことがあると、必要経費で国が負担してた分を全額支払わさせられる。百万円ぐらいじゃすまないですから……」

「ええ。野坂さんは確か五百万円用意してるんだ、というようなことをエッセイに書いてました」

野坂氏の裁判の判決が近づいている。以前中川五郎さんと話したとき「チャタレー裁判」の判決、有罪理由とやらをきいたけれど、それは「人類の滅亡につながる」といったコッケイなものだった。野坂氏の特別弁護人である丸谷才一氏は「言葉の組み合わせを有罪とするなら、あらゆる白い紙、あらゆる黒いインクに罰金を……」と証言していて、その皮肉に笑ってしまった。

「岡本さんは日活ロマン・ポルノ、なんて観ますか」

「いえ観てません」

「韓国国籍の映画人たち、朝鮮とかですね。そういう制作者たちは現在日本で映画を創る仕事なんて、ないんです。ですからポルノ映画には、そうした人たちがたくさん働いてます。ジョニー大倉くん、キャロルの元メンバーですけれど、彼も国籍は日本じゃありませんね。『異邦人の河』という自主制作映画で彼が音楽を担当して、その主題歌がシングル・レコードになってます。『いつになったら』『自動車修理工のブルース』っていうんですけど、なかなか美しい唄です。このうたをFM東京の番組で小室等が放送しようとしたら、局側から注意がはいった。流すのはいいけれど、これが『異邦人の河』のテーマソングであることは放送で言わないでくれ……」

三橋さんは情報の倉庫みたいな人で、何かあると、こうして一年に二、三度会って知恵を借りるのだけれど、「フライング・ドッグ・レーベルからでた元頭脳警察、パンタのLPの録音が終って、歌詞カードをレコ倫にまで届けたそうです。係の者がざっと眼を通して、『マーラーズ・パーラー』ってうたの一行がひっかかりそうですね、と言った。担当ディレクター氏もこれはやばいかな、と感じていた一行だったので、ややナットクしたらしいんです。審査はすぐすみますからっていうんで、三十分ほどだろうと、待っていると、延々二時間かかったらしい。歌詞は、八ヵ所クレームがつけられて、ズタズタだった、といいます」

「担当の方は?」

「高垣さんといって、パンタのLPについてなら、彼から聞くといいでしょう」

「わかりました。ぜひ会って話を聞かせてもらいます」

「渡くんのLPは聴きましたか」

「『フィッシン・オン・サンデー』ってのですね。できたという噂はきいてますが、まだ聴いてません。最近はレコード会社の人もぼくにレコードを紹介してくれないんですよ。以前は手渡してもらえたり、送ってもらえたりしたんですが、レコード紹介ってのができなくなって一行も書かなかったでしょう。それで、あいつに送っても宣伝にならない」(笑)

「何度も聴いたんですよ。歌詞カードはないんで聴くしかないんですが。何回聴いてもわからない……」

「わからないって、何がです？」

「ひっかかるらしんです、放送にね。ところがどの歌もひっかかるとは思えない」

「わかりませんか」

「わかりません」

三橋さんと別れ、新宿の古本屋で時間をつぶし、ふらりと歩いていると、日活ロマン・ポルノの看板が眼にとまった。三井マリア主演『私のセックス白書、絶頂度』というもので、先程の三橋さんのことばをおもいだして、二階にある、その映画館にはいって、三井マリアさんの裸を観た。ひややかで固そうな表情と軀つきで、カメラは巧みで、まともだった。それから三橋さんに教えられた人物に会いに青山まで車に乗った。ストライキ中の街は車の列で運転手はいらだっている。

「ユピテルってレコード会社から『鉄格子演歌』という変わったLPがでています。これは刑務所の中で歌われ続けたものばかりをあつめたもので、もちろん全曲放送禁止という唄です」

ユピテルの担当者は五味氏といい、ぼくはそこで鷹魚剛のLPをもらい、『鉄格子演歌』のLPの話を少し聴いた。監修、仲田絵二、とあり、この人物が、刑務所を現在もまわりながら採譜しているらしい。

娑婆を　娑婆を追われて　網走へ
はるばるやってきたけれど
新米《まっさら》新米　馬鹿にされ

俺らの出しゃばる　すきがない
こんなこんな俺らに　何故ほれた
ほれてくれても幸わせに
やってやれない北の果て
早く見つけろ　いい奴を

寒い寒い季節も　通りすぎ
やっと芽がでる顔がでる
俺らの名前を　数えましょ
その名も　網走ごくつぶし

作詞作曲者不詳、補作詞、仲田絵二『網走ごくつぶし』と題するこの唄は、別の題を『網走番外地』でおなじみの、あのメロディで歌われている。いわばこれが元唄だけれど、現在はやくざな粗雑なことばが、ロマンな感じに改詞されて、なじみになっている。

春に春に追われし　花も散る
酒《きす》ひけ酒ひけ　酒ぐれて
どうせおいらのゆく先は
その名も網走番外地

はるかはるか彼方にゃオホーツク
赤いまっ赤なハマナスが
海を見てます　泣いてます
その名も網走番外地

追われ追われこの身をふるさとで
かばってくれた可愛い娘《うぶすけ》
かけてやりたや　やさことば
今のおいらじゃ　ままならぬ

きらりきらり光った流れ星
燃えるこの身は北の果て
姓は誰々　名は誰々
その名も網走番外地

H氏と乗ったタクシーは皇居沿いに走っている。ここは田舎の人たちにとっては、いわば観光地で、観光バスから下りる一団が見えた。『網走番外地』を七月のコンサートで誰に歌ってもらおうか。高倉健さんがいちばんふさわしいけれど『八甲田山』の撮影で忙しそうだ。

「放送禁止のコンサートの模様を流せる放送番組ってないでしょうかね」

Ｈ氏は思わず笑っている。ぼくがそういう奇妙な思いつきをするものだから、あきれてしまっているのかもしれない。だけどもぼくは冗談じゃなくて、まともにそういうことを考えている。

「ポスターには非協賛ＮＨＫ、なんて印刷したいですね。レコ倫委員の池田弥三郎、戸塚文子さんには招待状をだしましょう。他の人はともかく彼らこそ観に来なければいけないわけですからね」

「しかし、こちらが歌ってもらいたい禁止歌を今はもう歌いたがらない人もいます」

「ええ。歌う歌わないは、その人の意志だから、ぼくらは頼むしかないでしょう。三上寛くんは電話で少し話しましたが、おもしろいじゃない、と快い返事をくれてます。泉谷しげるくんは、その種のコンサートは出たくない、とマネージャーから連絡が来ましたよ。それはそれでいいんじゃないでしょうか。ただ、あの人は頼みやすいとか、あの人は、あの唄をもう歌わないとか、そんな先入観は捨てて白紙から出演依頼してみましょう。歌いたくない理由もしっかり聞いて、その人が今、何を考えてるかを知ることも、このあと、二回、三回の放送禁止歌コンサートをひらくうえで土台になるでしょうから」

「『黒いピーナツ』って唄が制作中止になった天地総子さんは、いまキャバレーでその唄をうたってるときいてます」

「天地総子さんですか。どんな女性でしょうね。会ってみましょうか」

「そうですね。誰とでも会ってみましょう」

「出演を依頼するかどうかは、また別としてしばらくは白紙で進めましょう。ところで、なぎらけんいちくんはちょうどその日、九州でのコンサートがあるらしいです」

「残念ですね」

「彼に春歌を披露してもらいたかったんですけど……」

「女性がいないと殺伐としますから、女性のことも調べましょうか。中山ラビさん、吉田日出子さん。加藤登紀子さん。桃井かおりさんの『六本木心中』もたしか『心中』ということばでひっかかってました」

「心中、といえば徳久広司さんの『兄弟心中』も禁止ときいてます。とても味わいのあるいい歌です。徳久さんは出演してくれるそうですよ」

「しかし、こうして調べてみると、映画、演劇、小説などと比べてみて、うた、がいちばん遅れてますね。うた、なんてのは、美しさとか品格とか、まして音や楽器とか、なんてもの以前に、悲しいから泣くとか怒ったから叫ぶといった、ごく素朴な感情の吐きすてのようなものでしょう。その素朴さは、きれいで上品なことばや、平凡でない暮しの中に実はある。それがちょっと油断すると美しさなんてほうにむかってしまう。有名な画家の美しい絵なんてのは自民党議員の応接間にかざられたりするわけでね。いちばん嫌いな者たちの飾りにされたりする。クラシック音楽ってのもそういう危険があるんじゃないでしょうか」


ウニャ・ラモスさんは片言の日本語で挨拶してから、竹造りの小型のピアノのような笛を胸に抱いた。それはシーク、と呼ばれる楽器らしい。長い竹から短い竹までが並んでいて、吹くと音階になっている。唇のあてかた息のあてかたで、音は微妙に変化し、音色は鳩の鳴き声のようだ。長い髪は縮れて肩までたれ、唇は情熱のように厚く、瞳はインディアンのように鋭い。

――そのすばらしかったコンサートを想い出しながらウニャさんの左側でギターを弾いていたマルセロ・クロン青年が浮かんできた。陽気で文明に汚されていないその素朴な青年のギターは、笛の陰に埋めこまれていたけれど、単調な繰り返しに技に走らぬ人柄が感じられるのだった。紹介されちょっと手を振っておどけてみせ、ぼくら観客は、その素朴さに微笑んだ。しかし、その心の奥底には舌を切られた友人や、亡命してきた心情がよどんでいるはずだった。

「法務省がマルセロさんを無国籍あつかいにしようとしましたね。それで結局どうなりました」

「大変困りましてね」

「法務省は認めたんですか」

「いえ認めませんでした」

「マルセロさんが折れた」

「いえ彼の祖国をおもう心は変りません」

「じゃあ？」

「漢字で『無国籍』と書きまして、マルセロさんには悪いんですが、これは日本語でチリ、と読むんだと……」

「そのことだけがいつも心にひっかかるんです。彼に悪くって……」

H氏はそういって、ほんとうに悲しそうな顔をした。

車の渋滞はゆるんで、運転手は気らくにハンドルを切っている。ぼくとH氏はいつかフランスの田舎にあるウニャさんの家を訪ねたいね、と話しながら、そこで聴かせてもらえるかも知れない笛の音のことをおもっていた。

喫茶店に座りこんで

渋谷公会堂まえのコロンバンという喫茶店で人を待っている。放送禁止と発売禁止歌をあつめたコンサートの打ち合わせで旅にでていないので、街をごそごそ歩きまわりながらレコード会社のディレクターに会ったりしている。次に会う人が現われるまでにはまだ四十分余りもあって、それで他にすることもなくってうたでも書こうかな、とメモをしてる。

コーヒー・ショップでタバコふかして
やることなしの風来坊
一日ときたらこんなにも
長すぎるのさ
あの娘がいないと

ひえてしまってうたうのは
コーヒー・ブルースさ
ひえてしまってうたうのは
コーヒー・ブルースさ

そこで一杯

そこで一杯
あの娘が好きなモカ
モカ・コーヒー・ブルース

誰でもいいから誘っとくれ
背中丸めて風来坊
おもいでときたらこんなにも
忘れっぽいのさ
そいつがしゃくだね

ふりかえってうたうのは
コーヒー・ブルースさ
ふりかえってうたうのは
コーヒー・ブルースさ

そこで一杯
そこで一杯
あいつが好きな　アメリカン
アメリカン・コーヒー・ブルース

その喫茶店のガラス張りのむこうに、コンクリートの要塞が見える。あんなコンクリートでかためられた建物は他のどこにもないだろう。ＮＨＫはなぜこんなひややかな建物なのか。四年ほどまえまでは、あの建物のなかに週に二回、はいっていってうたの番組を創っていた。「若いこだま」という番組で、今でも続いているけれど、その番組が開始したときから三年ほど日本のフォークとロックを放送していたことがある。

いろんなことがあった。幾人かのディレクターが地方にとばされ、幾人かのＤ・Ｊが首を切られた。

森直也はなかなか魅力のある口調でロックを流していたけれど、彼の言動はＮＨＫのお気にめしてはいなかったようだ。番組を紹介するということで月曜から土曜までのジョッキーたちがテレビの生放送でひとこと、一分ほど語ることになった。森直也の自己番組紹介はちょっとしゃれていた。画面が変ると彼が椅子に腰かけ、朝刊を見ながらポータブル・ラジオを聴いている。ラジオからは自分の番組がかすかに流れている。

「なんだか、つまらない番組ばかりだなあ」と彼はつぶやく。「若いこだまか……これは面白いのかねえ……」と言って朝刊をおろすと彼の顔が現われる。

これがＮＨＫ上部から見ると、礼儀をわきまえぬ紹介ということになるらしい。森直也は首を切られた。

ぼくの担当は金曜日、日本のフォークとロックの担当だった。加川良の「教訓Ｉ」はリクエストの上位で、好んでその唄を流した。ストライキがあって、担当ディレクターに代わり、主幹と呼ばれる上役が代理で番組を創ることになり、「教訓Ｉ」をめぐって、主幹とぼくは口論になった。

「この歌は流せない」と主幹が言った。

「なぜ流せませんか」

「戦没遺族会からクレームが来てる」

「おかしいですね。だまされたと知った遺族の人ほど、この唄を好まなければウソです」

「それは世代のちがいだ」

「ところでクレーム、というのは本当に来てるんですか。主幹の自己規制じゃありませんか」

「うん。それは私の判断もあるが……」

主幹はぼくのことをなまいきだ、といい、今後ＮＨＫにいれるな、と言ったらしいが、おおやけにすることが、不利になるとでも思ったのだろう。うやむやのまま、ぼくはいつものようにＮＨＫに通っていた。

命はひとつ人生は一回
だから命をすてないようにね
あわてるとついフラフラと
御国のためなのと言われるとね
青くなってしりごみなさい
逃げなさい隠れなさい

御国は俺達死んだとて

ずっと後まで残りますよね
失礼しましたで終るだけ
命のスペアはありませんよ
青くなってしりごみなさい
逃げなさい隠れなさい

（教訓Ⅰ）

こんな唄が久しく生まれていない。音楽のほうばかり向いていて、何かが欠けてしまった物淋しさを感じる。唄はただ音楽になってしまったのだろうか。あいつも結婚し子供もできた、金廻りもけっこう良くなってるらしい。ぼくもまた怒らなくなったような気がする。老いぼれてしまったのだろうか。また少し時間が経って、ひとつうたを作ってみた。

夕べまで喫茶店に首まで座りこんで
そうだろう　きみもずっと
あてのない眼付きで流れる人の群れを見ていた

季節労働者が汗をぬぐい
地下からはいあがって美しい夕焼け見たとき
ぼくはまだ座りこんだままだった

ミスター・ジプシー誘っとくれ

はるかな旅にでてしまいたい
ミスター・ジプシー誘っとくれ
ただもう何処かへいっちまいたいんだ
地下鉄で家路にはこばれてしまう
そうだろうきみはいつも
やさしい耳は騒音で気が休まらない

ジプシーたちのラクダの鈴は
夕暮れの地平線で唄をうたってるだろう
それは季節への歓喜《よろこび》のうただ

ミスター・ジプシー誘っとくれ
はるかな旅にでてしまいたい
ミスター・ジプシー誘っとくれ
ただもう何処かへいっちまいたいんだ

インドに行きたい、と思っている。秋田明大もインド行を望んでいるらしく、この春にその手続きをしたらしいが、彼の身柄は執行猶予中で海外に出られなかった。最近そういう話が耳にはいる。P誌の編集長は逮捕され、懲役刑をくうらしい。薬が原因らしい。

Yさんは野性味のあるディレクターだった。長髪でぶこつい肩、髭の濃い顎。裸足に運動靴をひっかけて、NHKのデスクに座っていると、白いワイシャツの局員たちのなかに、きわだったさすらい男がまぎれこんでいる。女に惚れっぽく、ロックのレコードしか聴かない、ロック馬鹿だった。いくつかの挑発的な荒々しい番組を作った。

番組のおわりにテーマ・ソングがわりに、「君が代」が流れる。「君が代」の音量はしぼられ、かぶさってジョッキーの、ナレーションが軽妙な語り口ではいる。「今日のNHKにおける、すばらしい番組はすべて終りました。このあと十一時からは退屈な天気予報があります……」

放送されるとY氏は即座に番組を下ろされた。首を切られたり、放送禁止をくうことが、そのころの、ぼくらがNHKで番組を作る理由だった。理由のない人生は、それだけで若さを失っているのかもしれない。Y氏は幼児番組にまわされ、しばらくその種のあどけないドラマにたずさわっていたけれど、ロック馬鹿の病いは治りそうもなく、海外ロックのフイルムを蒐集しはじめた。

その通知が伝わって数日後の夕方。幾人かの一見職業不明な人種たちがNHK放送センター西口の受付を通ってゆく。放送センター内部を訪れる者は、受付で一枚の来訪者カードを渡され、その目的と面会者名、自己の名前を書かされ、出るときは、そのカードに面会相手のサインをもらうことが原則になっている。その男や女たちは実にさまざまな服装をしている。ぱりっとした背広を着込んだ男や、くたびれた背広をひっかけた男、長髪にぞうりばきで、なにやらヒッピーというよりは乞食といった風体のやせた男。その時期の

最先端のファッションを着た女がいるかと思えば、ジーンズの女の子がいるなど種々で、それらの男女は別々に訪れエレベーターでのぼってゆく。エレベーターを下りたところに小さなロビーがあり、長いソファにそれらの人種たちは腰を下ろすけれど初対面の者が多いので、あまり話すということもない。やがてY氏が現われ「そろそろ」というようなことを言うと、男と女たちはぞろぞろと、少しはなれた試写室へと移ってゆく。狭く縦に長い試写室には正面に両手を広げたほどの小さなスクリーンがある。

Y氏が短い挨拶をする。それは「本日観ていただくフイルムは……」といった簡単な説明だけれど、観る側はすでに心得ているらしい。やがてロックのフイルムが、原語のまま流される。フイルムには突然おびただしい数の若者たちの群れが写る。数十万人もいるだろうか。初めて観るローリング・ストーンズ野外コンサートのフイルムだ。ミック・ジャガーのあのセクシーなふっくらした唇がやがて激しくうたいはじめ、黒人も白人もお巡りも踊り始める……。

NHK唯一のいかした番組「ヤング・ミュージック・ショー」の試写会の第一回を観てから、もう何年経つだろう。

このコンサートの準備にはいってからひとわたり、なじみだった男たちに会いたくなって電話してみた。Y氏は渋谷のパチンコ屋の上のライヴ・ハウスにいりびたっているらしい。なんだか懐かしくなって会いにいった。小さな階段をのぼり、木の扉を押すと、暗い、そのライヴ・ハウスがあり、Y氏はカウンターの中にいた。

「やあ」

「よお」

元気でいるらしい。長髪はそのままだが、軀中には疲労がよどんでいて、闇に沈澱してしまった男に見えた。

「お元気でしたか」

「まああだね」

「何をやってます」

「今はここにいるときだけ息をしてるよ」

若い男たちが映写機にフイルムを巻き込んでいた。このライヴ・ハウスではフイルムも観せるらしい。白い光がスクリーンに写り、それから逆さまの数字がいくつか流れてピントが合った。それは、あの懐かしい、ローリング・ストーンズのフイルムだった。

「ほんとに久しぶりですね。ぼくらは戦友ということですからね」

「ああ、岡本さんに聴かせたいレコードがたくさんあるんだよ。レコード聴いてるかい」

「全然といっていいほど、聴いてません」

「なにしてた」

「旅です」

二杯目のコーヒーを飲んでると、Uというレコード会社の人が現われた。(この前の号で三橋一夫さんと会い、吉田日出子さんのうたうネリカン・ブルースの替え唄のことを知ったと書いたけれど)知りたいうたのことばを届けてくれたのだった。それはこんな歌詞だった。

雨がしょぼしょぼ降る晩に
ガラスの窓からのぞいてる
満鉄の金ボタンのばかやろう

さわるは五拾銭　見るはただ
三円五拾銭くれたなら
かしわの鳴くまで　ぼぼするわ

上るの帰るの　どうするの
はやく精神きめなさい
きめたらゲタ持って上んなさい

お客さんこのごろ紙高い
帳場の手前もあるでしょう
五拾銭　祝儀をお出しなさい

そしたら　あたいも　精出して
二つも三つも　おまけして
かしわの鳴くまでぼぼするわ

あの娘はどうしてるだろう。「満鉄小唄」の歌詞を教えてもらいながら、旅で出会った女のことをおもいだした。倉吉からバスで一時間ほどゆくと、関金という小さな温泉町がある。美しい川が大山のふところから流れていて、裏からながめる大山山系は残雪に照って美しい。この温泉町にはまわりの物静かさにそぐわぬものがふたつある。ヌード小屋と赤い扉のスナックだった。スナックは薄暗い照明で、カウンターがあり、中年の太った女性とやせた若い女がいた。若いほうは客席のテーブルのひとつに化粧道具をひろげ、ツケマツゲをつけたり口紅をぬったり、パフをたたいたりしている。犬が一匹いて、コーヒーを飲んでいるぼくの足元でじゃれていた。まもなく毛糸の帽子をかぶった小太りの中年男が現われた。この店のあるじらしい。幼い女の子をつれてきていた。小学生ぐらいの幼さで、カウンターに腰かけて漫画の本を読んでいる。この店の夫婦のあいだで、おそくできた子供らしかった。しばらくして、肉付きのいい太った女の子が現われた。この女は陽気で犬好きらしく、犬も彼女に抱きあげられると、さかんに頬をなめて、じゃれる。やせたほうの女はおとなしく無口で、ツケマツゲをつけていた。

コーヒーを飲んで、かえりかけているぼくの後から、この店のあるじが声をかけた。

「今夜はひらきますよ。お客さん」

ヌード劇場をひらくということだった。それで判ったのだが、二人の若い女が脱いでみせるらしい。

ひと風呂浴び、夕食をすませてから、ふらりとヌード小屋にでかけると、扉には鍵がかかっていた。ひまつぶしのつもりで赤い扉のスナックに行くと、

「あれ、お客さん。裸は嫌いですか」

「いや、そうじゃないんだけど、まだやってなかったよ」

「そうですか？　鍵かかってましたか」

男の表情が堅くなって、表に急ぎ足ででていった。

ヌード小屋の重い扉をあけると、そこからステージだった。小屋といっても、まわりにベニヤを張った倉庫といったぐらいで、十人も座ると満席になる。左右に長椅子とストーブのまわりを囲むように四つ五つの椅子。踊り子は犬を抱きあげたあの娘だった
「お客さん、さっき来たんですか」娘は無愛想に言った。あるじとの間で何かあったらしい。頬のひとつもはられたのかも知れなかった。娘はステージに立って、こちらをとがめるように見ていた。長いネグリジェを着ている。

「千円です」

それから娘はひとりで演りだした。衣装がえもレコード廻しも、なにもかもひとりでやっていた。古い、いちどは耳にしたことのある歌謡曲がこわれたような音声のスピーカーから流れると、娘は踊った。それは最後に手で前をかくしてみせ、それからちらちらと手をはなしたり隠したりする単調なしぐさだった。

通りににぎやかな下駄の音と酔っぱらいの声がして、扉があいた。五人のドテラを着た酔客と置き屋の女衆だった。みな酔っぱらっていい機嫌だ。小さな客席はとたんににぎやかになって、冗談がとびかうようになった。

「早く見せてね。たっぷり見せてね」

酔客たちが言うと娘は、

「見せたげるから前においで」と言った。

「〇〇ちゃんはいないのか」と酔客のひとりが言い、

「今夜はひとりかい大変だなあ」と別の酔客がいった。いつもはあのやせたほうの娘も踊っているらしい。やせたほうの娘はどこかの宿の部屋で踊ってるか、寝てるのかも知れなかった。着替えに手まどっているらしく、娘はなかなか姿を現わさない。酔客たちはじれてきた。

「おおいまだかあ」

「まだよお、もうちょっと」

「よおし、じゃあ俺がひとつ踊ってやる」酔客のなかで、〝社長〟と呼ばれる男がステージにのぼった。

「社長、待ってました!」

社長は、鼻歌で三味線をひきながら、ツクツン、テケテケトンと踊りはじめた。ちどり足で立っているのがやっとだが、帯をとき、腰ひもをとこうとして、なかなかとけない。それがおかしくてみんなが笑った。全裸になると、「ああ、みにくいみにくい。ゲ、見たくない見たくない」と社員たちがいい、「見ちゃあいや」と社長がおどけて爆笑になった。

歌謡曲は五曲。それで終った。

酔客たちは「また明日もくるから、たっぷり見せてね」などと言い、帰っていった。ぼくだけ最後までいて、

「悪かったな、おやじさんに叱られたんだろ」と言うと、娘は汗ばんだ軀でステージから、

「いいんですよお客さん」と言った。それから笑って、

「ちょっと買物に行ってたんですよ」

「悪かったよ。じゃあ元気で」娘は何だかきれいな眼をして、

「はい」と応えて舞台から手をあげた。

「そんな旅ででであった踊り子さんがいましてね。『満鉄小唄』などは、どんなにうたがうまくっても歌手じゃだめじゃないでしょうか」

「そうですね。表現としてうまくたって、鑑賞ですからね」

「『満州小唄』をあの娘に歌わせたいな」

「つれてきたらどうです。コンサートに」

「吉田日出子さんの唄をたのしみにしてるんです」

「あの人は素晴しいですよ」とデコファンのその男は言うのだった。

四谷シモン、唐十郎、そして野坂昭如さん。うたをうたうまえに存在してしまう男たちがたくさんいる。そういう人たちに出演してもらって放禁、発禁のコンサートをやってみたい気がする。

「秋にもやりましょうか。続編を」

「いいですね。秋にもやりましょう」

あとがき

「襟裳岬」という唄のあとで、二年半あまり旅暮しをしていた。婦人画報社の内田徹氏と奈倉一平氏の助力で、旅の連載を写真がらみで続けた。文は旅先の宿、居候させてもらった人たちの屋根の下、列車の中、駅の待合室など、腰をおろしたその場で書いていた。その旅のあいだうたのメモはとったけれど、わずか十曲ぐらいしか曲がついていない。作詞家としては全く作品を生まなかったようなものだ。旅立つ理由はいろいろあるけれどうまく言えない。足を地面におろしただけさ、といったところだ。去年の十一月、団地を出て土の上の家に住むようになり、腰を落ち着け、旅を中断した。うたのことばをあらためて書きはじめている。旅の文をまとめることになって、連載以外に書いたものもひっぱりだしたりした。「安次と爆弾」は大和書房に書いたものに加筆した。

旅でメモしたことばには、いくつか曲がついてすでに歌われているものもある。

「ぼくの足は旅路の道」作曲・歌、長谷川きよし
「思い出にしてしまえるさ」作曲・歌、南こうせつ
「命あるものは樹から落ちた」作曲・岩沢幸矢、歌・坪田直子
「ひとりの女に」作曲・歌、長谷川きよし
「坂の上の家」作曲・佐藤健、歌・大橋純子
「黒ずんだ象」作曲・大野真澄、歌・坪田直子
「あほう鳥」作曲・加藤登紀子、歌・秋田明大

「北のかぞえ唄」（作曲・鈴木キサブロー、歌・角川博）
「ハモニカ長屋の夕暮れ」作曲・歌、北炭生
「別れ酒」作曲・歌、森田正治
「ほとほとと」作曲・歌、山田パンダ
「ヘイ・ジプシー誘っとくれ」作曲・歌、南こうせつ
「コーヒー・ブルース」作曲・歌、長谷川きよし

写真のうち、「落陽」と「智ちゃんのブルース」は奥村康人くん。「ウニャさんの笛を聴いたあとで」は小林美沙子さん。「キッド・ブラザースに会った」は高橋秀生くんである。

風来坊のように腰のおちつかないぼくをひきつけて、この本をまとめてくれたのは、八曜社の渡辺浩成さんである。

この本は、ぼくのうたのことばを聴いてくれてる人たちと、旅で出会ったたくさんの人たちに贈りたい。

第二章

岡本おさみのフォーク談義

日時　1999年11月13日
会場　平田学習館（島根県出雲市平田町）
主催　平田フォークソング同好会

この講演会の第1部は、2000年に個人ホームページ「岡本おさみのフォーク談義」(須田泰弘運営)に掲載したもので、初公開となる第2部とともに再録しました。

司会は平田フォークソング同好会の郷原悌二会長です。

第１部「襟裳岬」

郷原　皆さんこんにちは。私は、岡本さんをお招きするために結成しました平田フォークソング同好会の代表を務めています郷原悌二と申します。

昨年、われわれのメンバーの１人が、岡本おさみさんとインターネットで知り合って、メールをやりとりされていく中で、平田で講演会をしていただけますか、とお話ししましたら、快くお引き受けいただきました。その話が出ましてから１年強が過ぎましたが、こうして今日、開催する運びとなりました。

最初の１時間は、皆さんおなじみの森進一さんが歌う曲で、レコード大賞、歌謡大賞を受賞した「襟裳岬」についてお話をいただきます。若干、休憩を挟んで、お手元の資料をご覧いただくと分かりますが、いろんな方々に作品を提供なさっていらっしゃいますが、そういった話について質問形式を交えて進めたいと思います。

後半では会場の皆さま方の声を拾いたいと思いますので、お聞きになりたいことがありましたら、事前にご質問の準備をお願いしたいと思います。

それではご紹介いたします。岡本おさみさんです。どうぞ！

岡本　岡本と言います。講演は基本的にはお断りしていますが、生まれ故郷が米子で、よく帰りますし、山陰のことなら雑談程度で良いよ、ということで話がまとまりました。この講演は雑談気分でやりたいですが、慣れていないので、雑談ではすまなくなって緊張するかもしれません（笑）。

平田という町に来たのは初めてなんです。おととい島根県のマルチメディア祭に招かれて松江にいました。松江から一畑電鉄に乗って久しぶりに出雲の方に向かって来ました。思い出したのは高校３年生の卒業式を迎える前に、友人２人と卒業記念に何かやりたい、という話になりまして、実は米子から自転車で出雲大社まで来たことがあるんです。昔は道が悪くて、舗装された道はほとんどなくて、今思うと、よく自転車をこいだなと思っているんですけど。一番記憶に残っているのは、宿を決めてなくて、駅かお寺のどこかで寝ればいいやって３人で来たんですけど、出雲大社まで来たときに確か、雨が降っていて、日が暮れてくるし、出雲大社に向かう商店街がありますが、あそこを３人でとぼとぼと自転車を引いて歩いていたら、声をかけられたんです。どこかの店の奥さんだったと思うのですが、宿がないというと、恐らくその人は、僕らをうなだれて迷っている野良犬みたいに思ったのでしょう、「泊まりなさい」といわれて、泊めてもらったことがあります。出雲にはどんな風景があったのか、強い印象はなくて、そこで泊めてもらったことだけをよく覚えてますね。どうも今に至るまで、その癖は続いていて、どこかに出掛けていっても、歴史的なこととか、そういうことには興味はわかなくて、そこで出会った人のことを覚えているという旅が続いています。

ぼくは、学校（大学）が終わったときに就職する気は全然なかったんです。その頃、兄貴の岡本克己[注2]が、もう既にテレビとかラジオの脚本を書いていて、ぼくより歳が一回り違いますが、売れっ子の脚本家だったんです。現在は、例えば、片岡鶴太郎さんの「終着駅

[注2] 385ページへ

シリーズ」や水谷豊さんの「地方記者シリーズ」、小林桂樹さんの弁護士のシリーズとかやってます。彼が放送の方で既に活躍していたので、兄貴に相談したんです。じゃあ、ディスクジョッキーの番組の原稿を書いてみろということになったんです。兄貴が自分がやっているＤＪ番組を弟がやれるように（放送局に）頼んでみるから、その書く仕事を１年間やってみて、なんとか書けるようだったら（放送の仕事を）続けてもいい。よくなかったらあきらめる。という条件付きだったわけです。１年間の期限付きの見習い試験ってことですね。当時のＤＪ番組は、自由にしゃべるんじゃなくて、全部原稿にして、しゃべる人はその原稿をしゃべるって構成だったんですが、ＤＪをやる人は、俳優さんであったり、アナウンサーであったりいろいろでした。これはね、真剣にやりましたね。なんどもなんども書き直してね。だから今、仕事で書き直しをすることがあっても、全然こたえない。そして、一年経って、まあ、これならいいだろうということになって、その後、ＤＪの構成を書いたり、テレビの構成をやったりして、放送の世界に入っていったんです。

その時（放送作家時代）に、後に歌詞を書くことで、非常に参考になったことがいくつかあるんですが、その一つは編集方法でした。例えば曲を流して、おしゃべりがあって、また曲を流すという番組。人を笑わせてすませるんじゃなくて、もう少し中身がちゃんとある番組を兄貴が選んでくれて、ぼくの方にまわしてくれたんです。キャリアがある俳優さんとか、ゲストの女優さんとか、そういう人の話は実に面白い。ある番組で１曲目と２曲目との間で、おしゃべりを２分くらいなら放送で流せるという制限があったとします。ところが、そのタレントさんは話が面白くなってくると、勝手に10分とかしゃべってしまう。10分のしゃべりを2分にしなければいけない。編集ですね。その編集の仕方をぼくに教えてくれたベテランのディレクターがいたんです。編集作業というのは(放送局にある)小さな編集室に入ってやりますが、当時の編集はボタン一個で切り替えるのではなくて、録音したテープをハサミで切るんです。もちろん、マスターテープではなくて、コピーしたテープなんですが、それを切って白くて細い接着テープで貼ってつなげていく作業をやるんです。ある時期、その編集作業をやってみろと言われたんです。これは怖かったですよ。(お喋りの)どこを残してどこを捨てればいいのかの判断が、本当に難しい。初期の頃に、これではだめだと言われて、やり直しをさせられたことが何度もあったんです。だめな編集とはどういうことかというと、面白い話をDJが5つしたとします。そうすると、その5つの話のすべてを入れたがる。どうなると思いますか。時間が短いのに、話が沢山あるのでひとつひとつの話は骨組みだけが残ってしまう。おしゃべりっていうのは、その人の人柄を伝えることで生き生きとしてくるもので、無駄と思ったものが実は非常に大事になってくるんです。それがなかなか分からなくて、テープを切ることができなかったんです。後になって、それは例えば文章を書くこととか、歌の言葉を書くことと同じということに気が付いたんですが、その編集作業を教えてもらえたことが、ぼくが文章を書くための勉強になった「レッスン・1《ワン》」だったと思います。

これは、よく例えとして話すんですが、ここに(演壇のテーブルに沢山の花が乱雑に生けてある)花がありますね。いろんな種類の花が入っているんで、見た目はきれいですが、この白い花一輪だけをとりだして、あとを全部取っちゃえば、白い花はすごく目立つ。写真もそうなんですが、へたな人ほど遠くから全体を撮りたがる。友達と旅行に行って、写真を撮って帰ってくるとみんなで並んでいる写真ばかり。みんながピースをしたりしている。一人ひとりをクローズアップで撮ってあげれば写真になったのに、全体を撮ろうとして結局は個人の個性を失ってしまっている。だから良い写真というのは、必ずクローズアップがあります。つまり、テープの編集で言うと、良い編集というのはどれだけ捨てられるか、ということを教わりました。これはぼくにとってすごく大きなことだということに、気が付いたのはずっと後のことですが……。

放送の仕事をやっていると、多いときには1日に、４００字詰めの原稿用紙に30枚くらいをほとんど毎日、書き飛ばしていたんですよね。でも、それは取材があったり、本番があったりいろいろあるわけで、ほとんど放送局の片隅の部屋にいて、書いたらスタジオからスタッフが取りにくる。流行作家のようなことをやっていたんですよ。

いろんな番組をやったんですが、その中の一つに、日本でほとんど初めてのフォークソングの番組があって、そこであらゆるシンガーと出会うことになるんです。というのは、その人たちはほとんど当時まだ学生でした。レコードになることなどは考えていない人たちで、自作の歌をスタジオで録音して放送で流してもらえるのが嬉しくてやってくる。番組の構成者の自分は、必ずそこでその人たちと出会って話を聞いて構成台本を作るのが仕事でした。（吉田）拓郎にも、泉谷しげるにも……どれくらいの人数に出会ったのか、あまりに多くて分かりませんが……。今はレコード会社の社長になっている人とか、ディレクターになっている人とか、たくさんいます。

そんなテレビ、ラジオの番組をやっていたのですが、自分があるものを書くときに、時間がないものですから取材もしないで書き飛ばしていく。放送の仕事に入って6年くらい経って、フッと気が付いたら、実は自分の中に生活感というものが何もないんじゃないか。でも、締め切りは次から次にやってくる。

そのうち歌を書くようになって、「旅の宿」とかが売り上げがベスト・ワンになったりとか、いろんなことがあって。そうなると自宅の電話はほとんど鳴りっぱなし状態で、いろんな歌の注文とかもくるわけです。まだ放送もやっていて、仕事が混乱してくる。

そんな時に、あるアイドル歌手の歌の打ち合わせがあって出かけていくと、歌手はその場にいなくて、事務所のスタッフとレコード会社の人が、「こういう感じで売り出したいから、こういう風にやりたい」という話をしている。その話にどうも馴染めない。そんな営業的すぎるやり方が疑問になってきて、ほとんど歌の仕事を断ったんです。ぼくが将来やりたいことはそういう場所ではないんじゃないか、と思って。その時の気持ちは、もう少し大人の人たちと付き合って仕事をしたいと思っていたと思います。

でも、断るってことがやっかいなことなんです。非常に権力的な人とか、いっぱいいるんで、それが煩わしい。友達はマネージャーを付けろというんですが、マネージャーを付けるとマネージャーが仕事をとって来て、ぼくが断る。そうするとマネージャーが詫びに行かなければいけない。それにワンクッション置いた人間関係というのはつまらない。今でもそうなんですが、全部自分でやってるんですよね。断るときも、自分で断る。はっきり自分で言える。でも、そのやり方だとくたびれ果てた時期があって、それに、なおかつ自分の中の生活感は空っぽではないかと……。

それで、じゃあ何をしたらいいかということですね。いろいろ迷ったんですが、なぜか「仕事を一度全部やめてみればいいじゃないか」と思ったんですね。それで奥さんに、「今の仕事を全部やめるから……いろいろ見たいものがあって。日本の中を歩いてみたいから」というと、彼女は即座に「いいわよ」と言ったんですよ。

それで、漁師さんとか、酪農している人とか、鹿児島から北海道まで蜂《はち》を持って、移動して行くトラックに乗って、蜂屋さんとずっと一緒にいたんです。そして旅先でお世話になった人、知り合った人から紹介してもらって、またどこかに行くという旅を始めたんです。ぼくは、この旅は半年くらい続けるかなと思っていたんですが、気が付いたら３年を超えまして（笑）。でも、面白かったもんですから、自分の中で踏ん切りがつくまでやめる気がなかったんでしょうね。そんな時に、ひとつ旅の仕事が入ったんです。

ある雑誌社から、「何を書いてもかまわないので、旅の記録を書いてください」という依頼が来たんですよね。原稿用紙で20枚から30枚くらいのものです。条件が一つ付いていたんです。写真を撮って欲しいというんです。そこで、当時、親しかった朝日新聞の写真部の偉い人に相談したら、「モノクロ写真がいいでしょう。自分のスタイルをつくりなさい。焼くのも、伸ばすのも全部自分でやりなさい。現像は自分でやりなさい」とアドバイスをいただいたんです。それで、ちょっと写真を写したり仕上げたりするトレーニングをやりました。その方に見てもらってね。

そうして始まったんですが、旅先で書いて、フィルムを持って自宅に帰って、写真を焼いて編集者に渡す。20日間出て、１週間帰っているというパターンです。実はその企画をぼくにやらせようと雑誌社に推薦してくださったのは、五木寛之さんだったんですが、ぼくはそのことを全然知らなかったんです。粋な計らいですよね。五木さんとぼくは顔を合わせたこともないわけですからね。後になって五木さんとは出会って話したりする機会が出来たんですが、そんな頃の旅のひとつ「襟裳岬」を、自分のホームページ「作詞工房」（当時）の中に載せているので、その記録を参考にして、エッセイを読みながら、あるところまで読んだら、それにまつわる話もしたいと思います。

（朗読）

１９７４年。日本歌謡大賞の生放送で、きらびやかな服装にまじり、ジーパンで乱れた長髪の男が作詞者と呼ばれ紹介されたのを記憶している方があるかも知れない。ほんの一瞬テレビにぼくが写った。

これには裏話がある。

11月になってまもなく1通の封書が届いた。正確な文面は覚えていないが、「あなたの『襟裳岬』が歌謡大賞にノミネートされたので、当日武道館においで下さい」といった内容だった。

さらっと読むとごく事務的な文だが、あることに気づくと失礼な招待状に思えてきた。まだ賞が決定したわけじゃない。それなのに客席にいて発表を待てという内容である。眼の前に肉をぶらさげ、犬を並べる。しかし肉は1匹にしか与えられない。

「こんな招待状は気にいらないね」

一読して破き、クズ箱に捨てた。それを見て奥さんは、

「破らなくてもいいのに」と言った。

それで、発表日がいつなのかも忘れていたが、なぜか奥さんは覚えていた。

「今日は発表日よ。テレビで生中継するわ」

朝刊を差し出した。

なんだか気になりだした。

朝、電話が鳴った。

歌謡大賞事務局と名乗る女性からで、

「今日は御出席になれますか」

「いえ、欠席します」

「そうですか」。女性は事務的に答えて、あっさり電話を切った。

昼過ぎ、ぼくは旅のフィルムと現像タンクを紙袋に入れて、友人でカメラをいじっている奥村康人くんの暗室に出かけた。

暗室で現像タンクをいじりながら雑談していると、扉の向こうで、電話が来てると彼のお母さんの声がした。

電話の主はテレビ局を名乗った。偉い人らしい。

「『襟裳岬』も最終候補に残ったのでぜひおいで下さい」

「ええ、でも今、仕事してますから」

短いやりとりをして暗室に戻り煙草を吹かしていると、また電話が来た。

電話の主は森進一さんの（「襟裳岬」を担当した高橋隆くんの上司にあたる）ディレクターで、「冬の旅」や「さらば友よ」などを手がけたＨ氏。二度ほど顔を合わせたことがある。

「森くんと昨夜会って話したんですがね、拓郎さんは沖縄でコンサート中だし、もし授賞ってことになれば、森くんの肉親は弟さんと妹さんだけでしょう。作詞、作曲者もいないとなると淋しいものになるなあ。森くんと、もし授賞になれば岡本さんは来てくれるかなと話してたんですよ」

「森さんのためにはでかけたいです。しかし賞ってものは決定してから喜んでみたりするわけでしょう。まだ決まってもいないのに、のこのこでかけるのは、もの欲しそうで嫌な気がするんですよ」

「わかります。しかしもし授賞ってことになれば、千葉からでは生放送にまにあいません」

H氏の説得はさすがにディレクターだけあって巧みだった。

「仕事中なんですか?」

「ええ、急いでいるんです」

嘘をついてしまった。こんな風な嘘を過去にもついたことがあるような気がする。ぼくに巣くっているやっかいな自意識がそうさせるのだが、いつまでたっても直らない気がする。

また暗室に戻ってタンクをいじっていると、今度は奥さんから電話が来た。妙に慌てた様子だ。

「電話来たでしょう」

「うん」

「早く電話しようと思ってダイヤル廻すんだけど、話し中なの」

「ふたつ電話があったよ」

「そう……もう来たの……困ったわ」

「なぜ？」

「それがね、御主人は武道館にむかわれましたか、って言われるから、いえ、近くの友達のところに行ってますって言ったのよ」

「その通りだからいいじゃない」

「そこまではいいんだけど、御主人はお仕事で行かれましたか、って言われたから、遊びに行ってます、って言っちゃったの」

　武道館ではディレクターのＨ氏が迎えてくれた。８時をまわっていたからテレビは本番に入っていた。アリーナ席に案内された。拓郎の代理人である顔なじみの陣山俊一くん（ユイ音楽工房）が隣にいた。やあ、と挨拶して座り込んでいたが落ち着かない。歌謡曲のコンサートに初めてやって来たが、今まで馴染んできたコンサートと雰囲気が違う。まず服装。ぼくらのコンサートといえば、客席もスタッフも楽屋も長い髪とジーパン。普段着が溢れていた。しかしまわりには歌を商売とする背広姿が並んでいた。

　ぼくらも歌を始めた初心に較べれば汚れて、歌で食べていたが、それでもなにかが決定的に違う。

　授賞です、決まりました。

　通知があって、陣山くんとぼくは舞台袖で待機することになった。袖にいると司会

者である高島忠夫さんが近づいて、

「岡本さんですか」

「はい」

「『襟裳岬』は、好きでした。よかったですね」

やさしい人なんだなと思ったが、高島さんの服装があまりにきらびやかすぎて拒否したい気分になった。

だから、どう答えたのか思い出せない。黙っていたのだろうか？　初対面なのに失礼な態度だったのではないかと思う。今度会うことがあったら気楽にお茶でも飲みたいものだ。

授賞式があって、そのショーは終わった。森進一さんは嬉しそうだった。来てよかった。陣山くんは用があるらしく帰ってしまい、ぼくは東京で飲むことも考えたが、ひとりで飲むのもなにやら淋しいし、家に帰ることにした。

武道館のまわりは人の群れでいっぱいだった。トロフィーと賞状を持って人の群れにまじるとほっとした。夜風が気持ちよかった。誰ひとりぼくに気づく人はなく、ぼくは客のひとりになった。


（朗読中断）

このように歌謡大賞を受賞したわけですが、この後、レコード大賞もいただくことになったので、友人たちが面白がって、「もし受賞したら賞金がでる。みんなでお祝いしてあげよう」と言うんです。失礼な話ですよね。そのお金を使ってみんなで飲もうということですから（笑）。すごく盛り上がったんですよ。「いいですか？」って友達が言うので「いいよ」と言ったんです。

「賞金を全部使って、みんなで一緒に飲《や》ろうよ」って……。

歌謡大賞、レコード大賞も終わって、友達から電話が来ますよね。「２次会も予約したよ」って。ところがですね、これには賞金がない。実は。一円もくれないんですよ（笑）。

つまり、レコード大賞や歌謡大賞はそういう賞なんでしょうね。権威なんでしょう。歌謡界の方などはそういう賞をもらうことによってギャラのランクが上がったり、人気が出たりといいことがあるけど、僕らにはなにもおいしいことはない。賞状とトロフィーなどをもらいましたけど、僕はそういうものにも興味がないものですから、ずいぶん経ってからですが、レコード大賞でいただいた金色のレコード盤（ゴールドディスク）は、新潟に住む「襟裳大好き」という方に差し上げたり、もう一つは山陰の方にあげたり。そうこうするうちに家にはそういうのがなくなってしまいました。

旅の本文に戻ります……。

（朗読）

根室の友人、飯沢宏さん（市役所に勤める方）と別れて、東京に帰る前に襟裳岬に立ち寄ってみたくなった。

草野心平に「エリモ岬」という詩があり、その詩と「襟裳岬」ということばになにか惹かれるところがあったからだ。

草野心平はその詩で道南端の岬の印象を、

さらに飛び火模様に。
ごつい岩丈な巌巌がつづき。
ぐるり泡波のあぶく。

と書いている。ゴツゴツした岩の岬に違いない。飛び火模様とは？
襟裳岬は、激しくうねる海流がごつい岩の断崖に砕ける岬、という印象を持ち続けていた。

バスを降りて、岬の突端から見下ろした襟裳岬の印象はひどく淋しいものだった。あの詩は詩人草野心平の心の躍動だったのだ。詩人は何歳でこの詩を書いたのだろう。青年のように骨太いことば。それに較べて30歳を少しまわった自分は淋しい印象しか持てない。精神のあり方のちがいに圧倒され、とまどった。

岬から低い家並みに下って、あちこち歩き回り、また、土がむきだしになった道を上ってゆくと、左手に白いホテルがあった。赤茶色と灰色にくすんだ風景の中でそのホテルだけが白く浮き出し、まわりの暮らしの色に溶けこまない。日暮れて冷たい空気が吹き下ろしてくる。ゆっくりあるいていくと、ペンキで花の名前を書いた民宿があった（実は、「すみれ」という民宿でしたが、名前を書くことで取材に行く週刊誌が増えることがいやで伏せました。今はもうありません）。素朴な花の名で、幼くても、てらいのない名の付け方が気にいった。

ガラス戸を開けると、そこにはあたりまえの暮らし、家庭の匂いがあった。普段着のおばさんが現れ、２階に案内された。ベニヤ板で区切った部屋が４つあった。３畳ほどの小さな部屋である。どうやら２階に建て増しして、いくつかの部屋を区切り境界線を設けた程度のものらしい。

部屋には先客の男が２人いた。つめこまれたな、と思ったが、そんな殺風景な部屋に放りこまれるのはよくあることで気にならない。草野心平の詩を覚えていただけの理由で襟裳岬に足が向いたのだから、部屋に人がいようがいまいが別に話さなくてもいい。ただ黙っていればよかった。

おばさんが紙っ切れ一枚とボールペンを持って現れ、差し出した。

「これに住所と名前を書いて下さいな」

小さな紙だった。これは1部屋分の名前を記す紙なのか、それとも隣室などと連名に使うのか。

４つの部屋はみな満杯のようだ。泊まり客は10人以上だろう。とりあえず小さな字で書いておくと、おばさんがとりに来た。耳をすましていると隣室をノックする音がする。連名だったらしい。

夕方になっておじさんが顔を見せた。
「布団を敷きます」と言う。
お願いしますと答えて待っていると、おじさんは少し離れた押入れから廊下づたいに布団を運んでくる。その時初めて分かったのだが、おじさんは片腕だった。片腕で布団を持ち、脇に挟んで廊下を引きずりながら運んで来る。

日々の暮らしはいやでも

という1行にはその時の印象が残っていて、自分がたどってきたことや、いろんな含みがあるけれど、その1行を思うと、片腕のないおじさんの姿が見えてくる。なぜ片腕をなくしたのかは知らない。漁師だったが片腕をなくし陸に上がらざるを得なくなって民宿を始めたのかも知れない。が、知らなくていいと思う。

（朗読中断）

……後で調べたんですが、このおじさんは戦争で片腕を失ったらしいんです。だから海には出られなかったんですよ。僕が思っていたより、もっと傷は深かったみたいですね。つまり、襟裳に住みながら、襟裳で漁ができない生活だったみたいです。今はもう民宿をたたんで、札幌の方にいらっしゃるみたいで、その後は会っていません。さて、今度は歌の部分にいきます。

（朗読）

高橋隆くんが電話をくれた。彼は「走れコウタロー」という歌で一時期賑やかだったソルティ・シュガーというグループのひとりである。

（朗読中断）

高橋くんってのは、「襟裳岬」を担当したビクターのディレクター。最初に話した、「フォーク・ヴィレッジ」という番組で、アマチュアのグループがやってきては自分たちの作った歌を録音して流す。いろんな人と会いましたね。拓郎、泉谷、そしてこの高橋君もその中の１人です。まだみんな若かったですね。何しろ、森山良子ちゃんがセーラー服でしたからね（笑）。

面白かったのは、今聴けば分かりますけどね、みんな滅茶苦茶、ギターが下手だったんですね。でも、自分はものすごく上手いと思っていたらしい。でもね、まじめにやっている人と、怠けている人との成長を見ました。アコースティックのギタリストといえば、３人の男が日本にいるんですよ。石川鷹彦、安田裕美、吉川忠英という３人のギタリストがいます。スタジオで一番売れっ子の人たちですけど、この３人は当時まだ学生でした。３人は石川の家にたまってギターの練習をしていたんです。ちょっと横道にそれてしまいました。朗読を続けます。

（朗読）


突然の電話にはそれなりの理由があった。現在はビクターレコードに就職してディレクター稼業をやってると近況を述べ、ついては今度、森進一さんの曲を担当するとになった、と言った。

新人のディレクターたちに、すでに名のある歌手を担当させて競わせる、腕試しらしい。ぼくらはいくつかの約束事をした。

いわゆる森進一らしい歌詞は書くつもりはないこと。

曲がついて編曲前の原型（デモテープ）が出来るまではこちらの勝手な作業にさせてもらうこと。

その代わり、出来上がった作品は気に入ればレコードにし、気に入らなければ没にして作業は打ち切る。

「思い切ったことをやってみたいんです」

高橋くんがそういって、こちらもその気になった。


国電津田沼駅。千葉工業大学側に出た駅前の喫茶「サニー」で高橋くんと会うことになった。

喫茶「サニー」はすでに店じまいしているが、当時はぼくの溜まり場だった。千葉工大の学生達となぜか気があって、しょっちゅう話し込んだり、麻雀をやったりしていた。

高橋くんと会うことになったちょうどその時期。幸いなことに、まだ曲がついてない、誰が歌うかも決まっていない歌詞が約30編ほど手元にあった。

それらの詞を、コーヒーを飲みながら読んでいた高橋くんが、

「この詞はどうでしょうか」と言った。

それは「襟裳岬」の原型になった詞で、旅の光景をそぎ落として心境だけをとりだしたものだった。

「襟裳岬」の原型詞。

実はその原型詞にも、さらに原型がある。

８行の「焚き火Ⅱ」というメモのようなことば。

わずらわしさを
ひとまとめにくるんで
さあ急いでかきあつめなくちゃあ
人間くささって奴をかきあつめて
ひょいと裏返しにして炎にすてる
ふふしめしめこれでよい！

ふたりでほほえんで
手をあたためなくては

吉田拓郎から電話が来た。
「曲がついたけれどいくつかことばを考えてもらいたい」
と彼は言った。

（朗読中断）

ここで、ちょっと横道にそれますが、自分がなぜ、森さんとやろうと思ったかってことです。彼は演歌のジャンルにいる人でしたからね。

クラシック指揮者の小澤征爾さんが、オーケストラを率いて、彼の奥さんが日本語の歌詞を作って、テレビでやったことがあるんです。それを森さんが歌っていた。その時の曲が「ダニーボーイ」という歌。ノスタルジックで、きれいな歌です。これは小澤さんの意志ではないかと思うんですけど、森さんがその歌を演歌っぽくない、うならない声で歌っていたんです。よかったですね。黒人のソウルシンガーが、うならないで、抑えて、でもパワーを失わないで、自分のふるさとを懐かしむように歌う良いバラードっていっぱいあるんですけど。そういう風に、僕には聞こえたんです。

だから、僕の中の森さんは、演歌の持ち味ではなくて、小澤さんがなぜ森さんを起用したか、に近い理由だったんですけど。その人がいる（演歌という）場所とか、地位とか、そういうことではなくて、声の質とか表現者としてすごく気に入っていたんです。だから、とってもすんなりやれた。

後になって、作曲家の團伊玖磨さんが森さんの歌について書いている本（「好きな歌・嫌いな歌」）が発刊されていると、ある人に教えてもらったんですが、その部分を読んでみます。団さんの本には「襟裳の春…」と歌う部分について、こう書いてあるんです。

（朗読）

「／襟裳の春は…／何もない春です…／のルフランの旋律の頭が、第四音のファから下がってくる音形は、絶対に――絶対にいままでの日本の流行歌にはなかったイディオムである」

（朗読中断）

つまり、「〽えり～もの」のところは何か変なメロディでしょう。それまでになかった。つまり、拓郎節なんですけど。團さんはそれが新鮮だったと言っているわけです。そういわれればそうだ、と思いますが、僕が話したいのはその後で、そこを読みます。

（朗読に戻る）

「森進一の声は、だれもがいうように個性的な声である。ふつうの人の声は、倍音が上に響くのに、この人の声は下の倍音が響く。だから、それほど高くきこえないのだが、実際には非常に高いテノールである。／ぼくが好きな例の、／襟裳の春は…／のルフランの歌い出しの音は、驚く仭《なか》れ五線の上のAフラットである。この音はよほど訓練された声でなければ出せぬ高音である。／ふつうの人は、その減四度下のEの音ぐらいまでが精々である。／この人の声は、あたかも意識的に荒いグヮッシュに描かれた繊細な絵を連想させる。／グワッシュが荒いために、描かれた絵のデリカシィが悲しく美しく生きる。／あの独創的な声だからこそ、あの繊細な歌い方が生き、そのとり合わせが、この世の哀歓を見事に歌い綴ることを可能にするのだ」

（朗読中断）

とあります。ピアノを弾いたりする方は分かりますけど、（五線上のAフラットは、ラ、ですが）これは訓練されたテノールの人しか出せないらしい。普通のシンガーはその「ラ」を出すときに、声を伸ばしますよね。発声さえできればできちゃうじゃないですか。きれいに響かせばいいわけです。森さんのすごいところは、そこでもう一遍声がうねりますね。例えば、バレーボールである高さの日本の女性選手が、スパイクしますよね。これを普通のクラシック歌手の人としますよね。キューバの選手はそれよりも30㎝～40㎝打点が高い。しかもひねりを入れるじゃないですか。だから、森さんの歌唱力のすごさはきっとそんな感じだと思うんです。それは大変なことで。また森さんに歌の詞を書きたくなりましたね

（笑）。

横道にそれたついでにもっと横道にそれますが、「襟裳岬」を創ったときに、演歌の歌手が歌う歌詞ではありませんよね。僕が1カ月に1回、旅から帰ると、拓郎からテープが届いていたんです。聴いたら、ギターで明るいタッチで歌っている。春の風が吹いているみたいな感じでね。大丈夫かねこれで、という感じだったんです。いろんな連中から電話が掛かってきて、会った時にテープを聴かせると、だいたいの人が「だめだね、これは」と言うのが普通でしたね。「これはいいんじゃない」というのは一人もいませんでした。

若い人は分からないかもしれませんが、その当時のレコードはA面とB面がありました。A面というのは、レコードのリリースと同時に常にテレビやラジオで歌う。B面はおまけですね。どっちをA面にするかで、森さんがいた渡辺プロダクションとビクターのレコード会社は、どちらも違う歌の方をA面にするつもりだったらしい。フォークシンガー、ロックシンガーなどは口出ししますけど、あのころの演歌の世界は絶対的ですから、歌手は絶対に口出しできない世界なんです。「襟裳岬」ではない歌の方に決まりかけていたようなんです。その時に、実は森さんが、歌手としてデビューして初めて渡辺プロダクションの社長に反旗を翻すんです。どうしても「襟裳岬」を（A面で）歌いたいって言うんです。その話をNHKのテレビの番組のために彼に会った時に聞いたんです。その時の放送ではちょっとしか流れなかったんですが、その時森さんと話したテープがありまして、インターネットのぼくのホームページで公開しています。久しぶりの彼との対談の中で、彼はこう言っているんです。

岡本おさみさんのホームページ「再会」より

（朗読）

ちょうどおふくろをこの歌を歌う前に亡くしましてね。

ま、ぼくは東京で家族、おふくろと兄弟で暮らすのが夢だったんですよ。

最初東京に来たときは、そんなこととても無理かなと思っていたんですが、ま、やっと歌手としてなんとか道が拓《ひら》けて（母を東京に）呼べるってことになって、ほんとに夢がかなったって感じでいたんですが、それも2年たらずで、おふくろが亡くなりまして、これからどうしようかって矢先だったんです。

まだ妹も弟も学校に行ってましたし、ひとり仕事して帰って来て、父親や母親のかわりなんて出来ないし、精神的にもどうしようもない時だったですね。その時に高橋さんがね、「この曲」ってことで、（デモテープを）聞かしてもらったんですけど……。

当時吉田拓郎さんも人気あってアルバムをよく聞いてましたから、字余りの曲ってのが珍しい感じで新鮮だったんですよ。

……自分が歌うようになるとは思ってなかったんですが、

（朗読終わり）

つまり、彼はお父さんを亡くしていたわけですから、なんとかお母さんを楽にしてあげたい、という矢先にお母さんが亡くなるわけです。それも普通の亡くなり方ではなくて、マスコミにも取り上げられて、かなりショッキングな亡くなり方だったんですよね。弟と妹と一人ずついて、僕はレコード大賞の時のテレビを沖縄で見ていた時に、隣に確か妹さんが一緒に出ていたと思うんですが、まだ小さくて中学生くらいかなぁ、って思って見ていたんです。彼はほとんど一日中、外で仕事をしているわけで、それで弟と妹を見ないといけない。本当に大変なことだと思うんですよ。前にもラジオの番組で会ったときも言っていたんですけど、その時に、彼は、「日々の暮らしはいやでもやってくるけど　静かに笑ってしまおう」は彼にとってぴったりだったんです。その時の自分の気持ちをそのまま表現してもらえたことによって、この歌を歌うことで自分は必ず力を付けるというか、生きていける、先へいける、という確信を自分の中に持ったようです。周りはたくさんの反対があったようですが、断固、社長に直談判した。生まれて初めての反乱なんですけど。社長も「お前がそう言うのなら、これでやろう」ということになったそうです。

ついでですからまた余談をします。これは知っている人はほとんどいないんですが、１番の歌詞です。「理由《わけ》のわからないことで　悩んでいるうち　老いぼれてしまうから」というのがあるんですよね。実はこの歌詞の元は「悩んでいるうちに」と「に」があったんです。

つまり「悩んでいるうち」では、収まりが悪いんじゃないですか。レコーディングが終わって、旅から帰ってきたらテープが届いていて、聴いたら「に」がないんです。どうしようかな、って思って。でも、そういう細かいことはあとでどうにでもなることで、それよりも、彼の歌い方が、今しかないという歌い方なんです。最近の「襟裳岬」を聴くと余裕があって、つまり余裕があった分だけ、歌にぬくもりがあったり深みがあったりするんですが、でも、一番最初のレコーディングの「襟裳岬」にはすごみがあるんです。二度と歌えない凄みがあって、それはそういう先程話したような環境ですよね。レコーディングに行かなかったのは僕の責任であって、僕がなんだかんだ言うことはできないし。彼に直に、『「に」があったんですよ』と言ったのは、この前なんですけど……。歌って言うのは、形でもなんでもなくて、その人がその時点で感じたことと言葉との友達関係みたいなことがありますからね。そこで僕が何か言って、だいぶん経ってからもう1回やり直すことにでもなれば、歌が変わるんですよね。エネルギーが一番満ちている時に肩透かししてしまうと、100メートルのランナーが走り込んで、まだもう少しあるから走れと言われても走れないんです。全然気迫が違ってくる。間違いもまた記録。それよりは歌が良い方がいいと思うんですよ。

（フォーク談義　第1部終わり）

岡本おさみのフォーク談義＝島根県出雲市、平田学習館

第2部　知名定男、淡谷のり子、高倉健、桃井かおり、宇崎竜童、南こうせつ

郷原　「筑紫哲也ニュース23」という番組のエンディングでネーネーズが歌っていました「黄金《こがね》の花」という曲の作詞は岡本おさみさんです。最初に琉球の民謡をベースに活躍するコーラスグループのネーネーズについて、岡本さんにお話しいただきます。

岡本　「黄金の花」という曲をご存じの方は何人いますか……。一人……。一人なんだよなあ、誰も知らないと前提で話しますが、それで話すと長くなっちゃうんですよね（笑）。沖縄との出会いは、向こうに「島唄」を歌っている知名定男（現代沖縄民謡の大御所で、ネーネーズなどのプロデューサー）がいて、彼とは約15年くらいの付き合いなんですよ。また再会してネーネーズとやることになったんですけど、何か書いてよ、と。僕は以前、知名くんに一曲歌を書いたことがあって、ものすごく苦労した覚えがあります。沖縄まで行って、これは僕の領域ではないということがあって。彼にお願いした。沖縄とか東京、大阪、山陰でもいいんですけど、その土地に暮らす人たちがいて、そこには僕が会っても半分は都会の人たち、その土地じゃない、沖縄じゃない人たちは多いわけで、そこなら書けるよ、というのがありました。もう一つは、すごく昔からとても書きたいテーマがあって、しかし、誰に歌ってもらってもふさわしくないというのがあった。それは知名定男と何年かぶ

りに会ったときに、これやりたいけどこのテーマはどう？　って言ったのが「黄金の花」という歌だったんです。

それは沖縄の人たちも、食べるために、東京とか大阪とか九州に出てきている。もう一つ僕の中にあった重大なことは、特にアジア、アジア以外のところもですけど、外国の人はたくさん日本に入るようになって、多国籍の国になってきた。そういう人たちは一言でいえばお金儲けなんですよ。つまり、〝黄金の花〟を咲かせたくて来る。そこに、もともとは心がきれいだったり、眼がきれいだったりした人が、汚れていく。それが沖縄とダブるんですけれど、それをどうしても書きたいんだよね、と話をして。あとで機会があればお聴きいただきたいけれど、あの曲はとても長い歌で、全部で十分近くある大曲だったんです。いろんな取材をしました。沖縄から出てきて東京にいる人たちにたくさん会いました。話を聞いた中で、沖縄の人というよりむしろ韓国の人だったと思うけど、歌詞の中に「寿司や納豆食べていますか」とある。山陰の人はある年齢にならないと納豆は食べませんよね。僕も食べたことなかったんです。沖縄の人も食べたことがない。年配の人は「あいうものは食べるもんじゃない」と言うんです。韓国の人が肉体労働で働きに来ていて、親方から出されるのが納豆なんですよね。「これを食べると力がつくよ」と言われるんです。でも食べられない（笑）。でも、そう言われて、叱られるから、少し食べる。また少し食べる。だから、これは何かに染まっていく瞬間。ということがあったんですよ。だから歌詞の中に「寿司や納豆食べてますか」というのがあるんです。これは疑問に思っていた方が多かったようで、筑紫（哲也）さんとお会いした時に、筑紫さんの奥さんがいらして「これ、何でしょうか」と言われたんです。ちょっと奇異に思われる歌詞ですけれど。

お聴きになられたら、そういうことなんです。覚えておいていて下さいでは次、何でもお聞きください。

郷原　皆さんから質問をお聞きする前に、もう一つ二つ私のほうから岡本さんにお聞きしたいと思います。お配りした作品リストの中に、吉田拓郎、南こうせつとありますが、興味深かったのが、お亡くなりになられました淡谷のり子さんのお名前があります。淡谷のり子さんと作品を通じてお付き合いがあったというところをお聞かせいただけませんか。

岡本　淡谷のり子さんとは、まるまる2年間かもうちょっとかな、仕事でつき合っていたんですけれど、面白い話はいっぱいあります。なんと言っても、僕はそれまでお目にかかったことがないような素晴らしい女性で、ああいう人はもう出ないかもしれないなと思うぐらい、本当に立派な、素晴らしい人だったんです。

きっかけは、僕の町に、シャンソンをやっている人がいて、淡谷さんをお呼びするっていうんです。そこで会ってみませんか、って言われて会ったんです。ホテルだったと思うんです。淡谷さんは僕のことをあまりご存じなくて、たぶん、「襟裳岬」を書いた作詞家ということくらいで、ほかの歌のことは知らなかったと思うんです。会った瞬間に淡谷さんが開口一番、「私にはブルースと言う言葉が付いた歌がいっぱいあるけれど、あれはブルースじゃないわよね」って。いきなり言われたんですよ。僕もそう思いますから、「そうですよね、あれはブルースじゃないですよね」と言ったら、ニコッと笑って。たぶんそんなことを言ったのは（僕が）初めてだったんじゃないかと思います。それで楽しい雰囲気になって、開演まで話をしたんです。帰り際に「じゃあ失礼します」って言ったら、

「ちょっと、私にも唄の詞を書いてね」って言われて。僕のことはほとんど知らない。これはラブレターですよね。初めて会った瞬間に、作品とかを抜きにしたラブレターだったと僕は勝手に思いました。これは絶対に書かなきゃいけないと思って、それから苦労しました。それはつまり、世代があまりにも離れているので、淡谷さんの言葉から発して良い言葉と、接点が全然見つからなくて、ライブにしょっちゅう通ったりしていたんですけれど、まったく一行も書けなかったんですよね。

きっかけになったのは、淡谷さんがライブで話していて良い言葉があって、イギリスなど外国では70歳になると、ピンクが似合う歳になりましたね、という挨拶をします。すごく良い言葉で、実際、淡谷さんもそのおしゃべりをする時にピンクのドレスを着ていました。それはすごく艶やかで美しくて。ああ、これが歌なんだと思いました。あ、もう無理しなくていいんだと。淡谷さんから話を聞けばいいんじゃないかと思って、テープレコーダーを持って、それから事務所に行って、淡谷さんから昔話や、僕の方が聞きたい話をいっぱい聞いたんです。それでいくつか歌を書いたんですけれど。たとえば、淡谷さんの話の中で、有名な話、そうでもない話、いろいろありますけれど、皆さんがご存じでないことで言えば、必ずリハーサルをする人なんです。渋谷の「ジァン・ジァン」というライブハウスが客と近いので、淡谷さんがすごく愛していた場所なんですね。コンサートは午後7時ごろから始まるんですが、5時半ごろには淡谷さんはピアニストと一緒に入るんですよ。全部きちんとそろえて、ドレスも着て、必ずこんな高いヒールを履くんですよね（右指で5㎝程度の高さを示す）。もし転ばれたらどうしようかと。そのころ、淡谷さんは手を添えていないと立てない状態だったんです。ピアノに寄っかかって歌う感じ。淡谷さんは、座って歌った時にはもう歌手ではないから、私は座って歌わないといけなくなったら歌手はやめると、その当時言っていました。必ず、ピアノに寄っかかって全曲を高いヒールを履いて歌に臨むんですよね。僕が見ていたその頃はもう86歳ですからね。そういう人は休めば良いじゃないですか。そういう一つ一ついろんなことが楽しかったですね。

昔はすごい人で、戦争中に「もんぺ」という服があったんですけれど、絶対にはかなかった人ですから。戦争中にドレスを着てはいけないと言うときにも、ドレスを着ていた人ですから。それで外国のシャンソンは歌ってはいけないと言われた時代に、彼女は兵隊たちがいるところに慰問に出掛けて行って、歌った人なんです。（淡谷さんが）どうしても軍歌などを歌わないと言うものですから、当時、憲兵のような人たちが先端に刀が付いている銃剣を淡谷さんに突きつけて、蹴ったことがあるんですよね。そのときに淡谷さんが「女を殺して戦争に勝てるの」って言ったそうなんですよね。そしたら、（彼らが）恥じ入ったという話があったんです。

おかしな話では、戦争が始まるとピアノとか弾けないじゃないですか。まずピアノがない。グラウンドピアノがあるところに行って歌を歌いたい。あるとき、四国から連絡があって、グラウンドピアノがありますと。歌いに来て下さいって言われた。彼女はピアニストと一緒に出かけるんです。でも、着いてみたらグランドピアノに足がないんです。足のないピアノが置いてあるだけ。で、「淡谷さん、どうしましたか」って聞いたら、「ピアニストには座らせて弾かせた」という話がありました（笑）。彼女の心意気ですよね。

もう一つ。これは僕が大好きな話で。僕は目撃していないんですけど、沖縄でコンサートがあったときに、おばあさんたちが集まった。ござを敷いて。ものすごい台風だったんですよ。司会が永六輔さんで、淡谷さんが歌い始めた。淡谷さんが大好きなお化粧は流れ始めて、髪はベシャとなって。でも、おばあさんたちは帰らないから。もともとはそのコンサートは中止にしようと言っていたけど、帰らない人がいるから「私は歌う」と言って歌い始めた。でも、お客さんは少しだけで、嵐の中で、すごい修羅場になっている。そこまではすごくシリアスな話でしょ。でも、淡谷さんはそれだけではない。永さんが下手にいて、淡谷さんが手招きすると永さんが出て来た。風があまりに吹くから永さんに支えてくれと言うのかと思ったそうです。すると淡谷さんが耳元で、目に付ける「ツケマツゲ」が大事だから、もし落ちたら拾っておいてね、って言ったらしいんですよ（笑）。面白い人ですよね。

こんなに話していていいのかな。もう一つしますね。亡くなった太地喜和子さん。淡谷さんは太地喜和子さんがすごく好きで、まだお二人の面識がなかったころ、ＮＨＫで「わが青春のブルース」（１９８1年）という淡谷さんの自伝を基にドラマを作ることになって、主演の淡谷さん役はだれが良いかと打診が来たときに、「私は太地喜和子がいいわよ。あの人しかいないわよ」って。それ以来、太地さんと淡谷さんの２人は年に1回、正月に必ず会うという親子のような関係が続くんです。なぜ週刊誌はそういう良い話を書かないのかと思います。その役が決まったときに、太地さんと淡谷さんはまだ会っていない。これはマネージャーから聞いた話です。仙台か東北の方だったと思うんですが、淡谷さんが70歳いくつかのころに倒れられたんです。病院で横になっていなければならない。そこに太地さんが駆けつけたんです。マネージャーがそばにいますよね。淡谷さんはどんな病人であろうときちんとお化粧をしているんです。それだけはちゃんとしているんです。そこへ太地さんが入ってきて、するとスタッフから取り寄せた指輪などの小物を、ドラマで使ってほしいって言うんです。良い話ですよね。マネージャーが外に出ていたら、太地さんが大笑いして扉を開けて飛び出してきたらしいんです。マネージャーが「どうしたんですか」と言うと、淡谷さんが手招きするので顔を近づけた。すると淡谷さんは耳元で「NHKで共演する恋人役の男の子は絶対に良い男じゃないとだめだからって言っておいて」って（笑）。そういうことを言う人ですね。それに類した話は、話すと何時間もかかるので。次（の質問）に進めましょうか。

郷原　そうですね。そうそうたる役者さんが並んでいますので、お聞きしたいと思います。まず映画「鉄道員《ぽっぽや》」の高倉健さんとは作品を通じて面識になられたということですので、健さんとのことをお話しいただけますか。

岡本　高倉健さんは健さんと呼ぶことにしますが、プロデューサーから会いたいと電話があったんです。プロデューサーが歌を作りたかったんです。初めは青山の喫茶店で会いました。やっぱり噂通りの〝珈琲《コーヒー》の人〟でした。あの人はお酒を飲まないんです。仕事場には薄い珈琲をポットで持っていって、たとえば一日に7杯とか水代わりに飲む人でした。噂では聞いていましたが、本当に珈琲が好きで、ケーキも注文されました（笑）。そこで、歌の話など雑談をして、淡々と2人で話しました。それで別れたんですが、すぐにプロデューサーから電話があって、「八甲田山」という映画の撮影を真冬ですが十和田湖畔でやるので、そこに行ってくれないかと。そこへプロデューサーと2人で行ったら、健さんの2つ隣の部屋がすでに用意してあって、そこで2週間、撮影現場に缶詰になって、そこで書けたらそこで歌を書いてみたい。僕も缶詰になりましたが、もちろん書きませんでした。もったいなくて、そんな時間があったら撮影現場を見ていた方が楽しいから（笑）。2週間、お金を使わせましたけど。お風呂場に行けば一緒な訳ですから。もちろん僕は外側の人間だからそんなに馴れ馴れしくはできない訳で、撮影は撮影で進んでいる。朝早く出掛けていって雪の中で。これは映画「鉄道員」の時にだれかが話していたけど、普通の役者さんは、自分の撮影がないときは暖かいロケバスに戻って、体を温めたりするんです。それは当たり前のことです。でも、健さんは自分がそこに行った瞬間からスタッフが終わるまでは絶対に離れない。これはびっくりしましたね。たとえば、あの（映画「八甲田山」の森谷司郎）監督はすごい凝り性で、一面の雪の原で、健さんは撮影現場で立ち話をしたんです。なぜかと言うと、風が吹かないので皆が何時間も朝から待っている。寒いから皆は足踏みをしながら待っている。「あの監督はすごいね」と言う。「どうしてですか」と聞くと、「実は昨日、雪の原の向こうに1本の木が見えた。『あれは邪魔だな。きょうはあの1本の木を切ることに時間を費やそう』ということになって」。スタッフ全員はあの木を切るために出掛けたらしい。

ずっと雪の中。みんなは帰ってご飯を食べます。健さんは主役なので残っているんです。たとえば、雪壕の中で展開するシーンとかあるわけで。他の人は休みでも、健さんは主役だから残っている。夜は夜で、寒いんですが、延々と付き合うんです。そういう面白いものを見せてもらうと、歌なんて書けないですよね。申し訳ないと思うんですが、後で書けばいい訳だから。

それでレコーディングの時に、すごい人だと思ったのは、とにかく完璧にできているんです。カラオケを録って、軽く口ずさんで、それはまだ歌ではないですが、「それではお願いします」と言われて、ポンと回して1発目を録った。でも、ディレクターの心理としては何となくもう1本録っておきたい。それでももう1度録って、これも完璧。「もういいね」となった。全体の空気としては、2回目録らせてくれといわれたのは恥ずかしいことだと。そういう空気がありましたね。そのことがすごく印象に残っていて。準備するということはそういうことだと思いましたね。次にいきましょうか。

郷原　ありがとうございます。もうお一人、気になるのが個性派の桃井かおりさん。いろいろお話をなさったことがあるということで。

岡本　ないんです。

郷原　ないんですか。

岡本　ないんですが、面白い話があるんです。

郷原　では面白いお話をお聞かせ下さい。

岡本　桃井さんは僕は面識がなくて、本当はレコーディングに行けば会えたんですけど、そのときには用があって行かなかったと思います。映画監督と原田美枝子と阿木燿子さんと、僕とあと何人かいました。そのときに、桃井かおりを芝居や映画で使うと、何が困るかというと煙草を吸う。ハッと気がついたら、どのシーンでも煙草を吸っていた。映画はカットごとに撮るから。芝居みたいに、ざぁあとした流れで作るものではなくて、シーンごとに撮るんですね。これはまずい。使えないんですね。だって変じゃないですか。だから撮り直したという経験があって。桃井かおりは煙草に気をつけろ、とみんなで大笑いしたんですよ。その後、とっても気になっていたので、彼女がテレビとかに出てくるとやっぱり吸っているなと思っていたんです。あるとき電話があって、桃井かおりに歌を書いてというので、「もちろん煙草の歌ですよね」と「スモーキング・ブルース」を書いたんです。それはわりと好きな歌です。それから彼女に会わないままに歳月が流れました。それで、煙草とか吸わないシーンのテレビなど目にしたけど、どうしても「煙草、煙草」と思ってしまう。

ある日、イッセー尾形さんのひとり芝居で、桃井かおりと「ふたり芝居」をやることがあったんです。ふたりで演じる芝居のシリーズが３本あって、観に行かなかったけれどビデオで観たんです。もう落ちはお分かりだと思いますが、舞台の上でも最初から最後までずうっと煙草を吸っているんですよね（笑）。

郷原　ありがとうございます。ここで会場の皆さんからご質問があればお受けしたいと思います。

会場１　こんにちは。ノグチと申します。きょうは３時間、楽しいお話でありがとうございます。お聞きしたいのは、岡本さんの詞は、僕が知る限りでは飄々とした感じが漂っている気がするんですが、岡本さんが一番楽しいな、幸せだなと感じられるのは、どういうときだったんでしょうか。

岡本　昔ですか。

会場１　いえ、今でもいいです。

岡本　皆さんそうだと思いますが、好きなことをやれていて、その好きなことがある形として面白い方向に向かう、というのを、歌よりも芝居を始めてから感じました。歌は、僕が歌を書きますよね。はめ込みにしろ、詞が先にしろ書いて、レコーディングが終わったころに僕はもう次の仕事をしている。歌が流れてくることはあっても、それを繰り返し

何十回も聴いている。拓郎は自分の曲を聴くのが一番好きだと言っていますが、僕はそういうことはない。そこで最高の幸福感を味わったことはあまりなかった。それで、芝居を始めて、歌を書いて、英語のものを訳詞したりして、稽古は1カ月間ある。すると20曲書いた歌が、いろいろな人が歌って稽古で形ができていく。良く仕上がるとか、良く仕上がらないというのではなくて、自分が思い描いているところよりもっと越えたところ、そこで骨ができたり、窓ができたり、なんとかしながら芝居はできていく。組み上がっていく段階、それが一番好きです。

3年前に、大竹しのぶ主演で、舞台「セツアンの善人」を上演したんです。そのときはルーマニアのアレキサンドル・ダリエというすごい演出家だったんですが、稽古の初日に観に行って、あまりにすごい演出だし、楽しかったので、結局ほとんど1カ月間稽古場にいました。僕は出演するわけでもないけど、ただ稽古を観ているだけ。彼の手によって劇が出来ていくさまが好きだったんです。日本人の演出家もいっぱい観てきたが、そこまでの演出家はいなかったな。今、日本で観たいのは蜷川幸雄さんの演出を見たい。過程が長い方がいいですね。ただ、音楽に関してはいろいろやったので、新鮮味を覚えなくなったのもあるかもしれない。

会場2　松江市から来ましたイヤマと言います。僕は「都万の秋」が大好きなんです。それは置いておいて。僕の知り合いが「『落陽』という歌は、歌詞では『苫小牧発仙台行きフェリー』となっているんですが、隠岐の島へ行くフェリーがあるんですが、それがきっかけで作られた歌だと言っている人がいます。

岡本　憶測を（笑）。言ってる人がいるんですか。間違いですね、残念ながら（笑）。『都

いますか。

万の秋』は隠岐ですが、『落陽』はあの歌のままです。歌詞をご存じでない方はいらっしゃ

会場　（シ〜ン）

岡本　本当ですか？　知っているんですか、皆さん（笑）。

郷原　（一緒に歌詞を口ずさむ）

岡本　（郷原へ）あなたがしゃべった方がいいよ（会場、爆笑）。一番の歌詞はそういう内容。おじいさんが出てきて、おじいさんがさいころを二つ僕にくれるという話なんです。苫小牧から、仙台に出て行く船の中で、それを想い出している歌。これは実話です。このままです。苫小牧に旅の途中に着いて、かなり疲れていたので、どこかで休みたいと思ってたのですが、喫茶店で寝るのもみっともないし、と思って。本を探していたんです。活字に飢えていて本屋さんに行ったんです。（本屋さんに）変なおじいさんがいたんですよ。難しい本、社会的な政治的なものを扱った評論雑誌を立ち読みしている。もちろんボロボロの（服を着た）人なんですけど。「変な人だなあ」と思っていたんですよ。でも、すごく気になるんですよね。しばらく行った所に公園がありました。そこのベンチで少し休もうと休んでいて、気がついたらそのじいさんがいるんですね。なんとなく話すことになって、端折って言えば、これからある所に行こうよ、となった。たどり着いたのが、そこは皆さんがサイコロをやっている場所で、サイコロの種類は、チンチロリンってご存じですか。なんでチンチロリンっていうかと言えば、少し大きめの器があってそこにサイコロを三つ転がすと、カランカランと音がする。そのカランカランが要するに「チンチロリン」の音ということなんです。サイコロの目によってお金が動く。僕はやらない。サイコロの

ことはよく分からなかったわけですから、後にそのことで間違いを書いたりしていますけど、チンチロリンだったんです。気がついたら僕は寝たりしていて。

船が出るころになって、僕は先に出て船乗り場に早めに着いているわけで、船に乗って。あれ不思議ですよね、デッキから外を見たがりますね、人間は。隠岐とかから船に乗って通うのに慣れた人は、船室に入ると単純に荷物を置いて船内でくつろぎますよね。不思議なもので、初めて乗った船では必ずデッキに出て海を見たがりますね。僕は出る前だったから見送る人を見たくなる、あれも変な心理ですよね。するといるんですよね、じいさんが。ぼけぇ、と立っているんですけど。皆さん、テープを投げるじゃないですか。届かないテープが落ちてくる。切れたりするとそれで終わる人もいますが。すると、じいさんが拾って投げる格好とかするわけで。拾って、投げる格好をするんですよ、奇妙に面白い。じいさんが船に乗るときに土産だと言ってくれたサイコロがあって、あとで自分で勝手に意味を付けたんですが、サイコロが二つだった、三つじゃなかったということは「博打をやるんじゃないよ、一生」と勝手な思い込みをしたんですが。そんなことがあって、僕の中では良い想い出だった。３年ほど前に、襟裳に行くときに、どうしてもこれは苫小牧に寄るべきだと思い、苫小牧で下りたんです。その町に久しぶりに行ったんです。前はわりと静かで良い町だったんですけど、今は駅前にバスの施設ができて、正面にデパートができて。あの本屋さんはどこだっけ、と探したんですが、見つからなくて。寄らなきゃよかった、と思ったんですけど（笑）。でも、船の感じはあまり変わっていないみたいで。そんなことがありますけど。少し丁寧にしたものを自分のホームページで書きたいと思いながらまだ書けないでいます。

郷原　ありがとうございました。私も、きょうの質問の最後に「落陽」のおじいさんのことを聞こうと思っていましたが、よく分かりました。質問のファクスもいただいていますので、紹介させていただきます。「岡本さんが歌のことばを作られる際に、ストーリーを完璧に完成させて、登場人物の性格も完成させて詞も整理されるのでしょうか。それとも雑文式に書いたモノを整理してから歌のことばをまとめられるのでしょうか。プラスして、歌のことばを書かれるときに、何か注意されていることがありますか」。合わせてお聞かせいただきたいと思います。

岡本　皆さんがそういうふうにやって、それがいいかどうか、は個人別ですから何とも言えませんが。芝居を書くときは登場人物がはっきりしているので、性格ももちろん考えて書くわけです。そうじゃなくて、何を書いてもいいよ、というときは、初めはたくさん書きます、僕は。それは今日話したように、放送で身に付けたことではないでしょうか。というのは、ことばというのは、僕の体質にもよると思うのですが、緊張して１番の歌を書き切ると、２番の歌が妙に水増しになるんです。歌を書いた人は経験していると思います。つまり展開できなくなって、１番に書いたこととそう変わらないことをただひねって変えただけじゃないかという、罠というか、そこに陥る危険をものすごく経験してきました。特に、あと３日しかないとか急ぐときとか、頼まれた締め切りまで１週間とかいうときに、特にそこに陥るんです。それを回避するために、１番、２番、３番と決めないで、その歌にまつわる書きたいことを、まず書きますね。ただのメモでは困りますが、たとえば、主人公の気持ちを書き切ったと思ったらストップ。歌の主人公がいる風景を書いてやろうと思ったら風景だけをだぁあと書きます。自分の中に浮かんでくるものを書きます。

1日で終わることもあるし、2日かかることもあるし。そこで終わったらもう終わり。その前は見ません、まず。そして次、この人をどこそこに行かせたいとか、失恋させちゃおうとかそれはそれで書きます。集中してメモをつくります。そのあとはさっき第1部で話した演壇の上の生け花のことと同じで、テープの編集と、それをどう削るか、を考えますね。その都度その都度集中しているので、前に集中してできたものを参考に次を書くという風にはならないのです。そうすると、1番、2番、3番が結構上手に発展してくれるんですよ。それが僕の「隠し技」ですね。これは歌を書いている人しか分からないかもしれないですけれど。これは本当によく陥る罠です。

あと技術的に気にすることは、一番気にすることは、削る作業ですね。たとえば、ある素晴らしい1行があったときに、2行でもいいのですが、それを目立たせるために、たとえば「赤い花」があったとしたら、ここにも赤い花、ここにも赤い花、ここにも赤い花だと目立たないじゃないですか。青い花、青い花、青い花、そして赤い花だったら赤い花は目立ちますね。基本はこれですよ。（机の上の全体が白っぽい花の鉢植えを例に）この全体としては一つの形ですが、目立ちませんよね。できれば一個一個目立たせながら統一性を求めたいのはあります。だから、どこを削って思い切って捨てるかをやりますね。それは二十代の初めからずうっとやってきたことなので、自分としてはある程度身に付いているのです。ばぁあとしたメモができれば、早ければ数時間でできるんです。できればそういうところまでいってほしいんですが、それはトレーニングだと思うんです。たとえば漫画家が、漫画家ってすごい天才が多いと思いますが、何か描こうとすると、目や鼻をちょんちょんと描く。それは一瞬でとらえる、クローズアップさせるポイントを、一遍に見抜く目があるから。それと表現する力があるということで。何かを見て、何かを書こうとしたときに、いったいこれはどこに焦点を絞って、そこをクローズアップさせて、何を捨てるか。ほとんどの人は何を捨てて良いか分からない、というのがある。それを常に磨いていくのが一番良いかな。

郷原　時間があれば、後半の方でまた挙手をいただく場面があると思います。アーティストのリストの中に、テレビドラマで岡本さんとのお付き合いがあると思われる、時任三郎さん、岸田智史さんのお二人についてお話をいただきたいと思います。

岡本　前にも話しましたが、兄貴（岡本克己氏）[注２]が脚本家なんですよ。２人が初めて出演したドラマがあって、そのときの脚本が兄貴だったんです。一つは、岸田君の「君の朝」という歌がテレビで使用されたときの脚本も兄貴だし、時任君の場合は「川の流れを抱いて眠りたい」は今も好きな歌なんですが、その歌の時のドラマも兄貴が脚本を書いていた。（兄貴らと）電話で話しました。「君の朝」が先でした。彼らがどう言ったかというと「物語がどう展開するかまだ分からない。ただドラマの中で歌を使う。オープニングやエンディングで使うのではなくて、主人公が歌う形で使う。主人公が成長して、やがて世の中に認められてヒットするシンガーに成長するのか、それともまったく挫折してしまうのかまだ分からないと言う。だからどっちにいっても耐えられる歌にしてほしい」と言う無茶苦茶な話なんです（笑）。これは面白い話があって、彼が歌うシーンがあって、歌手を目指す。テレビで流れたら、本当にレコードが売れ始めちゃった。兄貴とプロデューサーとディレクターと三人が話し合って、「それでは世間の評判そのまま忠実にドラマを進めちゃおうと。つまり兄貴としては明日が分からない物語で、常に締め切りが目の前にあるなかで、

［注２］385ページへ

すごく面白がって「ではそうしましょう」と言ってしまったというわけです。じわじわとランク上がってきてヒットしました。最終的に売り上げが1位となっちゃったから。でも兄貴としてはドラマは順調にいくのは面白くないですよね。最もつまらない。彼らの願望は、急に売れなくなってくれないかな、と。ドラマのエンディングの理想型としては、売れなくなって彼がバス停かどこかで旅をしているときに、半年くらい経って自分の歌も歌いたくないというときに、ラジオから突然その歌が流れてきて、それを聞いたら、また流行《はやり》始めている。それは大きなヒットではないけど、支持をしてくれている人の葉書の良い投書を書いてみたいんだよねと。そうしたら良いエンディングになるという理想を描いていたそうなんですが、現実はそうはいかなくて（笑）。「だめだよ、ヒットしてしまったら」と言われたんですが、そういうことが裏話でありました。

　時任はその次の時で、岸田君はデリケートな感じでやったので、時任はワイルドな男でいくと。オーディションをやるのに、歌えないとつまらない。歌えるオーディションをやる。そのころ、いわゆる松任谷由実さんとか、聴いた感じで、きれいな曲が流行っていたころで、もちろん自分はそういう歌は大好きなんだけど、この主人公は違う。そういう歌が大好きなテレビ番組を見ている人たちに、まったく違うタイプの野性的な男の子を登場させたいというのがプロデューサーと彼との約束事だったんですね。実はあれはオーディションだったんですが、たくさんの事務所からいっぱいの人が来て、時任は1人で大阪から来ていた。ほかの人はきれいな歌を何でも歌うんですが、彼がギター1本で上田正樹の「悲しい日々」だったと思うけど、彼はギター1本で歌った。それがすごくよかったって言うんです。前（に歌った人たち）と全然違っていた。僕は後で彼が弾いたのを聴いたんですが、まぁ、なんてギターが下手な人なんだろうというのが第一印象だった（笑）。でも、それを越えるほどのワイルドな感じだった。それでオーディションで合格が決まった。彼と2回目にあったときかな、六本木で、高橋真梨子の歌を作っている作曲家の鈴木キサブローと、ディレクターと彼と４人で徹夜でマージャンをやったり。その後、交流はあるわけですが。最近、どうしていますかね。アウトドアが好きでそっちのほうにいっているみたいですね。

郷原　吉田拓郎、南こうせつの作品はすごく多いですが、宇崎竜童さんの作曲で、いろんな作品でご一緒されていらしたということです。私は以前、松江で太鼓を叩いている竜童さんを観たことがありますが、竜童さんについてお話をいただけますでしょうか。

岡本　あれは竜童組で太鼓を叩いている時ですよね、宇崎君はね。彼から直接聞いた話ですが、太鼓は大変だそうです。何が大変かというと、体力がどうのということはもちろんありますよ。でも一番大変なのは、あのでっかい太鼓を叩くと響く音が耳にすごいんだそうです。耳をふさぐわけにいかないから難聴になるんだそうです。一生太鼓を叩く人ならまだしも、ミュージシャンですからね。ですから太鼓を叩くのはほどほどにするということになったという話は聞いています。

宇崎さんは、お酒を飲まない人なんです。僕もお酒を辞めちゃったんですが、宇崎さんは昔から全くお酒を飲まないんです。初めて会ったときにすごく印象的だったんですけど、彼の事務所は赤坂のＴＢＳの近くにあるんです。事務所で彼に会って、一緒に打ち合わせをしようと出かけて行ったんですが、これが甘党のお店なんです（笑）。周りは女の子でしょ。わりと小ぎれいな和風のお店でした。彼は普通のお茶とぜんざいを頼むんです。

それで「岡本さんは？」と聞かれて「じゃあ、僕もぜんざいにしておこうかな」と（笑）。そういう印象から始まって。面白い人ですよ。例えば、彼は前にいた事務所を閉じることになって、ＰＡ（音を出すための巨大なスピーカーや調整卓）が、お金にすると合わせて1千万円とかしちゃう。それは事務所の倉庫に置いておけばいいわけで、そこにいつも手伝っていた社員がいて、その人たちも辞めて独立するというんです。そして毎月これくらいずつ何年かかけて支払うのでそのＰＡを安く買わせてほしいという。「良いよ」って。彼らはチームを作って仕事をする。でも、仕事があまりないんでしょうね、すると彼らはしょっちゅう宇崎君の事務所にやってきて、お金をもらって帰っていくんです。でもそのＰＡに関しては一円も払わないんです（笑）。たぶん、あれから払っていないんでしょう。宇崎君に「あれはどうだった？」と聞くと「彼らは一生、覚えているだろうから、払うときは払いますよ。払わなくても彼らは心の中にそれを持っているから、男同士の関係はそれでいいんです。僕らは前に一緒に仕事をしていたわけだから」と言って、その話は終ったんです。

宇崎君から聞いた話で、これは歌の言葉にかかわる非常に大切なことなんですが、アムネスティのコンサートがあって、ブルース・スプリングスティーン、トレイシー・チャップマンと竜童組とユッスーウンドゥールとほかにも世界中のミュージシャンが集まって東京ドームでコンサートをした。すごく良いコンサートで、その時に、僕はトレイシー・チャップマンが好きで観たくて、一番最後にボブ・マーリーの唄を全員が歌ったんです。「闘え、人権のために」という意味の歌詞なんです。その前にボブ・ディランの歌を歌っていたけど、そのあとでボブ・マーリーの歌を全員で歌うというのが、世界中をツアーで回りながらレパートリーの締めだったんです。その時に、その一部を日本語に訳そうということになって、向こうのミュージシャンから「この部分はどう訳すのか」といわれた。日本人は「これは闘え、人権のために」です、と。「そうか」と、歌う。すると、日本人のミュージシャンは政治的なことにはいつの間にか「ダサい」とか「拒否する」とか「つまらない」とか「無関心」とかできていたんでしょうね。だから「闘え」「人権」は労働歌みたいなものではないでしょうか。そう歌うのが恥ずかしい、そういう風に感じるシンガーが日本人にはいっぱいいたみたい。それは日本人が集まった時にそういう噂になっていたんでしょう、きっと。どうしようかというときに、また会議が開かれて、外国の人たちは当たり前だと思っているし、そう書いてあるからそう歌う。たったそれだけの単純なことなんですが、おまけに、アムネスティの救済するというコンサートですから、それでも拒否反応をおこす日本のミュージシャンの現状と、でもそれは当たり前と思ってしまえる外国のミュージシャンとの差。それはますます大きくなっていると思いますね、今。それはいつも気にしていないといけないことかと思う。ちょっと長くなっちゃった、ごめんね。

郷原　ここでさらにご質問をお受けします。……。では、私から聞いていいですか。南こうせつさんのファンの方もいらっしゃると思いますが、こうせつさんとかなりの曲をご一緒されているようですので、こうせつさんについてお話をいただけますでしょうか。

岡本　とにかく、ミュージシャンとは作品を作る周辺以外はあまり会わないんですよ。こうせつ君と最初に会ったのは、フォークソングの番組をやっている頃に、僕はラジオ構成者､彼はまだ学生でした。それで「かぐや姫」ができたのかな。へんてこりんな唄を歌っていましたよ。「シャーララ、シャーララ」なんだ、これは（会場、笑）。けったいな歌でしょう、あんなへんてこりんな歌（笑）。スタジオに行って放送して、それから2人だけで会うことはほとんどないわけですけど。僕はラジオ番組の構成者ですから、毎週土曜か日曜のどっちか、解放されていたんです、ニッポン放送第一スタジオというところがあって、そこに随時、連絡をとった連中が来るわけで。僕の方から出向く必要はなくて、人が来るというほど仕事に追われていたんです。そのスタジオを通じて、そこで主催されるコンサートで一緒になっていた。

ある日、こうせつ君が、釣りが好きだっていうんですよ。僕は、最近はルアー釣りというかバス釣りが好きなんですが、家のすぐ近くに沼とか川がいっぱいあるので、一時、鮒に凝っていた時期があって、「じゃあ、鮒を釣りにおいでよ」と言ったんですよ。僕の家は東京から電車で1時間半くらいありますから、結構遠いわけですよね。ご存じのように鮒の釣りは夜明けとともに始まります。できるだけ早く来てほしいと思うわけです。写真を見ると上半身が裸だから、結構暖かいころだったと思うんですが、彼は始発に近い電車に乗って、本当に来たんですよ。びっくりしましたよ。女性連れだったんです。今の奥さん、育代さん。2人が結婚する前ですね。鮒釣りに女性を連れてくるというのは見たことがない。鮒釣りは1人で静かに釣るものなんですよ。一緒に釣りに行っても少し間隔を空けて釣るのがひとつのルールみたいにあるんです。この人は鮒釣りはあまりやらないなとその時に見抜きました。それだけならまだいいんですが、手にでっかいカセットテープレコーダーを持ってきているんですよ。何だろうと思って。釣り竿とかは僕が全部貸してあげたんですが、着いて釣りを始めた瞬間から音楽をガンガン流しているんですよね（会場、

写真：田村仁

笑い）。音楽をたまに止めると育代ちゃんと話しているし。落ち着かない男だな、と思いましたけど。とにかく陽気な人ですね、彼は。一人静かに、家でいるときは姿が見えませんから、もちろん歌を書くときは集中しているから静かでしょうけど、いつもああいう人ですね。おおらかで明るくて、楽しくて。たまぁに、思い出したように、彼かディレクターから電話が来て「歌を書いて」とかあるんですが、僕から呼びかけたことは一度もなかったですね。今後書くかどうか分かんないですけど（笑）。

彼が富士山の麓に、自分の住まいを建てて住んでいたことがあるんです、一時期。その頃に、「こんな静かな夜」とか「満天の星」とかいくつか書いたんです。彼の息子がまだちっちゃい時で、空気の問題なんでしょうけど息子の体が弱いということがあって、東京を離れようということになった感じのときだったと思います。

富士山の麓の自宅を訪ねて行ったときに、すごく良い親子関係を見たんです。こうせつ君は人気商売なんですけど、そこ（人気商売）から離れているときは（息子と一緒に）静かに過ごせているというのがあって。言葉では言えない、ただ普通の日常なわけです。あるじゃないですか、どこかの家を訪ねて行ったら、自分が思っていたその人のイメージと違うところが。そしてすごくソウルフルな外国の人の歌が流れていました。サウンドも広がりのある、それがね、なんか空全体に広がっていくような大きな感じで。そうか、こうせつ君もこういうことをやっているんだと思いました。下世話な話はありますが、きょうは良い話にしておこう（笑）。

郷原　ありがとうございました。岡本さんには、午後2時から3時間にわたって、最初は「襟裳岬」についてお話いただいて、後半は、作品を提供されたいろんな方々についてのエピソード、そして皆様のご質問をいただきました。無事に「岡本おさみの『フォーク談議』」を終了することができました。岡本さん、ありがとうございました。岡本さんに拍手をお願いします。

（フォーク談義　第2部終わり）

［注２］　岡本克己＝１９３０年～２００２年。鳥取県米子市生まれ。脚本家。岡本おさみの兄。早稲田大学を卒業後、テレビドラマの脚本を手がけ、主な作品に「駅」「20歳」（ともにＮＨＫ）、２０１５年に野村万作により58年ぶりの再演を果たした狂言能「楢山節考」などがある。１９７２年に「絆」で芸術祭優秀賞受賞。

島根県出雲市、鰐淵寺

第三章

岡本おさみが語る『わが詩《うた》』

個人ホームページ「岡本おさみさんが語る『わが詩《うた》』」（1998～2000年、須田泰弘運営）のコンテンツから一部を再録しました。進行役の「すだ」は須田泰弘です。

吉田拓郎編

「花嫁になる君に」

（作詞　岡本おさみ／作曲・歌　よしだたくろう、１９７１年11月20日発表）

すだ　こんにちは。岡本さんが拓郎さんと組んだ作品研究の始まりです。早速、メールをいただきました。なるさんです。拓郎さんのコーナーでは、なるさんにいろいろとご協力いただくと思います。よろしくお願いします。基本的に、投書の文をそのまま生かしながら、ところどころ文章を組み立て、アレンジしながら進めたいと思います。

前置きが長くなりましたが、なるさんどうぞ。

〈なるさん〉　岡本さん、はじめまして。こんな形で、岡本さんと関われるなんて感激です。須田さんに感謝しています。

すだ　ようこそ！　なるさん。なるさんは、吉田拓郎さんのファンの一人で、個人ホームページ「王様達のピクニック」を開設されています。では岡本さんが拓郎さんとコンビを組んで一番最初の作品「花嫁になる君に」から取り上げていきたいと思います。

〈なるさん〉「花嫁になる君に」は本などによると、岡本・拓郎作品としては「ハイライト」「かくれましょう」「プロポーズ」などが、ライブで歌われたのが最初のようですが、レコードとして世に出たのは、アルバム「人間なんて」のA面６曲目に収録された、この「花嫁になる君に」が初めての作品です。バックの12弦ギターは小室等さんです。

すだ　この曲の発表は、１９７１年11月です。岡本さんは放送作家のころでしょうか？

拓郎さんはどういうポジションだったのでしょうか？　まず、当時の状況からお聞きしたいのですが……。

岡本　吉田拓郎について、どう呼べばいいか。迷いますね。吉田さん。拓郎さん。拓郎くん……。なんだか、しっくりこない。で、やっぱり、吉田拓郎、あるいは拓郎と敬称を略すことにしました。

「花嫁になる君に」は拓郎と創った歌では、第1作だと思います。ただ、「ハイライト」と同じ日に拓郎が歌い始めたような気もする。どうも、そのあたりが思いだせないんですが、ま、そのことや、拓郎と出会った経過などは後ほど話すとして、おっしゃるように、当時の自分はまだ放送作家でした。主にラジオの構成台本を書いていた。アメリカでフォークソングが盛んになり、その影響で日本でもギターを持って自作の歌を歌う学生達が急に増え始めた頃です。

ニッポン放送が「フォーク・ビレッジ」という番組を始めることになった。「フォーク・ビレッジ」は、午後11時から20分。月曜～金曜日までの帯番組で、アマチユアが創った歌を収録して放送するのが目的。その番組の構成をスタートから一人でやらせてもらうことになったんです。

初代のＤＪはカントリーシンガーのジミー時田さんと榊原るみさん。榊原さんは、当時まだ16、17歳で、あどけなく可愛かった。拓郎は4代目だったと思います。洋楽の番組から流れる歌を聴いてはいたんですが、本格的に聴き始めたのは、その番組をやるための勉強で、アメリカのフォークソングを片っ端から聴いたり、学生たちが、どんな歌を創ってるか、仕事の取材ってことで、あちこち出かけてました。

毎週1回ニッポン放送の第1スタジオで歌の収録をやってましたね。私の担当は構成の為の取材。訪れるソロやバンドのメンバーにスタジオの前にある喫茶ルームで話を聞いて、番組で生かせるエピソードなどをメモり台本に生かす。それと、あんまり幼い歌詞も放送出来ないので、いちおう歌詞をチェックする。音楽の担当は、当時まだ学生だった石川鷹彦くんで、当時のアマチュアは楽器の演奏がみんな下手だったけれど、そのなかで、石川くんのアコースティックギターは抜群だった。それで彼が音をチェックしたり、時にはギターで参加することもあったんです。

その番組の収録と取材で、当時まだ学生だった、後にプロになっていく、ほとんどすべてといっていい歌手たちと顔を会わせることになるんです。この頃の番組を聴いたことがある人がいたら、放送を聴いた『想い出』を送信してもらいたいですね。須田さんから『想い出』話が来たので、そのことについて少し触れます。

すだ　なんだか、にぎやかな会場から流れていたのは、そう、「ライオン・フォーク・ビレッジ」でした。僕が記憶しているタイトルの「ライオン・フォーク・ビレッジ」は、別の番組だったのでしょうか？　その番組は聴いたように思います。確か…。みなさんはいかがでしょうか？

岡本　「フォーク・ビレッジ」はスタートした時は「バイタリス・フォーク・ビレッジ」。番組の提供はライオン歯磨で、「バイタリス」はライオンが売り出した男性用整髪製品の商品名です。製品名をはずして、「ライオン・フォーク・ビレッジ」となった頃に須田さんは聴いていたわけですね。

すだ　なるさんとくぼさんから質問と『想い出』が届いたので、話の進行の都合で、詳しいことはいずれ書きますが、ここで少しだけ触れておきます。

〈くぼさん〉「この曲のアルペジオがすごくきれいで」昔はよくギターで唄っていました」

岡本　あの頃、東京では、誰もかれもブルースハープをホルダーでとめるボブ・ディランのスタイルやPPM（ピーター・ポール＆マリー）のスタイルを真似たアルペジオとスリーフィンガー奏法をやってましたね。カポタストを使ったりしてね。ネジで締めるもの、ゴムのベルトでとめるもの、いろいろ選んだりして。ふいに思い出したんですが、石川鷹彦くんの自宅が練習のための溜まり場で、小室くんもやってきて六文銭の練習などやってました。石川宅での常連は、小室等と六文銭、ブレッド＆バターの兄弟、安田裕美、南正人などだった思うんですが、みんなまだ学生で、南正人とブレッド＆バターの曲がすごく新鮮だったな。

さて、「花嫁になる君に」に戻りたいんですが、また思い出したことがあります。どれが自分が書いた最初と言える歌詞だったんだろう…。多分、拓郎の前に、泉谷しげるの「義務」「黒いカバン」「人生を越えて」をレコーディングしてると思います。「泉谷しげるファースト」に収録したものです。あ、そのレコーディングのことを思いだしてしまいましたね…まずいな、また横道にそれそうだな。「義務」と「黒いカバン」は当時の時代背景を振り返るにはいいかもしれない。…しかし、それは折りに触れということにしなければ…。「花嫁になる君に」を初めて拓郎が歌った場所は、東京渋谷、山の手教会の地下にある小劇場、渋谷ジァン・ジァンでした。ジァン・ジァンは１９６９年から活動を開始した劇場ですが、つい最近の朝日新聞の記事が「ジァン・ジァン閉館」を告げていて驚いています。

2000年で閉館とのことです。常連は、亡くなった津軽三味線の（初代）高橋竹山さん。それから、三輪明宏、永六輔、イッセー尾形、古舘伊知郎、マルセ太郎などで、自分も、淡谷のり子さんのアルバムのプロデュースをやった時は、淡谷さんのライブを見に、2ヶ月ごとに出かけてたこともあったり、渋谷に出かけて、前を通りかかると、路上にパルコあたりまで行列が出来ている。あれ、凄いな、誰がやるんだろう？　まだ見たことのない人だと後で見にいったりしてました。料金が安く押さえられていて、ジャン・ジャンの社長、高嶋進さんの方針で、組織と組まない、ライブ本番中はテレビカメラを入れない。その姿勢が好きで、見たいライブは、行列に並んで見てました。そのジャン・ジァンで、自分も一枚噛んで、拓郎の定期的なライブを始めたことがあるんです。それが、自分が作詞家になるきっかけです。

すだ　岡本さんが「フォーク・ビレッジ」の担当になって、そのときに初めて拓郎さんと出会われたことになるのですか？　その時の拓郎さんの印象はどうでした？　最初のコンビとなった「花嫁になる君に」の作詞の仕事の依頼、あるいは仕事の交渉はどのように行われたのですか？　意外と、ちょっとしたことから2人の関係は始まったんではないですか？

岡本　拓郎と初めて話したのは、「フォーク・ビレッジ」の番組がらみです。拓郎の印象ですが、なにしろ前のことなので、その時どう思ったか、という返答は困難ですね。風貌は、彼も私も長髪で、ジーンズだったかな？　第3回の全日本フォーク・ジャンボリー（1971年の夏）は取材をかねて見に出かけていて、客がステージに上がり、（歌が存在する意味についての）討論が始まった光景や、サブステージでの拓郎の「人間なんて」は徹夜で見ています。

「花嫁になる君に」を創ったのは、作詞の依頼や交渉があったからではありません。私も、まだ作詞を仕事にする気持ちなどなくて、放送の仕事をこれからもやっていくんだろう、と漠然と思っていた時期です。

拓郎と初めて歌を創った場所は渋谷ジァン・ジァンです。その話を進めます。

拓郎がCBSソニーからアルバム「元気です。」をリリースしたのが1972年7月21日。その当時の渋谷ジァン・ジァンはアンダーグラウンドな作品を生みだす拠点で、実験的なプログラムが次々と上演され、刺激を求めて私もよく顔を出してました。

ある日、社長の高嶋さんと雑談をしていて、今、日本語のフォークソングが活力を持っているという話をしたんです。

じゃあ、そのライブをやってみないか。

そんな一言で、吉田拓郎のライブをやることになったと思います。第3回の全日本フォーク・ジャンボリーが行われたのが1971年の夏（8月7日から9日）。「元気です。」のリリースがその翌年ってことを考えると、拓郎の渋谷ジァン・ジァンでのライブは「元気です。」より1年ほど前、1971年だったと思います。このライブは毎月継続してやる予定だったんです。ところが切符が即売状態で、手にはいらない人が路上にあふれて整理が不可能になった。それで確か3回くらいで打ち切りにしたと思います。

渋谷ジァン・ジァンの客席は100席ほどなので、第1回のライブから、立ち見ありのぎっしり満員でしたね。最前席の客は、（椅子に座っていて）見上げると1メートルほど先に拓郎の顔がある。当時は総立ちなんてことはなく、座って歌を（ことばを）聴いていたけど、すばらしい熱気だったですね。

初めてのライブが終わって、渋谷ジャン・ジャンにももちろん喜んでもらえた。ところが私は複雑な気分だったんですよ。と言うのは、次のライブの日を決めると、私がやることがもうなにもない。音響や、照明は劇場に備え付けられていて、運ぶ必要がない。歌う曲目や順番は拓郎がその日の気分で決める。喋りの内容はもちろん彼のアドリブ。つまり、私の役目は第1回のライブで、もう終わったようなもの。しかし、一応責任があるので劇場に足をはこばなければいけない。拓郎の歌を聴くのが楽しみだったので、嫌なことはまったくなかったんですけどね。しかし、やることは、なにもない。

自分も歌詞を書いてみよう。もしかしたら、それを拓郎が歌ってくれるかも知れない。なぜそんなふうに思ったか？　これもまた、正確な気持ちを思い出すのは無理ですが、ただむしょうに「書きたかった」んでしょう。まわりに日本語の歌が沢山生まれ、刺激を受けていた。誰もが自分のことばで書きたかった。そういう時代だったと思います。

当時洋楽の歌が洪水のように溢れ始め、聴いたり、歌詞を読んだりしていたんですが、自分の書く歌詞はそういう影響を出来るだけ避けたかった。放送をやっていて、耳で聴いてわかることばのトレーニングをしていたので、歌詞も、耳で聴いてわかることばで書いてみよう。

1ヶ月くらいで、ノート1冊分の歌詞を書いた。

そしてライブが終わったジャン・ジャンの楽屋で、その歌詞をノートごと拓郎に渡したんです。彼はメロディーをつけて歌うだろうか…。試験の答案用紙を提出したような気分だったですね。

そして確か、ノートを渡した次のライブで、「花嫁になる君に」と「ハイライト」を歌ったんです。メロディーをつけたよ、歌うよ。そんなことは楽屋で会っていても素振りも見せないで、突然…。

「花嫁になる君に」の歌い出しには驚きましたね。「指が触れたら」と歌い始めたんですが、感情を露骨にしないで書いたつもりだったんですよ。ところがいきなりあのメロディーであの歌い方。ストレートにことばが飛び込んできて、こちらも一気に熱くなる。感動しましたね。歌の詞ってのは、こんなふうにメロディーと声で大胆に動くという驚き。

「ハイライト」にはもっと驚きました。客が笑うんですよ。あの歌詞はさらっとしたユーモアで書いたつもりだった。ところが客が大声を出して笑ってる。それが拓郎の存在感。からっとした体質の素晴らしさなんですが、この経験がその後、彼の歌詞を書くのに役立ったと思います。

すだ　くぼさんから、「花嫁になる君に」のタイトルについて確認するメールが届いています。

〈くぼさん〉　20年くらい前の深夜放送で、この曲のタイトルについて拓郎が、こう言っていたと記憶しています。

「最初、『花嫁になる「るみ」に』（たしか「るみ」とかいう名前だったと思います）というタイトルを岡本おさみが付けてきた。（それを受け取った拓郎が）そんなのはだめだ、と言って、『花嫁になる君に』というタイトルになったんだ」

岡本　「るみ」ではなく、女性に「ルミ」というカタカナの名前を使ってみたくて、（レコーディングされてない、メロディもついていないんですが）いくつか歌詞を書いたことがあります。「花嫁になる君に」はその一連の作品のひとつだったかもしれません。おそらく拓郎が深夜放送で言ったような経過があったんでしょう。ところで、「そんなのはだめだ」という言い方を拓郎はしません。ただ彼は、放送やライブなど客を前にした時、乱暴で行儀の悪いことば使いになるようです。あれはテンションが上がってきた時の（あるいは上げるための）彼の癖ですね。たまに顔を合わせたり電話で話す時は（ふたりとも）気軽に、しかし親しきなかにもお互い礼儀をわきまえて話してます。

ホームページ1998年5月19日最終更新

「花嫁になる君に」

指がふれたら
ぽつんと落ちてしまった
椿の花みたいに
おそらく観念したんだネ

君はいつもの様に
電話に僕を呼びだし
僕を笑わせた後で
その宣言をしたのだった

お料理を習うのも
まんざらすてたもんじゃないよ

そちらから電話を切ったから
君はもっと他のことも云おうと
してたんだろう

受話器をおいたら
終ってから初めて気づく
運命みたいに
ぼくにも　悲しみが湧いてきた

君はこれから　ぼくに
気軽に電話をしなくなり
ぼくの退屈さをすくってくれる君は
いなくなったのだ

お料理を習うのも
まんざらすてたもんじゃないよ

とつぜん　とても確かになったのは
とり残されたのは
僕だったということなんだ

「旅の宿」

（作詞　岡本おさみ／作曲・歌　吉田拓郎、１９７２年６月21日発表）

すだ　「旅の宿」は、吉田拓郎さんの「『結婚しようよ』に続く大ヒット」（なるさんのコメント）です。この曲は多くの人が耳にされていると思います。石川鷹彦さんの知人から最近、この詞は青森県の温泉で作られたと聞きました。どこの温泉でしたか？

岡本　（青森県の）十和田湖や奥入瀬に出かける機会のある方は、バスで青森に抜ける経路を辿っていくと、蔦温泉という宿があります。蔦温泉はいわゆる温泉町の名称ではなく、一軒だけある宿の名前です。秋。その宿に泊まったことが「旅の宿」を書くきっかけになりました。今は、新館も出来たようですが、その頃は、木造の古い建物だけで、バスは宿の玄関で停まるのですが、ブナ林につつまれたひっそりした印象のある宿でしたね。

歌の説明になるので、このことは長い間書いたり話したりしないでいたんですが、須田さんからのメールにあった「青森あたりの宿」という話は、数年前、ＮＨＫの衛星放送で放映された「フォーク大全集」で話した情報だと思います。その方が見ていたんでしょう。あの番組の収録は原宿で、司会者のひとりである岡部まりさんに、「旅の宿」のことについてかなり詳しく話したと思います。（放送されたのは、話の一部だったようです）「旅の宿」について話す前に、蔦温泉について知っておいてもらえると、顔も知らない人たちと話していても親近感が持てそうなので、今日のところは話の入り口までにします。先程ロボットで検索してみたのですが、「蔦温泉」で沢山ヒットします。ぜひ、インターネット上で蔦温泉の湯を楽しんで下さい。

すだ　お答えいただけるかどうか分かりませんが、「旅の宿」は、イメージされた作品なのでしょうか。あるいは実話なのでしょうか。ストーリー性があり、しかもとても鮮烈な表現ですよね。これは、岡本さんのいわゆる旅の途中の作品ですか？　それに、なぜ蔦温泉だったのですか？　ほかにも周辺にはいろいろな温泉があると思いますが…。

岡本　これは実話、私たち夫婦の新婚旅行です。彼女は自然が好きで、大学時代には東北の山にも重い荷物を担いで登ったりしていたんですが、私は東北の秋をほとんど知らなくて、ぜひ行ってみたかった。山でもよかったんですが、それはいつでも行ける。軽装で気軽に出かけたかった。旅行関係の会社に勤めている盛岡の友人に相談したらスケジュールを組んでくれたんです。だから蔦温泉は私が選んだ宿ではなかったんですよ。

蔦温泉を検索して、観光案内的な写真を見てみると、宿の左側に新館が出来たようです。当時はまだ旧館しかなかったんですが、建物は山の裾をよじ登るようにのびていて、通された部屋は木造の急な長い階段をかなり昇ったところにありました。

晩秋で身体は冷え込んでいる。早く暖まりたい。ところが部屋には電気炬燵もなく、火鉢がひとつおいてあるだけ。宿の人に尋ねると節電のためだと言われたような気がします。

（今は快適な環境に整えられてるんでしょうが、あの時は寒かった）

歌詞についての説明は、歌の印象、広がりを痩せさせるので遠慮しますが、「上弦の月」というのは彼女から出た言葉です。その部屋から黒い空を見ると、冷たく光る美しい月が出ていて、天文や星のことにも知識がある彼女が「あれは、上弦の月」といったのが心に残ってました。

温泉は、宿の裏道から沼めぐりをすることが出来ます。蔦沼ならすぐそば。それ以外の沼は歩く覚悟も必要ですが…。

ところで、なるさん。質問&想い出箱に送信してもらった、5月26日付けの「上弦の月」のデータ。とても面白かった。ありがとう。

すだ この作品は、新婚旅行の時の……。これは広く知られているのですか？ ボクは初めて聞きました。

メロディ、詞、アレンジがトータルでかみ合った、素晴らしい出来の作品の一つだと思います。岡本さんもアレンジは気に入っていらっしゃいますか？

岡本 レコーディングはソニーのスタジオだったと思います。「旅の宿」のアレンジはシングルのものと、拓郎の弾き語り。後になっていろいろ出てきますが、最初のレコーディングはその2種類です。シングルのレコーディングで面白かったのは、ドラムの音です。誰が言い出したのかは忘れましたが、どうもドラムの音がジャカジャカとうるさい。のどかな感じとはほど遠い。で、いろんなものの音を試したり、音に工夫をしてみたんです。そのなかでいちばんのどかで面白いとみんなが思ったのが、ダンボールの音。ダンボールの箱の中に薄く毛布を入れて、スティックで叩く。ポンポンとのどかな音がするんですが、これは面白いということになった。(他の楽器の音と混ぜても違和感がないよう音色を調整したと思います)。「旅の宿」シングルバージョンの軽快な音色の裏にはダンボールの力もあった、というわけです。イントロのフラットマンドリンのメロも好きですね。あのフラマンを弾いたのは石川くんだったと思います。

すだ　「旅の宿」の誕生は新婚旅行がきっかけということですが、本当は、実話かどうか質問すること自体、躊躇したんです。もし、実話で、相手が奥さんでなかったらどうしよう……、と頭をよぎったんです（笑）。

岡本　「旅の宿」と新婚旅行についてですが、あれからずいぶん歳月が流れてるので、歌詞の説明にならない程度なら話してもいいだろうと思い、初めて話しました。「フォーク大全集」の収録では、なんでも話す気でいたのですが、岡部さんは、週刊誌的質問や個人的な憶測、意見を押しつけない人で、作品の周辺を丁寧に聞いてもらえたので、ふくらみのある話になった記憶があります。放映部分は少しでしたが……。

すだ　岡本さんからうかがったお話の中で、「旅の宿」が最初にこの世に出たのは深夜放送だったとお聞きしました。リクエストが殺到したという内容だったはずです。「旅の宿」が放送で流れるまでのいきさつはどうでしたか？　ラジオで歌うことは事前に知らされていたのですか？

岡本　須田さんと初めて東京のお茶の水で会った時に、雑談で話したことですね。当時拓郎は、歌が出来るとレコーディング前にステージで歌い始めてました。本人は歌いたいから歌っていたわけですが、結果的には、お金を払ってライブに足を運んでくれた客が一番先に新曲を聴けたことになります。

「旅の宿」をいつどこで歌い始めたか。1972年6月のリリースなので、その前ですね。もちろん弾き語りですが、「フォーク・ビレッジ」の番組の為に収録したもので、面白い歌があると、レコーディング前でも深夜のオールナイトニッポンで流す習慣があって、いろんな歌を次々に放送してました。ですから、あの時放送した歌が、スタジオ録音だったか、それともオールナイトニッポンの公開録音でのライブだったか？　どうも思い出せません。

ラジオで「旅の宿」を歌うことはもちろん知らされてはいません。まだレコーディングもしてないので新曲のキャンペーンでもない。放送したらリクエストが殺到してると放送局のスタッフが教えてくれて、そんなに反響があるなら、次のシングルに決めよう。……そんな経過だったと思います。

ところで、皆さんは、「旅の宿」の文体や語彙の使い方についてどんな感想をお持ちですか。そのことについて話したいので、質問や想い出をお願いします。

すだ　「ゆかた」は「浴衣」、「すすき」は「尾花」、「かんざし」は「簪」、「あつかん」は「熱燗」、「とっくり」は「徳利」などとどうして難しい字が使われているのでしょう？

岡本　当時、洋楽の新しいレコードがリリースされると嬉しくて、洋楽ばかり聴く「洋楽づけの日々」を送っていました。放送局の仕事をしているわけで音楽情報は豊富でした。ところが、東北をまわり、蔦温泉に泊まったりしていると、洋楽づけだったはずなのに、秋の風景と空気に、身体が馴染むんですよ。高校を卒業するまで山陰にいたので、自然に感覚が戻るんでしょうね。

で、洋楽の感覚をすべて忘れて、日本語らしい日本語で「旅の宿」を書いてみたくなったんです。

須田さんが指摘された「難しい字」を使ってみたくなる伏線もありました。

大学を卒業して初めて書かせてもらった放送台本がニッポン放送の「暮らしの歳時記」という番組でした。確か朝7時から15分間の帯番組（月～金まで毎日の番組）だったと思います。働く人たちの一日の仕事が始まる前に、明るい歳時記風の話題を提供する。音楽の間にちょっとした小話を挟む。

番組が放送された1年間ほどは、資料を集めたり、図書館にこもって調べたり、古い俳句や短歌や川柳もかなり読みました。すべて仕事の為ですけどね…。そしてたまに、「読み人知らず」ということにして俳句らしきものをひねって、台本に入れたこともあります。

そんなわけで、「暮らしの歳時記」をやった経験が「旅の宿」に影響しています。「旅の宿」は、まず文体を決めないで書きました。しかし「すすき」「ススキ」と、ひらがなやカタカナで書くと、日本語の味わいや小道具の形、風景が見えてこなくて味気ない。そこで、久しぶりに歳時記や辞書をひらいて、漢字選びをしてみたんです。1番の漢字が決まると、2番以後は、1番に文体をあわせて、ご存知のような文体になりました。今読んでみると、ちょっとやりすぎかなとも思いますが、まあ、これはこれ。あの頃の楽しい想い出ってことにしておきます。

しかし、こういう文体は一度使うから新鮮で、「祭りのあと」でも「臥待月[注3]」ということばを使いましたが、その後は使っていないと思います。

ホームページ1998年6月9日最終更新

「旅の宿」

浴衣のきみは尾花の簪

[注3] 424ページへ

熱燗徳利の首つまんで
もういっぱい　いかがなんて
みょうに色っぽいね

ぼくはぼくで趺坐をかいて
きみの頬と耳はまっかっか
あゝ風流だなんて
ひとつ俳句でもひねって

部屋の灯をすっかり消して
風呂あがりの髪　いい香り
上弦の月だったっけ
ひさしぶりだね月見るなんて

ぼくはすっかり酔っちまって
きみの膝枕にうっとり
もう飲みすぎちまって
きみを抱く気にもなれないみたい

「祭りのあと」

（作詞　岡本おさみ／作曲・歌　吉田拓郎、1972年7月21日発表）

すだ　岡本さん、拓郎さんは全共闘（全学共闘会議）の世代ですよね。全共闘とは、1968（昭和43）年から69年の大学紛争で、闘争を推進するために主体的な学生たちで大学の解体などを主張し組織された運動…。今でも時々、テレビで当時の映像が映し出されますが、東大・安田講堂の攻防戦に象徴されます。私は、高校の時に「祭りのあと」を初めて聴いたのですが、名曲としてなにげなく聴いていました。当時は田舎の中学生だった私らは全共闘の様子はテレビのニュースで知るしかありませんでしたから…。今、改めてそのタイトルにハッと思いました。テーマの裏を考えてみるに何かしら学生運動との関連づけられやしないかと。「祭りのあと」をテーマとして取り上げるにあたって、その紛争の時代が何かヒントになったのですか？　大学がロックアウトされたりした時代背景が起因しているのでしょうか？

岡本　須田さんが指摘された時代です。「祭りのあと」を書いた頃、私自身はすでに大学は卒業。ラジオの仕事をして、音楽漬けの日々を送ってました。台本を書くのが生活で、それにほとんどの時間をとられていたので、政治活動をしたことはなく、どこかの組織に所属したり、闘争のまっただ中にいたわけでもありません。

しかし、若者が熱く政治について語り、行動に移さなければと思っていた時代で、大多数の人が一庶民の自己の意志表示としてデモに加わってました。また、立場や性格上デモに参加しない人も、心の中では参加していたのではないか。そういう時期に「祭りのあと」を書きました。

そこで、当時を「政治の季節」と呼ぶことにして話を進めます。

日記をつける習慣がないので、「政治の季節」での自分の日常をリアルに思い出すことはほとんど不可能なのですが、図書館に通って、当時の新聞の縮刷版を読んでみました。図書館通いをきっかけにして、少しづつ記憶が戻って来たのですが、ふと、以前、「ビートルズが教えてくれた」(自由国民社刊、絶版)という歌詞集を出したことを思いだしました。その歌詞集を開いてみると、「祭りのあと」に背景としての影響を与えている「政治の季節」のことを書いたいくつかの歌詞のメモがありました。その歌詞のメモはいつか歌にするつもりで残しておいたものですが、結局歌ってくれる人は現われなくて、歌にはならないいまま、残っていたものです。

その歌詞のメモを、まず、ひとつ紹介します。

朝

タバコをふかして、ぼくは広場の中央に立っている
誰もいない、とても静かだ
昨日ここでデモの嵐が吹き荒れた
あちこちに角材が投げだされ

まだかすかに催涙ガスが淀んでいる
ぼくは黒いカバンからパンをとりだして、ちぎってかじる
すべては強引に、いつものようにすべては通りすぎた

昨日ぼくは機動隊に追われながらスナックに逃げこむと
そのまま一夜をすごしたのだった
そうして店を追いだされたぼくは
こうして線路づたいに幾つかの駅を歩いて、また
振りだしの広場に戻ってきたのだった

そうしてそのうちに
一日はゆっくりと闇の中でもみ消され
今、ぼくのやせた背中から朝が昇り始めたらしい

すだ　「ビートルズが教えてくれた」の本は、先日お貸しいただきましたが、写真を見ると長髪や服装などの風貌が、見事に当時を表現していますね。
その「朝」を読むと、学生運動の経験を持たない僕でも、当時の雰囲気が伝わってきます。政治にかかわる若者のエネルギーが、社会とぶつかり合ったのが学生運動なのでしょうか。僕は、岡本さんが呼ばれる「政治の季節」（その時代のこと）には、やるせなさが

充満していると感じます。「朝」では、むなしささえも覚えます。岡本さんの歌詞には、そうした時代背景が、メッセージとして歌詞に乗った作品がいくつかあるように思えてなりません。それが「祭りのあと」なのかな、と感じ取ってしまいますが…。「政治の季節」がどのように「祭りのあと」につながるのか、楽しみですね。

岡本　「朝」を書いた頃の時代を確認したくて、このところ図書館で新聞の縮刷版を読んでました。特に確認したかったのは、「線路づたいに幾つかの駅を歩いて」という部分です。デモで街が騒乱状態になると、山手線や中央線が停まって、仕事へと急ぐ人たちは、線路づたいに歩く、そんな日があったんです。その日を正確に確認するのは無理でしたが、「振りだしの広場」とは、代々木公園周辺。デモの集合場所、スタート地点です。「スナック」は音楽仲間とよく飲みにいった代々木にある店で、今もまだ営業しています。

…その店で歌の詞を書いた事がなんどかあります。

「おきざりにした悲しみは」という歌もそうで、あの日はひとりで立ち寄って、軽く酔ってたと思います。「あの悲しみをおきざりにしたまま」という言葉が湧いてきて、メモをとって、飲みながら、1番を書いた。それで、翌日歌詞全体をまとめたと思います。「おきざりにした悲しみは」は啖呵のような歌詞で、ああいう感情を露出して吐き出したことばは、一気に書かないとつまらなくなるんですよ。冷静になりすぎてからは修飾の作為が入り込みすぎて冷えたものになってしまう。

気持ちが冷える前にまとめて、拓郎に郵送したと思います。後で読み返して「冷静じゃないな」と思ったとしても、それはそれで感情の記録なんだ、ってことですね。

ところで、須田さんは、「ビートルズが教えてくれた」の本を読まれたようなので、その本に入れておいた歌詞のメモを手がかりに以後を進めたいと思います。といっても本を読んでいない人には参考にならないわけですから。以下5篇の歌詞のメモを掲載しておいて下さい。「それから」「煙草」「風車」「雨の旗」「1973年1月24日　夕暮れ」。そしてそれらの歌詞のメモに、皆さんからの質問などがあれば、どうぞ…。

すだ　分かりました。以下、その歌詞のメモを載せます。みなさんから質問を受け付けたいと思います。

それから

吐きだすだけなのかい
結局のところ
それでしょうがないのかい
おい　おれ！
ぼくは　そうして
ぼくは　そうして
おきざりの悲しみを飲みこみながら
ほほえみがもてはやされる日常に戻る

もどってゆくのかい

うんざりしながら
それでしょうがないのかい
おい　おれ！
ぼくは　そうして
ぼくは　そうして
吐き捨ての悲しみに溺れながら
飲んだくれのゆるされる日常に戻る

煙草

上野駅地下道は
冬になると浮浪者でいっぱい
ダンボール箱で四方をかこみ
寒い風をさえぎっている

今宵のぼくは招かれざる客
デモなんてあほのやることや
おっさんは二級酒をちびちびやって
サキイカをかじっている

老いた浮浪者や
なかには女もいるが
愚痴っぽいのは若いやつだ
ここもそろそろ追ん出される
街はきれいに飾られるんで
汚れものは目立つらしいや

女が子供を抱いている
亭主はミルクでも買いに行ったのだろうか
カラの哺乳びんを片手にもって
女は泣く子をなだめている

タバコあるかね、とおっさんが尋ねる
ほう、ハイライトか
こんな、すかすかしたもんよう吸えるな
——しかしけっこううまそうに吸う

隣りからだまって手がのびる
おっさんの煙草を巧みにとって
いっぷく、にふく

ふうん、すかすかしとるな
ふうっとぼくの顔に煙をふきかける

風車

くぼんだ頬でみつめるプラカードの向うに
風車を持っている少年がいた
肩車をしているのは彼の父親らしい
少年の唇がふきだす勢一杯の呼吸に
ぼくは微笑んだ
もうやすらぎといったら
そんな風のまわす気流しかなかったのだ
やがて時がひとめぐりすれば
少年はおし黙った父親の朽ちた筋肉に抱かれ
眠りながら温いふとんに運ばれるだろう
投石は流星痕のように、もうはるかな風景だ
　——こんな憎しみあいはもういやだ
　切り札といえば殺すしかないじゃないかね
少年はぼくに気づくと
ひと息に風車をまわした

雨の旗

銀座に出るのに、君をおくって
疲れた軀をタクシーに沈めて
急いで下さいと、運転手に言って
その時それを見てしまった
機動隊の白い盾に囲まれた
デモの列とめずらしそうに見ている人たち

アマンドの付近で君をおろすと
雨の音が激しくなって
いやな雨だなと運転手が言った
あのときぼくは気まぐれな
野次馬の数の中のひとり
ぬれた旗がぼくの骨に重くからんで

１９７３年1月24日　夕暮れ

おめでとうなどと

カップを合わせる男と女がいる
一九七三年一月二四日の夕暮れ
明日の胃袋を満たすための
心ならぬ仕事をこなして
ぼくはいつもの喫茶店に来ている

うるおいの雨だよ
これで平和がくるんだ
議論ずきらしいその男の
うすっぺらなみせかけ正義が
若い女をうなずかせる

デモにまきこまれて
逃げたこともあったっけ
恋の都合と正義をすりかえる
まるで新米のスリみたいに
逃げたことさえ想い出話
その上楽しく笑えるなんて

だからここにはおれないと

ぼくは裏通りをくぐり抜ける
あの酒場から隣町のスナックへ
したたか酔いしれて
ぼくはひとりの飲んだくれになる
悲しみを吐きだせばすむかのように
薄汚れたシートの待つ
やわらかすぎる椅子に座り
悲しみに深くつきささった
棘をぬいて消毒代り
淋しさ肴に酒をあおる
帰ってしまえば慰安なのだと

いつまでこうしているのか
罪を腰まで酒にひたして
にくまれぬ奴ばかりはびこって
笑い話は花ざかり
だからぼくは背中をむけるよ
満ち潮みたいな人の群れに

「ビートルズが教えてくれた」（岡本おさみ著、自由国民社刊）より
原文のまま

岡本　5篇の歌のメモの掲載、ありがとうございました。メモとはいえ、なんとも乱雑なことばばかりで、古い日記を読まれるような気分ですが、しかし、確かにこういうものを書いていたわけです。

「1973年1月24日　夕暮れ」の「こころならぬ仕事をこなして／ぼくはいつもの喫茶店に来ている」。というメモ。仕事はもちろん放送の仕事です。当時ニッポン放送の番組をいくつかやっていて、仕事に追われてあまり寝る時間がとれなかった。近くに日比谷公園があり、公園のベンチで仮眠をとったりしてました。「いつもの喫茶店」は有楽町駅前の有楽町ビルにある喫茶で、2日に1度はここでコーヒーを飲み、本を読んだり原稿を書いたり、打ち合わせをしたりしてたんです。最近は立ち寄ることがないのですが、しばらく前まではたまに立ち寄ると、経営者らしい女性がいつも声をかけて下さる。いつも顔を合わせていたので、顔だけはお互いによく知っている。しかし名前は知らない。ひょっとしたら私の名前はご存知かもしれないいんですが、私の方は知らない。いちどくらい長い話をしたいと思うんですが、立ち寄る時の私は客のひとりで、打ち合わせの相手もいる。それに人の出入りが多く、ちょっとした挨拶ぐらいしか出来ないまま30年ぐらいたったたと思います。

店といえば、友人達と溜まっていたのは新宿です。小説、芝居、舞踊、放送、音楽など

にかかわっている人たちの溜まり場がいくつもあり、喫茶店では比較的おだやかなんですが、「裏通り」の酒場に入ると議論が渦巻いてました。したたか酔うとすぐ喧嘩が始まる。私は議論と喧嘩は柄にあわないのでいつも見てるだけ。酔った友人を連れて帰る役なんですが、喧嘩はかなり過激でしたね。酔いがさめるとまた仲のいい相棒のようになってしまうんですが、政治的な議論が入ってくると、議論が空転し始めて、殺伐とした喧嘩になってしまう。

「風車」は、実際に見た、私がデモに時々衝動的に参加する習慣から抜け出した区切りのような光景です。デモが次第に過激になり、一般の庶民、私のように個人の衝動で参加していたものを巻き込み始めていた頃です。「風車」は国会議事堂からのルートで進んできたデモが日比谷公園あたりまで来て、（私は放送の仕事が一区切りついたので）そのデモを見ていたのですが、列の前線では学生が機動隊とぶつかり始めてました。

デモの中に入っていくと、私の横に「風車」のような親子がいたんです。少年はお父さんの肩にのせてもらい、風車を持って、息を吹きかけている。まわりは騒乱といってもいい状態なんですが、父親は無言で、怒っているような耐えているような表情をしている。危険な場所に息子を連れてきて、息子を参加させてるわけですね。

その親子に感動しました。そして騒乱の中にいながら、その親子だけを見てました。そこだけに焦点をあてて目が離せない。それまで、そんな親子に会ったことがなかったんです。当時、飲み屋での議論などを聞いていると、どんなことばの切り札を出して相手を言い負かそうか。ことばの切り札による殺しあいのようで、愛を感じなかった。「切り札といえば殺すしかないじゃないか」という一行はその議論の様子を切り取ったものですが、自分もそんな水の中を泳いでいたわけで、時に殺伐としたことばで誰かを傷つけていたんじゃないか。姿勢がひんまがってしまったんじゃないか。

その親子の姿を見て、なにかが自分の中で変わったと思います。その親子のような生き方をしたいと思いました。

すだ 殺伐とした時代背景が、岡本さんにも襲いかかり、ゲバ棒、機動隊、デモと…。そして徹底した議論があったのですね。僕は高校時代に「二十歳の原点」という立命館大学の女子学生が自殺した内容の単行本を読みました。これも学生運動のさなかのできごとで、自殺した彼女が記した日記が基になっていたと記憶しています。機動隊、デモの言葉から今、その「二十歳の原点」を思い出してしまいました。

「祭りのあと」を聴くと、何となく学生運動に重なっていく部分があります。体験もしていないのですが…。拓郎さんが、「かぐや姫」の楽曲の中で気に入っている作品が「マキシーのために」と話していた記憶があります。この歌は、喜多条忠さんの作詞で、やはり学生運動で活動していた女性がモデルで、彼女が自殺する歌なんです。拓郎さんがプロデュースもしました。拓郎さん自身も、学生運動を背景にした作品に関心があったのでしょうか？率直にお聞きしますが、「祭りのあと」は学生運動と関係はあるのでしょうか？

岡本 「拓郎さん自身も、学生運動を背景にした作品に関心があったのでしょうか？」「『祭りのあと』は学生運動と関係はあるのでしょうか？」という質問ですが、拓郎が学生運動を背景にした作品に深い関心があったかどうかは、わかりません。彼とそういう話しをしたことがいちどもないんです。「祭りのあと」は私自身の心象風景です。今、思い出すと、すべてが背景のように遠ざかっても、なぜか、その黒い背景の中に、スポットをあてたように、あの子供を肩車していた男性が見えます。遠ざかっていったものはなんだったんでしょうね。出来事、人、光景は沢山ありますが、駆り立ててくれたのは、情熱、潔癖さ、不正なものへの反抗、若さだったんでしょうか……。

「マキシーのために」は学生運動をしていた人物がモデル。とのことですが、知りませんでした。そこで、どんな歌だったか聴いてみたのですが、感情的、センチメンタルな歌詞で、あの時代のリアリティをほとんど感じませんでした。作者がモデルの人物に抱いていた個人的な感情。ラブ・ソングとして聴くのが、素直な受け止め方ではないでしょうか。

「死んだ男の残したものは」（詞、谷川俊太郎）という歌があります。とてもいい歌ですが、その詞に「生きてるわたし生きてるあなた」ということばがあります。生きてるわたしやあなたへの穏やかな問いかけになってるわけです。戦争と平和への生きている者の責任。

あの頃のことを思うと、言論についての未熟さも感じます。現在でも、対立した激論が相手の意見を封殺しているだけの、知的ユーモアのない場面に出会うと、この国では、まだ議論する土壌は出来ていないと思います。家庭と学校で育てるものだと思うんですが、小、中、高校の授業で「議論の楽しみ」を味わってないいんですね。

すだ　確かに議論を深めることや、議論を楽しむことを、僕は学校で教わった記憶はありません。言葉を大切に扱うことは難しいですね。

岡本　なるさんへ

98年5月26日の「旅の宿」の上弦の月に関する情報（424ページ［注3］参照）。その中で（なるさんから）「『旅の宿』ではないけれど、『祭りのあと』の『臥待月』は『名月から四日目の月。寝床に入って、窓ごしに月の出るのを待つ。』という意味があるそうです。」という部分ですが、「祭りのあと」で古風な「臥待月」ということばを使うことに、かなり迷った記憶があります。文体全体に違和感なくおさまるだろうかという迷いです。今でもそれは自分の中で解決されないままなのですが、これもひとつの試みだったと思ってます。

ところで浅田次郎さんの短編集「霞町物語」ではリリカルな日本語の中に、オーティス・レディングといったことばが、巧みな技で見事に定着しています。その短編集では「青い花火」と「遺影」が好きです。

すだ　吉野弘さんの詩集「吉野弘詩集」（思潮社刊、現代詩文庫）を購入しました。僕自身、詩集なんていうのは、いつから読んでいないでしょうか……。「祭りのあと」の中に「日々を慰安が　吹き荒れる」を引用されたのは、吉野さんの詩「日々を慰安が」ですね。この詩集には、吉野さんの詳しい略歴がなく、吉野さんは昭和初期に生まれられ、30年代に自費で詩集を出した方ということしか今のところは分かりません。解説などを読むと、とても穏やかで几帳面な性格な方のようですね。岡本さんは吉野さんにお会いになられたのですか？

岡本　吉野弘さんと直接会ったことはありませんが、作品は好きでよく読んでました。あの頃、ある詩のグループにしょっちゅう顔を出していて、詩のアドバイスをしていただいていた詩人の安西均さんから、吉野さんの電話番号を聞き、直接電話をして「祭りのあと」の歌詞を聴いてもらい、詩の一節「日々を慰安が」の引用許可をもらいました。

歌詞カードでは、そのことを書いておいたのですが、その後のソングブックなどでは、その「断りのことば」が抜けているものがほとんどです。困ったことですが、ま、仕方ないかなとも思います。
安西さんは現代詩人協会の会長などをされた方ですが、数年前に亡くなられました。酒の好きな人で、酔うと「網走番外地」を歌われる。数人で飲みに連れていってもらった夜、安西さんは酔って、車道に出て、「俺はペンギンだ」などと、ペンギン歩きをされる。そんな奔放な酔い方に憧れてました。安西さんの作品では、あの頃、「花の店」という詩が好きでした。

ホームページ1998年10月16日最終更新

［注3］〈なるさん〉1998年5月26日投稿
「旅の宿に関する質問、というか面白そうな話題を。旅の宿には「上弦の月」というのが出てきます。僕は、半分に切ったスイカを真横から見た形だと、今日まで思っていたのですが、WEBで調べてみたところ、「向かって左側が欠けた半月を上弦の月」ということを知りました。（中略）。旅の宿ではないけれど、「祭りのあと」の「臥待月」は「名月から四日目の月。寝床に入って、窓ごしに月の出るのを待つ。」という意味があるそうです。」

「祭りのあと」

祭りのあとの淋しさが
いやでもやってくるのなら
祭りのあとの淋しさは
たとえば女でまぎらわし
もう帰ろう、もう帰ってしまおう
寝静まった街を抜けて

人を怨むも恥しく
人をほめるも恥しく
なんのために憎むのか
なんの怨みで憎むのか
もう眠ろう、もう眠ってしまおう
臥待月の出るまでは

日々を慰安が吹き荒れて［注1］
帰ってゆける場所がない
日々を慰安が吹きぬけて
死んでしまうに早すぎる

［注1］426ページへ

もう笑おう、もう笑ってしまおう
昨日の夢は冗談だったんだと

祭りのあとの淋しさは
死んだ女にくれてやろ
祭りのあとの淋しさは
死んだ男にくれてやろ
もう怨むまい、もう怨むのはよそう
今宵の酒に酔いしれて

もう怨むまい、もう怨むのはよそう
今宵の酒に酔いしれて

［注1］　138、425ページの三連目、裏表紙の〝日々を慰安が吹き荒れる〟は吉野弘氏の詩の一行を借りました。

「都万の秋」

（作詞　岡本おさみ／作曲・歌　吉田拓郎、1973年12月21日発表）

すだ　岡本さんは鳥取県米子市の出身ですよね。私が住む島根県と鳥取県は隣同士で、合わせて山陰地方と呼びます。ご存じの方もいらっしゃいますが、意外と知られていません。島根県に住む者としては、岡本さんが島根の隠岐を題材にした歌を創られ、拓郎さんが歌ったことが今でも、自慢話です（笑）。僕も都万村（現・隠岐の島町）には行ったことがあります。その都万村は牛突き（闘牛の一種）が盛んで、9月1日から闘牛の全国大会が始まりました。隠岐はシーズンになると、大勢の人が訪れる観光のメッカです。「隠岐汽船」などのホームページを参考にして下さい。

まずは岡本さんがこの詞を創るきっかけとなった、隠岐に行かれた時の話からお聞かせください。

岡本　米子が生まれ故郷で、高校を卒業するまで山陰にいて、東京に出てからもたびたび帰郷していたのに、なぜか隠岐の島へ渡る機会がなくて、初めて出かけたのは、（正確には覚えていないのですが）「都万の秋」を書いた1、2年前だったと思います。

船で渡ったんですが、境港から出航したのか、島根半島の七類からだったのか、その後なんども船で隠岐に行っているんで記憶が混乱して、港が思い出せません。

船旅は好きですね。隠岐は航空便もあるけど、必ず船で出かけたくなる。船が港を離れ、湾内を滑って、やがて外海で乗り出して行くと、風が出てきて、船体が揺れ始める。あの高揚感が好きですね。初めての隠岐は、島後《どうご》の西郷港（現・隠岐郡隠岐の島町）で下りて、そこから旅を始めたと思います。人混みで騒がしい夏は避けたかったんで秋を選んだんですが、宿は決めてなくて、西郷港から歩いて少しのところにある民宿にひとまず泊まったんです。湾に面した宿で、宿といっても自宅なんだけど、家の奥にある木の扉を開けるとそこは（湾内の）海で、小物の魚を釣ることも出来る。宿の方ともすごく気があって、いろんな隠岐の話を聞いたりして、家族のように親しくなったんです。そうそう、その宿に小学校高学年くらいの女の子がいて、あれから歳月が流れて、今は東京で結婚して、お母さんになってるんですが、1年に1度くらい今でも近況報告の電話があったりして、久しく顔は会わせてないんだけど、電話で長話をすると、隠岐を思い出しますね。

その宿には数日いたと思います。それから、とにかく隠岐は初めてなので、あちこち見たい。20日間くらい、島前、島後をまわってたんですが、都万に寄ったのもその途中で、都万港のすぐそばにある保養センターに2泊したんですよ。

ま、そんな始まりで、その後、隠岐にはいろいろ想い出が出来るんですが、隠岐を旅したことがある人たちの想い出話を知りたいし、隠岐に住んでる人のメールも読んでみたい。ぜひ、隠岐についての便りを送信して下さい。

すだ　岡本さんが隠岐に20日間滞在して、周られた島後、島前《どうぜん》。その島後、島前の位置関係を説明した方がいいでしょうね。

隠岐は正確には隠岐諸島と言って、大きな島は「島後」「島前」の2地域です。東にあるのが「島後」で、西郷町そして「都万の秋」の舞台となる都万村などがあります（現在は西郷町と都万村、五箇村、布施村が合併して「隠岐の島町」）。西側にあるのが、西ノ島町、海士町、知夫村の3つの町村に分かれた島を総称して島前と呼びます。その隠岐に行く手段は船か飛行機ですが、フェリーが整備されてきた隠岐汽船を利用するのが一般的ですね。

岡本さんが隠岐に最初にいらしたのが、「都万の秋」を書かれた1、2年前。ということは、単純に1970年ごろと考えていいのでしょうか？

岡本　隠岐の位置説明をありがとうございます。初めて行ったのは「1970年ごろ」…そうなりますね。

今では、高速の船で一時間ほどあれば行けるようですが、あの頃は約3時間から4時間かかりました。私は船の揺れには強い体質なので、船旅を楽しむことが出来るのですが…。船にはいろいろ想い出があって…余談ですが、沖縄から西鹿児島へ渡った時は、台風に遭遇して、さすがに怖い思いをしたこともあります。食堂のテーブルや椅子が倒れ、トイレにはみんな通路を這っていく。立って行くと壁に頭を打ち付けて危険なんですよ。そんな時でも酔うことはなかったんですけどね。

隠岐にテレビの取材で（私が出演した番組で）出かけた時に、やはり海が荒れていて、青凪漁の網を上げるのを見にテレビのスタッフと海に出たんですが、小さな漁船の船縁まで波が来ている。舳《へ》先が波にぶつかると波が砕けて、漁船全体が波をかぶる。ずぶぬれになりながら、進むんですが、波のうねりが凄いんで、さすがに怖い。というのは漁船なので、機関室のまわり以外につかむところがないんです。船に腰を下ろし、船の外枠をつかんでる。船の後ろの方にいるんで、腰が浮くほど揺れるんですよ。この撮影は危険という漁師さんの判断で、迂回して中止になったんですけどね。

そろそろ「都万の秋」の想い出を話したいんですが、須田さん、そして、どなたか、都万に行かれたことがありますか、旅の想い出を聞かせて下さい。また隠岐に住んでる方のメールも歓迎します。

すだ　僕は都万村には十数年前に足を踏み入れました。仕事だったんです。都万村の職員の方に、車までお借りしたのを憶えています。島の人はとっても温かかったのが印象的でした。都万の観光は、船小屋と松原が売りだったと記憶しています。古びた船小屋が都万港にいくつかあった、船小屋を整備するのだと伺ったと思います。浜に根を下ろしていた松も風情があったんですね。

漁師さんに漁業のことを尋ねた際に、「1度漁に出てみたら？」と勧められました。めったにないことだから、と二つ返事で了承。貴重な体験に、自慢のカメラを抱えて翌朝、5時頃（だったと思います）に起床して。出航。ものすごい凪の海で、朝焼けがきれいだったんです。さっそく、定置網に向かい、網を引き揚げると結構な量の魚介類が捕れたと記憶しています。危険な仕事に直面する漁師さんが、とても親切に同乗させてくださったのがうれしかったですね。あとでじっくり「都万の秋」を聴けば、そんな情景が浮かんでくる思いがします。

岡本　「漁に出てみたら？　と勧められた」ことがあったんですね。漁ではないんですが、自分も同じような経験をしました。保養センターに泊まっていて、港で都万村の人と話していたら、「釣りに行こうか」と言われて、翌日船で出て、岩場に渡り、魚を釣ったんです。見知らぬ旅の者に、なんて親切な人たちだろうと嬉しくなったことを覚えています。若い漁師さんの一人は、岩場に着くまでの間、船尾からルアーをつけて（竿は使わないで糸を手で持って）海面に流し、トローリングを楽しんでいました。…釣れなかったんですけどね。

「都万の秋」の光景ですが、見たままのスケッチです。1泊した翌日の早朝、港に出ると、コンクリートの船着き場があって、そこでぼんやり散歩していると、小さな漁船が入って来て……あとは歌詞のままです。「大きなイカが手ですくえる」というのは、大げさな表現ではありません。そういうイカが隠岐にはいるんです。

すだ　都万村役場に連絡を取りました。イカの件を聞きました。イカの種類は地元で俗に、アカイカと呼ぶそうです。産卵のために浅瀬にきたところ、浜に打ち上げられるそうです。大きいものは体長が1メートル以上、重さは20キログラムにはなるのだとか。平均10キログラムくらいで、最近は昔ほど多くはないそうですが、今の季節に揚がるようです。主に、すしのネタに使われるのですね。

岡本　歌詞には書かなかった事があります。船が着いて、イカなど下ろして、いらない小魚や、イカのはらわたなどを、その船着き場から海に投げ捨てる。すると、凄いことが起こったんです。始めに無数の小さな魚たちが、撒き餌に寄るように集まってくる。やがて20～30㎝ほどの魚も集まり、海面にわき上がるほどになったんです。ああいうのは、池の鯉に餌をやる時ぐらいしか見たことがなかったんで、驚きましたね。

来年は、久しぶりに隠岐に出かけてみるつもりですが、須田さんや須田さんの仲間たちと出かけるってのはどうですか？　夏は混雑するんで、春か秋にでも。

ところで、隠岐には久しく行ってないんで、今、都万の港がどうなっているのか。ぜひ写真で見たいですね。

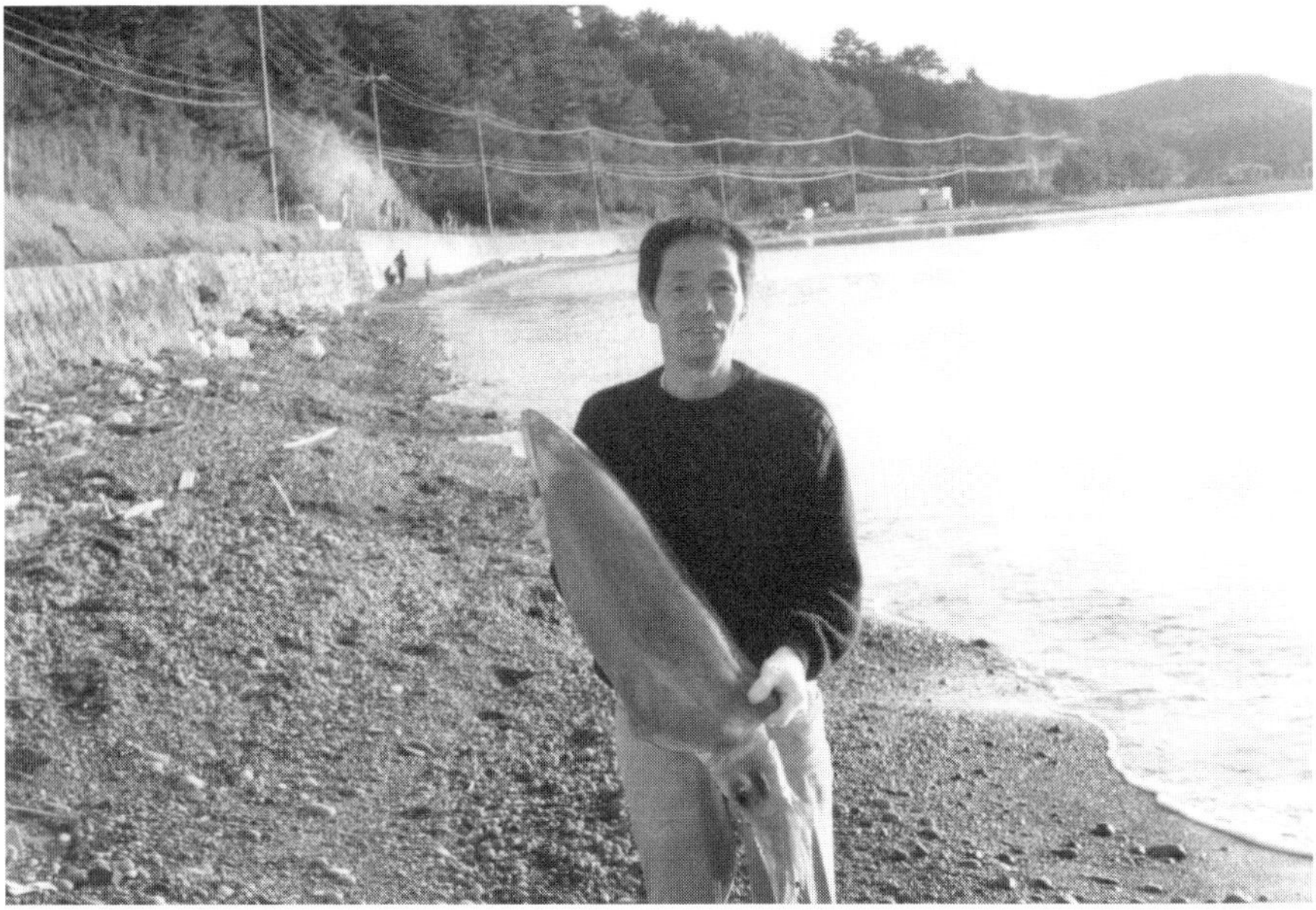

アカイカ（都万の海岸で）

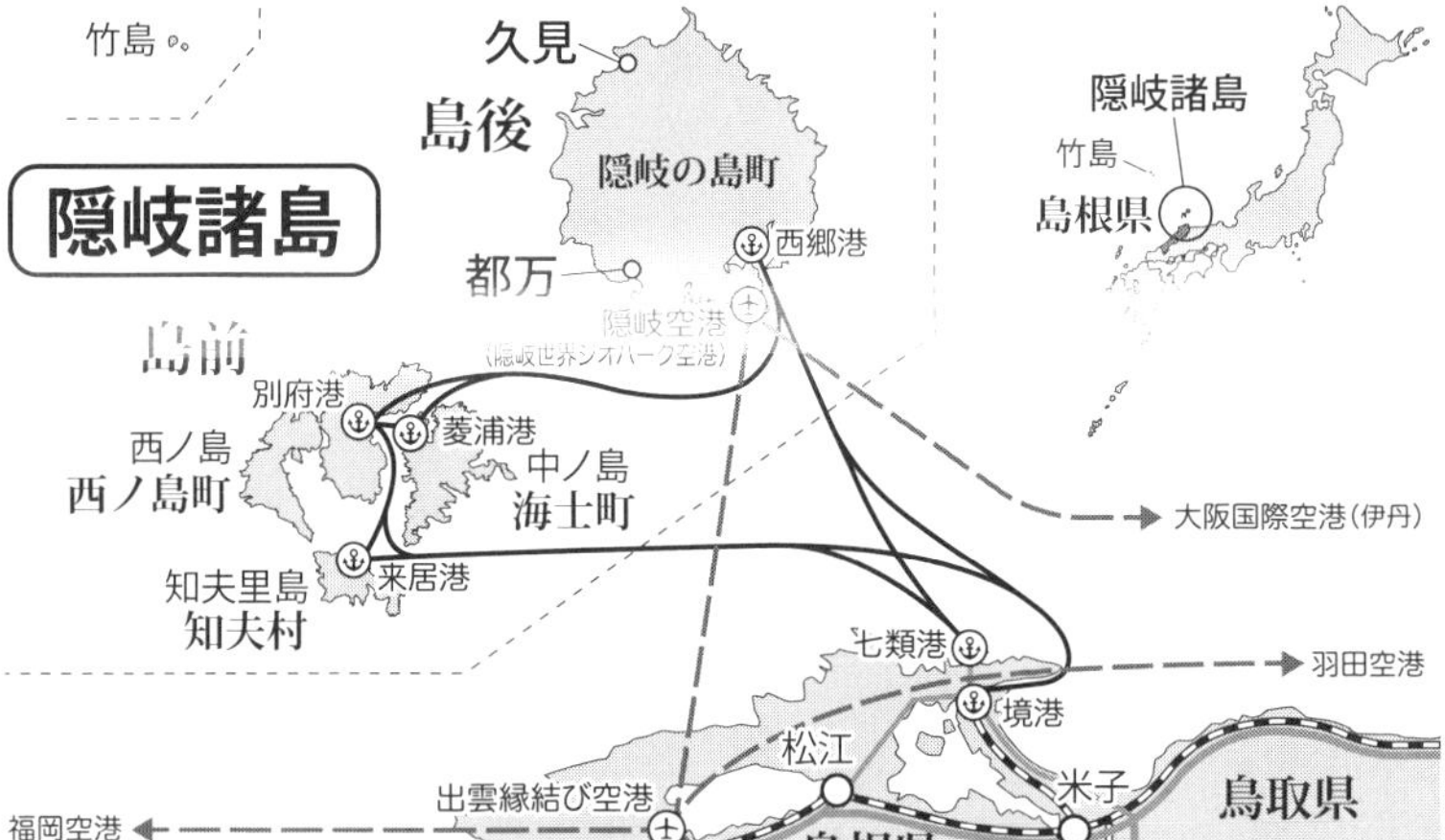
隠岐諸島
竹島
久見
島後
隠岐の島町
都万
西郷港
隠岐空港
(隠岐世界ジオパーク空港)
島前
別府港
菱浦港
西ノ島
西ノ島町
中ノ島
海士町
知夫里島
知夫村
来居港
七類港
境港
松江
米子
出雲縁結び空港
出雲
福岡空港
島根県
鳥取県
大阪国際空港(伊丹)
羽田空港
大阪国際空港(伊丹)
隠岐諸島
竹島
島根県

すだ　ぜひご一緒させてください。その前に、岡本さん、最初に触れていた「アカイカ」（75ページの「ソデイカ」のこと）と都万の湾の写真が届きました。ご覧下さい。都万村役場産業課（当時）の吉岡正道さんが送ってくださいました。ありがとうございました。

また、隠岐にお住まいの松本浩司さんからメールをいただきました。

松本　突然ですみません。僕は隠岐の西郷町に生まれ、何度か島を出て、現在、また隠岐に住んでいます。（中略）。僕は松本浩司と申します。（中略）。須田さん、岡本さん、ひょっこり隠岐の西郷町に来てみてください。「都万の秋」に曲をつけたのは吉田拓郎さんですが、その詩を表現したのは岡本さんなのですから、岡本さんの朗読が聞きたいのです。（中略）。五箇村（現隠岐の島町）の北野大作（郵便局員）と西郷町の吉田隆（役場職員）という歌大好きのやつらがいます。その他にも……隠岐でアマチュアバンドが集う場の「ライブ天国」も今年で9回をむかえました。「フォーク・ヴィレッジ」がここにもあります。（後略）。

岡本　隠岐は、須田さんと、出かけたいね、と話しているところです。ただ、自分が山陰に帰る時は、やはりそれなりの用があって帰るわけでなかなか足を伸ばせないのです。しかし、こんなメールをいただくと、隠岐が以前より身近になりました。「朗読」はかんべんして下さい。歌詞は歌ですから、朗読とはまた違う形を意識して書いているんです。「フォーク・ヴィレッジ」とは懐かしいことばですが、「ライブ天国」。ぜひ続けて下さい。継続は力！

ホームページ1999年5月23日最終更新

「都万の秋」

イカ釣り船がかえると　ちいさなおかみさんたちが
エプロン姿で　防波堤を　駆けてくるよ
都万の朝は　眠ったまま
向こうの浜じゃ　大きなイカが手ですくえるんだよ

おかみさんは　待っている　亭主の自慢話をね
黙ってイカを洗う亭主に　相槌うってね
隠岐の島は　逃げるとこなし
盗人だって　ここじゃどこにも　隠れられない

海のきげんを　とってきた
都万のおかみさんたち
ひと荒れすりゃあ　ひと年も老けてきた
あすの朝は　去ってしまおう
だって　ぼくは　怠けものの渡り鳥だから

南こうせつ編

「こんな静かな夜」

（作詞　岡本おさみ／作曲・歌　南こうせつ、1978年11月25日発表）

すだ　この歌は南こうせつさんのアルバムに収録されています。岡本さんは若いときに3年間でしたか、旅をされていましたよね。もしかしたらその頃の詞でしょうか？　僕自身、この詞のイメージは北海道を想像しますが、どんな場所のどのような情景で生まれた作品でしょうか。

岡本　北海道、ではないですね。でも、沢山の旅の風景が背景にあるのは確かです。実は、この歌詞はこうせつくんの家族に贈るつもりで書いたものです。彼はその頃、富士山の麓で暮らしていました。歌詞の依頼があった時、その場所を見てみたくなったんです。確か、息子の健康も考えて引っ越した、と聞いています。出かけていくと、写真家の田村仁さんも見えていて特別な話はしないんだけど、楽しい時間を過ごした記憶があります。

…そうそう、こうせつくんが「星を見にいこう」と言って深夜、みんなで車を走らせて、富士の裾野を木々の切れるところまで上っていったんです。そこは、彼の「星を見る場所」だったらしい。「音楽を聴きながら、星空を見るとすごいですよ」。こうせつくんは、ちゃんとウォークマンを用意していて、カセットも入っていた。誰の歌だったか忘れたのですが、もちろん洋楽で、その歌を聴きながら星空を見ていると、気絶的に感動しました。

すだ　富士山ですか。こうせつさんは、今は大分県にお住まいですが、その前は結婚して長男の是高くんが生まれてから、東京から富士山の麓に引っ越されたんですね。麓と言っても、冬は大変な寒さだそうですね。この詞の内容はこうせつさん一家のことですか。そう言われてこの詞を読むと、そんな情景を思い浮かべます。それに、冬を前にした、厳しい自然を待ちかまえる思いが伝わってきます。秋の夜空は、すばらしい星たちに恵まれるでしょうね。鳥たちのさえずりにも励まされることでしょう。自然が少なくなってきた今になっては、とても幸せな環境です。でも、平地に住む僕らには、暮らしの中での冬の厳しさは想像ができません。スキーに行って楽しむ、あるいは、仕事で出向いたとしてもホテルや旅館に籠《こ》もっちゃえばいいのですから。

岡本さんの出身地でもあります山陰の鳥取県に「伯耆富士《ほうきふじ》」と呼ばれる大山《だいせん》（標高1729m）がありますよね。そこに何度も行ってはいますが、富士山は、そこ以上の生活ではないのでしょうか。

岡本　詞のモデルは、こうせつくんの家族です。そこから広げて、以前都市《まち》に住んでいたけれど、今は都市を離れた人を書いてみたかった。ですから、作品になってからは、こうせつくんの家族に限定しませんが、この詞の主人公たちは、まだ少しは都市への気持ちを持っています。自分も自然の中で暮らしたい気持ちがあったので、そんな憧れも出ているような気がしますね。

大山は幼い頃からいつも見ていた山です。小学、中学、高校。それぞれ登った想い出があります。妻の実家が皆生にあり、歩いて5分ほどで海に出るので、今も年に一度くらいは帰るんですが、皆生の浜から見る四季折々の大山はとても好きですね。最近大山登山はしてなくて、3年前に紅葉を見に出かけたくらいですが、大山に行く途中に立ち寄った植田正治さんの写真美術館がよくて、翌年もまたでかけました。植田さんの写真は以前から好きだったので、あの建物が出来たのは、本当に嬉しかった。なんどでも足を運びたい場所です。

ところで、「鳥たちのさえずり」といえば、大山の麓に鳥の鳴き声が出来る老人がいらっしゃって、もう10年以上前ですが、その方を取材して、山陰の児童合唱団のために、組曲「野の鳥たちの歌」（作曲・堀悦子）を書いたことがあります。

すだ　山陰の合唱団は、全国でも歴史があると聞いています。その合唱団に贈られた組曲「野の鳥たちの歌」の詞はどんな内容ですか。

岡本　１９８２年の芸術祭参加作品として作ったものです。山陰放送少年少女合唱団で、米子市公会堂で発表しました。４つの歌による組曲です。作曲は堀悦子さん。

○「鳥のことばは人のことば」

聞き做し（ききなし）といって、さえずりを人のことばにあてはめたものでユーモラスな内容になっています。

○「これがきみの山」

傷ついたブッポーソー（コノハズク）を介護する様子。実話を取材して書いたものです。

○「ミソサザイ」

ミソサザイを採譜したさえずりがピアノで始まり、やがて、声のパートは早口言葉の楽しさで表現されています。

○「きみの歌がきこえない」

中海の白鳥を歌ったものです。

昨年、山陰に帰ったときに「水鳥公園」に出かけてみたのですが、いい環境が作られてました。山陰に旅される方にはぜひ立ち寄ってもらいたいですね。沢山の鳥がいる季節は楽しいですよ。

堀さんとの合唱曲では、やはり山陰をテーマにした「隠岐四景」があり、こちらは確か、芸術祭の賞をもらった記憶がありますが、どうもよく覚えていません。

すだ　前回のお話で富士山の麓にあったこうせつさんの自宅にご一緒された田村仁さんというのは、フォークシンガーのジャケット写真をとってこられた方ですよね。名前はよく存じ上げていますが、どんな方ですか。

岡本　「タムジンさん」あるいは「ジンさん」という愛称でまわりのひとから親しまれ、尊敬されています。身体つき、顔、心、それから腹も、すべてがまろやか。いつも笑顔で、一緒にいるとなごやかな気持ちになれる人です。こうせつくんの写真はもちろんですが、吉田拓郎、中島みゆきなどの写真も多数あります。いろいろジャケットを調べてみて下さい。

すだ　本当ですね。早速調べてみたら、吉田拓郎さんの「元気です。」、中島みゆきさんの「親愛なる者へ」もタムジンさんの写真でした。タムジンさんといえば、大山の麓にある写真家の植田正治写真美術館。岡本さんは気に入っていらっしゃるようですが、僕はまだ入館したことがないのです。でも、同僚が仕事で訪れていましたので、ある程度の知識はあります。米子市の隣の岸本町（現・鳥取県西伯郡伯耆町）にあります。建物は、建築家の高松伸さん（島根県大田市出身）の手によるもので、写真家の美術館らしくカメラの巨大レンズを通して、大山が望めるようになっているのが特徴の一つですよね。天気がいいと、大山はもちろん、近くからは日本海が一望できます。行く機会を見つけて、報告しますが、かなり凝ったホームページがあります。関心のある方には参考になると思います。

岡本　ホームページがあるんですか。それは嬉しい。須田さん、ぜひ、この対談からもリンクをお願いします。植田さんの美術館は、打ちっ放しのコンクリート造りで余分な飾りが一切排除されていますね。まわりは畑で、山陰の自然をまるごと取り込んであります。須田さんもいかれるとわかりますが、ふたつのアイディアで構築されています。ひとつはカメラをそのまま部屋にしたもので、入ると、外の景色が逆さまに壁に写っています。もうひとつは水をとりこんで潤いをもたせてあることです。水が流れ、溢れる、浅いプールがあり、天気がいいと、そのプールの水に大山が美しく写ります。館内からその光景をみることが出来るので1枚の写真のように見えるんです。最初に訪れた創設記念時は、曇りで大山が見えず、どうしても見たくて翌年、快晴の日にまたでかけました。

植田さんの写真は、すごく前からファンでしたが、しばらく忘れていました。再会したのは、友人である石橋凌がひきいるロックバンド、ARBとのつながりです。アルバム「YELLOW　BLOOD」のジャケットとビデオの撮影。シングル「AFTER 45」のジャケットの撮影を植田さんが担当されて、鳥取砂丘で撮った写真とビデオを見せてもらい、再び植田さんの写真と出会いました。その後、石橋凌、原田美枝子さんが結婚式を鳥取砂丘で行い、東京での披露宴に出かけると、植田さん撮影の「砂丘の結婚式」が飾られていて、とても印象深かった記憶があります。

すだ　南こうせつさんのファンで、個人ホームページ「ピクニック広場」（現在サイト終了）を運営していらっしゃるNATSUさんからメールをいただきました。「とくに最初の選曲が『こんな静かな夜』という私の大好きな曲でうれしいです。去年の年末の渋谷公会堂では1曲目にこの曲をやってくれましたよ。大好きです」ということです。

岡本　NATSUさん。「こんな静かな夜」を好きになってもらい、感謝します。こうせつくんのコンサートにはもう何年も出かけていないんですが、4月、日比谷野外音楽堂のライブに出かけてみようかと思っています。ホームページも見せてもらいます。今後もなにか質問があれば、須田さんに気軽にメールをもらえればと思います。

すだ　そうです。思い出しました。コンクリートの打ちっ放しの建物でした。植田正治写真記念館のホームページは、今回の対談のために探したら、僕の知人のデザイナーが作成していました。幸形ノブユキ氏の手によるものです。MIDIでBGMを流し、その間に、次々と植田さんの写真が自動的に入れ替わる仕掛けです。幸形氏は、神戸で阪神大震災に遭い、以来、大山の麓の岸本町に移り住んだ人です。彼も、その大山で、「こんな静かな夜」を知る一人になりました。今回のページのリンクに快く応じてくれました。植田さんの作品は、そのホームページでも表紙で紹介されています。確かに、砂丘の写真は印象的です。植田さんも、ミュージシャンのジャケットを担当していらしたんですね。初めて知りました。

岡本　植田正治写真美術館のホームページをさっそく見ました。いいホームページですね。作詞工房にもリンクさせてもらいましたが、このメール対談からもリンクしてもらえたらと思います。幸形ノブユキさんにお会いになったらよろしく伝えて下さい。年内には必ず一度は山陰に出かける予定なので、その時は3人で会うのを楽しみにしています。

ホームページ1998年3月19日最終更新

「こんな静かな夜」

夏を過した人たちは
都会《まち》にもどってしまった
命ある木の葉たちも
すっかり落ちて
また長い冬だね

手がかじかんでしまうから
暖炉のそばにすわろう
この静けさの中で
僕はギターを弾き
うたうだろう
愛しいおまえのために

走りまわった獣たちは
冬ごもりしたろう
音のない粉雪たちが
静かに踊って
また長い冬だね
遊び疲れて眠っている
僕らの愛する息子
このやすらぎの中で
僕はギターを弾き
うたうだろう
愛しいおまえのために

夏を過ごした人たちは
都会《まち》にもどってしまった
命ある木の葉たちも
すっかり落ちて
また長い冬だね……
また長い冬だね
また長い冬だね

「野にあるものの衣着て」

（作詞　岡本おさみ／作曲・歌　南こうせつ、1995年5月7日発表）

すだ　これは、とても奥が深い詞です。流れるようなメロディにうまく乗って、素敵な日本風の歌に仕上がっていますね。

岡本　「野にあるものの衣着て」を書いたのは、神戸などで阪神・淡路大震災があり、少したってからです。こうせつくんの事務所か、ポニーキャニオン。どちらからだったか？どうも思い出せないんですが、歌詞依頼の連絡があって、こうせつくんが東京に来る日に会うことになったと思います。

こうせつくんと会うことはめったになくて、数年に一度、歌詞の依頼が来た時だけですが、あの時は、彼の東京での定宿であるホテルのレストランで、軽く食事をしながら話したと思います。

こうせつくんは、神戸に出かけて、震災に会った人たちを支援するコンサートで歌った時の光景や、神戸の様子を話してくれて、

「どうしても、この震災のことを歌いたい」。

私は震災現場には行ってないので、書けるかどうか。

危惧はあったんですが、一応創ってみる約束をして、その日は別れたんです。

さて、なにを書くか。軽いプレッシャーがあって、それがかえって、興奮を生んでくれるんですが、ニュースを見たり読んだりすると、生々しさが刺激になりすぎる。ドキュメ

ントを書くわけではないので、歌詞が出来るまでは、出来るだけニュースを見ないようにしていたと思います。

ところで、須田さんは、「野にあるものの衣着て」を、震災を動機にして書いたものだと知って、歌詞の内容から、どんな感想を持たれましたか？

すだ　お恥ずかしいです。実は、この歌詞の内容が分からないままに、何かに傷ついた時の詞かとばかり…。阪神大震災がテーマになっているとは知りませんでした。阪神・淡路大震災を歌ったのだと知って、とても心が痛みます。僕の卒業した兵庫県にある大学が震災で大きな被害を受けました。震災後に行くことができずにいましたが、昨年、４年間いた下宿を訪ねたら…。ショックでした。何もしてあげられなくて。

岡本　「野にあるものの衣着て」はメロディーが先。いわゆるハメコミで、サウンドも出来あがってた。仕上がりの予想に迷うことはなかったので、そのあたりは楽でしたね。それに、こうせつくんの声の質もわかってる。

彼の声はあの年齢にしては甘く、年を重ねたりいろんな経験からくる翳《かげ》りがないので、ことばも甘いと、幼くて無邪気なものに仕上がってしまうんです。

ただ、この場合は、その声がヒューマンなものとして伝わればいい、という風に考えてました。

「野にあるものの衣着て」に決めるまでに、３つの歌詞を書いたんです。残りの２つは、震災から距離をおいた日常的な歌。そして夜の時間をスケッチしたもの。

「夜の時間」の方は、「夜が長く、不安だろう」という想像から、長い夜の時間が安らかなものになれば、という願いで書いたものです。その３つから２つ選んで、こうせつくんに見せたら、彼がこちらの方を選んだわけです。
どんな理由で彼が選んだかも、いずれ話しますが、（聖書の）聖句を調べていて「野にあるものの衣着て」にたどりつけました。
聖書全体を読むことに慣れていないと、ヘブライ語の前半（旧約）とギリシャ語の後半（新訳）のつながりや、枝葉に分かれ、伏線になりながら繋がっている聖句の相互理解がやっかいなので、複雑なところは省略して、「ユリの花」についてだけ、取りあげてみます。
参考になった聖句は沢山ありますが、「マタイ6章28節、29節」もその一部です。

すだ 「マタイ6章28節、29節」を調べました。

「28 また着る物について、何故思い煩うのか。野の百合がいかにして育つかをよく学べ。労苦せず、紡ぐこともしない。29 汝らに言う、栄光を極めたソロモンでさえこの花の一つほどにも身を装うことをしなかった。」

（「新約聖書　本文の訳」田川建三訳、作品社刊より）

震災を体験しなかった自分たちが清められる言葉です。ましてや、阪神・淡路大震災で被害にあった方々には、励みになる句と信じたい。そう感じます。心の支えになる詞に仕上げられたのですね。これは、改めて自分にとっても大事にしたい詞になりました。こうせつさんも納得された訳が分かるような気がします。岡本さんもお気に入りではないですか？

岡本 歌を書いて、レコーディングが終わると、また次に何かやっているので、「歌のその後」について、いろいろ思ったりしないんですが、「野にあるものの衣着て」は、震災のその後の記事を読んだりすると、あの歌詞でよかっただろうか、と思うことがあります。

たとえば、歌を聴いた人が、息苦しくならないだろうか…。

話は前に戻りますが、レコーデングスタジオで、こうせつくんと、「野にあるものの衣着て」の話をしていたら、彼はけっこう聖書について話せるということがわかって、次第にジョン・デンバーの話になったんです。

彼はジョン・デンバーと共演したことがあり、交友もある。ジョン・デンバーは凄く信仰が厚い人物で、その影響らしいってことがわかったんです。須田さんのHPはこうせつくんのファンが多く、ジョン・デンバーの歌も当然聴き込んでいると思えるのですが、須田さんを含めてこうせつくんのファンの皆さんは、ジョン・デンバーの歌についてどんな感想を持ってますか？　ぜひ聞いてみたいと思います。

すだ　少なくとも僕は息苦しさは感じません。前に書きましたが、大学時代の下宿は震災に遭いました。1年前に家族と訪ねましたが、その下宿だけが建て替えられていて、到着して下宿の奥さんに会うまで、涙があふれそうでした。

被災者にどうすれば希望を与えられるか、ですね。それはどんな形でも良いのだと思います。勇気づけることだと。僕の場合、現地にすぐには駆けつけることができませんでしたが、ようやく昨年、行けました。それで良かった。

10年ぶりの下宿訪問で、奥さんはとても喜んでくれました。声を掛ける努力だと思います。それが電話1本であれ、生きる勇気につながると理解しました。

そうですか。こうせつさんはジョン・デンバーの影響で聖書をご存じですか…。分かります。こうせつさんの人を包むような優しさは聖書の教えからも来ているのかもしれません。

僕は、ジョン・デンバーの曲は高校時代にラジオを聴いたくらいです。でも、こうせつさんとジョン・デンバーとのデュエット曲「岩を砕く花のように」は聴き込みました。ジョンの死は僕にもショックでした。僕以上にこうせつさんは悲しかったことと思いますが…。ご冥福を祈ります。

岡本　「岩を砕く花のように」。いいタイトルですね。今度聴いてみますが、そのデュエットは、どのアルバムに入ってますか？

ジョン・デンバーの歌詞を、これを機会に少し点検してみたのですが、意味をそのまま写してる翻訳が多いようです。

そう思いながらも、翻訳を参考にして英語を照らして読むと、

「へえ、こんな、いい詩を書く人だったんだ」

と、驚きました。

すだ　「岩を砕く花のように」は、こうせつさんのアルバム「帰れない季節」（1991年発表）に収録されています。でも、作詞は「JOE HENRY」になっていて、ジョン・デンバーではないようです。ちなみに訳詞は庄司明弘さんです。

岡本　ジョン・デンバーの詩については、質問が来てから、（質問をくれた方と）話したいと思います。後で、書き加えればいいんじゃないでしょうか。

須田さん、ジョン・デンバー関連のホームページへのリンクをお願いします。

すだ　そうですね、そうしましょう。ジョン・デンバーのホームページは、ところどころで語られ、たくさんのサイトがありますが、次の個人ホームページ「The Japanese John Denver Page」は大変なボリュームです。

岡本　ところで、先日のメールにあった「野の仏」という可愛いくて、ちょっと恥ずかしい歌詞についてですが、あれは、こうせつくんが、いちどだけ我が家に来たことがあった。その時の想い出に書いたものです。

彼が、まだ結婚する前で、「鮒釣りにいこう」ということになって、朝早くやって来たのですが、なんと女連れ。その女性が、現在の彼の奥さんです。

自分が住んでいる周辺は川が多く、最近はバスも釣れますが、その頃は鮒と鯉の釣り場。で、釣り始めたんですが、彼は、ラジカセなども持って来ていて、ラジオ番組を聴きながら、釣り糸をたれている。賑やかなんですよ。

ご存知のように鮒は静かに釣る。

いや、どうも、はしゃぎすぎで釣りにはなりませんでした。

こうせつくんにとってあの頃は、恋のまっただ中、あの日はデートだったんですね。それに彼には静かな川釣りはあいませんね。海なら騒いでもいい。やはり大分の海が似合ってるんじゃないかな。

すだ　「野の仏」は、拓郎さん作曲の歌ですね。こうせつさんが釣りをする設定です。なんだか、光景が浮かびますね。こうせつさんがはしゃいでいる姿も。この歌は、ネット仲間に好きな方がいます。拓郎さんのコーナーで詳しく触れたらどうでしょうか。

ジョン・デンバーのホームページ〝The Japanese John Denver Page〟を運営してい

らっしゃる田中タケルさんからメールをいただきました。こうせつさんとジョン・デンバーとの興味深い間柄などに触れていらっしゃいますので、紹介します。次の通りです。

田中　貴サイトの岡本おさみさんとの『野にあるものの衣着て』についての対談、大変楽しく読ませていただきました。岡本おさみさんについては、その作品を耳にしたことはあったものの、ご当人に関しては恥ずかしながらほとんど何も知りませんでしたが、大変興味深いお話でした。

特に、ジョンの影響でこうせつさんが聖書を読むようになったというお話は、まったくの初耳でした。

ジョンがとても信仰に篤い人物であることにはちがいないと思います。それが彼の曲の前面に押し出されていることはあまりないものの、非常にさりげない形で信仰に関連した表現が織り込まれている曲は少なくありません。たとえば『詩と祈りと誓い』『ライムズ・アンド・リーズンズ』『マシュー』といった曲の歌詞がそうです。そして、その描き方がいたって自然で、生活の中に信仰が根付いていた古き良きアメリカの姿が目に浮かぶようです。

こうせつさんと聖書のエピソードは、こうしたジョンの作品世界を裏付ける話として、大変貴重な発見でした。

さて、ここでジョンとこうせつさんがデュエットしていた、『岩を砕く花のように』について少し…。

この曲（原題は〝The Flower That Shattered The Stone〟）は、１９８８年、ナッシュビルのシンガーソングライターJohn Jarvisによって書かれた曲で、翌89年にはオリビア・ニュートン・ジョンのアルバム〝Warm And Tender〟で取り上げられた作品です。ジョンはこのオリビア版を聴いてほれこみ、１９９０年に自身も取り上げることにします。

ちなみに作詞のJoe Henryは、ジョンと同じコロラド州アスペン在住のソングライターで、ジョンとの共作が多いことで知られていますが、２人は単なる歌手と作詞家という以上の友人同士で、精神的なレベルで互いに影響を与え合っていました。それだけにこの曲は、ジョンの自作曲ではないものの、限りなくジョンの精神に近い曲といえるのではないかと思います。

さて、この「岩を砕く花のように」ですが、当初〝Earth Songs〟というジョンのセルフ・カバー曲を集めたアルバムに、新曲としてソロ・バージョンが収録されることになっていたのですが、どこからか南こうせつさんとの間でデュエット・バージョンを吹き込もうという話が持ち上がります。

ジョンとこうせつさんは、83年６月に「ミュージックフェア」というＴＶ番組で共演して以来の友人で、84年にも世界湖沼会議の前夜祭コンサートでも共演し、「いつか２人でデュエット・レコードを制作しよう」と約束しあったということですが、遂にその夢が実を結ぶ時が来たわけです。

庄司明弘さんが訳詞をつけた新バージョンを、ジョンがＬＡで、こうせつさんが日本でそれぞれ吹き込み直しました。こうせつさんがツアーで忙しかったこともあって、アメリ力に渡るわけにもいかず、結局２人は一度も直接顔を合わせることなく、録音を完了します。２人の打ち合わせは国際電話で、スピーカーの音を電話越しに流すなどして進められたそうですが、とてもそうは思えない、意気の合った作品に仕上がっているのではないかと思います。

２人が実際に面と向かってこの曲をデュエットするのは、その年、世界を衛星中継で結んで放映された「アース'90」というコンサート・イベントが初めてでした。（ジョンはそのイベントの日本会場の司会をつとめていました）。同年、10月にこの曲はポニーキャニオンからＣＤシングルとして発売されます。残念ながら、このＣＤは期待されていたようなヒットにはなりませんでしたが、その後も２人は折あるごとにこの曲をデュエットしています。

まず、90年10月に恵比寿ＦＡＭＥでのコンサートにこうせつさんが飛び入り出演した際。また、その数日後、東京都内でおこなわれた発売記念パーティーでも、もちろん披露。しばらく置いて、ジョンにとって最後の来日になってしまった、95年10月４日、北海道トマムで行われた観光環境会議中のイベント、「エコ・コンサート」に出演した際にも最後の共演を見せてくれました。

母なる地球の美しさを優しく歌い上げているこの曲は、ますます環境問題に傾注していった晩年のジョンを代表する一曲と言ってもいいのではないでしょうか。同様に、こうせつさんのキャリアの中でも重要な一曲なのではないかと思います。（そうであってほしいと思います。）

岡本　田中さん。

メール、ありがとうございます。

いくつか興味深いことに触れてあり、楽しく読ませていただきました。田中さんのメールの中で、こちらの話が軽はずみだったため、誤解を生みそうな箇所があります。こうせつくんのファンの間で誤解がひとり歩きするのは避けたいと思い、まずそのことから返信します。

「ジョンの影響でこうせつさんが聖書を読むようになった」という部分ですが、こうせつくんが、どの程度聖書を読み、学ぼうとしているか確認していません。あるいは、読むといえるほどではないのかも知れません。そのあたりはよくわかりません。


こうせつくん。

もしこの文を読むことがあれば、直接コメントをくれませんか。


ところで、こうせつくんとのスタジオでの雑談で興味をひかれたのは、こうせつくんよりも、むしろ「ジョン・デンバーは聖書について造詣が深い」という印象を強く持てたことです。

久しぶりにジョン・デンバーの歌をいくつか聴きなおしてみて、田中さんが指摘された「さりげない形で信仰に関連した表現が織り込まれている」という部分。自分も同じ印象を持ちました。

それは、詩という表現をもちいて、自然と一体になる願望を書こうとした時、ごく素直に信仰へとことばが傾斜して滲み出た。心の流れがそうさせたのだろうという推測です。

このことについては、ジョン・デンバーさんに直接聞いてみたい気がしますが、もう訊ねることが出来ないのが残念です。彼が、インタビューに答えているものがあれば、教えていただけるとありがたいと思います。

そんなことを思いながら、彼の歌を聴いているのですが、彼の歌には、都市生活者から、自然へ帰ろうとする願望が溢れていますね。「ロッキーマウンテン・スイート」の旅人の気持ちがそれを端的に語っています。「ウインド・ソング」に寄せた自然に対する謙虚さにも好感を持ちました。


ホームページ1998年4月11日最終更新

「野にあるものの衣着て」

荒地に咲いた　花のように
涙を水に飲み干して

生まれ育ったあの街で
愛する人と別れて来た

朝の光でぬくもりを
のばした背筋に夕暮れを

ラッシュアワーのにぎわいと
街の灯りをぬくもりに

あなたが好きな野のユリを
淋しい夜に飾りたい
野にあるものの衣着て
飾らぬ心で　これからも

野にあるものの衣着て
飾らぬ心で　歩みたい
う……

「第一章　旅に唄あり」は、初版本の誤字や一部の文は削除・修正・加筆しました。本文中の一部には、差別的表現や不適切な表現ととられかねない箇所が散見されますが、作品が書かれた時代背景と作品の価値を考え、原文のまま表記しています。写真は一部削除、差し替えました。漢字は現在、一般的に使われている字体に改めました。送り仮名は原文を尊重し、振り仮名は適宜加筆ないし削除しました。

「第二章　岡本おさみのフォーク談義」「第三章　岡本おさみが語る『わが詩』」は、本書の書籍化に当たって修正・加筆・再構成しました。

第四章

岡本おさみがつなぐ人たち（寄稿）

南こうせつ
田家　秀樹
長谷川泰二

僕の感性をえぐって「ことば」にしてくれた

シンガーソングライター　南こうせつ

岡本おさみさんとは、僕がアマチュアのころからの付き合いで、岡本さんの詞に曲をつけた楽曲は30曲を超えます。吉田拓郎さんに次ぐ楽曲数ではないでしょうか。

１９７０年代、ニッポン放送の「バイタリス・フォークビレッジ」という番組で構成をなさっていました。僕はアマチュアで歌ったその番組で岡本さんと知り合ったのです。パンダさん、正やんとの第２期かぐや姫となり、拓郎さんや、高校生だったRCサクセション、森山良子さんもいて気軽に参加しました。当時、作詞家は珍しくて、あの番組の構成をしている人がフォークソングの詞を書くイメージしかありませんでした。

岡本さんが拓郎さんに良い詞をいくつか書いていたので、かぐや姫にも詞を依頼し、渡されたのが「悪いあそび」（以下、編注以外は作曲・南こうせつ）でした。72年、TBSラジオの生放送の公開番組で、「十円玉を二人で飲んで　どちらが早く出てくるか　競争しましょう」と歌いました。しかし、放送禁止になりました。拓郎さんにはかっこいい青春の歌を書いていたのに、かぐや姫はシングル「酔いどれかぐや姫」で「シャーララ」とか歌っていたからコミックソングになったのかもしれません。以降、かぐや姫に岡本作品はありません。

僕がかぐや姫からソロになって「私の詩《うた》」「思い出にしてしまえるさ」（76年）などを書いていただきました。「私の詩」の詞には感動しました。僕には表現できない。ほかの作詞家にはない、〝岡本おさみの世界〟だったんです。

岡本さんの詞には僕の中に存在しない〝ことば〟があります。僕の感性や思いを岡本さんがえぐってくれました。ラブソングも愛の表現が独特で深い。だから憧れます。

若いころ、ご自宅近くで一緒に釣りをしたり、富士山の僕の家に遊びに来ていただいて、星を観たりしました。富士山では真っ暗闇のなか、天体望遠鏡で土星の輪を見たのを覚えています。岡本さんは、喜びや悲しみの表情をあまり出さない人でした。岡本さんが当時のことを本書で触れていますが、ご一緒したときに楽しんでいただけたと知ってうれしく思いました。

その後に「こんな静かな夜」「オハイオの月」（78年）の詞をいただきました。「こんな静かな夜」は、富士山の2合目に妻と息子の3人で暮らしていたころの詞で、思い出が全部詰まっています。本書に「オハイオの月」の基となる話が描かれていますが、体験していないとあの奥深いことばは出てこないと感じましたね。

作品として評価が高いのが「愛する人へ」（77年）。出だしの「きみのきれいな胸　とてもあったかい」ということばは僕には表現できません。作詞家の荒木とよひささんは岡本作品の中で一番良い詞だとおっしゃっていました。僕が今もステージの最後に歌っている「満天の星」（82年）の「ひとりぼっちの君に降るのは　満天の星」という詞には僕も励まされるんです。泣きたいほどに悲しいときに満天の星を仰ぐと、いっぱい友だちがいるようで元気が出ます。これが岡本さんの〝ことば〟ですね。

変わり種では、拓郎さん作曲の「野の仏」(73年)。僕に内緒で歌詞に「こうせつ」の名前が入って、拓郎さんが突然、中野サンプラザで歌いました。前述の岡本さんの自宅近くで釣りをした時の詞で、あの照れ屋の拓郎さんが「こうせつ」が登場する歌を歌ってくれたのは驚きでしたし、光栄でした。拓郎さんもあの詞が気に入っていて、僕もステージで時々歌っています。

そして本書でご本人が解説されている「野にあるものの衣着て」(95年)は、阪神・淡路大震災の後、世界中が生きていることの価値について考えたから、岡本さんと曲作りの打ち合わせで大震災をテーマに選んだのです。が、あの歌が聖書から生まれたとは知りませんでした。ネットで岡本さんが「こうせつくん、この文章を読むことがあれば、直接コメントをくれませんか」(本書453頁参照)と呼び掛けていらした。お寺の息子の僕は〝お経〟は詳しいのですが、残念ながら聖書は「ノアの箱舟」くらいしか知りません。インターネットをしないため当時コメントできず、申し訳なかったなと思います。

2021年9月に発売したミニアルバム「夜明けの風」に岡本さんの「プライベート・ソングⅡ」を収録しました。大分県のわが家のリフォームに合わせてCDなどを整理していたところ、作詞家別に仕分けしていた岡本さんのファイルの中から詞が出てきました。

実は僕のシングル盤「Bye Bye TYO」(作詞・山川啓介、84年)のB面に岡本さんの「プライベート・ソング」を収めていました。40年近く前に、同じタイトルを2作品いただいてひとつには曲を付けていなかったわけです。あらためて読み込むととても良い詞で、タイトルに「Ⅱ」を入れました。岡本さんが生誕80年を迎えることを知らないままに作りましたが、もしかしたら岡本さんに導かれたのかもしれませんね。

拓郎さん、森山良子さん、高倉健さんなど多くのアーティストに作品を提供されました。70年代以降、フォークソング、歌謡曲を代表する作詞家として日本の音楽史に残された功績は大きいと思います。岡本おさみさん作詞のたくさんの楽曲はいつまでも歌い継がれるし、僕も大切に歌い続けます。皆さんも岡本おさみさんの〝ことば〟を味わって、楽しんでください。

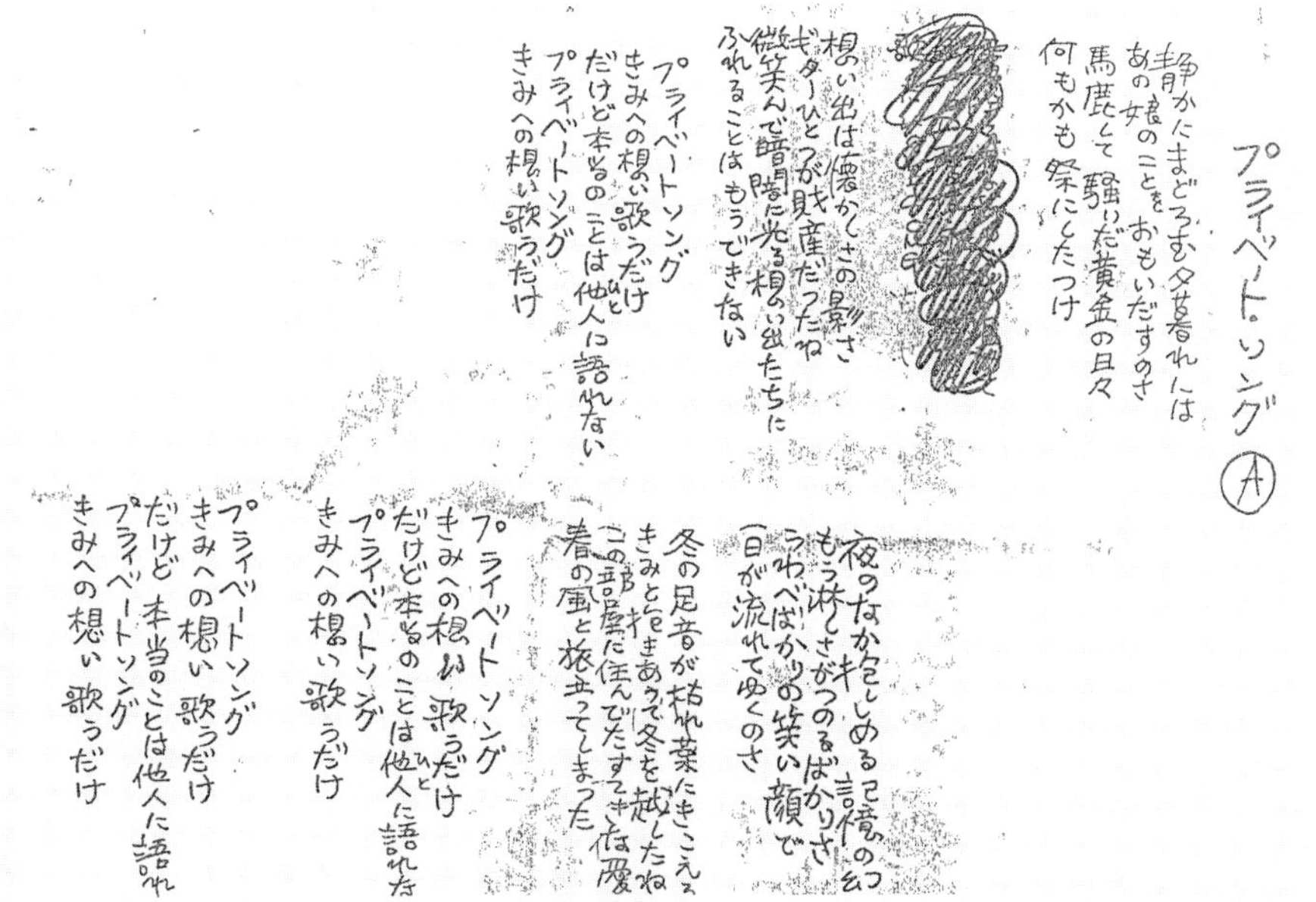

岡本おさみさん自筆の「プライベート・ソングⅡ」の歌詞原本（コピー）

出会った人たちの「吐き捨て」を歌に

音楽評論家　田家　秀樹

仕事場の本棚にこの「旅に唄あり」の隣に並んでいた、やはり岡本さんのエッセイ集「うたのことばが聴こえてくる」をめくっていて嬉しい言葉を見つけた。「うたのことばが聴こえてくる」は、雑誌「新譜ジャーナル」に連載されていた、自分で詞を書いてない曲についてのもので「旅に唄あり」とは違う視点で彼の創作についての考え方を知ることが出来る。その巻末についていた甲斐よしひろとの対談の中で岡本さんが僕のことを「友人の田家秀樹」と言ってくれていたのだ。

僕は四ツ谷の文化放送で「セイ・ヤング！」やフォーク・ロック系の番組の構成作家だった。ラジオ全盛の当時、岡本さんが仕事をしていたニッポン放送と文化放送は聴取率一位を争うライバル局で、同じような番組を作っていたとは言え、作家同士が友人になることは多くない。岡本さんは僕よりも少し年が上だったためにどこか気安さみたいなものもあったのだろう。しかも、当時僕の付き合っていた女性も同局のアシスタント・ディレクターをしていて、岡本さんと飲み仲間だった。

「うたのことばが聴こえてくる」は、１９８０年代になってからのエッセイ集だ。岡本さんはすでに作詞家として頂点を極めていた時期である。僕は、音楽雑誌などに原稿を書くライターだったのだから立場は相当に違っていた。にもかかわらずそんな風に思っていてくれたのだということが無性に嬉しかった。

岡本さんは、その二冊の本の中で放送作家当時のことを何度も書いている。「デモでよれよれになった軀を深夜のスナックで仮眠させ、気がつくとまだ台本を書いていない」(「旅に唄あり」)「それは熱い政治の季節だったから、激しく過熱したデモのなかで機動隊に蹴りまくられた。顔ひとつ洗って、放送現場にでかけると、いつもひとりでいるような気がした」(「うたのことばが聴こえてくる」)。

岡本さんが放送作家になってそういう生活をしていた頃、僕はまだ学生で同じようなデモの中にいた。彼はそのことを知っていたから余計親近感を持ってくれたのだと思う。ただ、僕らが関わっていたフォークやロックはまだ市民権を持っていなかった。簡単な言葉を使えば「メジャー」ではなかった。

70年代の音楽状況を語る時に重要な一つの言葉が「あっち側・こっち側」だ。「あっち側」というのは芸能界、「こっち側」というのはフォークやロック、シンガーソングライターの世界である。岡本さんはもちろん僕もどっぷり「こっち側」だった。

望んでそうなったというよりも、そういう形でしか存在できなかった、というのが正直なところだろう。「あっち側」は、芸能プロダクションやレコード会社だけではなく放送業界も含めて既得権の固まりのような世界だった。テレビを中心にしたメデイアは「あっち側」が牛耳っており、吉田拓郎やはっぴいえんどなど、シンガーソングライターやバンドの音楽は既得権を脅かす厄介な連中だった。そうやって細々と始まった音楽が許容されたのはラジオと音楽雑誌くらいしかなかった。

それはもう、時代の流れだったとしかいいようがない。

誰もが見よう見まねで始めた音楽の流れが、同じように「自分たちの歌」を見つけられない若者たちの共感を得て爆発的な広がりを見せるのに時間はかからなかった。

その先陣を切ったのが吉田拓郎だったことは言うまでもない。彼と出会うことで作詞家になった岡本さんは、「こっち側」が生んだ最初の「売れっ子」作詞家だった。

ただ、彼の書く詞は、それまでの歌謡曲を書いていた作詞家のものとは全く違った。

そこには絵空事のような恋愛も歯の浮くような口説き文句も時代遅れの常套句も歌われていなかった。彼の歌には富や成功とは無縁な日々を送っている市井の人たちの暮らしの機微があった。

今回復刻された「旅に唄あり」には興味深い対談が載っている。同じように「こっち側」の象徴的な存在でもあったはっぴいえんどの松本隆との対談である。

東京生まれの東京育ち。それまでのGSなどのバンドとは全く違う言葉で日本語のロックの「元祖」となったはっぴいえんどのドラマー兼作詞担当。72年に「旅の宿」で岡本さんが時代の寵児となった翌年、チューリップの「夏色のおもいで」で作詞家としての道を歩き出した松本隆。その対談で自分の歌を「吐き捨て」と言う岡本さんに対して彼は「まるっきり反対ですね。ぼくは吐き捨てはどんどん切り捨ててきた」と話している。

二人のその後の生き方は対照的だ。松本隆が、その後「あっち側」の世界に乗り込んで行って「こっち側」のソングライターを起用して日本の音楽を変える原動力になったことに説明は不要だろう。

岡本さんはそうならなかった。

彼が「捨てなかった」わけではない。

他のものを「捨てた」。

東京の業界での名声や、浜田省吾の歌詞を借りれば「プール付きのマンション」に象徴されるような「あっち側」的な華やかさを捨てた。「現世的欲望」と言えばいいだろうか。

吉田拓郎の「ＬＩＶＥ'73」の「望みを捨てろ」を聞いた時の衝撃は忘れられない。

あのアルバムの中で僕が好きだったのは「ひらひら」だった。「おいらもひらひらお前もひらひら」の中の一人だった人間にとって「望みを捨てろ」は衝撃だった。「望みを捨てるな」と歌うことが当たり前の流行り歌の中で「捨てろ」と歌ったのは未だかつてあの曲くらいだろう。

そして、彼はあの歌の通り「都会」を「捨てて」旅に出た。

なぜ旅に出たのだろうか。

旅で何を求めていたのだろうか。

その答えはこの「旅に唄あり」が語ってくれている。そして、もう一冊の「うたのことばが聴こえてくる」の浜田省吾との対談の中にこんな言葉があった。彼は自分の歌が「労働してる人たちにとどかないんだな」と、こう続けている。

「どこに歌がとどいてるんだろうって。そのことは気にかけながら旅もしてきたんだ」「旅して見てると肉体労働してる人たちが疲れ切って、あとは酒と眠ることと歌だけれど、その歌が、ぼくの歌がとどいてないんだな」

自分の歌はどこに届いているのだろうか。

それは売れた枚数やチャートの順位ではわからない。自分の歌の届き先を確かめに行く。自分の歌を聴いてほしい人たちに会いに行く。そうやって会った人たちの「吐き捨て」を歌にしてゆく。それが岡本さんにとっての「旅」だったのだと思った。それを求めて「捨てた」のだと思った。

放送作家時代のことを思い出す時に浮かんでくるもう一人の作詞家がいる。73年に「神田川」のヒットを飛ばした喜多條忠である。同じ故人でありながら敬称を略してしまったのは、彼が僕と同じ時期に文化放送で台本を書いていたからだ。張り合っていたし「同僚」とまでは言わないまでもどこかで仲間意識は持ち続けていた。

２０２１年、彼がなくなった。

訃報を知ったのは11月30日、岡本さんの命日だった。

僕は「捨てられない」ままに「他人の書いた歌」を語ることを仕事にする中で彼らの歌を聴くようになった。

10月末に発売になった拙著「風街とデラシネ・作詞家松本隆の50年」は、そうした仕事の集大成のつもりだった。

岡本さんは、あの本を読んだら何と言ってくれただろう。まだ「友人の」と思ってくれるだろうか。

岡本おさみさんが生まれた米子

公益財団法人とっとりコンベンションビューロー前理事長　長谷川　泰二

昭和61年2月、私たちは鳥取県米子市内各施設を舞台にして「音楽による街づくり」に取り組んでいた。米子市制60周年記念協賛行事にも認定され、地元アーチスト、ボランティア、経済界、行政、マスコミ、高校生が実行委員会を構成しておこなわれた「米子ワイワイ音楽漬け」は米子市を三日間音楽漬けにしてしまおうとする奇想天外な音楽祭だった。企画の発端は久しぶりに米子に帰ってこられた岡本おさみさんから出た言葉だった。「米子で音楽祭をやってみたら。みんなが一つになれるよ」という言葉に刺激を受けて立ち上がった。当時、実行委員会の主要メンバーだった渡部晃治、杉谷夫二朗と私は、その年の成功に気を良くして次回のミュージシャン選定の相談のため、京都に向かった。岡本さんは旅の途中で、京都でなら会えるよという連絡をいただき、何としてもお会いしたいと雪の降る寒い京都に出かけた。京都駅ビルにある蕎麦屋でお会いすることができた。奥のテーブルに座るとすぐ、岡本さんはいきなりカセットラジオを取り出し、「今ずっとライブを追っかけている十代のミュージシャンがいるんだ」とテープを聴かせてくれた。目を輝かせてその音に集中する岡本さんの姿に圧倒され、企画の趣旨やら音楽祭のねらいなどを話す隙を与えてもらえなかった。「時代を創るよ、彼は」と語った。我々3人は残念ながらそのミュージシャンを知らなかった。それが後の尾崎豊さんだったのだから我々はあとで悔やみ、自分たちを恥じた。蕎麦を食べた岡本さんは次の街へ出発、私たちは夜の国道9号線を車で帰り、米子に着いたのは明け方で大雪だったことを思い出す。

岡本おさみさんは旅に生きた方だった。ちょっと旅に出ると言い残し、長い間自宅に帰らなかったこともあったらしく、旅の方が日常だったのかもしれない。お会いすると静かに言葉をかみしめながら話され、眼光鋭く、繊細で相手に対して誠実な方だった。米子の朝日町で親しくお酒を呑み、唄について、米子について話をきかせていただいたこともあった。そして私は同じ米子出身ということを誇らしく感じうれしかった。

岡本さんが書き続けてこられた言葉はいつもずしんと私の心の一番深いところに届いた。自分の境遇と向き合いながら誠実に毎日を生きる人々の人生そのものが、私の心にグサリと刺さった。生活と人間を見とどける言葉だった。人の生活の中にこそ、人間が生きる大切なものがあると感じさせてくれた。「襟裳岬」「旅の宿」「落陽」「黄金の花」などの歌詞は時代を越えて今も生々しく迫ってくる。生活の中に生きる人間の素直な心情を世の中に吐き出してくれた詩人でした。あの時代のあの瞬間にしか生まれてこない、とても印象的な言葉が連続して生まれ、私たちはひそかに涙した。

1970年代、政治の時代が終わり、虚脱感が漂う四畳半の部屋に岡本おさみさんが私に語りかける。例えば「祭りのあと」の詞の中で、「慰安」ということば、「祭りのあとのさびしさ」という余韻。当時の熱風のような空気がやがて冷め切っていき、孤独感と敗北感に打ちのめされて、時代の疲労感を感じていた私たちへのまぎれもない癒しのメッセージだった。

その岡本さんの原点は生まれ故郷の米子にあると感じる。私の4歳先輩の岡本さんと私は同じ高校に通い同じ空気を吸って育ったと思っている。

　当時、商人のまち米子は賑やかで人懐かしいまちであった。日本が高度成長の余韻を残して活気があり、商店街を中心に街は発展していた。人間臭いまさに家業の集合体の街米子。あの子は下駄屋の子、洋服屋の子、だからいつも小ぎれいな格好をしていた。あの子はレコード屋の息子、本屋の子と親の商売で語ることができた。その中で岡本おさみさんは育った。人情の街、米子。この「旅に唄あり」の本の中にも道笑町のなかなか開かない踏切が印象的に書かれていて、遮断機が上がるのを自転車で待つ女子高校生、近所のおばさん、サラリーマンの光景が浮かんでくる。春や秋には近くの勝田神社のお祭りがあり、夏になれば加茂川沿いの地蔵盆と、季節の節目の生活行事が思い出深い。何でもない日常に幸せを感じて生きた時代。大切なものを実感して生きていた時代だった。悲しみも笑いも分かち合う街だった。

　岡本おさみさんは大学進学で東京へ。生活は一変して放浪の人生が始まる。地方出身者が都会に馴染めないで孤立していく中で唯一の楽しみはラジオの深夜放送だった。5年遅れて東京に行った私の心をまるで岡本さんが紡いでくれているようだった。正直な言葉が流れ、私は救われたのだった。

　代表曲の一つの「黄金の花」を聴くたびに、私は大学時代、母から送られてくる食品や洋服やお金と一緒に入っている手紙の文章と重なってくる。「悪い人には気を付けて」というフレーズは岡本おさみさんの原点・米子の生活風景にあると勝手に妄想してしまう。

　岡本さんを追悼するため、２０１９年1月27日、米子市で米子コンベンションセンター開館20周年記念事業「岡本おさみトリビュートコンサート」が開かれ、米子市民が会場を埋め尽くし、思い出深い日となった。
岡本おさみさん、あなたは今も私たちの中に生きている。

あとがきにかえて

メールから始まった岡本さんとの交流

山陰中央新報社出版部　須田　泰弘

1997年ごろ、ネットで岡本おさみさんのウェブサイト「作詞工房」を見つけ、ファンとして思わずメールを送りました。かぐや姫、吉田拓郎さんなどフォークソングが好きだった私が、高校生のころから聴いていたアーティストに詞を提供した「大作詞家」によくも厚かましくメールしたものだと、のちに思いました。それでも、岡本さんは「同じ山陰つながり」で返信をいただいたのが交流のきっかけでした。

以来、岡本さんが米子に帰省の際などに会い、作品についての質問をすると、穏やかな口調で丁寧に答えてもらいました。そのうち、自分ばかりが話を聞くのはもったいないと、私のサイトでやりとりできませんか、と持ちかけて快諾をいただきます。私設サイト「神々の国から」をつくり、「岡本おさみが語る『わが詩《うた》』」がスタートしました。

調子に乗って、出雲で講演をしてくださいとお願いしたら「講演はしない」と断られました。めげずに「私の高校時代のフォークソング同好会の郷原悌二会長が喜んで受け入れてくれます」と、勝手に伝えたところ「気楽に話すのでよければやろうか」とOKが出たのです。地元のフォーク仲間たちと受け入れ態勢を整え、参加者から資料代千円と、近所の商店からの協賛金で講演料を確保。約70人の熱いファンが集まりました。岡本さんはそれ以来、ことあるごとに「フォークソングの仲間は歌ってる?」と気にかけてくれました。ところが、仕事が忙しくなった私はホームページの更新が滞り、本書に収録した「フォーク談義」は第1部の掲載でストップ。「岡本おさみが語る『わが詩』」とともに休憩させてもらいました。岡本さんをはじめ多くの方に迷惑をかけてしまうことになりました。

2015年末、岡本さんの訃報を新聞で知りました。

岡本さんの詞は、それまでの日本歌謡の歌とは異なり、世の中を裏側から見たような鋭いことばで旅、恋愛、人との出会いなど体験しないと生まれないであろう、リアルで強烈な歌詞が並びます。吉田拓郎さん、南こうせつさん、長谷川きよしさんらのアーティストが曲をつけてギターで弾き語り、学生運動がくすぶる70年代以降の若者の共感を得たのは時代の自然な流れだったのではないでしょうか。

20年春、コロナ禍によるステイホームのさなか、知人から「フェイスブックで好きな本7冊を紹介し合おう」と声が掛かり、本棚の「旅に唄あり」初版本が目に留まりました。あらためて読むと70年代の歌の世界はとても刺激的で新鮮に思えました。絶版となった同書はネットでは高値で売られています。たまたま新聞社で出版の仕事をしていて、岡本さんの楽曲と「放浪の作詞家」の生きざまを後世に伝えたいとの思いが強くなり、「わが詩」など岡本さんの貴重な「ことば」も再録し、弊社から復刻することになりました。

岡本さんは生前、「都万の秋」(吉田拓郎作曲・歌)の舞台となった隠岐の島に一緒に行こうと誘ってくれましたが、かないませんでした。隠岐の島町の八幡伊三郎さんが、わが国の固有の領土「竹島」で漁をしていたことを岡本さんが本書に書き残していました。岡本さん作詞の男性合唱組曲「隠岐四景」に伊三郎さんが登場します。長い間聴かれることがなかった組曲は、関西学院グリークラブがリサイタルで歌った音源が残っていることが本書の編集過程で判明し、さまざまな〝縁《えにし》〟を感じます。

２０２２年は岡本おさみさんの生誕80年です。監修をしてくださった長男岡本邦彦さんをはじめ、たくさんの方の協力で発刊することができました。心より感謝いたします。

本書の復刻と、「フォーク談義」「わが詩」を収録したことを、岡本さんはどう思われるのでしょうか。ポーカーフェイスの岡本さんが刷り上がった本書を手にして、どんな表情をされるか思い巡らしています。

父との暮らしに

監修　岡本　くにひこ

僕が結婚することになり、式で使う子供のころの写真を送って欲しいと、母に頼んだことがありました。これが、僕が1歳から5歳ぐらいの写真が全然無いんですよね。父は写真を撮るのは好きなのに。その時はあまり気にならなかったのですが、この本を読み返しながら、父は旅に出ていたんだとあらためて思います。

子供のころは長い休みになると、期間中はずっと両親の故郷である米子で過ごしていました。夏は毎日のように皆生の海へ行き、冬は雪で遊びました。父は来たり来なかったり。

これが普通だと思っていましたが、自分が親になり子供を育て始めると、母は大変だっただろうと思います。母は週刊誌の連載を僕らに見せ、今お父さんはここに居るのよ、と嬉しそうに話していました。当時の母は、父の今いる場所を知る方法がその週刊誌を読むことだったんです。

本来ならここで詞の裏話など書きたいところなのですが、父は自分の詞についてあまり解説をしなかったんです。解説をしてしまうとそのイメージで固まってしまうからと。たとえば、「階段を降りてくる」という表現を「どんどんどん」や「トントントン」にすることで人やシーンが膨らむ。表現するのに言葉の数は必要ないんだよね。ことばを聴いた人が自分の想像の中で楽しんでくれれば良い。そんな風に言っていました。

とにかく本を読むのが好き。「言葉」と出会うことを面白いんだよ、と話し、毎年新しい類語辞典を買っては趣味のように読んでいました。井上ひさしさんのことばにある「むずかしいことをやさしく、やさしいことをふかく」。これも父が好きなことばでしたね。

なぜ旅に出たのかという話になったときがありました。「実際にその風景に入ってみないと語れない。暮らしの中に入ってみないとわからない。だから、そんな旅をしていた」と。雪国、といっても、どんな雪か。一緒に歩いてみないとわからない。父がしていたのは「旅行」ではなく「旅」なんです。

最後に、この本を再出版することに尽力してくださった山陰中央新報社の須田さん、ご協力いただきました方々、あらためて感謝を申し上げます。

岡本おさみの詩が語り継がれ、次の世代のみなさんにも楽しんでいただけると幸いです。

岡本おさみ作詞の本誌掲載楽曲一覧

曲が付いた主な作品。すべて岡本おさみ作詞

第一章　「旅に唄あり」

みんな雪の中
「ベイビイ」（作曲・かまやつひろし／歌・長谷川きよし）
「はぐれ旅」（作曲・鈴木邦彦／歌・高倉健）

蜂屋さんに会った
「インドのへそ」（作曲・鈴木キサブロー／歌・岡本おさみ）

久見に来たよ
「都万の秋」（作曲／歌・吉田拓郎）

風なんだよ
「風なんだよ」（作曲・岩沢幸矢／歌・岡本おさみ）

母のいた風景
「僕の足は旅路の道」（作曲／歌・長谷川きよし）
「祭りのあと」（作曲／歌・吉田拓郎）

祭のあと
「壺」（作曲／歌・桜井久美）
「からっ風のブルース」（作曲／歌・吉田拓郎）
「祭りのあと」（作曲／歌・吉田拓郎）

また赤い皮のブーツをはいた
「君去りし後」（作曲／歌・吉田拓郎）
「竜飛崎」（作曲／歌・吉田拓郎）

レコードのように廻っている
「思い出にしてしまえるさ」（作曲／歌・南こうせつ）
「坂の上の家」（作曲・佐藤健／歌・大橋純子）

キッド・ブラザースに会った
「命あるものは樹から落ちた」（作曲・岩沢幸矢／歌・坪田直子）
「ひとりの女に」（作曲／歌・長谷川きよし）

窓から十和田湖を見ていた　「黒ずんだ象」（作曲・大野真澄／歌・坪田直子）
「あほう鳥」（作曲・加藤登紀子／歌・秋田明大）
坑夫の住む町　「北のかぞえ唄」（作曲・鈴木キサブロー／歌・角川博）
「私の詩」（作曲／歌・南こうせつ）
「ハモニカ長屋の夕暮れ」（作曲／歌・北炭生）
落陽　「別れ酒」（作曲／歌・森田正治）
「落陽」（作曲／歌・吉田拓郎）
智ちゃんのブルース　「ほとほとと」（作曲／歌・山田パンダ）
喫茶店に座りこんで　「コーヒー・ブルース」（作曲／歌・長谷川きよし）
「ヘイ・ジプシー誘っとくれ」（作曲／歌・南こうせつ）

第三章　岡本おさみが語る『わが詩』

吉田拓郎編　「花嫁になる君に」「旅の宿」「祭りのあと」「都万の秋」
（「花嫁に―」は作曲／歌・よしだたくろう、他は作曲・歌・吉田拓郎）

南こうせつ編　「こんな静かな夜」「野にあるものの衣着て」（以上、作曲／歌・南こうせつ）

第四章　岡本おさみがつなぐ人たち

「プライベート・ソングⅡ」（作曲／歌・南こうせつ）

協力（順不同、敬称略）

南こうせつ、田家秀樹、長谷川泰二、田中義則（ベリーファーム）、河合徹三、小田貴月（高倉プロモーション）、長谷川きよし、トキコ・プランニング、川城智則、吉田恵里子、井上孝三（とら）、自由国民社、作品社、あさってカムパニー、一般社団法人わびあいの里、島崎美昭、成田壮一、井上誠、八幡智之（島根県隠岐の島町久見）、吉田隆（隠岐の島町教育委員会）、松本浩司（隠岐の島町）、竹田健二（島根大学教授）、平田フォークソング同好会、郷原悌二（平田フォークソング同好会）、なる、くぼ、田中タケル、NATSU、幸形ノブユキ、ノグチアツシ、イヤマ、四元健一（フォーク酒場・落陽）、佐藤寛也、吉川修三、多くのネット仲間

写真

田村仁（ギルハウス）、ベリーファーム、東宝、奥村康人、小林美沙子、高橋秀生、八幡智之、島根県隠岐の島町、須田泰弘

マップ制作

岡本健一

岡本おさみ

本名・岡本修己。1942年1月15日生まれ。鳥取県米子市出身。放送作家から、フォークソングの黎明期に泉谷しげる、吉田拓郎らと出会い作詞家へ。主な作品は、「旅の宿」「落陽」「祭りのあと」（吉田拓郎）、「こんな静かな夜」「満天の星」（南こうせつ）、「黒いカバン」（泉谷しげる）など多数。吉田拓郎作曲、森進一が歌った「襟裳岬」で日本レコード大賞、日本歌謡大賞受賞。エッセイ「旅に唄あり」（1977年）を上梓したほか、自身初のアルバム「風なんだよ」（78年）、岡本作品をさまざまなアーティストが歌った「岡本おさみアコースティックパーティーwith吉川忠英」（2003年）をリリース。作詞活動の一方、芝居の作詞と訳詞に参加し、ミュージカル「ラブ」（市村正親、鳳蘭、西城秀樹）、「セツアンの善人」（大竹しのぶ）、ロックミュージカル「ロッキー・ホラー・ショウ」など。男性合唱組曲「隠岐四景」の作詞（堀悦子作曲、1980年に文化庁芸術祭優秀賞）がある。2015年11月30日に心不全のため死去。享年73歳。

旅に唄あり 復刻新版

2022年8月3日　第1刷発行

著　者　岡本おさみ
監　修　岡本くにひこ
発行者　松尾倫男
発　行　山陰中央新報社
　　　　〒690-8668 島根県松江市殿町383
　　　　電話0852-32-3420（出版部）
編　集　須田泰弘、寺本正治（山陰中央新報社 出版部）
印刷・製本　(株)シナノパブリッシングプレス

日本音楽著作権協会（出）許諾第2204363-201号
ISBN 978-4-87903-254-6 C0095 ¥3000E